SCIENCE FICTION

Herausgegeben
von Wolfgang Jeschke

Vom **BATTLETECH™-Zyklus** erschienen in der Reihe
SCIENCE FICTION & FANTASY:

Die Gray Death-Trilogie:
William H. Keith jr.: Entscheidung am Thunder Rift · 06/4628
William H. Keith jr.: Der Söldnerstern · 06/4629
William H. Keith jr.: Der Preis des Ruhms · 06/4630

Ardath Mayhar: Das Schwert und der Dolch · 06/4686

Die Warrior-Trilogie:
Michael A. Stackpole: En Garde · 06/4687
Michael A. Stackpole: Riposte · 06/4688
Michael A. Stackpole: Coupé · 06/4689

Robert N. Charrette: Wölfe an der Grenze · 06/4794
Robert N. Charrette: Ein Erbe für den Drachen · 06/4829

Das Blut der Kerensky – Trilogie:
Michael A. Stackpole: Tödliches Erbe · 06/4870
Michael A. Stackpole: Blutiges Vermächtnis · 06/4871
Michael A. Stackpole: Dunkles Schicksal · 06/4872

Die Legende vom Jadephönix – Trilogie:
Robert Thurston: Clankrieger · 06/4931
Robert Thurston: Blutrecht · 06/4932
Robert Thurston: Falkenwacht · 06/4933

Robert N. Charrette: Wolfsrudel · 06/5058
Michael A. Stackpole: Natürliche Auslese · 06/5078
Chris Kubasik: Das Antlitz des Krieges · 06/5097
James D. Long: Stahlgladiatoren · 06/5116
J. Andrew Keith: Die Stunde der Helden · 06/5128
Michael A. Stackpole: Kalkuliertes Risiko · 06/5148
Peter Rice: Fernes Land · 06/5168
Michael A. Stackpole: Die Kriegerkaste · 06/5195
Victor Milán: Auge um Auge · 06/5272
James D. Long: Black Thorn Blues · 06/5290
Robert Thurston: Ich bin Jadefalke · 06/5314
Blaine Pardoe: Highlander Gambit · 06/5335
Don Philips: Ritter ohne Furcht und Tadel · 06/5358
William H. Keith jr.: Pflichtübung · 06/5374
Michael A. Stackpole: Abgefeimte Pläne · 06/5391
Victor Milán: Im Herzen des Chaos · 06/5392
William H. Keith jr.: Operation Excalibur · 06/5492 (in Vorb.)
Victor Milán: Der schwarze Drache · 06/5493 (in Vorb.)

Michael Stackpole

Abgefeimte Pläne

Dreißigster Roman
im BATTLETECH™-Zyklus

Deutsche Erstausgabe

WILHELM HEYNE VERLAG
MÜNCHEN

HEYNE SCIENCE FICTION & FANTASY
Band 06/5391

Titel der Originalausgabe
MALICIOUS INTENT
Übersetzung aus dem Amerikanischen von
REINHOLD H. MAI

Umschlagbild: FASA Corporation
Die Karte auf Seite 7 zeichnete Mirjam Wehner
Die technischen Zeichnungen im Anhang
sind von Duane Loose

Umwelthinweis:
Dieses Buch wurde auf chlor- und säurefreiem
Papier gedruckt.

Redaktion: Ulrich Fröschle
Copyright © 1996 by FASA Corporation
Erstmals erschienen bei ROC, Penguin Group, New York
Copyright © 1997 der deutschen Ausgabe und der Übersetzung
by Wilhelm Heyne Verlag GmbH & Co. KG, München
Printed in Germany 1997
Umschlaggestaltung: Atelier Ingrid Schütz, München
Technische Betreuung: M. Spinola
Satz: Schaber Satz- und Datentechnik, Wels
Druck und Bindung: Elsnerdruck, Berlin

ISBN 3-453-09455-7

Für Richard Garfield

– ein schöpferisches Genie
und einen innovativen Spieledesigner, der als
lebender Beweis dafür dient, daß man
ein netter Kerl sein und trotzdem Erfolg haben kann,
in besonderen Fällen sogar mehr
als jeder andere.

Der Autor möchte den folgenden Personen für ihre Mitwirkung an diesem Buch danken:

Sam Lewis und Bryan Nystul für die Storyregie; Donna Ippolito für den Hinweis auf Stellen, an denen ich es mir leichtgemacht hatte, und den Druck, sie in Ordnung zu bringen; Liz Danforth dafür, daß sie mich nicht umgebracht hat, wenn ich sie zum x-ten Mal beim Malen gestört habe, um ihr einen ›brillanten‹ Einfall mitzuteilen; John-Allen Price für die Dauerleihgabe eines Cox; Lisa Koenigs-Cober und den Mitgliedern der Crazy Eights für großzügige Spenden zu wohltätigen Zwecken im Gegenzug für ihr Erscheinen in diesem Buch und dem GEnie Computer Network, über das Manuskript und Korrekturen vom Computer des Autors zu FASA gelangten.

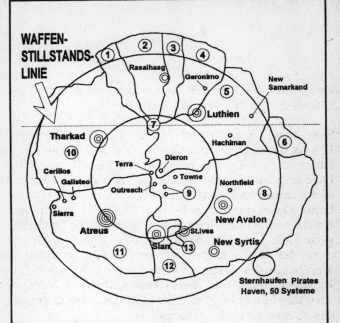

KARTE DER NACHFOLGERSTAATEN

1 • Jadefalken/Stahlvipern, 2 • Wölfe, 3 • Geisterbären,
4 • Nebelparder/Novakatzen, 5 • Draconis-Kombinat,
6 • Außenweltallianz, 7 • Freie Republik Rasalhaag,
8 • Vereinigtes Commonwealth, 9 • Chaos-Marken,
10 • Lyranische Allianz, 11 • Liga Freier Welten,
12 • Konföderation Capella, 13 • St. Ives-Pakt

Karte erstellt durch COMSTAR,
nach Informationen des COMSTAR-EXPLORERDIENSTES
und des STERNENBUNDARCHIVS, Terra

© 3058 COMSTAR-KARTENDIENST

Buch I

UNERLEDIGTE GESCHÄFTE

1

Boreal, Wotan
Jadefalken-Besatzungszone

11. Dezember 3057

Jetzt sind die Wölfe mein.

Mit diesem Gedanken kehrte sein Bewußtsein zurück. Er arbeitete sich an dem brennenden Schmerz im linken Unterarm und den zahlreichen kleineren Stichen in den Gliedern vorbei. Er klammerte sich an diesen Gedanken, machte ihn zum Mittelpunkt seines Lebens und seines Universums. *Alle andern sind tot, jetzt sind die Wölfe mein.*

Vlad aus dem Hause Ward drehte langsam den Kopf und achtete sorgfältig auf jeden Schmerz im Nacken, der auf eine Rückgratverletzung hindeuten konnte. Die Wahrscheinlichkeit schien gering, da seine Gliedmaßen keinerlei Schwierigkeiten zu haben schienen, dem Gehirn ihre unangenehme Lage mitzuteilen, aber angesichts der gewaltigen Verantwortung, vor die er sich nun gestellt sah, durfte er keine Risiken eingehen. Als er den Kopf bewegte, prasselten Schmutz und Erde von der Sichtscheibe seines Neurohelms in den Kragen der Kühlweste.

Durch die Staubwolke hindurch erhaschte Vlad einen Blick auf seinen linken Unterarm. Er wirkte seltsam verzerrt. Mit der Rechten wischte der Clanner die Sichtscheibe sauber. Jetzt gelang es ihm, die Beule und den Bluterguß am Arm mit den fürchterlichen Schmerzen in Verbindung zu bringen, die er dort fühlte. Er blickte hoch und sah das Loch im Kanzeldach seines *Waldwolfes*, das entstanden war, als Wotans Finanzministerium zu Schutt und Asche zerblasen worden war. Die Gebäudetrümmer hatten Vlad unter sich begraben.

Ein Trümmerstück mußte seinen Arm getroffen und die Speichen gebrochen haben. Die Beule zeigte, daß der Knochen sich verschoben hatte. Ungeschient und unverheilt war der Arm praktisch nutzlos. Und für einen Krieger wie Vlad, der im Feindgebiet unter einem Gebäude verschüttet war, konnte sich eine derartige Verletzung leicht als tödlich erweisen.

Die meisten Krieger wären jetzt in Panik geraten.

Vlad unterdrückte die aufsteigende Angst. *Ich bin ein Wolf.* Der Gedanke allein hielt seine Panik in Schach. Im Gegensatz zu den Freigeburtskriegern der Inneren Sphäre oder auch denen der Jadefalken oder übrigen Clans weigerte sich Vlad, Angst oder Sorge zu empfinden. Derartige Gefühle gehörten in seiner Vorstellung denen, die jedes Anrecht auf die Zukunft aufgegeben hatten – die es vorzogen, ihr Dasein in Angst zu fristen anstatt sich geistig in einen Zustand jenseits aller Furcht zu erheben.

Für ihn gab es keine Angst. Seine Existenz konnte nicht so erbärmlich mit dem Erfrieren, Verhungern oder Ersticken im Cockpit eines verschütteten Battle-Mechs enden. Vlad weigerte sich, in seinem persönlichen Universum diese Möglichkeit anzuerkennen.

Die Wölfe sind mein. Allein diese Tatsache war Bestätigung und Rechtfertigung seines Schicksals. Sechs Jahrhunderte zuvor waren die BattleMechs – zehn Meter hohe humanoide Vernichtungsmaschinen – erschaffen und zu den Königen des Schlachtfelds entwickelt worden, nur damit er eines Tages einen dieser Kampfkolosse steuern konnte. Vor dreihundert Jahren hatte Stefan Amaris versucht, die Herrschaft über die Innere Sphäre an sich zu reißen, und Aleksandr Kerensky war mit dem größten Teil der Sternenbund-Streitkräfte in die Peripherie verschwunden, nur damit Vlad eines Tages in der größten aller Kriegertraditionen das Licht der Welt erblicken konnte. Nicholas Kerensky hatte die Clans erschaffen, um den Traum seines Vaters fortzuführen, und Vlad war unter ihnen als Krieger erschienen, um die Clans zur endgültigen Verwirklichung dieses Traumes zu führen.

Diese Gewißheit erlaubte ihm, die Schmerzen seines Körpers zu ignorieren. Vlad kümmerte es wenig, wie diese Vision seiner Person als Höhepunkt von sechshundert Jahren menschlicher Geschichte irgend jemand anderen angemutet hätte. Für ihn gab es keine andere Möglichkeit, sein Leben zu interpretieren. Er scheute vor dem Mystizismus der Novakatzen zurück und betrachtete die Ereignisse im Spiegel kalter Logik. Ockhams These gab ihm recht – seine Auslegung, so unglaublich sie auch scheinen mochte, mußte korrekt sein, weil sie die einfachste Erklärung der Ereignisse war.

Wäre seine Sicht falsch gewesen, wären die Clans ein Jahrhundert vor oder nach seinem Erscheinen in die Innere Sphäre zurückgekehrt. Wäre sie falsch gewesen, hätte er nie die Erniedrigung in den Händen Phelan Kells erdulden müssen – eine Erniedrigung, die es Vlad ermöglicht hatte, das Böse zu erkennen, das dieser Mann repräsentierte und das weder der ilKhan noch Natascha Kerensky gesehen hatten. Das Trauma dieser Niederlage hatte ihn gegen Phelans Charme immun und zum letzten wahren Wolf seines Clans gemacht.

Ulric hat es erkannt, und deshalb hat er mir die Wölfe anvertraut.

Vlad schauderte. Er war zusammen mit ilKhan Ulric Kerensky nach Wotan gekommen und hatte ihn auf das von Vandervahn Chistu, Khan der Jadefalken, ausgewählte Gefechtsfeld geleitet. Ulric und Chistu hatten sich zum Kampf getroffen, zu einem Kampf, dessen Sieg Ulric sicher gewesen wäre, hätte Chistu nicht mit unfairen Mitteln gekämpft. Das letzte, was Vlad vom Führer der Wölfe gesehen hatte, war die flammenumwaberte Silhouette eines *Gargoyle* gewesen, der durch einen vernichtenden Todeshagel auf ihn herabstürzender Raketen hindurch gegen seinen Feind vorrückte.

Flach auf dem Rücken liegend, sah Vlad hoch zu den toten Instrumenten der Pilotenkanzel und lächelte. Er hatte den heimtückischen Mord des Jadefalken-Khans an Ulric nicht nur gesehen – er hatte ihn aufgezeichnet. Chistu mußte wissen, daß in den Cockpitaufzeichnungen von Vlads Maschine der Beweis für sein Verbrechen lag. Wäre Vlad an seiner Stelle gewesen, hätte er die Bedrohung sofort erkannt und den Schutthaufen, der Vlad unter sich begraben hatte, mit Geschützfeuer überschüttet, bis von ihm und seinem *Waldwolf* und dem ganzen Gebäude nur noch ein glühender Krater zurückgeblieben wäre. Chistu hatte nichts dergleichen getan, was ihn für Vlad zu einem noch größeren Narren machte, als er bis dahin geglaubt hatte.

Das heißt, sie werden nach mir suchen. Chistu würde die Vernichtung des Gebäudes jetzt nicht mehr anordnen – *obwohl er es tun sollte*. Statt dessen würde Chistu jemand herschicken, um nach dem Mech zu suchen und die Aufzeichnungen zu bergen – angeblich, weil die darin enthaltenen medizinischen Daten Informationen über den Tod Vlads von den Wölfen liefern könnten. Und weil sie Chistu gestatten würden, Ulrics Vernichtung aus einem anderen Blickwinkel noch einmal Revue passieren zu lassen und sich daran zu erfreuen, wie seine Treffsicherheit dazu geführt hatte, daß Vlad unter den Trümmern eines riesigen Gebäudes verschüttet wurde.

Ich muß bereit sein, wenn sie kommen.

Mit der Rechten löste er den Gürtel und zog ihn aus den Halteschlaufen um seine Taille. Er steckte das freie Ende wieder durch die Schnalle und legte die so entstandene Schlaufe um das linke Handgelenk. Dann schob er die Schnalle weiter, bis sie fest auf der Haut lag. Schmerzen schossen den ganzen Arm empor und hinab, und einen Augenblick lang fühlte er sich schwach und schwindlig.

Bevor er seinen Plan weiterführte, wartete Vlad, bis sich die Übelkeit gelegt hatte. Als nächstes zog er das rechte Knie an die Brust und setzte den Absatz des Stiefels gegen die Kante der Pilotenliege. Er löste die oberste Schnalle des Wadenstiefels. Anschließend führte er das Ende seines Gürtels verkehrt herum durch die Schnalle und drückte deren Dorn durch eines der letzten Löcher, bevor er die Stiefelschnalle wieder schloß. Er zerrte an dem so gesicherten Gürtel, um sich zu vergewissern, daß er nicht herausrutschen konnte.

Er senkte das Bein. Sein Fuß erreichte das Pedal unterhalb der Pilotenliege, ohne den Gürtel voll zu spannen. Vlad atmete tief durch, dann zog er vorsichtig das linke Bein hoch und hakte den Stiefelabsatz auf den Gürtel. Vorsichtig brachte er den linken Unterarm in seinen Schoß und legte die unverletzte Elle auf den Oberschenkel. Mit der rechten Hand spannte er die Sicherheitsgurte über seiner Brust, die ihn auf der Pilotenliege festhielten.

In seinen Augen brannte der Schweiß. Er zog die Sensorkabel aus den Buchsen am Halsansatz des Neurohelms, löste ihn und warf ihn nach hinten. Er hörte den Helm über die ins Cockpit gestürzten Trümmer poltern, aber das war ihm egal. Er schüttelte wild den Kopf und schleuderte den Schweiß in alle Richtungen davon. Einiges davon tropfte ihm wie ein kalter Nebel wieder auf sein Gesicht.

Er wußte, was er zu tun hatte, auch, daß es unerträglich schmerzen würde – schlimmer als irgendwelche körperlichen Schmerzen, die er je hatte ertragen müssen. Die Wunde, die eine Seite seines Gesichts aufgerissen und ihm die Narbe hinterlassen hatte, die sich noch immer von der Augenbraue bis zum Kinn zog, mußte ebenso geschmerzt haben, aber damals hatten ihn die MedTechs so mit Schmerzmitteln vollgepumpt, daß ein Mech hätte einen Steptanz auf ihm ausführen können, ohne daß er etwas gespürt hätte. In einem der Medpacks in den Staufächern des Cockpits waren alle diese Mittel enthalten, aber hätte Vlad sie benutzt, hätte er seinen Arm nicht mehr richten können.

Schmerzen sind das einzige wahre Anzeichen für Leben.

Schon die leichte Berührung mit den Fingerspitzen fühlte sich an wie ein Schlag mit einem Steinbrocken auf den Bruch, und die Schmerzwellen, die durch seinen Körper zuckten, schienen seine Muskeln in flüssiges Wachs zu verwandeln. Sein Atem stockte, und der Magen schien sich in Richtung des Unterbauches zu verabschieden. Seine Gedärme fühlten sich an, als seien sie mit eisigem Schneematsch gefüllt, und seine Hoden versuchten sich unter dem Schmerz in den Körper zu flüchten.

Vlad schlug mit der rechten Faust auf die Armlehne der Pilotenliege. »Ich bin kein *Jadefalke*. Diese Schmerzen sind *nichts!*« Seine Nüstern blähten sich, als er die kalte Luft in seine Lungen saugte. »Ich bin ein Wolf. Ich werde durchhalten.«

Langsam streckte er das linke Bein. Als der Gurt um das linke Handgelenk sich spannte, verschwamm die Umgebung vor seinen Augen. Er versuchte sich unwillkürlich vorzubeugen, um den Zug zu lockern, aber die Haltegurte hielten ihn fest. Sein linker Arm streckte sich, und der Ellbogen sperrte. Grüne und rote Lichtblitze explodierten vor seinen Augen, und an den Rändern des Sichtfelds kroch Schwärze heran.

Er drückte das Bein weiter vor und senkte die rechte Hand über den Bruch. Der beißende Schmerz, der seinen linken Arm verzehrte, brannte alles, was der Tastsinn der rechten Hand fühlte, in feurig nachgezeichneten, unglaublich feinen Details in sein Gehirn ein. Millimeter um Millimeter schoben sich die Knochen aneinander entlang, während der Gürtel den gebrochenen Knochen zurück an seinen Platz zog. Die kleinste Bewegung ließ Vlads gesamten Körper erbeben und hüllte ihn in einen allgegenwärtigen Schmerz ein, der keinen Anfang und kein Ende zu haben schien. Und trotzdem wußte er durch die tastende Rechte, daß die Enden des Speichenknochens noch immer weit voneinander entfernt waren und trotz Äonen der Folter schwer ihr Ziel erreichen würden.

Das Knirschen mahlender Zähne hallte durch sein Gehirn und übertönte fast das erste leise Knacken der zurück in Position gleitenden Knochen. Beinahe hätte er den Gurt locker gelassen, hätte sich eingeredet, daß alles in Ordnung und das, was seine rechte Hand fühlte, eine Täuschung sei. Ein Feuersturm der Schmerzen brandete durch seinen Körper. Im Inferno dieses Feuers fühlte er seine Entschlossenheit zerschmelzen.

Dann sah er Ulrics Mech vor seinem inneren Auge, wie er noch einen Schritt tat.

Ich werde nicht kapitulieren.

Mit einem verzweifelten Aufschrei streckte Vlad das linke Bein. Knochen knirschten, die untere Hälfte der Speiche erreichte die Höhe des Bruches, glitt daran vorbei. Die Lücke zwischen den Enden des Knochens schien unendlich weit, aber er wußte, daß dies eine Illusion war. Er schloß die Rechte über den Bruch, preßte. Die Knochen faßten.

Das silbergrelle Gewitter, das sich von der Bruchstelle ausbreitete, verkrampfte seine Wirbelsäule und rammte ihn gegen die Haltegurte der Liege. Er hing endlos in ihrem Griff. Seine Lungen brannten vor Sauerstoffmangel. Er wollte schreien, und seine Kehle loderte, als würde er es tun, doch das einzige, was er hören konnte, war das keuchende Pfeifen, mit dem das letzte Quentchen Atemluft aus seinen Lungen gedrückt wurde.

Seine Muskeln entspannten sich, und die Gurte warfen ihn zurück in die Polster. Er fühlte neue Schmerzwellen, aber sein Nervensystem hatte sich noch nicht vom letzten Ansturm erholt und meldete nur ein fernes Echo an sein Gehirn. Er machte einen flachen Atemzug, dann noch einen und einen dritten. Mit jedem Atemzug erreichte mehr Luft seine Lungen, und sein Körper ließ sich allmählich davon überzeugen, daß Atmen ihm nicht schadete. Langsam nahm er seine normalen Funktionen wieder auf.

Der Bruch pulsierte noch vor Schmerzen, aber der Knochen war gerichtet. Vlad wußte, daß er im Medpack der Pilotenliege eine Schiene finden konnte, aber er besaß nicht die Kraft, sich aus den Gurten zu befreien und danach zu suchen. Er ließ den Kopf zuerst zur einen Seite fallen, dann zur anderen, um den Schweiß aus den Augen laufen zu lassen. Es brachte nicht allzuviel, aber in Verbindung mit dem Atmen war es doch eine deutliche Erleichterung.

Als seine Kraft langsam zurückkehrte, gestattete Vlad sich, etwas davon für ein Grinsen zu verschwenden. Er hatte die erste Prüfung bestanden, auch wenn er wußte, daß andere folgen würden. Es gab Feinde, die es zu vernichten, und Verbündete, die es zu benutzen galt. Der Krieg – offiziell ein Widerspruchstest – zwischen den Jadefalken und den Wölfen hatte beide Seiten schwer angeschlagen. Daran, daß er nicht augenblicklich geborgen worden war, erkannte Vlad, daß die Jadefalken gewonnen hatten. Das bedeutete, er würde sich an die Falken wenden müssen, die seine Abscheu vor der Inneren Sphäre teilten. *Besser, ich suche nach Helfern bei den Geisterbären. Sie sind alte Verbündete der Wölfe.*

Vlad nickte langsam. *Es gibt vieles, um das ich mich*

kümmern muß. Ich kann meine Wartezeit hier im Cockpit darauf verwenden, alle Punkte zu überdenken. Diejenigen, die nach mir graben werden, werden sich für Grabräuber halten und zu Rettern werden. Was sie nicht ahnen können, ist, daß sie damit den Grundstein für die Zukunft der Clans legen.

2

**Einstweiliges Hauptquartier
der 11. Lyranischen Garde,
Elarion City, Wyatt
Isle of Skye, Lyranische Allianz**

12. Dezember 3057

Das wird ein Desaster, dachte er, als er Haltung annahm und die Hacken zusammenschlug. »Hauptmann Caradoc Trevena meldet sich wie befohlen, Sir.«

Ohne aufzustehen, hob Kommandant Grega zwei Finger an die Stirn und deutete auf den schweren Holzstuhl vor seinem Schreibtisch. »Hinsetzen.«

Eine halbe Sekunde dachte Caradoc daran, sich zu weigern und statt dessen bequem stehenzubleiben, aber seine vierzehn Jahre Militärdienst hatten ihre Spuren hinterlassen. Er setzte sich, zwang sich aber, seinem Vorgesetzten gerade aufgerichtet zu begegnen, statt auf dem unbequemen Möbelstück herumzurutschen. Er schaute dem Kommandanten ins Gesicht und suchte nach einem Anzeichen dafür, daß seine Lage nicht ganz so schlimm war, wie er es befürchtete.

Grega zog eine graue Diskette aus dem Computer und warf sie auf die steinerblaue Schreibtischgarnitur. »Ich habe mir Ihre Akte angesehen, Hauptmann. Sie ist wirklich bemerkenswert. Sie haben 3043 Ihren Dienst angetreten, kurz nach den Feiern von 3039.« Mehrere Reihen Gefechtsabzeichen auf der linken Brustseite von Gregas Jacke zeigten, daß er den Krieg nicht verpaßt hatte. »Und obwohl Sie während der gesamten Clan-Invasion Teil der Vereinigten Commonwealth-Streitkräfte waren, haben Sie nicht ein einziges Mal in einer Einheit gedient, die einen Kampfeinsatz hatte. Wie kommt das?«

Doc zuckte die Schultern. »Glück?« Noch bevor er

es gesagt hatte, wußte er, daß das die falsche Antwort war. Für Leute wie Grega – die unter Feindbeschuß gelegen hatten – war er nur auf dem Papier ein Veteran. Er hatte *während* des Konflikts gedient, aber nicht *darin*. Selbst in den jüngsten Kämpfen, als die Liga der Freien Welten das Vereinigte Commonwealth überfallen und Systeme zurückerobert hatte, die ein Vierteljahrhundert vorher verlorengegangen waren, hatte seine Einheit sich herausgehalten. Die Elfte hatte sich entschlossen, Katrina Steiners Proklamation zu folgen, mit der sie die Neutralität der Lyranischen Allianz verkündete. Sie hatten ihren Posten auf dem umkämpften Planeten Calliston aufgegeben und waren nach Wyatt »heimgekehrt«.

Grega atmete langsam aus. »Glück? ist genau diese Haltung, die uns hier Sorgen macht, Hauptmann. Sie haben nicht gerade die Art von Laufbahn hinter sich, die man anstrebt.«

Ich gehe jede Wette ein, daß die Toten liebend gerne meine Laufbahn gehabt hätten. Doc beugte sich vor und legte die verschränkten Hände auf den Schreibtisch. »Ich bin nicht sicher, ob ich diese Einschätzung verstehe, Kommandant. Alle meine Beurteilungen waren zufriedenstellend.«

»Trotzdem wurden Sie bereits zweimal übergangen, als Beförderungen anstanden. Und wäre die Clan-Invasion nicht gewesen, hätte man Sie schon längst ausgemustert.« Grega klopfte mit dem Zeigefinger auf die Diskette. »Zur Zeit haben Sie keine Chance auf eine Beförderung.«

Stimmt, aber das liegt nicht an meiner Laufbahn. Die 11. Lyranische Garde war eine Schlüsseleinheit der VCS gewesen, ein Bollwerk gegen mögliche Aggressionen der Liga Freier Welten in der Mark Sarna. Als sie abgezogen war und sich der neugegründeten Lyranischen Allianz angeschlossen hatte, fiel ihr eine ebenso entscheidende Rolle in den neuen Lyranischen

Allianzstreitkräften zu. Sein Verbrechen war die Neigung, Witze wie »Letztes Aufgebot Steiners« über die neue Abkürzung LAS komisch zu finden, etwas, das in den Augen der meisten LASer an Hochverrat zu grenzen schien.

In der Regel stammten Krieger, die solche Scherze machten und über sie in Gelächter ausbrachen, aus der Davion-Hälfte des Vereinigten Commonwealth. Katrina Steiner hatte sich geweigert, ihrem Bruder gegen die Invasion der Mark Sarna zu helfen, sich vom Vereinigten Commonwealth losgesagt, ihr neues Reich Lyranische Allianz getauft und alle loyalen Truppen heimgerufen. Die Militärs, die diesem Ruf gefolgt waren, wie die Kommandeure der 11. Lyranischen Garde, waren eiserne Steiner-Loyalisten, die ein gewisses teutonisches Humordefizit in bezug auf das Militärleben im allgemeinen und ihre jeweilige Einheit im besonderen zeigten.

Grega lehnte sich in seinem Sessel zurück und strich sich über die schütteren Reste braunen Haars auf seinem halbkahlen Kopf. »Ich weiß, Sie sind in einer unangenehmen Situation, Hauptmann. Es muß ein ziemlicher Schock für Sie gewesen sein, als Ihre Frau sich bei unserem Abzug geweigert hat, Calliston zu verlassen. Ihre Karriere hat sich totgelaufen, und angesichts der noch weitere zehn Jahre dauernden Laufzeit des Clan-Waffenstillstands sind Ihre Chancen auf einen Kampfeinsatz und eine entsprechende Wiederbelebung Ihrer Karriere gleich Null.«

Doc zuckte die Achseln. »Mein Pech, daß wir von Calliston geflohen sind.«

»Marschallin Sharon Byran hat sich *entschlossen*, der Aufforderung der Archontin an die lyranischen Truppen, in die Allianz zurückzukehren, nachzukommen. Ihr Pech war es, daß Ihnen dadurch jede Chance auf eine Beförderung genommen wurde.« Der Blick aus Gregas grauen Augen verhärtete sich. »Aber ich habe eine gute Nachricht für Sie, Hauptmann. Die Lyranischen Allianzstreitkräfte sind bereit, Ihnen eine großzügige Abfindung zu zahlen, sollten Sie sich entschließen, auszumustern. Ihre vierzehn Dienstjahre berechtigen Sie noch nicht *per se* zum Erhalt einer Pension, aber wir sind bereit, Ihnen 20 000 Kronen und eine ehrenhafte Entlassung anzubieten, die Ihnen den vollen Anspruch auf medizinische Versorgung für Veteranen der Streitkräfte und eine Umschulung gibt. Ich würde meinen, dieses Angebot ist mehr als fair.«

»Würde das auch einen Flug zurück nach Kestrel einschließen?«

Grega breitete die Hände aus. »Ich befürchte, derzeit sind unsere Transportmöglichkeiten begrenzt, aber es steht Ihnen frei, private Transportdienste in Anspruch zu nehmen.«

»Was mich mit meinen 20 000 Kronen etwa bis nach Terra bringen würde.«

»Vielleicht etwas weiter.«

»Ich dachte, die Lyranische Allianz übernimmt die vollen Kosten für Bürger, die zurück ins Vereinigte Commonwealth umsiedeln wollen?«

Grega versuchte erfolglos, ein Lächeln zu unterdrücken. »Ich befürchte, das ist eine andere Regierungsbehörde. Was für ein Pech.«

Doc lehnte sich zurück. »Ich scheine auf derartiges Pech abonniert zu sein.«

Der Kommandant nickte. »Der Eindruck könnte tatsächlich entstehen.«

»Ja, wissen Sie, Kommandant, ich glaube daran, daß geteiltes Leid halbes Leid ist.« Seine Stimme entwickelte eine gewisse Schärfe, und es kostete ihn Mühe, nicht loszubrüllen. »Wie wäre es, wenn wir in den Graben steigen? Sie scheuchen alle Papierveteranen, die Sie finden können, aus der Einheit und ersetzen sie durch Steiner-Helden, um diese Einheit zu einem Schaustück der LAS zu machen. Das ist eine Säuberung, nicht mehr und nicht weniger.«

»Wir sind eine Militärorganisation, keine politische Partei.«

»Das hätte ich mir denken können, daß Sie kurzsichtig genug sind zu denken, ich könnte glauben, Politik und Militär hätten nichts miteinander zu tun – ich bin kein Idiot!« Doc bewegte sich vor und klopfte auf die Diskette vor Grega. »Wenn Sie sich meine Akte ernsthaft angesehen hätten, Kommandant, wäre Ihnen etwas Wichtiges aufgefallen. Meine Beurteilungen sind deshalb alle so gut, weil ich immer wieder Kompanien mit MechKriegern zugeteilt wurde, deren Leistungen deutlich unter dem Durchschnitt lagen. Jede Einheit, bei der ich gedient habe, war vor meiner Ankunft nicht viel wert, und das schließt Ihre 3. Sturmkompanie ein, aber sie war leistungsfähig und kampfbereit, als ich mit ihr fertig war. Ich bin vielleicht nicht derjenige, der das Schwert schmiedet, aber ich bin es, der es schärft, und unsere Vorgesetzten haben erkannt, daß darin mein Wert liegt. Eine Beförderung hätte verhindert, daß ich diese Funktion weiter ausübe, und sie hielten mich für diese Funktion am besten geeignet.« Er kniff die Augen zusammen. »Außerdem haben Sie sich von zwei haltlosen Annahmen über meine Position leiten lassen, Sir. Erstens denken Sie, ich sei als Krieger ein Versager, nur weil ich noch keinen Gefechtseinsatz mitgemacht habe und nicht befördert worden bin. Sie glauben, ich sei unfähig und könnte nicht kämpfen. Das kann ich sehr wohl. Sie sind sich sicher, ich würde im Feld zusammenklappen, aber Sie ignorieren die Leistungsbilanz der Einheiten, die ich ausgebildet habe – die ist nämlich verdammt gut. Und wenn ich sie angeführt hätte, wäre die Leistung noch besser gewesen, weil ich unsere Gegner studiert habe. Ich kenne sie, ihre Taktiken und wie man sie besiegt. Unter gleichen Bedingungen hätte ich keine Probleme damit, gegen die Falken oder die Wölfe anzutreten.«

Grega schüttelte langsam den Kopf. »Tsk, tsk, vielleicht sollte ich der Archontin eine Nachricht schicken, damit sie Sie zu ihrem Berater ernennt.«

Sie könnte, verdammt noch mal, einen gebrauchen. Doc schluckte die Bemerkung hinunter. Er hatte keine Probleme damit, auf dem schmalen Grat zwischen Widerspruch und Insubordination zu balancieren, aber er würde ihn nicht danebentreten. »Vielleicht sollten Sie das, Kommandant. Sie würde Ihnen nämlich alles über den Befehl der Archontin 5730023 – Reorganisation der Lyranischen Allianzstreitkräfte – erzählen. Ich habe ihn gelesen. Da sich die LAS und die Clans offiziell im Kriegszustand befinden, ist eine Entlassung von Offizieren auf Kompanieebene nur in einem Kriegsgerichtsverfahren möglich. Sie haben nichts gegen mich in der Hand, was die Einberufung eines Verfahrens gegen mich rechtfertigen könnte. Solange ich nicht freiwillig ausscheide, werden Sie mich nicht los.« Er verschränkte die Arme vor der Brust. »Sie haben sich eingebildet, ich würde es Ihnen leichtmachen. Aber ich denke nicht daran. Sie dachten, nachdem meine Frau mich verlassen hat und meine Karriere im Leerlauf hängt, hätte ich nichts mehr, für das es sich zu leben lohnt, und würde mich wie ein geprügelter Hund abschieben lassen. Nun, Sie haben sich geirrt. Ich habe noch etwas, für das es sich zu leben lohnt, Sir: dafür zu sorgen, daß Sie es *schwer* haben. Wenn ich zulasse, daß Sie mich herumschubsen, zerstören Sie als nächstes womöglich das Leben eines Kameraden, der tatsächlich eines hat.«

Grega hob eine Augenbraue. »Sind Sie fertig?«

»War ich das nicht schon, bevor ich hierhergekommen bin?«

»In gewissem Sinne mag das stimmen.« Grega zuckte die Achseln. »Aber *wie* fertig Sie sind, war zu dem Zeitpunkt noch nicht in Stahlbeton gegossen. Sie sind nicht der erste Offizier, der mir mit BdA-5730023 kommt, auch wenn ich gerade von *Ihnen* keinen Protest erwartet hätte. Ihre Argumente über Ihre Leistungen erscheinen mir reichlich selbstverliebt und Anzeichen eines überzogenen Ego, aber ich muß sagen, die Ironie dieser Argumentation finde ich ausgesprochen köstlich.«

Gregas präzise Aussprache des Wörtchens ›köstlich‹ beunruhigte Trevena. Er formte die Lippen präzise um jede Silbe, als sei das Wort ein Messer, mit dem er Doc aufschlitzen wollte. *Er genießt es. Das gefällt mir überhaupt nicht.*

»Sehen Sie, Hauptmann Trevena, es gibt Einheiten, die mit sehr viel Bedacht speziell als Auffangbecken für Krieger so wie Sie ausgewählt worden sind.«

»Einheiten an der Clanfront?«

»Das würde Ihnen gefallen, nicht wahr?« Grega schüttelte den Kopf. »Natürlich müssen diese Welten durch Einheiten mit fragloser Loyalität und überlegenen Fähigkeiten gesichert werden. Es wäre ausgesprochen nachlässig von mir, Sie einer solchen Einheit zu überstellen, ungeachtet Ihrer Selbsteinschätzung. Nein, Sie werden eine Kompanie der 10. Skye Rangers auf Coventry übernehmen.«

Caradoc setzte ein trotziges Grinsen auf, aber innerlich fühlte er sich dem Tode nah. Die Isle of Skye war ein Bruthrerd der Davion-Feindlichkeit und die Rangers eine Ansammlung der loyalsten Söhne und Töchter der Region. Herzog Ryan Steiner hatte Skye als Machtbasis für einen Putschversuch benutzt, der die Mark Skye aus dem Vereinigten Commonwealth gelöst hätte, und er war auch der Kopf hinter der Bewegung Freies Skye gewesen, die erst im letzten Jahr in einigen der dortigen Systeme eine offene Rebellion geschürt hatte. Victor Davion hatte den Aufstand niedergeschlagen und in den Augen vieler Außenstehender den Befehl für das Attentat gegeben, dem Ryan Steiner auf Solaris zum Opfer gefallen war. Die Gray Death Legion hatte die 10. Skye Rangers auf Glengarry besiegt, und die Umstrukturierung war vermutlich der Versuch der LAS, die Einheit an die Kandare zu legen.

Eine Einheit wie die 10. Rangers mit Leuten zu füllen, die noch keinen Kampfeinsatz gesehen hatten oder wenig Neigung zum Kampf besaßen, erschien ihm als gute Chance, dieses Ziel zu erreichen. Wenn Doc Glück hatte, standen ihm sechs harte Jahre bevor, bis er in Pension gehen konnte. Nach dem Befehl über eine derartige Skye-Einheit würde ihm wohl alles andere als Verbesserung erscheinen, und die Vorstellung, sich mit halben Bezügen zur Ruhe zu setzen, war verlockend. *Wenn ich solange durchhalte.*

Die einzige Möglichkeit einer vorzeitigen Entlassung, auf die er angesichts der Garnisonswelt der Einheit hoffen konnte, blieb wohl der Tod bei einem Manöverunfall. Coventry war einer der wichtigsten Planeten der Lyranischen Allianz, so daß die Stationierung ehrenhaft erschien, aber in Wahrheit war sie ein Witz. Coventry lag tief genug im Innern der Allianz, daß es einen entschiedenen Vorstoß der Clans bräuchte, diesen Planeten zu erreichen. Hinzu kam, daß die Coventry-Akademie ein eigenes Kadettencorps besaß und die Coventry-Miliz eine der besttrainierten Einheiten im gesamten Lyranischen Raum war – vor allem, weil sie aus Kriegern bestand, die nebenher als Testpiloten für die Mechfabriken von Coventry Metal Works arbeiteten.

Wir werden nicht einen einzigen Kampfeinsatz erleben, und zwei ultraloyale Einheiten werden uns unablässig im Auge behalten. Ihn auf ein Sprungschiff zu setzen, das Kurs auf ein schwarzes Loch nahm, war so ziemlich die einzige Alternative, die seiner Karriere ein noch unrühmlicheres Ende hätte sichern können, als es ein mit 20 000 Kronen erkaufter Abschied mit sich bringen würde.

Doc nickte. »Ich hab' mir sagen lassen, daß das Wetter auf Coventry sehr angenehm ist. Ich schicke Ihnen ein Hologramm, wie ich mir die Sonne auf den Bauch scheinen lasse.«

»Bitte, tun Sie das, Hauptmann.« Grega stand auf und deutete mit der offenen Hand zur Tür. »Sie kennen ja wohl den Spruch: Besser man hat Glück als Können. Jemand wie Sie, dem beides abgeht, ist schon ein tragischer Fall.«

»Das ist ein Urteil, das der Geschichte vorbehalten bleibt, Sir.«

»Die Sieger schreiben die Geschichtsbücher, Hauptmann.«

»Nein, Sir, die *Überlebenden* schreiben sie.« Doc salutierte. »Und im Hinblick auf meine Leistungen auf dem Gebiet sollten Sie hoffen, daß ich mich wohlwollend an Sie erinnere.«

»Und Sie, Hauptmann, sollten hoffen, daß ich mich überhaupt an Sie erinnere.«

3

Boreal, Wotan
Jadefalken-Besatzungszone

13. Dezember 3057

Vlad duckte sich in der Dunkelheit des Cockpits unter die Pilotenliege, als von oben Stimmen zu ihm herunterdrangen, begleitet von herabfallendem Geröll. Noch während die Mechs über ihm an der Freilegung des *Waldwolfes* gearbeitet hatten, hatte er einiges an Schutt aus dem hinteren Teil der Kanzel nach vorne geholt und auf die Pilotenliege geschichtet, um seine Stellung zu befestigen. Die Laser der Suchmannschaft würden einige Zeit brauchen, um sich durch die Steine zu brennen, hinter denen er sich verschanzt hatte.

Vlad hatte die letzten beiden Tage konstruktiv genutzt. Mit einem der Laser in seiner Überlebensausrüstung hatte er einen schmalen Schacht in den Steinhaufen über dem Mech gebrannt. Nicht, um seine Luftzufuhr zu sichern – der Schutthaufen war porös genug, um ihm ausreichend Atemluft zuzugestehen. Nein, das Laserloch sollte der Suchmannschaft einen Hinweis darauf geben, daß er den Kollaps des Gebäudes überlebt hatte und zumindest irgendwann vor ihrem Eintreffen noch aktiv gewesen war. Eine einfachere Methode, Hilfe zu rufen, die er sich im übrigen noch für den Fall vorbehalten hatte, daß seine Nahrungsrationen zur Neige gingen, wäre gewesen, den Laser nachts abzufeuern und den roten Lichtstrahl am Himmel spielen zu lassen. Aber damit hätte er nicht nur Retter gerufen, er hätte auch jeden Zweifel an seinem Überleben ausgeräumt. Das wiederum erschien Vlad keineswegs angesagt, um seine weitere Existenz zu sichern.

Vandervahn Chistus Mord an ilKhan Ulric Kerensky

konnte nur darauf angelegt gewesen sein, den anderen Khan der Jadefalken daran zu hindern, sich zum neuen ilKhan aufzuschwingen. Khan Elias Crichell war ein begnadeter Politiker – wie schon die Tatsache bewies, daß er seinen Rang lange über den Zeitpunkt hinaus hatte halten können, an dem er das Cockpit eines Mechs gegen Büro und Datenterminal eingetauscht hatte. Crichell hatte die politische Krise arrangiert, die im Krieg zwischen Falken und Wölfen ihren Höhepunkt fand, und es Chistu überlassen, diesen Krieg zu führen.

Aber auch wenn Crichell über große Macht verfügte, einschließlich vieler Gefallen, die ihm die Khane anderer Clans schuldeten, hatte Vandervahn Chistu Ulric Kerensky getötet, eine Tat, die ihm leicht das nötige Ansehen verschaffen konnte, um den Titel des Khans der Khane, des Führers aller Clans, zu beanspruchen. Der Glanz dieses einen Kampfes gegen Ulric mochte genügen, ihn Elias Crichell ausstechen zu lassen, wenn das Clan-Konklave auf Strana Metschty zusammentrat, um einen neuen ilKhan zu wählen. Ulric hatte einen Bruch des ComStar-Waffenstillstands abgelehnt, und Vandervahn Chistu hatte ihn getötet, was Chistu zum logischen Anwärter machte, um den Krieg gegen die Innere Sphäre wieder einzuläuten.

Es sei denn, ich habe Gelegenheit, die Wahrheit darüber bekanntzumachen, was hier auf Wotan tatsächlich geschehen ist. Sollte die Wahrheit über Ulrics Tod öffentlich werden, standen die Chancen Chistus auf das Amt des ilKhans schlechter als die Ulrics auf Wotan. Die anderen Khane würden ihn aus dem Großen Konklave ausstoßen, und ohne Zweifel würde ihm das Jadefalken-Konklave seinen Rang aberkennen. Wenn er Glück hatte, würde man ihn einer Solahma-Einheit zuteilen, in deren Reihen er den Rest seiner Tage damit verbringen würde, Jagd auf Banditen und anderen Abschaum zu machen, der Beachtung eines wahren Kriegers nicht würdig war. *Aber wahrscheinlich werden sie ihn einfach töten – in Fragen der Ehre sind die Jadefalken nicht sonderlich flexibel.*

Chistu konnte nicht riskieren, daß Vlad erzählte, was er gesehen hatte. Ohne Zweifel würde die Suchmannschaft es darauf anlegen, sicherzustellen, daß er sein Cockpit nicht lebend verließ. Seine einzige Überlebenschance bestand darin, die ersten, die zu ihm herabstiegen, zu neutralisieren und dann zu fliehen, bevor irgendeiner der an der Oberfläche Verbliebenen Hilfe herbeirufen konnte. Vlad war sicher, daß die Rettungsmannschaft aus wenigen Mitgliedern bestehen würde, damit Chistus Geheimnis gewahrt blieb.

Licht fiel in sein Cockpit und spielte über die Wände. Vlad konnte die Scheinwerferkegel sehen, die über die zersprungenen, geborstenen Sichtschirme zuckten. Das war ein Fehler: Seine Retter hatten genug Schutt weggeräumt, um ihm ein Entkommen zu gestatten, wenn er erst frei war.

Ein Seil senkte sich durch das Loch im Kanzeldach. »Sterncaptain Vladimir, hörst du mich? Hier ist Sterncaptain Marialle Radick. Bist du verletzt?«

Vlads Augen verengten sich. Marialle Radick war seine Partnerin bei der Anklage gegen den ilKhan vor dem Konklave der Wölfe gewesen. Ulric hatte sie während des Krieges gegen die Jadefalken sogar vom 16. Kampfsternhaufen zur 11. Wolfsgarde versetzt. Daß sie die Kämpfe überlebt hatte, überraschte ihn nicht – sie war eine gute MechKriegerin –, aber ihre Beteiligung an seiner Bergung verwirrte ihn. *Haben wir möglicherweise doch gewonnen?*

»Ich bin hier, Sterncaptain.«
»Ich komme hinunter.«
»Allein.«
»Wie du willst.«
»Und unbewaffnet.«

In ihrer Antwort lag ein leises Zittern. »Wie du willst, Sterncaptain.«

Vlad hob die Hand und legte sie über das linke Auge. Auf diese Weise konnte eine herabgeworfene Lichtbombe ihn nur auf einem Auge blenden, so daß er trotzdem in der Lage war zu feuern, wenn sie kamen. Vor ihm auf dem Boden lag die Gasmaske aus seiner Überlebensausrüstung. Er konnte sie anlegen, noch bevor sich das Cockpit mit Betäubungs- oder Tränengas gefüllt hätte.

Das Seil tanzte etwas, dann erschienen die Umrisse gestiefelter Füße zu beiden Seiten des Loches im Kanzeldach. Eine Sekunde später gab das Dach nach und krachte ins Innere der Kanzel. Vlad blieb sicher in seinem Versteck, während in der Enge des Cockpits eine Staubwolke aufgewirbelt wurde.

»Bist du verletzt? Ich hatte nicht damit gerechnet, daß es einbricht.«

»Komm weiter.«

Marialle Radick ließ sich ins Mechcockpit herab. Sie war klein und schlank, und in dem dunklen Overall, der eng an ihrer schmalen Taille anlag, wirkte sie wie ein Kind. Ihre blonden Haare waren im Nacken zu einem festen Knoten gebunden. Ihre bernsteingelben Augen leuchteten im von oben reflektierten Licht. »Wie geht es dir?«

»Ich bin verletzt, aber nicht schwerwiegend.«

Sie nickte. »Ich habe ein Licht, falls du keines hast.«

»Ich habe Licht, gebündelt und ungebündelt. Ich ziehe es vor, nur letzteres zu benutzen, aber erst muß ich wissen, wie sich die Situation draußen darstellt. Heute ist der Dreizehnte, frapos?«

»Pos. Ulric fiel am Zehnten.«

»Ich weiß. Ich habe ihn sterben sehen.«

»Aber er starb einige Kilometer weiter im Norden... Was machst du hier?«

»Bitte laß mich die Fragen stellen.« Vlad hustete

leise. »Und ich versichere dir, ich bin bei Verstand – ich habe keine Kopfverletzung erlitten. Haben wir gewonnen?«

»Neg.«

»Und es hat keine Repressalien gegen die Wölfe gegeben?«

»Es gab ein Abschwörungsritual gegen diejenigen unserer Geschwister, die sich von Wotan zurückgezogen haben, und diejenigen, die mit Khan Phelan geflohen sind.«

»Eine Abschwörung.« Das Ritual machte Sinn, denn es verbannte diejenigen, die geflohen waren. Ein solcher Schritt war selten und Fällen schwerer Feigheit oder Pflichtvergessenheit vorbehalten. Ein abgeschworener Krieger verlor seinen Blutnamen, falls er einen besaß, und jede Chance, daß sein Genmaterial in das Zuchtprogramm des Clans aufgenommen wurde.

Vlad hätte keine Abschwörung gegen die geflohenen Wölfe durchgeführt, weil er seinen Führungsanspruch über die in die Innere Sphäre gezogenen Wölfe nicht hätte aufgeben wollen. Irgendwann in der Zukunft mochte es möglich sein, sie zurück in den Clan zu holen, aber nach einer Abschwörung würde das sehr schwierig werden. *Das Ritual wurde zu früh abgehalten. Ein weiterer Beweis dafür, wie dringend ich benötigt werde.*

»Die Abschwörung erschien angesichts der Umstände als die beste Möglichkeit. Die auf Morges besiegten Wölfe werden in keiner Weise mit uns in Verbindung gebracht werden können.«

»Das wäre nicht gut.« Phelan und eine beträchtliche Anzahl Wölfe waren in die Innere Sphäre geflohen. Sie standen auf einem Planeten namens Morges den Jadefalken gegenüber. Vlad war sich längst nicht so sicher, wie Marialle es zu sein schien, daß die Wölfe unterliegen würden, aber es war eine gute Idee, Rückschläge wegen der Kämpfe auf Morges vorzubeugen. »Wer hat dich geschickt, um nach mir zu suchen, Sterncaptain?«

»Standardbergungsauftrag. Die Luftaufklärung hat in diesem Gebiet eine Menge Gefechtsschäden entdeckt. Der Zusammenbruch dieses Gebäudes sah nicht nach Bombenschaden aus, deshalb wurden wir hergeschickt, um nachzusehen.«

»Ihr habt keinen Befehl, mich zu töten?«

»Dich zu töten?« Sie blinzelte verstört. »Wir wußten nicht einmal, daß du es bist, bis wir genug von deinem Cockpit freigelegt hatten, um zu sehen, daß es zu einem *Waldwolf* der 11. Garde gehörte. Dein Name steht an der Seite.«

Ist Chistu dermaßen dumm? »Sterncaptain, ich werde jetzt meine Lampe einschalten.« Vlad schob die Taschenlampe, die er an den Lauf der Laserpistole geklebt hatte, an der Kante der Pilotenliege entlang. Der Schalter klickte in Position, und er richtete das Licht auf sie. »*Freigeburt!*«

»Was ist?«

Die Frau vor seinem Laser trug einen grünen Overall mit Jadefalken-Insignien auf den Schultern. Er kannte Marialle Radick gut, und er erkannte ihr Gesicht und ihre Figur, aber sie im Smaragdgrün einer Jadefalken-Kriegerin zu sehen, warf ihn völlig aus der Bahn. Beinahe hätte er den Abzug der Laserpistole betätigt, aber er konnte sich gerade noch bremsen. Er hob die Waffe zur Kanzeldecke und tauchte sie wieder in Dunkelheit.

»Warum bist du wie eine Falkin gekleidet?«

»Weil ich eine bin.«

Das ist unmöglich. Er konnte sich nicht vorstellen, daß Marialle sich den Falken ergeben hatte. Und selbst wenn, hätten die sie zuerst zur Leibeigenen gemacht und ihr frühestens einige Zeit später gestattet, wieder eine MechKriegerin zu werden. *Und sie hieß immer Ma-*

rialle Radick, aber die Jadefalken besitzen kein Blut dieser Linie. Es ist eine reine Wolf-Blutlinie.

»Wieso bist du eine Jadefalkin?«

»Das sind wir jetzt alle, Vlad. Die Wölfe haben einen Absorptionstest verloren. Wir sind jetzt alle Jadefalken.«

Vlad blieb der Mund offenstehen. »Was?«

»Khan Vandervahn Chistu hat uns Überlebenden erklärt, daß wir in die Jadefalken absorbiert würden. Deswegen das Abschwörungsritual – er konnte nicht zulassen, daß auf Morges Jadefalken gegen Jadefalken kämpfen.«

»Aber das war niemals ein Absorptionstest.«

»Nicht formell, das stimmt, aber Khan Vandervahn Chistu sagte, daß es automatisch zu einem Absorptionsritual wurde, als die Khane Natascha Kerensky und Phelan Ward alles in den Widerspruchstest geworfen haben, was die Wölfe hatten.« Marialle beugte sich etwas vor. »Es hat mir nicht gefallen – keinem von uns hat es gefallen –, aber die Logik ist unangreifbar. Unser Krieg gegen die Jadefalken hat sie schwer getroffen und uns ebenso. Allein ist keiner unserer Clans stark genug, sich durchzusetzen, aber gemeinsam sind wir eine furchtbare Streitmacht. Die Krieger, die überlebt haben, sind die besten beider Seiten. Khan Vandervahn Chistu nannte es ein Stahlgewitter, in dem die Verunreinigungen beider Clans weggebrannt wurden.«

Vlad verzog das Gesicht. »Der Widerspruchstest fand als Antwort auf die Anklage des Völkermords und Hochverrats gegen Ulric Kerensky statt. Die Wölfe haben die Jadefalken auf jeder Welt besiegt, um die wir gekämpft haben, außer dieser.«

Marialle warf ihm einen stechenden Blick zu. »Es war wohl eher ein Unentschieden. Die Falken haben uns nach Ulrics Tod ihre Bedingungen genannt. Sie waren ehrenvoll, und wir haben sie akzeptiert. Einige von uns rannten zu Phelan, andere blieben hier.«

»Und Phelan kämpft noch. Die Wölfe sind noch nicht besiegt, Sterncaptain Marialle Radick.«

»Wie meinst du das?«

»Die Chronologie der Ereignisse, wie du sie mir geschildert hast, erweckt bei mir den Eindruck, daß Khan Chistu unsere Absorption verkündet und *dann* das Abschwörungsritual durchgeführt hat, um die Wölfe zu verbannen, die auf Morges gegen die Jadefalken kämpfen, frapos?«

»So war es, pos.«

»Aber die Wölfe können nur absorbiert werden, wenn sie besiegt sind, frapos?«

»Pos.« Auf Marialles Stirn trat eine tiefe senkrechte Falte. »Du willst sagen, wenn Phelan die Jadefalken besiegt, kann er zurückkehren und Khan Chistu zu einem Widerspruchstest über die Absorption und Abschwörung herausfordern.«

»Chistu bräuchte Phelans Herausforderung nicht anzunehmen, weil ihm abgeschworen wurde. Es bräuchte einen Wolf, um die Absorption anzufechten, aber alle Wölfe hier auf Wotan sind Jadefalken geworden.«

»Außer dir.«

Vlad bleckte die Zähne. »Außer mir. Komm, Sterncaptain, hilf mir aus dieser Gruft.« Er stand langsam auf. »Erzähl mir mehr von dem Märchen, das Khan Chistu über Ulrics Tod verbreitet. Ich werde dir im Gegenzug zeigen, wie unsere Ehre wiederhergestellt werden kann. Du wirst erkennen, warum die Wölfe mir anvertraut wurden.«

4

**Militärisches ComStar-Hauptquartier,
Militärakademie Sandhurst,
Britische Inseln, Terra, Berkshire**

13. Dezember 3057

Präzentorin Lisa Koenigs-Cober unterdrückte ein Gähnen und rieb sich schlaftrunken die Augen, als sie ins Büro des Präzentors Martialum gelassen wurde. Der in dunklem Walnußholz getäfelte und mit Regalen voller antiker ledergebundener Bücher gefüllte Raum erschien ihr ungewöhnlich warm. Durch die hohen gotischen Fenster konnte sie Schnee vom Nachthimmel fallen sehen, und ihr Magen knurrte, als sie sich an die Turbulenzen während des Atlantikgewitters auf ihrem Flug erinnerte.

Der Demipräzentor, der die Tür für sie aufhielt, kündigte sie an. »Präzentorin Koenigs-Cober ist hier, Sir.«

»Danke, Darner, ich brauche dich nicht mehr.« Der Präzentor Martialum war ein hoch aufgeschossener, schlanker Mann, dem man sein Alter nur an der Farbe der Haare und an ein paar Falten im Gesicht ansah. Bei ihren früheren Begegnungen, in Stabsbesprechungen oder bei Truppeninspektionen, hatte er immer eine einfache weiße Soutane getragen, die an der Taille von einer goldenen Schnur zusammengehalten wurde. Diese Uniform widersprach seiner Rolle als oberster Militärbefehlshaber der ComGuards, und sie war immer davon ausgegangen, daß er sie trug, damit man ihn unterschätzte.

Die Gefechtsmontur, die er heute trug, war ebenfalls weiß, aber diese Wahl war eindeutig den Wetterbedingungen zuzuschreiben und hatte keine ComStar-Symbolik. Die Jacke wies keine Rangabzeichen auf, aber die schwarze Augenklappe auf der rechten Seite des

Gesichts stellte sicher, daß ihn jeder ComGuardist erkannte.

Der Präzentor Martialum rieb sich die Hände, dann streckte er sie in Richtung des offenen Feuers aus, das in einem riesigen Kamin an der Seite des Zimmers loderte. Er drehte den Kopf in ihre Richtung, und sie sah in seinem gesunden Auge die Flammen tanzen. »Ich muß mich dafür entschuldigen, daß ich dich um diese Uhrzeit zu mir bestellt habe. Ich hatte gehofft, dir etwas Ruhe gönnen zu können, bevor ich deinen Bericht brauche, aber ich muß in wenigen Stunden dringend nach Morges aufbrechen.«

Lisa blieb einen Moment mit hinter dem Rücken verschränkten Armen stehen und sah ihn an. »Auf Morges kämpfen Elemente der Clans Wolf und Jadefalke gegeneinander. Die Kell Hounds sind ebenfalls dort.«

Anastasius Focht nickte, dann deutete er auf einen der braunen Ledersessel vor dem Kamin. »Es freut mich, daß du dich über das Geschehen außerhalb des Solsystems auf dem laufenden hältst.«

»Jede Truppenbewegung der Clans in Richtung der Waffenstillstandslinie ist von Interesse für mich, Sir. Ich habe nicht vergessen, daß ihr Endziel Terra ist. Vorsicht ist die Mutter der Porzellankiste.« Sie ging zu dem Sessel, hielt aber noch einmal an, bevor sie sich setzte. »Könnte ich Sie nach Morges begleiten, um Gelegenheit zu haben, ihre Kampfweise zu beobachten – über das hinaus, was ich auf Tukayyid gesehen habe?«

»Eine ausgezeichnete Idee, aber ich fürchte, das wird sich nicht machen lassen. Obwohl es sich um einen Notfall handelt, bezweifle ich sehr, daß ich vor Ende des Monats ankommen werde. Auf dem Südkontinent des Planeten sind bereits erste Kämpfe ausgebrochen. Und so, wie die Clans kämpfen, wird die Schlacht ohne Zweifel schon vor meinem Eintreffen entschieden sein.« Der alte Mann senkte einen Moment den Blick. »Weihnachten wird dieses Jahr dort eine blutige Angelegenheit sein.« Der Präzentor Martialum starrte in die Flammen, bevor er sich wieder zu ihr umdrehte. »Aber das ist nicht der Grund, aus dem ich dich gerufen habe. Es wartet viel Arbeit auf dich. Brion's Legion hat Nordamerika verlassen?«

Lisa saß auf der Kante des Sessels und wagte nicht, sich zurückzulehnen, aus Angst, die Umarmung des weichen, warmen Leders könnte sie einschlafen lassen. »Ja, Sir. Mit dem Zerfall der Mark Sarna steigen die Preise für einen Söldnervertrag in astronomische Höhen. Die Legion fliegt nach Pleione, wo sie eine der Schlüsseleinheiten in den Tikonov-Weiten werden wird.«

Focht ließ sich in den Sessel neben ihr nieder. »Ich hoffe, du hast dem Ersten Bereich vorgeschlagen, mit dem Angebot Pleiones für die Dienste Oberst Brions gleichzuziehen. Ich weiß, daß du dich mit Major Iljir gut verstanden hast.«

»Ich weiß es zu schätzen, Sir.« Lisa streckte die Hände zum Feuer aus, aber sie wußte, die Kälte in ihren Gliedern kam von innen. Rustam Iljir hatte sie gebeten, ComStar zu verlassen und mit ihm nach Pleione zu kommen, und sie hatte ihn gebeten, ComStar beizutreten und auf Terra zu bleiben, aber sie hatten beide gewußt, daß der andere diesem Wunsch nicht entsprechen konnte. *Wir haben einander gefragt, weil wir nicht anders konnten, und wir haben beide abgelehnt, weil wir nicht anders konnten.* »Aber die Wahrheit ist, daß wir mit den 21. Centauri-Lanciers eine bessere Einheit bekommen, Sir. Die Legion ist hier auf Terra etwas behäbig geworden. Und die Lanciers können nach ihren Kämpfen gegen die 2. VerCom-Regimentskampfgruppe auf Hsien etwas leichten Dienst gebrauchen. Oberst Haskell ist eine gute Kommandeurin, und ich denke, ihre Truppen werden von der Zeit hier profitieren.«

»Ihre Ankunft ist noch immer für Anfang Januar avisiert?«

»Ja, Sir. Die Sektionen Alpha und Beta der Terranischen Verteidigungsstreitkräfte werden sie durch die Orientierungsmanöver begleiten.«

Der Präzentor Martialum lehnte sich zurück. »Damit dürften sie gegen Ende Februar, Anfang März einsatzbereit sein?«

»Vielleicht schon früher. Oberst Haskell ist bereits dabei, Ersatz für die Piloten anzuheuern, die sie im Gefecht oder durch die Annahme dieses Vertrages verloren hat. Wir überprüfen natürlich alle Anwärter auf ihre Sicherheitsverträglichkeit, aber wir dürften schlußendlich eine Einheit bekommen, die kampferfahrener ist, als es die Legion bei Antritt ihres Vertrages vor sieben Jahren war.«

»Gut. Dann ist Terra nur einen, höchstens zwei Monate lang verwundbar.«

Etwas in diesen Worten ließ einen kalten Schauer über Lisas Rücken laufen. »Verzeihung, Sir, aber besteht wirklich eine Gefahr? Ich weiß, bei den Clans herrscht Unruhe, aber wir sind doch noch weit entfernt von einem Bruch des Waffenstillstands, oder?«

Focht fixierte sie mit seinem verbliebenen Auge. »Ich habe den Waffenstillstand mit ilKhan Ulric Kerensky ausgehandelt. Er sollte fünfzehn Jahre halten, von 3052 bis 3067. Solange Ulric lebt, bin ich sicher, daß die Bedingungen eingehalten werden.«

»Und er ist immer noch ilKhan.«

Der Präzentor Martialum schüttelte den Kopf und ließ die Schultern hängen. »Ich hoffe, daß es so ist, aber ich weiß nicht einmal, ob er noch lebt. Die Nachricht, die ich heute erhielt, wurde vor weniger als einer Woche abgeschickt, und ihr Inhalt läßt mich befürchten, daß Ulrics Leben und der Waffenstillstand ernsthaft gefährdet sind.«

Lisa verzog das Gesicht. Die Nachricht von der Gefährdung des Waffenstillstands mit den Clans hätte zu keinem ungünstigeren Zeitpunkt kommen können. In der Mark Sarna befand sich das Vereinigte Commonwealth im offenen Kriegszustand mit der Konföderation Capella und der Liga Freier Welten. Aus Protest über das Vorgehen der Prinzen Victor Davion, das zum Angriff der Liga Freier Welten geführt hatte, war die Lyranische Allianz aus dem Vereinigten Commonwealth ausgeschieden. Um den Frieden und die politische Stabilität in der freien Inneren Sphäre zu wahren, hatten Einheiten des Draconis-Kombinats – als Friedenstruppen unter dem ComStar-Banner – eine Reihe von zwischen Victor und seiner Schwester Katrina strittigen Systemen besetzt, was den Zorn der Lyranischen Allianz und, bei einigen von Victors Untergebenen, Besorgnis über die Möglichkeit draconischer Angriffe ausgelöst hatte.

Gerade jetzt, wo die freie Innere Sphäre zusammenstehen mußte, brach sie auseinander.

Focht stieß einen müden Seufzer aus. »Ich hoffe, meine Mission auf Morges wird uns dabei helfen zu klären, was bei den Clans vorgeht. Wenn Ulric noch lebt und das Geschehen unter Kontrolle hat, besteht kein Grund zur Sorge. Wenn nicht, hat der nächste Anführer der Clans die Macht, den Waffenstillstand aufzuheben. Zu unserem Glück werden die Clan-Khane auf ihre Heimatwelt – einen Planeten namens Strana Metschty – zurückkehren müssen, um einen neuen ilKhan zu wählen. Als das während der Invasion notwendig wurde, hat es uns fast ein Jahr Ruhe verschafft.«

»Aber wir können uns nicht darauf verlassen, daß sie es wieder tun, oder?«

Focht rutschte unbehaglich im Sessel herum. »Wir können es annehmen, das wohl, aber uns darauf verlassen, nein, das können wir in der Tat nicht.«

Sie nickte. »Wäre es dann nicht ratsam, erfahrenere

Einheiten an die Front zu schicken und die unerfahrenen Truppen hierher zur Ausbildung zurückzurufen? Die Orientierungsmanöver mit den Lanciers würden unseren Leuten eine solide Grundlage liefern.«

»Stimmt, aber damit läge die Verteidigung Terras ausschließlich in der Hand der Lanciers, der Sandhurst-Ausbildungsdivision und deiner unerfahrenen Truppen. Du wirst mir nachsehen, wenn diese Vorstellung nicht gerade zu meiner Beruhigung beiträgt.«

»Aber die Clans werden sich erst durch die übrigen ComGuards in der Freien Republik Rasalhaag hindurcharbeiten müssen, um hierher zu kommen. Wenn ihnen das gelingt, spielen Anzahl und Erfahrung der Truppen, die wir hier auf Terra als letzte Verteidigungslinie haben, kaum noch eine Rolle.«

»Die Clans sind nicht die einzige Bedrohung, der wir uns gegenübersehen.«

Lisa blinzelte überrascht. »Sie glauben doch nicht etwa, daß irgendein Haus der freien Inneren Sphäre das Solsystem angreifen würde.«

Focht zuckte die Achseln. »Wozu Sun-Tzu Liao fähig ist, steht in den Sternen, und Katrina Steiner erweist sich auch nicht gerade als berechenbar. Aber meine Sorge richtet sich weniger auf mögliche aggressive Neigungen der Nachfolgerfürsten als auf Maßnahmen unserer ehemaligen Ordensbrüder.«

»Blakes Wort.«

»So ist es.«

Die vorläufige Beendigung des Krieges gegen die Clans hatte ComStar nicht minder ernsthaft zerrissen, wie es der Inneren Sphäre derzeit erging. Unter der Leitung der Prima Sharilar Mori und des Präzentors Martialum Anastasius Focht hatte sich ComStar von einem mystisch durchdrungenen Kult zu einer weitgehend weltlichen Dienstleistungsorganisation gewandelt, deren Mitglieder die interstellaren Kommunikationswege unterhielten und deren Militäreinheiten zum überwiegenden Teil Rasalhaags Grenze zu den Clans sicherten. Damit hatten sie eine jahrhundertealte Tradition auf den Kopf gestellt – eine Tradition, die bis auf die Gründung ComStars durch Jerome Blake im 28. Jahrhundert zurückreichte.

Der reaktionäre Teil ComStars hatte sich daraufhin vom Rest der Organisation gelöst und war in die Liga Freier Welten geflohen. Thomas Marik, Herrscher der Liga und selbst ehemaliger ComStar-Präzentor, hatte die Flüchtigen aufgenommen. Er hatte einerseits verhindert, daß sie außer Kontrolle gerieten, andererseits benutzte er Agenten von Blakes Wort zur Unterstützung seines eher ärmlichen Geheimdienstes SEKURA. Blakes Wort redete gerne davon, Thomas zum ›Exilprimus‹ auszurufen, hatte das aber bisher nicht getan. ComStars Analytiker gingen davon aus, daß man damit so lange warten würde, bis Thomas die Liga in eine Blakesche Theokratie verwandelt oder Blakes Wort irgendwie die Kontrolle über Terra an sich gerissen hatte.

»Ich sehe die Bedrohung, Sir, aber Sie werden mir wohl zustimmen, daß die Clans die unmittelbare und wahrscheinlichere Gefahr darstellen. Unsere vornehmliche Sorge sollte es sein, Schritte zu ihrer Abwehr zu unternehmen.«

Focht lächelte ihr wohlwollend zu. »Du hast recht, Präzentorin, aber deine Idee der Verlegung der Einheiten ist verfrüht. Eine Entscheidung darüber kann bis nach meinem Besuch auf Morges warten. Ich werde dir an Berichten zukommen lassen, was ich kann, einschließlich Kampfaufzeichnungen und Gefechtsanalysen. Vielleicht findest du etwas, womit du die Lanciers überraschen kannst.«

»Ich will es hoffen, Sir.«

»Ich auch, Präzentorin. Ich habe bereits mit dem Gedanken gespielt, dich auf eine Befehlsstelle in der Invasorgalaxis zu versetzen, falls dir das recht ist.«

Lisa zögerte. Die Invasorgalaxis war eine Com-Guard-Einheit, die konfiguriert und darauf geschult war, wie die Clans zu kämpfen, mit deren Waffen und nach deren Gefechtsdoktrin. Theoretisch wäre diese Versetzung eine Degradierung, denn die Leitung der Verteidigung Terras war eine große Ehre. *Aber die Invasorgalaxis ist die Einheit, die den Rest der ComGuards auf den Tag vorbereitet, an dem die Invasion weitergeht.*

»Ihr Angebot ehrt mich, Sir.« Sie senkte einen Moment den Blick. »Wenn Sie gestatten, möchte ich noch etwas darüber nachdenken. Ich müßte erst davon überzeugt sein, daß Terras Verteidigung auf sicheren Füßen steht, bevor ich eine derartige Veränderung ernsthaft ins Auge fasse, aber es ist sehr verlockend.«

»Eine gute Antwort auf eine schwierige Frage. Wir werden später noch einmal darüber reden.«

»Danke, Sir.«

Focht sah in die Flammen. »Weißt du, es gab einmal eine Zeit, vor Jahren – in einem anderen Leben –, in der ich eine Nacht wie diese mit Leuten verbracht hätte, die ich für meine Freunde hielt. Sicher in die Wärme gekuschelt, mit einem Glas Brandy, um unseren Magen zu wärmen und unseren Geist zu entflammen, hätten wir geplant und intrigiert und davon geträumt, was geschehen könnte, wenn wir es schafften, die Dinge so zu beeinflussen, daß sie uns ins Zentrum des Universums brächten. Wir sahen im Ansammeln von Macht einen Wert an sich. In jenen Tagen, in der damaligen Zeit, hätte ich nie geglaubt, einmal in dieser Position zu enden.« Der Präzentor Martialum zögerte, und ein Funkeln trat in sein Auge. »Oder, genauer gesagt, ich hätte geglaubt, wenn ich eines Tages als alter Mann vor einem offenen Kamin sitzen sollte, wäre das ein Zeichen dafür, daß ich versagt hätte. Ich betrachtete diese Ruhe als eine Position der Ohnmacht – die eines Mannes, der sein volles Potential nicht erreicht hat.«

Lisa blickte ins Feuer und sah feurige Schatten und Gestalten einander zerschlagen. »Und nun?«

»Nun bin ich ein alter Mann, dem es gelungen ist, die größte Bedrohung zu überwinden, der sich die Innere Sphäre je gegenübergesehen hat. Ich hatte gehofft, daß uns ein fünfzehnjähriger Waffenstillstand Gelegenheit geben würde, den technologischen Vorsprung der Clans einzuholen, sie vielleicht sogar zu überholen. In den letzten Jahren sind wir vorangekommen, weit vorangekommen, aber jetzt bin ich nicht mehr sicher, ob es ausreicht. Und angesichts der Wiedergeburt der Bedrohung bin ich mir nicht mehr sicher, ob ich sie noch einmal werde aufhalten können.«

Lisa sah zu dem Mann hinüber, der die Militärmacht ComStars kontrollierte. »Die Clans werden nicht gewinnen, Präzentor Martialum, weil sie nicht gewinnen dürfen.«

»Eine tapfere Haltung, Präzentorin, aber ein schwacher Schutz gegen ihre OmniMechs.«

»So war es auch nicht gemeint, Sir.« Sie richtete sich auf und klopfte sich auf die Brust. »Die Clans glauben an die Überlegenheit ihrer Maschinen und ihres Zuchtprogramms, aber beides sind nur Hilfsmittel für den wahren Kern des Kämpfers im Innern eines Kriegers. Auf Tukayyid haben Sie uns deutlich gemacht, daß eine Kapitulation unmöglich war, und deshalb sind wir weit über das hinausgewachsen, was irgend jemand realistischerweise von uns hätte erwarten können. Wir haben gesiegt, weil wir siegen *mußten*. Und deshalb werden wir wieder siegen, mit Ihnen als Führer oder, wenn nötig, mit jemand anderem an unserer Spitze. Sie haben uns gezeigt, wie man siegt, und damit haben Sie soviel Potential realisiert, wie ein Mensch in einem Leben nur realisieren kann.«

Der Präzentor Martialum erhob sich zu voller Größe und nahm Lisas Hand. Er hob sie auf und hauchte einen Kuß auf ihren Rücken. »Verzeih diesen Bruch des militärischen Protokolls, aber deine Worte ehren mich, und ein Salut erscheint mir eine zu kalte Belohnung für eine solche Aufmerksamkeit.«

Sie lächelte ihn an und drückte seine Hand, bevor er ihre Finger freigab. »Der Mann, als den Sie sich in Ihrem vorigen Leben beschrieben haben, war ein Vernichter. Sie, Sir, sind ein Verteidiger und Beschützer. Ich bin klug genug, das zu ehren. Und es mir und meinen Leuten zum Vorbild zu nehmen.«

Focht nickte zögernd. »Die Clans sind noch immer die größte Bedrohung, der wir uns je gegenübergesehen haben, aber mit Kriegern wie dir, die gegen sie aufstehen, werden sie niemals eine unüberwindliche Bedrohung werden, und darüber sollte die Innere Sphäre in Jubel ausbrechen.«

5

Boreal, Wotan
Jadefalken-Besatzungszone

14. Dezember 3057

Das also ist der Letzte der Wölfe, dachte Khan Elias Crichell bei sich. *Eine erbarmungswürdige Kreatur.* Vor ihm stand ein Krieger in einem grauen Overall mit Wolfsclan-Insignien, dessen linker Ärmel aufgeschlitzt war, um Platz für den Gipsverband um den linken Unterarm zu machen. Die Haut des Mannes hatte eine teiggigraue Farbe, die von Monaten ununterbrochener Kämpfe und mehreren Tagen im Cockpit eines verschütteten Battle-Mechs mit nichts als Notrationen zeugten.

Aber seine Augen. Vlads dunkle Augen brannten vor Leben und vor Zorn – genug, um damit selbst den Saal zu füllen, den Crichell für Audienzen benutzte. Selbst auf der Holodisk, mit der er dieses Gespräch beantragt hatte, war dieser Zorn nicht zu übersehen gewesen. Crichell war geneigt gewesen, die Bitte abzulehnen, und Vandervahn Chistu hatte ihn darin bekräftigt. Das hatte Crichell hellhörig werden lassen. Nicht die Zustimmung seines Juniorkhans, sondern die Tatsache, daß er sich dazu herabgelassen hatte, sich zu einer so trivialen Verwaltungsarbeit zu äußern. Normalerweise schien Chistu bei der bloßen Erwähnung solcher Dinge gelangweilt, wenn nicht sogar angewidert. Daß diese Anfrage sein Interesse erweckt hatte, machte sie bemerkenswert.

Crichell lehnte sich in dem hohen Holzstuhl zurück und schaute auf den Mann am Fuß der Empore hinab. »In deiner Botschaft hast du angedeutet, wertvolle Informationen für mich zu besitzen. Wie könnte ein Wolf, der wie eine Schildkröte unter der Erde lag, irgend etwas von Wert für mich wissen?«

»Ich habe Ulric Kerensky während des Widerspruchstests als Adjutant gedient – ein Test, der auf Morges noch immer ausgetragen wird.«

»Renegaten und Söldner, angeführt von einem Findelkind – unsere Truppen werden sie zerschlagen.«

Vlad setzte ein schräges Grinsen auf, das Crichell unangenehm berührte. »Das wünscht Ihr Euch vielleicht, Khan Elias Crichell, aber ich bezweifle, daß es soweit kommen wird. Und es wäre besser für Euch, wenn es nicht geschieht.« Der Wolf neigte den Kopf. Es wirkte weniger wie eine Geste des Respekts als wie die Erkenntnis eines Gauklers, daß er einem möglichen Gönner gegenüberstand. »Und das ist nur eine Information in meinem Besitz, die Euch nützen könnte.«

»Wie könnte es besser für mich sein, wenn die Jadefalken auf Morges verlieren?«

»Khan Vandervahn Chistu hat die Truppen nach Morges geschickt, um die Exilanten dort anzugreifen. Er tat es gegen Euren Protest, wie ich nach meiner Befreiung erfahren habe. Wenn sie siegen, werdet Ihr wie ein Narr dastehen. Vandervahn Chistu, Sieger über Ulric Kerensky, Vernichter der Wolf-Renegaten, wird den gesamten Ruhm ernten. Er war es, der die Absorption der Wölfe in die Jadefalken verkündet hat, und damit wird er als derjenige dastehen, der den hochmütigsten und arrogantesten der Clans unterworfen hat. Die anderen Khane werden ihm ihre Dankbarkeit beweisen.«

Crichell fühlte, wie sich seine Nackenhaare aufstellten. Er hatte Chistus Manöver gesehen und kannte ihre Bedeutung, aber bisher waren sie ihm als isolierte Ereignisse erschienen, nicht als Stufen eines Prozesses. Mit dem Tod Ulrics von Chistus Hand erst war die Erkenntnis über das volle Ausmaß der Planung seines Untergebenen über ihn hereingebrochen. Es war nicht mehr zu verkennen, daß Chistu im Aufwind war. Es konnte keinen Zweifel daran geben, daß das nächste

Große Konklave einen ilKhan aus dem Jadefalken-Clan wählen würde. Elias Crichell hatte erwartet, er selbst würde den Auftrag erhalten, die Eroberung der Inneren Sphäre zu leiten, aber nun schien es mehr und mehr, daß diese Ehre Chistu zufallen würde. »Du erzählst mir nichts Neues, und ich finde deine Einsichten nicht sonderlich wertvoll.«

Vlad zuckte die Achseln. »Ich hatte nicht vor, *das* als wertvoll auszugeben. Hättet Ihr es für wertvoll gehalten, wärt Ihr zu dumm, den Wert dessen zu erkennen, was ich Euch anbieten *kann*.«

»Und was wäre das, abgesehen von deiner Frechheit?«

Das Grinsen des Wolfes wurde breiter, und obwohl es dadurch gleichmäßiger wurde, empfand Crichell es nicht als angenehmer. »Ich biete Euch die Möglichkeit, Khan Vandervahn Chistu zu vernichten. Ganz und gar. Von diesem Augenblick an ist er kein Rivale mehr für Euch. Euer Weg auf die Position des ilKhans ist frei.«

Vlads Worte waren so kalt und präzise, daß Crichell sich die Freude, die er über sie empfand, beinahe hätte anmerken lassen, aber er beherrschte sich. »Die einzige Methode, das zu erreichen, ist, ihn zu töten.«

»Nein, es gibt noch eine andere, aber ich ziehe die tödliche Alternative vor.« Der Wolf klopfte sich mit der Rechten auf die Brust. »Ich werde Khan Chistu für Euch aus dem Weg räumen, und ich werde es auf eine Weise tun, die keinerlei Zweifel an der Ehrenhaftigkeit meines Vorgehens zuläßt. Im Gegenzug werdet Ihr mir zwei Bedingungen erfüllen.«

»Und die wären?«

»Die erste Bedingung ist folgende: Ich bitte euch um das Recht, Khan Vandervahn Chistu zu einem Widerspruchstest herauszufordern. Da ich keinen Blutnamen besitze, benötigt meine Herausforderung an einen Blutnamensträger die Erlaubnis durch einen Khan der

Clans.« Vlad ballte die rechte Hand zur Faust. »Ich war dabei, als Ulric Kerensky gestorben ist, und ich fechte Khan Vandervahn Chistus Darstellung der Umstände seines Todes an.«

Elias Crichell beugte sich vor. Er traute seinen Ohren nicht. »Soll das heißen, Vandervahn Chistu hat mit seiner Behauptung, Ulric Kerensky getötet zu haben, gelogen?«

»Das hat er, und ich habe den Beweis für meine Anschuldigung. Ich habe den Kampf aufgezeichnet – nein, den Hinterhalt, den *Mord*. Der Beweis ist sicher versteckt und wird Euch zugehen, sollte es mir nicht gelingen, ihn im Zweikampf zu töten.« Vlads Augen glitzerten wie Eis. »Ich möchte, daß Ihr versteht, warum ich diese Bitte vortrage. Ich war für Ulric Kerenskys Sicherheit verantwortlich, und ich habe versagt. Ich hätte mit Verrat rechnen müssen und tat es nicht. Die einzige Möglichkeit, mich von diesem Makel reinzuwaschen, ist der Tod des Mannes, der für ihn die Verantwortung trägt.«

Elias Crichell lehnte sich wieder zurück und schenkte Vlad die Andeutung eines Lächelns. Abgesehen von der obligatorischen Formalität eines alljährlichen Positionstests in einem Mech, um seine Qualifikation als Krieger zu bestätigen, so daß er seinen Rang innerhalb des Clans beibehalten konnte, hatte er dem Kampf längst abgeschworen. Aber auch er war noch nicht so alt, daß er sich nicht daran erinnern konnte, wie das Feuer des Rachedursts in den Adern brannte. Diese Bitte eines Wolfes, seine Ehre retten zu dürfen, überraschte ihn allerdings. Crichell hatte lange geglaubt, es gäbe keine Wölfe mehr, die das wahre Wesen der Clans bewahrt hatten – ein Wesen, das von den Jadefalken und ihren strikten Verhaltens- und Kampfregeln exemplifiziert wurde.

»Du sprichst mehr wie ein Jadefalke denn wie ein Wolf, Sterncaptain Vlad.«

»Sind nicht alle Wölfe zu Jadefalken geworden?« Vlad breitete die Arme aus. »Diese letzte Handlung eines Wolfes sollte auf der Ehre basieren, frapos?«

»Pos.« Crichell nickte. »Ich gestatte dir, Vandervahn Chistu herauszufordern, aber ich warne dich. Da du keinen Blutnamen besitzt und er ein Khan ist, hat er das Recht, einen Stellvertreter zu bestimmen, der für ihn gegen dich antritt.«

»Ich kenne die Regeln für eine Herausforderung dieser Art und werde mich an sie halten.«

»Gut.« Der Jadefalken-Khan verlagerte sein Gewicht. »Und was ist deine zweite Bitte?«

»Wenn ich siege, werdet Ihr wissen, wie sie lautet.«

»Und wenn du unterliegst?«

»Dann bekommt Ihr, was Ihr wollt, zum halben Preis.« Der Wolf hatte die Arme sinken lassen, aber er hielt sich gerade, blickte Khan Crichell aufrecht in die Augen. »Ihr werdet Euch heute noch hier mit Khan Vandervahn Chistu besprechen?«

»So ist es.«

»Gut. Dann werde ich ihn bei dieser Gelegenheit herausfordern.« Vlad salutierte. »Bis dahin.«

Der Jadefalken-Khan hob die Hand. »Warte.«

»Sir?«

»Nachdem du Khan Vandervahn Chistu getötet hast, welchen Grund hätte ich noch, die zweite Hälfte unserer Vereinbarung einzuhalten – diejenige, von der ich nichts weiß?«

Das schiefe Grinsen kehrte auf Vlads Gesicht zurück. »Ihr werdet sie einhalten, Sir. Ihr werdet die Weisheit dieses Vorgehens erkennen.«

»Wie kannst du dir dessen so gewiß sein?«

»Khan Elias Crichell, ich bin bereit, einen Mann zu töten, um einen toten Anführer eines toten Clans zu rächen, dessen Politik ich verachte und mit jeder Faser meines Wesens bekämpft habe.« In Vlads Blick loderte ein unergründliches Feuer. »Wenn Ihr mir verweigert, was ich fordere, werdet Ihr entdecken, wie gefährlich ich wirklich sein kann.«

Vlad empfand es als bemerkenswert, daß er sich bei seiner Rückkehr in Khan Crichells Hauptquartier weniger wie ein aus zahlreichen Schnittwunden blutender Schwimmer in einem Haifischbecken als eher wie ein Henker fühlte, der zur Hinrichtung schritt. Zwei hochaufragende Elementare öffneten ihm die Türen. Vlad betrat den Saal, setzte den Fuß auf den roten Teppich, der zu Crichells Thron führte, und wartete, bis sich die Türen hinter ihm geschlossen hatten.

Er drehte scharf nach links – weg vom leeren Thronsessel – und salutierte vor Elias Crichell und den drei anderen Personen, die um dessen Schreibtisch saßen. Obwohl er noch keinem Mitglied dieser Dreiergruppe vorher begegnet war, erkannte er sie alle. Der mißgebildete Humanoide zu Crichells Linker mußte Kael Pershaw sein, Leiter der Jadefalken-Abteilung der Clanwache. Pershaw war mehr Maschine als Mensch und eine Legende unter den Falken, seit Vlad sich der Existenz anderer Clans neben den Wölfen bewußt war. Daß die Falken so große Teile seines Körpers repariert und ersetzt hatten, ließ darauf schließen, daß Pershaw von Wert für sie war. Vlad fand allerdings, daß der Mann die ganze Kybernetik, die ihn am Leben erhielt, nicht benötigen würde, wäre sein legendärer Ruhm gerechtfertigt.

Die Frau in der Runde hatte mit dem Rücken zur Tür gesessen. Jetzt drehte sie sich um und stand auf. Marthe Prydes hohe Stirn und ihr spitzes Kinn verliehen ihrem Gesicht eine Dreiecksform, die durch die vollen Lippen etwas gemildert wurde. Sie war ebenso groß wie er, aber erheblich schlanker, von der windhundartigen Statur, wie sie die Jadefalken bei der Zucht ihrer MechKrieger bevorzugten. Sie war die jüngste Falkin an diesem Tisch und auch die mit der vielversprechendsten Zukunft. *Und ihre Augen versprechen die größte Gefahr.*

Das letzte Mitglied der Versammlung betrachtete ihn mit neugierigem Blick. Khan Vandervahn Chistus stahlgraues Haar und der farblich dazu passende Kinnbart umrahmten ein breites Gesicht mit einer mehrfach gebrochenen Nase. Seine kalten Augen wirkten tot, was Vlad als positives Zeichen ansah. Er war kleiner als Marthe Pryde und muskulöser gebaut. Chistu lehnte sich in die Polster seines Sessels und schien keinen einzigen Grund zur Sorge zu haben. *Er hält sich schon für den ilKhan.*

Chistu lächelte beiläufig. »Das ist also der letzte Wolf?«

»Es freut mich, Euch noch einmal zu begegnen, saKhan Vandervahn Chistu.«

Der Juniorkhan der Falken richtete sich langsam auf. »Wir sind uns noch nie begegnet.«

»Nicht von Angesicht zu Angesicht, neg, aber doch auf dem Regierungshügel hier in Boreal. Ich war dort. Ich habe überlebt. Ich weiß, was Ihr getan habt.« Vlad nickte Khan Crichell zu. »Heute morgen habe ich Khan Elias Crichell um die Erlaubnis gebeten, Euch zur Begleichung unserer Differenzen zu einem Zweikampf zu fordern.«

»Unsere Differenzen?«

Crichell legte Chistu die Hand auf die Schulter. »Dieser Letzte der Wölfe ficht deinen Bericht vom Tode Ulric Kerenskys an.«

Chistu wurde bleich.

Vlad nickte langsam. »Das ist die geringste unserer Differenzen, Khan Vandervahn Chistu. Ich verlange einen Widerspruchstest.«

»Ein Widerspruch gegen Ulric Kerenskys Tod?«

Vlad sah die Angst in Chistus Augen. Wahrscheinlich erkannte der Mann in diesem Augenblick den Abgrund, der sich vor ihm auftat. Mit dem Hinterhalt, in den er Ulric Kerensky gelockt hatte, hatte er eine ganze Palette der strikten Regeln gebrochen, die für die Jadefalken den Begriff der Ehre definierten. Der Hinterhalt an und für sich war bereits ein Verstoß gegen ihren Verhaltenskodex von nachgerade widerlichen Ausmaßen. Hinzu kam ein Ehrverstoß, den es nur bei den Jadefalken gab: Er hatte eine gesamte Einheit dazu benutzt, einen einzelnen Gegner zu vernichten. Während Vlad und die Wölfe eine derartige Taktik als angebrachten Einsatz militärischer Ressourcen ansehen mochten, besaß für die reaktionären Falken ausschließlich der Zweikampf Krieger gegen Krieger einen Ehrenwert.

Mit einer Aufdeckung dieser Sünden drohten weit ernstere Konsequenzen als nur die Verhinderung von Chistus Wahl zum ilKhan. Aller Wahrscheinlichkeit nach würden ihm die Jadefalken seinen militärischen und seinen Clanrang aberkennen. Es war sogar vorstellbar, daß das Haus Chistu ein Abschwörungsritual gegen ihn ausführen und ihn ausstoßen würde. Schlimmer noch, mit seinem Tod würde auch seine Genlinie ein Ende finden.

Vlad nickte. *Das Problem, wenn man nach einem so hohen Preis greift, Khan Vandervahn Chistu, ist die Tatsache, daß der Sturz aus solcher Höhe bei einem Fehlschlag tragische Ausmaße hat.* Wenn er in dieser Angelegenheit gegen Vlad um seine Ehre kämpfte, gab er damit zu, daß es Unregelmäßigkeiten im Bericht des Khans über Ulrics Ende gegeben hatte. Chistu wußte genau, daß Vlad sich die Erlaubnis zu diesem Kampf nur mit Beweisen für seine Anschuldigungen hatte erwerben können. Er hing also schon halb über dem Abgrund.

Chistu sah hoch. »Du hast gesagt, das wäre die geringste unserer Differenzen.«

»So ist es.«

»Und was ist die größte?«

Ein Lächeln trat auf Vlads Gesicht. »Ihr habt einen Widerspruchstest in einen Absorptionstest umgewandelt.«

Chistus Blick wurde schärfer. »Und dem widersprichst du ebenfalls?«

»So ist es.«

Vandervahn Chistu stand auf. »Dann sollst du deinen Widerspruchstest haben. Wir werden um die Frage der Absorption kämpfen.«

»Nein!« Crichell schlug mit der Faust auf den Tisch. »Ich habe die Genehmigung für diesen Kampf basierend auf der Anklage betreffs Ulric Kerenskys Tod gegeben. Ich ziehe diese Genehmigung zurück. Ohne sie kann man einen Khan nicht herausfordern.«

Chistu zeigte alle seine Zähne, als er seinen Vorgesetzten angrinste. »Aber Elias Crichell, Sie vergessen, daß ich ebenfalls ein Khan bin. *Ich* gestatte diese Herausforderung – die Herausforderung über die Frage der Absorption.« Der Juniorkhan drehte sich wieder zu Vlad um. »Ist das für dich annehmbar?«

»Gut gehandelt und akzeptiert, Khan Vandervahn Chistu.« Indem er über die Absorption gegen Vlad kämpfte, gestand Chistu ein sehr viel geringeres Vergehen ein, das den Vorschriften des Großen Konklaves unterlag, nicht den Verhaltensregeln, durch die sich die Jadefalken definierten. Außerdem machte er durch die Verlagerung des Gewichts der Herausforderung auf den Absorptionstest alle übrigen Falken, die für die Vereinnahmung der Wölfe gewesen waren, zu seinen Verbündeten, was die Schuld von Chistu als Einzelperson auf den Clan als Ganzes legte.

»Gut gehandelt und akzeptiert, Vlad von den Wölfen.« Chistu verschränkte die Arme auf dem Rücken. »Als Herausgeforderter wähle ich den Kampf mit BattleMechs. Und ich verzichte auf das Recht, einen Stellvertreter für den Kampf zu bestimmen.«

Der Wolf grinste. »Auf dieses Recht habt Ihr bereits

verzichtet, als Ihr meine Herausforderung persönlich angenommen habt, Khan Vandervahn Chistu.«

»Du hast recht. Wo sollen wir kämpfen?«

»Der Regierungshügel war Euch schon einmal gut genug.« Vlad breitete die Arme aus. »Ich werde dort auf Euch warten.«

»Einverstanden.«

Vlad nickte, dann sah er hinüber zu Crichell. Dessen wutschnaubende Miene ließ ihn beinahe laut auflachen. *Ja, Elias Crichell. Jetzt kennst du den zweiten Teil unserer Vereinbarung – ich räume dir den Rivalen aus dem Weg, und du gibst mir dafür meinen Clan zurück. Du wolltest meine Pläne benutzen, um deine zu fördern, und nun wirst du den Preis für deine Arroganz bezahlen.*

In Marthe Prydes Augen stand eine Mischung aus Bewunderung und Verachtung, was sie für ihn sehr viel interessanter machte. Anscheinend hatte sie sich ausgerechnet, wie Vlad erfolgreich einen Khan gegen den anderen ausgespielt hatte. Das beeindruckte sie. Es fiel ihm jedoch schwerer, den Haß in ihrem Gesicht einzuordnen. *Bin ich es, der sie abstößt, oder ist es das politische Intrigenspiel, das die Führer ihres Clans einer Herausforderung durch den letzten Wolf ausgeliefert hat? Ich hoffe, es ist letzteres, denn sie wäre ein unerbittlicher Feind...*

Vlad machte auf dem Absatz kehrt und marschierte zum Ausgang. *Ein unerbittlicher Feind, aber trotz allem nur eine Falkin. Einer ihrer Khane wird sterben, weil er sich mir in den Weg gestellt hat. Es wird nicht viel dazu gehören, weit mehr Jadefalken folgen zu lassen, und ich würde mich freuen, wenn recht viele dieses Schicksal ereilt.*

6

**Boreal, Wotan
Jadefalken-Besatzungszone**

14. Dezember 3057

Vlad rutschte auf der Pilotenliege des *Kriegsfalken* hin und her, den er sich von einem ehemaligen Wolf geliehen hatte. Er fühlte sich unwohl in diesem Cockpit, und das lag nicht an dem Verband um seinen Arm. Den Gips um das Handgelenk hatte er weggebrochen, um mit der Linken den Steuerknüppel fassen zu können. Gelegentlich spürte er stechende Schmerzen, wenn er die Hand bewegte, und er wußte, nach dem Kampf würde man ihm den Arm erneut brechen und die Knochen in Position bringen müssen, damit er richtig verheilte. Aber er sah bei dem Kampf gegen Khan Vandervahn Chistu keine Schwierigkeiten voraus.

Sein Unbehagen stammte von der Erkenntnis, wie schnell alle Spuren des Wolfsclans auf Wotan und wahrscheinlich auch im Rest des Clanterritoriums ausgelöscht worden waren. Der *Kriegsfalke* hatte noch am Zehnten im Kampf gestanden, aber vier Tage später war er bereits repariert und in den Farben der Jadefalken neu bemalt. Sein eigener Neurohelm war im Kampf beschädigt worden, deshalb mußte er nun einen grünlackierten Helm tragen. Er wußte, daß er bis auf die Farbe völlig identisch mit dem grauen Helm war, den er in den Trümmern seines *Waldwolfes* zurückgelassen hatte, aber irgendwie fühlte er sich ganz anders an.

Er verdrängte alle Gedanken dieser Art aus seinem Kopf, als Chistu in seinem *Henker* auf die Kuppe des Regierungshügels marschierte. Der OmniMech sah exakt so aus wie in dem Augenblick, als Vlad ihn am

Abend von Ulrics Tod zum erstenmal sah. Der makellos vor ihm aufragende Koloß war von einer Kantigkeit, die Vlad an Chistu erinnerte. Der linke Arm endete im Lauf seiner stärksten Waffe, einer Ultra-Autokanone, die über kurze Distanz genug Granaten ausspucken konnte, um seinem *Kriegsfalken* die Gliedmaßen wegzuscheren. Im rechten Arm war die Extremreichweiten-Partikelprojektorkanone untergebracht, die dem Mech über größere Entfernungen Schlagkraft verlieh. Vervollständigt wurde die Bestückung durch einen leichten Extremreichweitenlaser. Der war im Kampf praktisch wertlos – zumindest konnte er keinen ernsten Schaden anrichten. Im Gefecht gegen Ulric war er als Zielerfassungslaser umkonfiguriert worden, womit Chistu anderen Falkeneinheiten die Telemetriedaten lieferte, mit deren Hilfe sie den ilKhan mit tödlichen Raketensalven eingedeckt hatten.

Der *Kriegsfalke* hingegen kam einer humanoiden Gestalt nicht einmal nahe. Die Beine waren an den Knien nach hinten geknickt, und der Rumpf ragte über schwere, an Vogelkrallen erinnernde Füße vor. Kurze, schlanke Arme trugen Waffenmodule, die parallel zu dem vorstehenden Mechrumpf hingen. Der Pilot war im etwa in Rumpfmitte untergebrachten Kopf des Mechs untergebracht und dem Feind damit näher als seine Waffen. Die fremdartige Gestalt des Mechs ließ keinen Zweifel daran aufkommen, daß es sich um eine Maschine handelte, die für die Unmenschlichkeit des Kriegshandwerks geschaffen war.

Vlad hatte seinen Mech mit einiger Sorgfalt ausgewählt. Er war schwerer bewaffnet als Chistus *Henker* und durch seine schmalere Silhouette etwas schwerer zu treffen. Mit den beiden Extremreichweiten-PPKs besaß er die doppelte Schlagkraft des *Henkers* über größere Entfernungen. Zusätzlich besaß er zwei schwere Impulslaser, die seine Kampfkraft in Distanzgefechten weiter verstärkten. Wenn es Vlad gelang, sich außerhalb der effektiven Reichweite von Chistus Autokanone zu halten und die Extremreichweiten-PPK im rechten Arm des *Henkers* auszuschalten, konnte der Jadefalken-Khan ihm nicht ernsthaft gefährlich werden.

Und ich habe einen Feuerleitcomputer. Der Feuerleitcomputer würde ihm gestatten, sich auf den Schaden zu konzentrieren, den seine Geschütze anrichteten, *vorausgesetzt*, das Gerät hielt, was es versprach. In der Hitze des Gefechts, wenn beide Mechs in Bewegung waren und die zu verarbeitenden Sensordaten sich überschlugen, war es keineswegs sicher, daß der Computer das Geschützfeuer erfolgreich ins Ziel lenken konnte. Aber wenn er zum richtigen Zeitpunkt eingriff, konnte das den Kampf dramatisch verkürzen.

Und wenn nicht, werde ich nur etwas länger dafür brauchen, ihn zu töten. Vlad öffnete einen Funkkanal. »Ich bin Sterncaptain Vlad von den Wölfen. Ich bin gekommen, um Khan Vandervahn Chistu in einem Widerspruchstest gegen die Absorption meines Clans in die Jadefalken herauszufordern.«

»Und ich bin Khan Vandervahn Chistu von den Jadefalken, gekommen, um mich dieser Herausforderung zu stellen. Möge der Ausgang dieses Kampfes die Wahrheit zutage fördern.«

»Seyla!« Vlad warf einen Schalter um, und das Feuerleitsystem schaltete den Hauptsichtschirm aus. An dessen Stelle trat eine vor ihm in der Luft hängende Hologrammdarstellung, die einen 360°-Rundumblick auf einen Halbkreis von 160° komprimierte. Senkrechte rote Balken definierten die Ränder des Frontalschußfelds. Ein goldenes Fadenkreuz hing im Zentrum des Hologramms und schwebte langsam auf Chistus *Henker* hinab.

Die Stimme des Jadefalken drang krachend aus den

Lautsprechern des Neurohelms. »Irgendwie ist es passend, daß wir hier aufeinandertreffen.« Die früheren Kämpfe hatten die gesamte Hügelkuppe verwüstet und die verschiedenen Regierungsbauten, die ursprünglich einen kreisrunden Park eingerahmt hatten, zu Schutt und Asche reduziert. Als Vlad diesen Ort zum erstenmal sah, hatte die hellenistische Architektur der Bauwerke dieses Gebiet wie ein olympisches Paradies erscheinen lassen.

Und der Hinterhalt, in dem Ulric ermordet wurde, hat es in einen Friedhof verwandelt. Vlad lächelte, als ein roter Punkt im Zentrum des Fadenkreuzes aufblinkte und ein Glockenton durch das Cockpit klang. »Allerdings, Vahn Chistu, denn es ist ein Ort, der bereits durch das Blut eines Khans gesegnet wurde.«

Als der *Henker* einen Schritt vortrat, drückte Vlad die Feuerknöpfe. Die blaustrahlenden Blitzschläge der PPKs bohrten sich in die rechte Rumpfseite des Jadefalken-Mechs und zuckten über dessen rechten Arm. Zerschmolzene Stahlkeramikpanzerung kochte vom Rumpf und floß in einem brodelnden Sturzbach an seiner Seite herab. Die beiden schweren Impulslaser des *Kriegsfalken* schleuderten Salven grüner Energiepfeile auf das ferne Ziel ab. Sie durchstießen den Panzerschaum auf dem rechten Arm des *Henkers* und schälten den letzten Rest von Schutz davon. Mit der noch reichlich verbliebenen Energie brachten sie die Titanstahlknochen und Myomerfasern zum Verglühen, die den Arm bewegbar machten.

Eine Hitzewoge flutete durch die Kanzel des *Kriegsfalken*. Durch das Abfeuern aller Waffen hatte Vlad die Möglichkeiten des Mechs, überschüssige Hitze abzuleiten, schwer belastet. Der Gestank von schmelzendem Plastik drang ihm in die Nase. Er wußte, seine Taktik war riskant und konnte ihm ebenso schaden wie seinem Gegner, aber je schwerer er Chistu zu Beginn der Begegnung traf, desto kürzer würde der

Kampf werden. Und desto weniger Chancen würde Chistu haben, ihn zu verletzen.

Irgendwie gelang es dem Jadefalken-Khan, seinen Mech trotz der enormen Gewichtsverlagerung durch den abrupten Verlust von fast drei Tonnen Panzerung aufrecht zu halten. Die PPK im rechten Arm des *Henkers* erwiderte das Feuer. Der blaue Energiestrahl vollführte einen teuflischen Tanz über den rechten Arm des *Kriegsfalken* und zog ihm fast eine Tonne Ferrofibritpanzerung ab. Das reduzierte den Panzerschutz an diesem Teil von Vlads Kampfkoloß um über die Hälfte, aber noch besaß der Arm eine gewisse Abwehr.

Vlad achtete darauf, die Innentemperatur seines Mechs im Auge zu behalten, und feuerte nur die PPKs auf den *Henker* ab, während er den Stahlriesen zurückbewegte, um den Gegner auf optimale Distanz zu halten. Beide Partikelstrahlen schnitten durch die Panzerung an der Front des gegnerischen Mechs. Einer der Blitzschläge schälte die Panzerplatten von der Brustpartie des *Henkers*, die andere Lanze aus grellblauer Energie bohrte sich tief in die rechte Flanke seines Gegners. Erschreckende Lichtblitze zuckten im Innern des Rumpfes auf, und aus der Kupplung des leichten ER-Lasers stieg eine Rauchwolke zum Himmel empor.

Vlad stellte befriedigt fest, daß Chistus Mech ungewöhnlich viel Hitze entwickelte. *Der Rumpftreffer muß die Abschirmung seines Reaktors beschädigt haben. Es ist vorbei, und er weiß es.*

Chistu feuerte mit seiner eigenen Partikelkanone auf den *Kriegsfalken*, und ein künstlicher Blitzschlag traf dessen linke Seite. Ferrofibritplatten stürzten reihenweise zu Boden und ließen eine qualmende Spur entlang der Rückzugslinie des Mechs zurück. Mit einem an der linken Rumpfseite und dem rechten Arm angeschlagenen Mech hatte Vlad keine Möglichkeit mehr, Chistu eine unbeschädigte Flanke zuzuwenden. *Zur Hölle mit der Taktik, ich denke nicht daran, Vahn Chistus*

Größenwahn zu speisen, indem ich auch nur den Eindruck erwecke, daß seine Attacken mir irgendeinen Schaden zugefügt haben.

Vlad senkte das goldene Fadenkreuz über die geschundene Silhouette des *Henkers*. Als der rote Lichtpunkt im Zentrum des Kreuzes aufblinkte, drückte er die Feuerknöpfe durch und löste alle vier Waffen aus. Nur eine der PPKs und einer der Laser trafen ins Ziel, aber diese beiden schlugen in das rußgeschwärzte Loch an der rechten Seite des Mechrumpfs. Explosionen im Innern des Metallgiganten spien halbzerschmolzene Bruchstücke seiner internen Struktur ins Freie. Der rechte Arm des Mechs verlor den Halt und fiel qualmend zu Boden. In der Mitte des Torsos warf die Panzerung Blasen und kochte weg. Das empfindliche Herz des Mechs lag Vlads Angriffen praktisch schutzlos ausgeliefert.

Aber noch weit schwerwiegender war Chistus Unfähigkeit, den Verlust des Mecharms und den Einbruch der rechten Rumpfseite aufzufangen. Der *Henker* wankte ein, zwei Schritte vor, stolperte, stürzte. Er krachte vornüber und rollte nach rechts davon, bis er, die Schulter teilweise unter verbrannten Erdklumpen begraben, zum Stillstand kam.

Vlad wartete, bis die drückende Hitze im Innern der Pilotenkanzel abnahm, dann zog er das Fadenkreuz über den linken Arm des gestürzten Mechs. Er betätigte zweimal kurz hintereinander die Auslöser seiner Laser. Als der am Boden liegende *Henker* versuchte, sich mit Hilfe des Arms wieder aufzurichten, brannten sich Schwärme giftgrüner Lichtimpulse durch das mechanische Körperglied. Sie brachten den Rest der Panzerung zum Verdampfen und schnitten den Arm am Ellbogen ab. Mit ihm verlor der *Henker* seine Autokanone. Damit war er völlig wehrlos.

Der Letzte der Wölfe bewegte seinen Mech vorwärts. Er stellte die Kommanlage auf eine Richtstrahlverbindung zu Chistus Mech, dann öffnete er einen Kanal. »Du mußt gewußt haben, daß du keine Chance hattest – oder hat die legendäre Arroganz der Jadefalken dir den Blick für die Wirklichkeit vernebelt?«

Chistu lachte. »Vor vier Tagen habe ich dich schnell genug ausgeschaltet.«

Vlad zuckte, dann lächelte er. »Stimmt, aber in jener Nacht hast du mich ebenso überrascht, wie es mir heute bei dir gelang. Am Zehnten kam ich hierher, um zuzusehen, wie Ulric dich tötet. Heute bin ich selbst gekommen, dich zu töten. Ich wußte bereits, wozu dein Mech in der Lage ist, deshalb habe ich diesen Mech und diesen Kampfplatz gewählt. Du hattest verloren, bevor der erste Schuß fiel.«

»Nur ein Wolf könnte dumm genug sein, das zu glauben.«

»Und nur ein Falke könnte dumm genug sein, es nicht zu glauben.«

»Jetzt glaubst du also, du hättest die Freiheit deines Clans gewonnen?« Vlad hörte gedämpfte Heiterkeit in Chistus Stimme. »Wie lange, glaubst du, wird es dauern, bis ein anderer Clan das Recht auf einen Absorptionstest zugesprochen bekommt?«

Vlads *Kriegsfalke* kam zehn Meter vor dem am Boden liegenden *Henker* zum Stehen. »Für dich ist die Antwort darauf ohne jede Bedeutung, Vandervahn Chistu, denn das Große Konklave wird niemals gestatten, daß die Jadefalken unsere Absorption meistbietend ersteigern. Ich besitze immer noch die Videoaufzeichnung deiner Heimtücke und Feigheit beim Mord an Ulric Kerensky. Wenn ich sie dem Großen Konklave vorspiele, werden die Falken auf sehr lange Zeit überhaupt nichts mehr ersteigern.« Vlad machte eine Pause, um die Worte wirken zu lassen. »Und wenn ich die Aufzeichnung mit Beweisen dafür verbinde, daß Elias Crichell mir gestattet hat, dich zu töten, um einen

Rivalen um das Amt des ilKhan aus dem Weg zu räumen, ist das auch das Ende seiner Karriere, frapos?«

Chistus Antwort war müde und zögernd. »Du hast dir das alles lange durch den Kopf gehen lassen.«

»Ich habe mir viele Dinge lange durch den Kopf gehen lassen, aber wie ich mit den Jadefalken fertig werde, gehörte nicht dazu. Ihr Falken seid keine langen Überlegungen wert.«

»Oh, ich denke, da unterschätzt du uns. Du bist ein Narr, wenn du glaubst, du und dein Clan könnten uns so leicht abschreiben.«

»Vielleicht, Vahn Chistu, aber ich werde viel Zeit haben zu lernen, wie man mit den Jadefalken umgeht.«

»Aber wird dein Clan genug Zeit haben, damit du es lernen kannst?« Chistus Stimme wurde verschwörerisch. »Zeit ist etwas, was dir knapp werden könnte, aber dafür hast du andere Möglichkeiten.«

»Ach ja?«

»Laß mich dein Berater werden.«

»Was?«

»Denk nach. Elias Crichell hat mich dir ausgeliefert, und ich kann das Kompliment erwidern. Ich kenne seine Geheimnisse und seine Schwächen. Mit mir als deinem Berater hätte er keine Chance gegen dich. Du könntest ihn mit einem Augenzwinkern vernichten.«

Vlads Grinsen wurde breiter. »Aber wie könntest du mein Berater werden?«

»Du hast mich besiegt. Mache mich zu deinem Leibeigenen.«

»Du, ein Khan der Jadefalken, wärst bereit, mein Leibeigener zu werden, franeg?«

»Pos. Zusammen können wir Crichell vernichten.«

»Interessant.«

»Du wirst feststellen, daß ich nützlich und fintenreich bin.«

»Ich weiß bereits, wie fintenreich du sein kannst,

Vandervahn Chistu.« Er streckte den rechten Mecharm aus und klopfte leicht mit dem Lauf des schweren Armlasers an das Kanzeldach des *Henkers*. »Ich habe miterlebt, wie fintenreich du mit Ulric fertig geworden bist, erinnerst du dich?«

»Aber du kannst meine Fähigkeiten für dich nutzen.«

»Ich halte meine eigenen Fähigkeiten für ausreichend, Khan Chistu.«

»Also wirst du mich töten?«

»Pos, wie ich es von Beginn an geplant hatte.«

»Wozu dann das ganze Gerede?«

Vlad wünschte sich, Chistu hätte das breite Lächeln auf seinem Gesicht sehen können, als er ihm antwortete. »Ich wollte sehen, wie tief ein Khan der Jadefalken sinken kann, um sein Leben zu retten. Du hast mir angeboten, mein Sklave zu werden und deinen Clan zu verraten. Das dürfte erbärmlich genug sein.«

»Du brauchst mich. Du kannst Crichell nicht trauen.«

»Falsch, Chistu, ich weiß, daß ich *dir* nicht trauen kann.« Vlad löste beide schweren Impulslaser aus und überschüttete den Kopf des *Henkers* mit einem Energiesturm aus gebündeltem Licht. Das Krachen und Knallen der Panzerplatten und das Zischen superheißen Dampfes übertönte mögliche Todesschreie des Khaner Vandervahn Chistu.

Der *Kriegsfalke* trat zurück, und Vlad blickte hinunter auf den schwarzen Qualm, der aus dem Loch strömte, das einmal das Gesicht des *Henkers* gewesen war. »Die Sache ist die, Khan Chistu: Elias Crichell hat sich meines Vertrauens bis jetzt noch nicht als unwürdig erwiesen. Deshalb lebt er noch. Aber ich erwarte nicht, daß das lange so bleibt.«

7

**Boreal, Wotan
Jadefalken-Besatzungszone**

15. Dezember 3057

Vlad stand am Eingang der großen Halle, die Khan Elias Crichell für die Zeremonie ausgesucht hatte, und sein Gesicht glühte. Die Krieger an den Wänden des Saales waren allesamt ehemalige Wölfe, die meisten von ihnen Blutnamensträger. Sie hatten selbst einmal so wie er jetzt auf das erste Duell eines Blutrechts gewartet, um es zu erwerben. Diejenigen unter ihnen, die dicht genug bei Vlad standen, mochten sich fragen, ob die Röte seines Gesichts von der Aufmerksamkeit herrührte, die ihm zuteil wurde, oder von der Tatsache, daß die Khane der Jadefalken die Zeremonie leiteten.

Beide Erklärungen wären falsch gewesen.

Er hatte schon einmal um einen Blutnamen gefochten. Er hatte die vier Gegner getötet, die ihm gegenübergetreten waren, während sich das Feld der Kandidaten von zweiunddreißig auf zwei reduziert hatte. Sein letzter Gegner war ein Mann gewesen, den er schon im Kampf besiegt hatte und von dem er seinerseits bereits besiegt worden war, sowohl im Mech als auch im Faustkampf. Diese letzte Begegnung sollte die Entscheidung bringen, wer von ihnen der Bessere war, und der Blutname Ward sollte die Trophäe sein.

Phelan Kell, eine Freigeburt, die Vlad gefangengenommen und in den Wolfsclan eingeführt hatte, war vom Leibeigenen zum Krieger aufgestiegen und für berechtigt zum Kampf um den Blutnamen Ward erklärt worden. Vlad hatte Phelan und alles, wofür er stand, gehaßt. Phelans Erfolge hatten den Glauben der Clans an die Überlegenheit ihrer Krieger Lügen gestraft. Phelan war das genaue Gegenteil des Wesens der Clans, und Vlad war sein Tod noch wichtiger gewesen als der Blutname, um den sie gekämpft hatten.

Aber Vlad hatte sich an jenem Tag nicht durchsetzen können. Besiegt, entkräftet und zerschlagen hatte er im Staub von Tukayyid gelegen und Phelan aufgefordert, ihn zu töten. »Du bist ein Krieger. Töte mich.«

»Du verstehst es immer noch nicht, frapos?« Mit diesen Worten hatte Phelan verächtlich auf ihn herabgesehen. »Ich bin *mehr* als ein Krieger. Vielleicht lernst du noch, was das heißt, bis du deinen Blutnamen verdienst.«

Ich habe es gelernt, Phelan. Obwohl es Vlad schmerzte, es auch nur in Gedanken zuzugeben, hatte Phelan doch recht gehabt. Die Clanner waren zum Leben als Krieger gezüchtet und geboren. Vlad konnte ebensowenig *kein* Krieger sein, wie er sich Flügel wachsen lassen konnte. Die Essenz des Kriegertums durchdrang jede Faser seines Seins, war in die Windungen seiner DNS verwoben. Ein Krieger zu sein war für ihn ebenso natürlich wie das Atmen.

Mehr als ein Krieger zu werden, forderte etwas anderes, verlangte gelassene Weitsicht und ein Gefühl für das Schicksal. Vlad hatte nie daran gezweifelt, daß er das Zeug zu einem großen Führer seines Clans besaß, möglicherweise auch *aller* Clans. Um dieses Schicksal zur Erfüllung zu bringen, mußte er mit Klarheit und Entschlossenheit angehen, was er sich erträumte. Seine Feinde zu töten, um seinem Genmaterial einen Platz im Zuchtprogramm zu sichern, reichte dafür nicht aus. Er mußte weiter blicken, die Zukunft gestalten, in der seine Gene weitergezüchtet werden würden, und dazu mußte er alle identifizieren und eliminieren, die ihm im Wege standen.

Aber als ersten Schritt muß ich meinen Blutnamen gewinnen.

Auf der Empore am Ende des Saales löste Elias Crichell sich von der Seite Marthe Prydes, der neugewählten saKhanin der Jadefalken, und trat vor. »Ich bin der Eidmeister und akzeptiere die Verantwortung, das Haus Ward zu repräsentieren. Stimmt ihr mir zu?«

Die uralte Zustimmungsformel »Seyla« hallte durch den Saal, als alle Anwesenden die Frage beantworteten. Zu einer anderen Zeit und an einem anderen Ort hätte das anerkannte Oberhaupt des Bluthauses Ward das Konklave geleitet, aber Phelan Kell Ward war durch das Abschwörungsritual verbannt. Crichell hatte auf der Rolle als Eidmeister bestanden, und Vlad hatte sie ihm nicht verwehrt.

»Dann soll, was sich hier ereignet, uns binden, bis wir alle fallen.« Crichells Züge spannten sich, und er sprach langsamer, während er an Stelle der förmlicheren Sätze, wie sie bei den Jadefalken gebräuchlich waren, die Wolfsform des Rituals rezitierte. »Du, Vlad, repräsentierst das Beste, was Haus Ward und dein Clan anzubieten haben. Doch es ist nicht dein Clan, für den du heute kämpfst. Du kämpfst um das Recht und die Ehre, den Namen Ward zu tragen, und ein Blutrecht von besonderem Wert. Der Name Ward ist gepriesen wie die Namen all jener, die dem Traum loyal verbunden blieben, den Aleksandr Kerensky für sein Volk hatte. Verstehst du das?«

»Seyla«, flüsterte Vlad. Jedes Kind in jeder Geschko wußte, daß Aleksandr Kerensky geglaubt hatte, er könne die Konflikte beenden, die den Sternenbund zerstört und die Menschen ins Unglück gestürzt hatten, indem er sein Volk aus der Inneren Sphäre in eine neue Heimat tief im unerforschten Weltraum führte. Aber die Konflikte waren ihnen dorthin gefolgt. Nicholas, Aleksandrs Sohn, hatte die Lösung gefunden. Fünfhundert Krieger hatten sich ihm bei der Befriedung ihres kriegsführenden Volkes angeschlossen, und aus ihnen waren die Clans entstanden. Der Familienname jedes einzelnen dieser fünfhundert loyalen Krieger war zu einem Ehrentitel geworden, der seinen

Nachkommen verliehen wurde, auch wenn nur fünfundzwanzig Krieger gleichzeitig ein Blutrecht beanspruchen konnten.

Die Geschichte eines Blutrechts war von besonderer Bedeutung, denn sie bildete die Tradition, die jeder Träger des Namens fortzusetzen bemüht war. In manchen Fällen besaß ein Blutrecht durch die Schande eines seiner Träger ein minderes Bluterbe – so wie es Vandervahn Chistus Blutrecht nun widerfahren war. Crichell hatte Vlad für das Blutrecht ausgewählt, dessen letzter Träger, Conal Ward, Crichells politische Ansichten geteilt hatte und von Phelan Ward ermordet worden war.

Crichell nickte ernst. »Und verstehst du, daß du mit deiner Bereitschaft, deinen Teil in diesem Kampf anzunehmen, Nicholas Kerenskys Willen heiligst, die Clans zum Gipfel der menschlichen Entwicklung auszuformen? Deine Auswahl bereits kennzeichnet dich als Teil einer Elite, aber ein Sieg wird dich zu Recht unter die wenigen einreihen, die an der Spitze all dessen existieren, was den Clans heilig ist.«

Vlad nickte. »Seyla.«

»Sag uns, Vlad, warum bist du würdig?«

Vlad zupfte am Saum seiner grauen Handschuhe und gestattete dem grauen Lederoverall, gedämpft zu knirschen, um die früheren Wölfe, die nun im Jadefalkengrün angetreten waren, daran zu erinnern, daß er allein ihren Ursprüngen treu geblieben war. »Ich bin würdig, weil ich abgewiesen wurde. Ich bin würdig, weil ich im Angesicht des Widerstands nicht aufgegeben habe. Ich habe unsere Feinde getötet und die Befehle unserer Führer befolgt. Ich habe Makel von unserer Ehre entfernt.«

Crichell schien durch diese Antwort etwas verwirrt. Das mußte wohl daran liegen, so nahm Vlad zumindest an, daß Jadefalken-Kandidaten für ein Blutrecht bekannt dafür waren, eine lange Liste von Gefechten und Siegen aufzuzählen, die bis in die Tage in ihrer Geschko zurückreichten, lange bevor sie den Rang eines Kriegers erreicht hatten. Diese Liste der Konflikte sollte den Krieger identifizieren und war in aller Regel so individuell wie ein Fingerabdruck. Vlads Antwort war unorthodox und wäre es selbst nach den Standards der Wölfe gewesen, aber niemand unter den Anwesenden konnte einen Zweifel daran hegen, wer er war oder warum er so geehrt wurde.

»Dein Anspruch ist erwiesen und verifiziert.« Crichell winkte Vlad vor. »Stelle dich nun deinem ersten Gegner.«

Zehn Meter vor Vlad trat ein junger Mann aus der Menge auf den roten Teppich zwischen Vlad und der Empore. Er trug einen grünen Overall und ragte hoch über Vlad auf. Seine wuchtige, muskulöse Statur wies ihn unmißverständlich als Elementar aus, auch wenn Vlad ihn nicht erkannte. Entsprechend dem vorherrschenden Geschmack unter Elementaren trug er sein blondes Haar in einem langen Zopf und hatte den Rest des Schädels rasiert.

Vlad ging auf ihn zu und blieb knapp einen Meter vor ihm stehen.

Elias Crichells Stimme hallte durch den Saal. »Warum bist du würdig?«

Die Augenwinkel des Elementars zuckten. »Ich repräsentiere sechzehn, die unwürdig sind.«

Weil Vlad die Wölfe aus dem Clan der Jadefalken befreit hatte, verspürte kein Mitglied des Hauses Ward den Wunsch, in diesem Duell gegen ihn anzutreten, aber die Clan-Tradition gestattete es nicht, einen Blutnamen kampflos zuzusprechen. Und so stand jeder der Gegner, der sich ihm in den Weg stellte, als Surrogat für all jene, die in den fünf Runden des Tests unterlegen wären. Vlad brauchte seinen Gegner nur an der Schulter zu berühren, und er würde weichen.

Vlad bückte sich und zog einen Dolch mit Wolfskopfgriff aus der Scheide am rechten Stiefel. Als er sich wieder aufrichtete, packte er mit der linken Hand den Zopf des Elementars und zerrte daran, so daß er den Kopf des Mannes in den Nacken zog. Als der Elementar ihm die Kehle preisgab, drückte Vlad die silberne Klinge des Dolches auf die blasse Haut unter dem Adamsapfel. Er drückte gerade fest genug, um eine dünne rote Spur zu hinterlassen.

Vlad ließ abrupt los, und der Elementar trat zur Seite.

Als nächstes trat eine der kleinen, schmächtigen Kriegerinnen mit übergroßem Kopf vor, deren Platz in den Luft-/Raumjägern des Clans war. Sie erklärte, für acht zu stehen, die unwürdig waren, und Vlad ritzte auch ihre Kehle. Nach ihr kam eine MechKriegerin, die den Platz von vieren einnahm, die der Herausforderung nicht gewachsen waren, Vlads Blutnamen zu erringen.

Vlad ging auf seine nächste Gegnerin zu und sprach sie an, noch bevor Crichell es tun konnte. »Warum bist du würdig?«

Die MechKriegerin schüttelte den Kopf. »Ich bin nur die Stellvertreterin für zwei, die nicht würdig sind.« Noch bevor Vlad die Hand in ihre schwarzen Haare vergraben konnte, legte sie den Kopf zurück und bot ihm ihre Kehle. Er preßte die Spitze der Klinge lange genug an ihren Hals, daß ein einzelner hellroter Blutstropfen über die Haut in das Tal zwischen ihren Brüsten floß, dann gestattete er ihr, sich zurückzuziehen, und ging weiter zu seinem letzten Gegner.

Wieder übertönte Vlad Crichell. »Warum bist du *un*würdig?«

Die Augen des Elementars weiteten sich, als er die Frage hörte, dann verhärteten sich seine Züge. »Ich bin unwürdig, weil du allein, Vlad, in Geist, Herz und Seele Wolf bist. Mein Leben gehört dir.« Der Riese zerriß seinen Overall, entblößte seine Brust und schloß die Augen. »Bring dieses unwürdige Herz zum Schweigen und nimm, was dir zusteht.«

Vlad drehte das Messer um und hob es, bereit, es in den Brustkorb seines Gegenübers zu stoßen. Ein paar schockierte Stimmen wurden laut, als der Dolch den höchsten Punkt der tödlichen Bahn erreichte – am lautesten die Khan Elias Crichells. Vlad wartete, gestattete der Spannung in seinem Innern, das Messer zum Zittern zu bringen. Das bereits an der Klinge hängende Blut floß zur Messerspitze und tropfte auf den roten Teppich.

Vlad drehte den Dolch blitzschnell um, stieß hinab und schlug den Wolfskopfknauf auf das Brustbein des Elementars. Der Mann brach geschockt zusammen, und Vlad sprang vor und packte ihn an der Brust, noch bevor er die Augen öffnen konnte. Vlad packte den schwarzen Zopf des Elementars und hob seinen Kopf vom Boden.

»Wäre ich *nur* ein Krieger, hätte ich dich getötet. Ich bin *mehr*.« Vlad hob den Dolch und blickte, während er ihn hin und her drehte, an dessen blutiger Spitze vorbei auf die im Saal versammelten Krieger. »Heute bin ich Vladimir Ward geworden. Ich bin mehr, als ich war, aber weniger, als ich noch sein werde. Merkt euch diesen Tag. Merkt euch diese Ereignisse. Von nun an werden die Pläne Nicholas Kerenskys in mir und meinem Volk Erfüllung finden.«

Er gab das Haar des Elementars frei und stieg über ihn hinweg. Als er hochblickte, sah er Elias Crichell, der ihn hart anstarrte. Auch Marthe Prydes Augen ruhten auf ihm, aber ihr Blick offenbarte nichts von der Wut und Überraschung, die in den Augen Crichells standen. *Sie schaut mich an, wie ich Feinde betrachtet habe. So, wie ich in Phelan das Gegenteil der Clans erkannt habe, erkennt sie in mir das Gegenteil der Jadefalken. Sie sieht, was Crichell sich nicht zu erkennen gestattet.*

Elias Crichell kam ihm die ersten drei Stufen von

der Empore entgegen. Vlad rauschte an ihm vorbei, dann drehte er sich um, ergriff die Hand, die Crichell zum Glückwunsch ausgestreckt hatte, und führte den Jadefalken-Khan daran zurück auf die Empore. Er hob den blutigen Dolch hoch über den Kopf.

»Seyla«, brüllte die Versammlung.

Crichell hob die Arme, um den vereinzelt aufklingenden Applaus zu stoppen. »Dein Blutrecht, Vladimir Ward, ist eines von besonderer Ehrwürdigkeit. Es ist das einzige, das von der Abschwörung unbefleckt ist – es war den Clans immer treu. Es war offen, seit sein vorheriger Besitzer von einem Wolfskhan brutal ermordet wurde. Ich kannte Conal Ward. Trotz der Feindschaft unter den Clans war er mein Freund. Es macht mich stolz, zu wissen, daß du das Blutrecht erbst, das dir zugedacht war.«

Glaubst du, mich so leicht kontrollieren zu können, Elias? Vlad starrte ihn mit leerer Miene an, dann schüttelte er den Kopf. »Das ist nicht das Blutrecht, um das ich gefochten habe.«

»Aber, die anderen ...«

Vlad nickte langsam. »Ja, Sie glaubten, ich wollte ein unberührtes Blutrecht, unbefleckt vom Abzug der illoyalen Wölfe. Ich begreife, warum das für Sie und die Jadefalken wichtig war, denn Ihr klammert euch verbissen an eure Ehre. Wo Sie selbst den Anschein eines Makels vermeiden würden, habe ich beschlossen, mich darin zu suhlen. Ich habe die Absicht, ein beschmutztes Blutrecht ganz und gar zu neuem Glanz zu bringen.« Der Wolf senkte langsam die Rechte und stieß den Dolch zurück in die Stiefelscheide. »Ich bin in der Absicht angetreten, um das Blutrecht zu kämpfen und es zu erringen, das mir einmal vorenthalten wurde. Ich beanspruche das Blutrecht Cyrilla Wards, das vor der Abschwörung von Khan Phelan Ward getragen wurde.«

Keuchen und nervöses Lachen lösten sich in Beifall

auf. Crichells Wangen röteten sich, und Marthes Gesicht wurde zu einer unlesbaren Maske. Vlad lachte und breitete die Arme aus. Der Jubel wurde lauter.

Der ältere Falkenkhan knurrte ihn an. »Du hast einen Blutnamen gewonnen, Vlad Ward. Benimm dich nicht, als ob dich das zum Khan gemacht hätte.«

»Das hat es nicht. Noch nicht. Es hat mir nur den Weg geebnet.« Vlad warf Crichell einen schrägen Blick zu. »Eure Hälfte unserer Vereinbarung wird mich zu einem Khan machen.«

Marthes Augen verengten sich zu Schlitzen. »Die Jadefalken besitzen bereits zwei Khane.«

»So ist es, Khanin Marthe Pryde.« Vlad sah zu Crichell hinüber. »Ich habe die Absorption angefochten. Um Khan zu werden, brauche ich einen eigenen Clan.«

Crichell nickte. »Die zweite Hälfte deiner Belohnung.«

»Ganz genau.«

»Was?«

»Nicht jetzt, Marthe Pryde, nicht jetzt!« bellte Crichell. Dann wandte er sich an Vlad. »Du sollst haben, was du dir wünschst. Du sollst sogar mehr haben, als du willst. Dafür werde ich sorgen.«

Vlad hob die Arme, dann senkte er sie und sorgte für Ruhe. Er blickte zu Crichell. »Ihr habt das Wort.«

Der Jadefalke neigte beinahe respektvoll den Kopf. »Danke, Vladimir Ward. Wie ihr alle wißt, tötete Vladimir Ward Khan Vandervahn Chistu in einem Widerspruchstest um die Absorption der Wölfe in die Jadefalken. Diese tagelang unangefochtene Absorption wurde ohne Protest ausgeführt, bis Vladimir Ward lebend in den Trümmern des Regierungshügels gefunden wurde. Sein Handeln für die Belange eines Clans, der nicht mehr existierte, verdient Lobpreis und verlangt eine Belohnung.« Crichell legte die rechte Hand auf die Brust. »Ich bin nur ein Khan von zweiunddreißig, und meine Macht ist begrenzt. Was ich Vladimir Ward nun zuspreche, was ich ihm in euer aller Namen zuspreche, ist das Äußerste, was ich ihm geben kann, und ich gebe es gerne und freiwillig. Eidbrüder und -schwestern nah und fern, sichtbar und unsichtbar, tot, lebend und zukünftig, hört mich an und verpflichtet euch meinen Worten.« Elias Crichell schien zu lächeln, aber in seinen Augen las Vlad Hinterlist. »Ich verwerfe die Absorption. Ihr, die ihr einst die Wölfe wart und vor so kurzer Zeit zu Jadefalken wurdet, jubelt nun. Ich erkläre euch zu den Gründern des Clans Jadewolf. Alle haben sich diesem Spruch zu beugen – so sei es, bis wir alle fallen.«

8

**Boreal, Wotan
Jadefalken-Besatzungszone**

15. Dezember 3057

Die in Marthe Prydes blauen Augen lodernde Wut erinnerte Elias Crichell an den Blitzstrahl einer PPK. Sie stapfte zornig schnaufend an seiner Seite durch die Nacht, weg von dem Saal, in dem die Jadewölfe ein Konklave abhielten. Der alte Mann lächelte und sprach mit so gedämpfter Stimme, daß die Elementare, die sie auf allen vier Seiten flankierten, nichts davon mitbekamen. »Ich könnte nicht sagen, Khanin Marthe Pryde, wer von euch über meine Ankündigung verärgerter war: du oder Vladimir Ward.«

Sie sah stechenden Blicks zu ihm herab. »Sie haben Vladimir Ward einen Grund gegeben, wütend zu sein. Meine Gründe sind Legion. Ich sollte Sie zu einem Widerspruchstest über die Gründung dieses neuen Clans fordern.«

»Aber du wirst es nicht tun.«

»Neg?«

»Neg.« Trotz der Schärfe in Marthes Stimme blieb Elias' Miene gelöst. Er wußte, sie war nahe daran, ihre Drohung wahr zu machen, aber auch, daß sie ihn nicht gewarnt, sondern sofort herausgefordert hätte, wenn sie von der Richtigkeit dieses Vorgehens wirklich überzeugt gewesen wäre. »Du weißt, daß du gewinnen würdest, und ich würde sterben. Ein neuer Khan müßte an meiner Statt gewählt werden, und die Wölfe – die durch deinen Sieg wieder zu Falken würden – werden Vladimir Ward in diese Position heben. Obwohl du Politik haßt, ist selbst dir klar, wie gefährlich das wäre. Durch meine Vernichtung würdest du den Untergang der Jadefalken riskieren.«

»Ha!« Marthe starrte ihn an, und in ihren Augen wich die Wut dem Unglauben. »Sie sind nur dem Namen nach ein Krieger! Sie lassen sich auf eine Allianz mit einem Unblutnestling ein, um einen Clan-Khan zu eliminieren – und nur, weil Vandervahn Chistu sich die besseren Chancen an Land gezogen hatte, die Wahl zum ilKhan zu gewinnen. Das ist *nicht* die Art der Jadefalken!«

»Vielleicht nicht, Marthe Pryde, aber es ist der einzige Weg, die Jadefalken zu *erhalten!*«

»Und die Wölfe auszuschließen, unsere Kraft zu halbieren, wird unseren Clan erhalten?«

Crichell gestattete sich ein Kichern, dann hob er die Hand vor den Mund und hustete, als die kalte Luft seine Kehle kitzelte. »Du und Vandervahn Chistu habt immer nur die militärische Seite des Krieges gesehen, den die Wölfe gegen uns geführt haben. Es stimmt, sie haben uns schwer getroffen. Wir haben viele Krieger und viel Ausrüstung verloren. Wir arbeiten immer noch an der Befriedung einiger Planeten, die von den Wölfen befreit wurden. Es wäre möglicherweise bequem gewesen, unsere Einbußen mit den Truppen und der Ausrüstung wettzumachen, die Phelan Ward zurückließ, aber es wäre unser Untergang geworden.«

Marthe runzelte die Stirn. »Wie das?«

Elias blieb stehen und deutete zurück in Richtung der Halle, die sie gerade verlassen hatten. »Du warst vorhin nicht an meiner Seite, franeg? Du hast nicht gesehen, wie diese Wölfe über Vladimir Wards Taten gejubelt haben? Jeder der fünf Krieger, die zwischen ihm und seinem Blutnamen standen, hätte bereitwillig das Leben gegeben. Sie repräsentierten mehr als nur die vielen Gegner eines Blutnamenstestes – sie repräsentierten die Schande der Wölfe, die nicht vorgetreten sind, um gegen die Absorption zu protestieren. Nachdem ihre Anführer gefallen und ihre besten Krieger nach Morges geflohen waren, sahen sie sich im Stich gelassen und akzeptierten unsere Führung, weil sie eine Gemeinschaft brauchten, der sie angehören konnten.«

Marthe Pryde verschränkte die Arme vor der Brust. »Und diese Gemeinschaft fanden sie, indem sie Teil unseres Clans wurden.«

»Neg, das hätten sie niemals akzeptiert. Vladimir Ward hat dort drinnen praktisch seine eigene Zeremonie abgehalten. Er hat die Rolle des Eidmeisters an sich gerissen, und die Fragen, die er den Surrogaten stellte, waren Fragen, die er an *alle* Anwesenden stellte. In diesem Moment wählen sie ihn zum Khan der Jadewölfe. Diese Menschen, seine Clanner, wären unter uns niemals zufrieden gewesen. Wir sehen sie als Verächter von Traditionen, die für uns das Wesen des Clans darstellen. Sie betrachten uns als zu unbeweglich und starrköpfig, um zu überleben. Die Wölfe hätten niemals zu unserer Lebensart gefunden.«

Marthe lehnte sich in die leichte Brise und nahm den Weg wieder auf. »Ihre Worte lassen die Falken den Wölfen unterlegen erscheinen.«

»Keineswegs. Wir haben den Widerspruchstest gewonnen. Wir haben Ulric Kerensky besiegt. Wir haben bewiesen, daß wir den Wölfen überlegen sind.« Elias nickte einem der Elementare zu, der die Tür zum Hauptquartier der Falken für sie aufhielt. »Indem wir an den von Nicholas Kerensky etablierten Traditionen festhalten, bauen wir auf einem festen Fundament. Die Evolution beweist, daß die meisten Veränderungen mit dem Tod enden. Die Wölfe mögen sich an den Kampf in bestimmten Situationen angepaßt haben, aber dadurch kämpfen sie in anderen weniger gut. Unsere Stärke liegt in unserer Ausbildung und in unserer Beharrung darauf, die Grundlagen zu ehren, denn wenn alles aus dem Ruder läuft – und das wird es in der Kriegsführung immer wieder tun –, sind es die grundlegenden Fähigkeiten, die sich durchsetzen.«

»Sie würden gut daran tun, Khan Elias Crichell, mehr an unsere Grundlagen zu denken.«

»Wie meinst du das?« Elias trat vor ihr in sein Büro und deutete auf einen der Sessel an seinem Schreibtisch. »Was habe ich getan, das dir dumm erscheint?«

Marthe blieb stehen. Die Frage schien sie ganz und gar zu überraschen. »Vladimir Ward ist ein gefährliches Individuum, und Sie haben ihm gestattet, Macht zu erwerben, aber nicht die Macht, auf die er es abgesehen. Damit haben Sie ihn verärgert. Ich glaube nicht, daß das eine Handlungsweise war, die man als weise bezeichnen könnte.«

Elias nickte und schenkte sich einen Brandy ein, um die Winterkälte zu vertreiben. »Du meinst, indem ich spontan den Clan der Jadewölfe erschaffen habe.«

»Allerdings. Er wollte, daß Sie die Wölfe wieder zum Leben erwecken und ihm anvertrauen.«

»Ich weiß.« Crichell ging vom Sideboard hinüber an seinen Schreibtisch und setzte sich. Er zog den Duft des Brandys tief in die Nase, dann rollte er einen Schluck ein, zwei Sekunden auf der Zunge, bevor er ihn durch die Kehle rinnen ließ. »Darf ich dir etwas anbieten, frapos?«

»Neg.« Marthe blieb hinter dem Sessel stehen, die Hände auf der Rückenlehne. »Dafür wird er Genugtuung von Ihnen fordern.«

Crichell schüttelte den Kopf. »Ich bin mir ziemlich sicher, daß du dich irrst, Marthe Pryde. In dem Augenblick, in dem mir klarwurde, daß er die Wölfe für sich wollte, erkannte ich auch, warum er sie nicht haben durfte. Er wird es ebenfalls erkennen – er ist nicht dumm.«

»Für dumm habe ich ihn auch nie gehalten, nur für tödlich.«

»Tödlich, ja, das ist er.« Elias Crichell lächelte und nahm noch einen Schluck Brandy. Allmählich breitete sich die Wärme von seinem Magen zur Haut hin aus.

»Vladimir Ward ist ehrgeizig, und er wird erkennen, daß der beste Weg, seine Ambitionen zu verwirklichen, in der Zusammenarbeit mit mir besteht. Es wird ihm nicht gefallen, aber er kann nicht viel dagegen tun. Das wird er bald genug einsehen.«

Marthe Pryde zuckte die Schultern. »Ich hoffe um Ihretwillen, daß Sie seine Intelligenz weder über- noch unterschätzen.«

»Ich glaube es kaum. Ich hatte nicht erwartet, daß er seinen eigenen Clan verlangt – ich dachte, er wollte mich bitten, ihn an Vandervahn Chistus Stelle zum Kommandeur der Turkina-Keshik zu machen.«

»Das haben Sie niemals ernsthaft in Erwägung gezogen, frapos?«

»Beruhige dich, Marthe Pryde, stell nicht die Federn auf wegen etwas, das nie geschehen ist.« Crichell schüttelte den Kopf. *Ihr Prydes seid tapfer genug, aber diese Prinzipienreiterei über das, was Ehre ist, engt euch ungeheuer ein.* »Die Reaktion der ehemaligen Wölfe bei der Zeremonie heute abend hat mich überzeugt, daß ich das richtige getan habe.«

Marthes blaue Augen wurden schmal. »Und was hat Sie überzeugt, daß es richtig war, sich auf die Verschwörung um Vandervahn Chistus Tötung einzulassen?«

Crichell hob den Kopf. »Stell mir keine Fragen, deren Antworten du nicht wissen willst, Khanin. Du hast genug von Vandervahn Chistu gesehen, um zu wissen, daß er es darauf anlegte, mich zu überflügeln. Ich nehme an, daß dich das leicht angewidert hat. Begnüge dich damit und dränge nicht weiter.«

Sie öffnete den Mund, dann klappte sie ihn zu. Er sah ein Schaudern durch ihre Schultern laufen. Als es verklungen war, sah sie zu ihm herab. »Dein Plan für den weiteren Verlauf ist...?«

»Einfach.« Crichell kippte den Rest des Brandys herunter und setzte den leeren Schwenker ab. »Als Sieger im Krieg gegen die Wölfe muß ich dem Großen Konklave Bericht erstatten. Ich habe für den zweiten Januar eine Versammlung anberaumt. An diesem Termin werden wir einen neuen ilKhan wählen, und ich werde mit Freuden für die letzte Etappe unserer Rückkehr nach Terra meinen rechtmäßigen Platz als Khan der Khane einnehmen.«

Vlad hatte alle Beherrschung gebraucht, zu der er fähig war, um Elias Crichell nicht zu packen und ihm den Hals umzudrehen. Ein roter Schleier hatte sich vor seine Augen gesenkt, und mit jedem Herzschlag hatte der Puls in seinen Ohren gedröhnt wie tosende Brandung. Auf dem Höhepunkt seines Triumphes, in dem Augenblick, in dem die Wölfe frei und in seine Hände gegeben werden sollten, hatte Crichell seinen Sieg durchkreuzt. Crichell hatte ihm den Lohn versagt.

Für diese Beleidigung wird er zahlen! Vlad hätte auf der Stelle zugeschlagen, denn der Jubel und die Begeisterung der Wölfe trieb ihn an und machte ihn unbesiegbar. Er hätte Crichell mit bloßen Händen umbringen können, und nicht einer der anwesenden Wölfe hätte gegen ihn ausgesagt. Sie hätten erklärt, daß Crichell ihn zuerst attackiert hätte oder daß Crichell von unbekannter Hand fiel – was immer Vlad von ihnen verlangt hätte.

Nur das zornige Funkeln in Marthe Prydes Augen hatte Vlad stocken und sich beherrschen lassen. Ihre Wut, die grell aus den blauen Augen brach, war nicht gegen ihn, sondern gegen Crichell gerichtet. *Sie haßt ihn, verachtet ihn. Und der Feind meiner Feindin ist mein Freund.*

Nachdem er sich wieder unter Kontrolle hatte, verbeugte Vlad sich höflich vor dem Jadefalken-Khan. »Ihr seid ein höchst ehrenwerter Mann, Khan Elias Crichell. Ich bitte Euch, verlaßt uns nun, so daß wir uns auf eine Weise konstituieren können, wie es einem wiedergeborenen Clan geziemt.«

»Wie du es wünschst.« Crichell hatte Vlad zugenickt, dann hatten er und Marthe Pryde sich aus der Halle zurückgezogen.

Vlad verließ die Empore, während Marialle Radick in deren Mitte trat und versuchte, ein Clan-Konklave einzuberufen. Die »weißen« Jadewolf-Krieger – Nichtblutnamensträger, wie Vlad es vor der Zeremonie gewesen war – wurden gebeten, sich zu entfernen. Andere wurden losgeschickt, um die wenigen Blutnamensträger zu holen, die noch nicht anwesend waren. Durch die Abschwörung und die Kriegsverluste war die Mitgliederzahl des Clan-Konklaves von 625 auf wenig mehr als 200 geschrumpft, aber bei einer so großen Zahl unbesetzter Blutrechte genügte die Anwesenheit von knapp über einhundert Mitgliedern, um Beschlußfähigkeit zu erreichen.

Sie können und werden mich zum Khan dieses neuen Clans wählen. Unwillkürlich ballte er die Fäuste. *Ich kann nicht glauben, daß Crichell so dumm war, mir die Wiederherstellung des Wolfsclans zu verweigern.*

Aber als Vlad einen Augenblick nachdachte, wurde ihm klar, daß er seine Schlüsse auf unzureichende Anhaltspunkte stützte. Er empfand keinerlei Respekt für Elias Crichell, aber die lange Amtszeit des alten Mannes als Khan der Jadefalken legte den Schluß nahe, daß er alles andere als dumm war. Daraus folgte wiederum, daß er einen Grund für das gehabt haben mußte, was er getan hatte. Vlad war sich beinahe sicher, daß Crichell nicht vorausgesehen hatte, wie die zweite Hälfte seiner Belohnung aussehen würde, also konnte er die Gründung des Clans der Jadewölfe nicht geplant haben.

Das einfachste wäre gewesen, die Wölfe wiederzubeleben. Daß er das nicht getan hat, bedeutet, es spielt noch etwas anderes mit, etwas, das ich übersehen habe.

Vlads Sieg im Widerspruchstest über die Absorption hätte den Weg für die Rückkehr des Wolfsclans ebnen müssen. Tatsächlich stellte er die Legalität der gesamten Absorption in Frage, die ohnedies nicht vom Großen Konklave sanktioniert gewesen war. *Wahrscheinlich warten die Khane den Ausgang der Kämpfe auf Morges ab, bevor sie die Situation beraten. Mit Chistus Tod und der Erschaffung der Jadewölfe umgeht Crichell geschickt jede Spur von Fehlverhalten.*

Ebenso, wie das Clanrecht die Absorption eines Clans erlaubte, gestattete es auch, daß ein Clan sich spaltete. Es war bisher noch nie geschehen, weil das dieselbe Zwietracht gefördert hätte, der die Einheit der Inneren Sphäre zum Opfer gefallen war. Aber die bloße Tatsache, daß Nicholas Kerensky die Möglichkeit vorausgesehen hatte, daß irgendwann ein Clan in die Lage geraten könnte, sich teilen zu wollen, kündete von seiner Weisheit. Crichells Anwendung dieser obskuren Möglichkeit unter den Gesetzmäßigkeiten, die für sämtliche Clans galten, bestätigte ein weiteres Mal sein Gespür für die politische Seite des Clanlebens.

Aber eine Spaltung widerruft die Absorption nicht, sie macht sie nur wett. Warum das? Vlad rieb sich die Stirn, dann breitete sich langsam ein Lächeln auf seinem Gesicht aus. *Natürlich, das hätte ich schon früher erkennen müssen!*

Khan Crichell konnte und würde argumentieren, daß der Widerspruchstest, den Ulric gegen die Jadefalken ausgekämpft hatte, verloren worden war, als er hier auf Wotan fiel. Da Phelan und die anderen Wölfe aus dem Clanraum geflohen waren, hatte der Ausgang der Kämpfe auf Morges keine Bedeutung für das Ergebnis des Kampfes auf Wotan. Die Wölfe waren besiegt.

Vlad hatte den Widerspruchstest, wie so viele andere Wölfe, als Ulrics Versuch gesehen, eine Nichtigkeitserklärung des Waffenstillstands mit ComStar zu verhindern. Jeder wußte, worum es in diesem Krieg wirklich gegangen war – genau wie jeder wußte, daß Crichell nach einer Wahl zum neuen ilKhan die Wiederaufnahme der Invasion betreiben würde. Der Kampf zwischen den Jadefalken und den Wölfen hatte über Krieg oder Frieden entschieden, und die Wölfe hatten bei ihrem Versuch, den Waffenstillstand zu beschützen, versagt.

Aber der Widerspruchstest, der diesen Kampf ausgelöst hatte, war nicht gegen eine Entscheidung erklärt worden, den Waffenstillstand aufzuheben. Es war Ulrics Weigerung gewesen, das Urteil des Großen Konklaves zu akzeptieren, das ihn des Völkermords für schuldig erklärt hatte. Mit dem Verlust des Widerspruchstests war der gesamte Wolfsclan mit Ulrics Schuld belastet. Wie es das Große Konklave bereits einmal mit einem anderen Clan getan hatte, hätte es das Recht besessen, die Auslöschung des Wolfsclans anzuordnen, und Vlads Herrschaft über den Clan, den er gerettet hatte, wäre nach kürzester Zeit wieder beendet worden.

Indem er meine Pläne durchkreuzt hat, hat er mich gerettet. Vlad fletschte grimmig die Zähne. *Daraus sollte ich eine Lektion ziehen – daraus werde ich eine Lektion ziehen.*

Applaus füllte den Saal, und Vlad sah hoch. Marialle Radick winkte ihn vor. »Ich präsentiere euch Vladimir Ward, den ersten Khan der Jadewölfe. Er hat diesen Clan geschaffen und uns damit unsere Ehre wiedergegeben. Lange möge er uns führen.«

»Seyla«, sangen die Jadewölfe ernst und wie mit einer Stimme.

Um dies zu erreichen, bin ich mehr als ein Krieger geworden. Vladimir Ward lächelte. *Nun werde ich mehr als ein Khan werden.*

9

**Boreal, Wotan
Jadefalken-Besatzungszone**

2. Januar 3058

Khan Elias Crichell dachte gar nicht daran, sich von Marthe Prydes lausiger Stimmung den Tag verderben zu lassen. *Die Düsternis ihrer Gedanken wird durch den Kontrast diesen Tag noch heller erstrahlen lassen.* »Khanin Marthe Pryde, ich kann und *werde* diesen Kurs bis zum Ende durchziehen.«

Marthe Prydes schlanker Körper bebte vor unterdrücktem Zorn. »Elias Crichell, ein ilKhan wurde noch nie außerhalb Strana Metschtys gewählt. Für Ihr Verhalten gibt es absolut keinen Präzedenzfall.«

Seine blauen Augen, nur ein wenig dunkler als die seiner Juniorkhanin, zuckten ärgerlich. »Kleinere Geister mögen Präzedenzfälle benötigen, um fragwürdige Aktionen zu rechtfertigen. Ich ziehe es vor, Präzedenzfälle zu *setzen*, nicht ihnen zu folgen. Wir sind Jadefalken. Es ist uns bestimmt, zu führen, und führen werden wir.«

»Ein illegitimer Anführer ist keiner.«

»Über die Legitimität meiner Führung entscheidet das Große Konklave.« Crichell wies zur Tür. »In dieser Kammer versammeln sich unsere Mitkhane, um zu entscheiden, ob ich der nächste ilKhan werde oder nicht. Diese Entscheidung wird hier und heute fallen, und es ist zu meinem Wohl, zu deinem und zu dem unseres Clans, daß sie mich an die Spitze der Clans stellt.«

Marthe drehte sich abrupt ab. Sie hatte den Kopf zwischen die Schultern gezogen. »Versuchen Sie nicht, mich mit Versprechungen von persönlichem Ruhm umzustimmen, Elias Crichell.«

»Ich hatte nichts dergleichen vor, Marthe Pryde, auch wenn du sicher persönlichen Ruhm ernten wirst, wenn ich gewählt werde.« Crichell verkniff sich ein Lächeln, als sie ihm einen Blick über die Schulter zuwarf. »Du weißt, daß ich nicht geeignet bin, die Clans in die Schlacht zu führen – das überlasse ich guten Kriegerinnen wie dir. Wenn ich ilKhan geworden bin und unseren Kreuzzug fortsetze ...«

»Zwei Ereignisse, die zusammenfallen werden.«

»Kaum.«

»Was?« Marthe wirbelte zu ihm herum. Die Heftigkeit der Bewegung ließ ihren Brustschild aus Malachit und Gold verrutschen, aber sie schob ihn mit der Linken wieder zurecht. »Sie würden den Beginn des Kreuzzugs verzögern?«

»Allerdings.«

»Aber wenn Sie doch ilKhan werden wollen, um ihn zu leiten, warum nehmen wir uns dann nicht die Zeit zur Rückkehr nach Strana Metschty, damit Ihre Wahl den gebührenden Rahmen erhält?«

»Weil die Zeit gegen uns arbeitet.« Crichell senkte die Stimme, und Marthe trat näher, um ihn verstehen zu können. »Du weißt, wie schwer Ulric und Natascha Kerensky uns im jüngsten Krieg getroffen haben.«

»Pos.«

»Und nun haben die Wölfe die Truppen vernichtet, die wir nach Morges geschickt hatten. Galaxiscommander Mattlov hat Schande auf sich geladen und den Untergang ihrer Einheit zugelassen. Wichtiger als das aber ist noch, daß die Exilwölfe weit weniger ernsten Schaden erlitten. Sie haben sich auf den Planeten Arc-Royal zurückgezogen – einst die Heimatwelt Phelan Wards – und stehen bereit, die Grenze der Lyranischen Allianz gegen unsere Angriffe zu verteidigen.«

»Es sind nur die Reste eines Clans. Wir können sie überwältigen.«

Crichell schüttelte den Kopf. »Nein, das können wir nicht.«

»Wir sind dermaßen ernst geschwächt?«

»Ulric Kerensky hat gute Arbeit geleistet.« Crichell runzelte die Stirn. »Niemand sonst, außer dir und mir, hat auch nur eine Vorstellung davon, wie schwer die Jadefalken angeschlagen wurden. Unsere Brüder in der Invasionsstreitmacht sind so besessen von der Kreuzrittervision, daß sie sich nicht vorstellen können, eine Bewahrerarmee wäre fähig, unsere besten Truppen zu besiegen. Weil sie glauben, die Zurückhaltung der Bewahrer, einer vollständigen Eroberung der Inneren Sphäre zuzustimmen, sei eine Philosophie von minderwertiger Natur, halten sie die Bewahrer auch für minderwertige Krieger.«

»Idioten.«

»Sicher, aber Idioten, die wir in diesem entscheidenden Augenblick für unsere Ziele benutzen müssen. Als Anerkennung für den Sieg über Ulric Kerensky kann ich zum ilKhan gewählt werden. Und es ist absolut notwendig, daß ich dieses Amt übernehme, um uns die paar Jahre zu erkaufen, die wir benötigen, um unsere alte Stärke wieder zu erreichen.«

Marthe sah ihn einen Moment lang mit offenem Mund an. »Ein paar? Wir benötigen minimal *fünfzehn* Jahre, damit unsere Geschkos alt genug werden, um uns die benötigten Krieger zu liefern.«

»Keineswegs, Marthe Pryde.« Crichell grinste listig. »Vergiß nicht, ich habe auch meinen Teil auf dem Schlachtfeld geleistet und dabei die vernichtenden Möglichkeiten des Krieges wohl kennengelernt. Ich sah in die Zukunft, das ist jetzt gute zwanzig Jahre her. Und was ich sah, ließ mich für einen Augenblick wie diesen vorausplanen.«

»Sie hören sich an wie eine traumtänzerische Novakatze.«

»Ich habe nicht geträumt. Ich habe nachgedacht.

Habe weit vorausgeschaut mit dem scharfen Blick des Falken. Und ich habe das, was ich sah, zum Anlaß meines Handelns gemacht.« Crichell setzte eine zuversichtliche Miene auf. »Ich lasse dir die Dateien zukommen, damit du den besten Nutzen aus dem Ergebnis meiner Voraussicht ziehen kannst.«

»Was haben Sie getan, Elias Crichell?«

»Beruhige dich, Marthe Pryde, es ist nicht so furchtbar, wie du es dir auszumalen scheinst, auch wenn es eine Pryde wie dich zu Anfang sicher anwidern wird. Vielleicht findest du es annehmbarer, wenn du es wie eine Gewitterfront betrachtest, die heranrollt und die Luft-/Raumjäger des Gegners am Boden hält. Das Wetter existiert unabhängig von deinen Wünschen und Absichten, aber das hindert dich nicht daran, es zu deinem Vorteil zu nutzen.«

»Das Wetter für sich zu benutzen ist eine Sache, unsere Ehre als Jadefalken zu verletzen, eine ganz andere.« Marthe klopfte auf ihren Brustschild. »Sie haben ein Programm autorisiert, das unsere Traditionen verletzt, und erwarten von mir, das ich Sie zum ilKhan wähle? Ich sollte Sie vor dem Großen Konklave anklagen!«

»Das wirst du nicht tun, weil meine Handlungsweise die Jadefalken weiterexistieren läßt, Marthe Pryde.« Crichell richtete sich zu voller Größe auf. »Was du androhst, würde uns vernichten.«

Sie zögerte. »Wir sind Jadefalken. Dafür schulden uns die anderen Khane Respekt.«

»So, wie die Wölfe die Witwenmacher respektiert haben, als sie deren Clan absorbierten, und so, wie wir die Wölfe respektiert haben, als wir dasselbe mit ihnen taten?« Crichell lachte heiser. »In diesem entscheidenden Augenblick kämpfen wir ums *Überleben*, nicht um Respekt. Denk darüber nach, Marthe Pryde. Wir sind gezüchtet, bis in höchste Höhen zu steigen und alles Schwache anzugreifen, wo wir es finden. Wenn die anderen Clans entdecken, wie geschwächt *wir* sind, werden sie uns verschlingen.«

Ihre Stirn wurde faltig, und Crichell wußte, er hatte einen Volltreffer erzielt. So rigide Marthe auch am Wesen der Clans und den Traditionen der Jadefalken festhielt, sie war in der Lage, zu erkennen, daß eine Weigerung, sich anzupassen, ihr Ende bedeuten konnte. Sie glaubte daran, daß ihre Kraft in der Ehrung der Grundlagen bestand, aber ohne genügend Krieger, um ihre Reihen aufzufüllen und ihre Welten zu verteidigen, würden die Jadefalken untergehen. Angesichts einer Wahl zwischen der Zusammenarbeit mit Crichell und dem Tod des Clans wählte Marthe den einzig logischen Weg. »Die Entscheidung, ob ich diesen Plan, den Sie ausgeheckt haben, benutze, liegt bei mir allein, frapos?«

»Natürlich. Ganz allein bei dir, Marthe Pryde. Du wirst es nicht bereuen. Vertraue mir.«

»Ich werde Ihnen *nie* vertrauen, Elias Crichell, und ich werde Sie nie respektieren.«

»Ich werde versuchen, damit zu leben.«

»Als ilKhan.«

»Du wirst feststellen, daß deine Vision der Zukunft unseres Clans nie reifen wird, sollte ich nicht zum ilKhan gewählt werden.« Crichell hob die grün und golden emaillierte Falkenkopfmaske, die er in der Konklavekammer tragen würde. »Ich gebe dir die Zukunft des Clans; du gibst mir deine Stimme.«

Marthe nickte steif. »Gehandelt und akzeptiert.«

»Als Khan der Jadefalken respektiere ich dich, Marthe Pryde. Als ilKhan werde ich dich preisen.«

»Nichts davon, Elias Crichell, ich bitte Sie.« Sie fixierte ihn mit einem Blick von arktischer Kälte. »Es reicht aus, wenn Sie mich nicht beschämen.«

Crichell folgte Marthe in die provisorische Konklavekammer und nickte Kael Pershaw zu, der an der Stirnseite des Saales saß. Pershaw stand von seinem Schreibtisch auf und hämmerte mit der natürlichen Hand auf das Eichenholz. »Ich bin Kael Pershaw und wurde bestimmt, als Lehrmeister für diese Versammlung des Großen Konklaves zu dienen. Ich eröffne hiermit dieses Konklave gemäß den von Nicholas Kerensky erlassenen Bestimmungen des Kriegsrechts. Da wir uns im Kriegszustand befinden, werden alle Angelegenheiten in einer diesen Umständen gemäßen Weise geregelt werden.«

»Seyla«, rief Crichell im Einklang mit den übrigen Khanen. Vierzehn Kahne waren persönlich anwesend, die übrigen zwanzig nahmen über Holovidmonitore teil, die rings um die im Zentrum der mehrstöckigen Zuschauerränge gelegene Bühne angeordnet waren. Von denen, die beim letzten Großen Konklave nicht anwesend gewesen waren, hatten sich diesmal nur die beiden Khane der Diamanthaie die Mühe gemacht, zu erscheinen. Elias nahm dies als Zeichen, daß seine Bemühungen, sich die Stimmen der abwesenden Khane zu sichern, Erfolg gehabt hatten.

Pershaw nahm wieder Platz und warf einen Blick auf den Bildschirm des vor ihm stehenden Compblocks. »Heute kommen wir zusammen, um einen neuen ilKhan zu wählen.«

Khan Ian Hawker von den Diamanthaien nahm seinen funkelnden Helm mit der Zier in der Form einer Rückenflosse ab und stand auf. Er war blaß, mit hellen Augen und noch helleren Haaren, wie viele seiner Blutlinie. Seine Miene war streng. »Das ist ungesetzlich! Der ilKhan wurde immer auf Strana Metschty gewählt. Eine Wahl hier anzuberaumen ist eine Verhöhnung unserer Traditionen!«

Crichell wollte darauf antworten, aber Vladimir Ward erhob sich auf der anderen Seite der Tribüne von seinem Platz. Er trug die graue Ledermontur des Wolfsclans, aber sowohl er als auch Marialle Radick hatten einen Umhang aus jadegrünem Leder übergeworfen. Vlad nahm die emaillierte Wolfskopfmaske ab und setzte sie vor sich ab. »Ich bin anderer Ansicht, Khan Ian Hawker.«

»Das wäre sicher interessant, *wenn* du hier etwas zu sagen hättest.«

Die Narbe auf Vlads linker Gesichtshälfte brannte feurig rot. »Ich *habe* etwas zu sagen, Ian Hawker. Ebenso wie meine Jadewölfe. Ich habe in den vergangenen zwei Wochen das Kriegsrecht, das uns von Nicholas Kerensky hinterlassen wurde, eingehend studiert. Eine passende Beschäftigung für einen neugewählten Khan, frapos? Ich habe die Passagen über die Gründung eines neuen Clans sorgfältig gelesen – eine Aktion, die *keiner* Zustimmung durch dieses Konklave bedarf.«

Crichell sah das glühende Feuer in den Augen des jüngeren Mannes, als dessen Blick über die Gesichter der versammelten Khane glitt, bevor er weitersprach.

»Ebensowenig hat mein Studium irgendeine Vorschrift gefunden, der zufolge das Große Konklave an einem bestimmten Ort zusammentreten muß, um einen neuen ilKhan zu wählen. Vielleicht darf ich dich auch daran erinnern, daß diese Versammlung ein Großes Konklave auf Tamar einberufen hat, mit dem spezifischen Auftrag, einen im Amt befindlichen ilKhan zu entmachten. Wenn ein ilKhan im Feld des Amtes enthoben werden kann, ist es ganz sicher auch möglich, ihn im Feld zu wählen.«

Vlad verstummte und blickte geradewegs zu dem älteren Jadefalken-Khan hinüber. Crichell nickte beifällig, und Vlad nahm wieder Platz. *Du lernst das Spiel der Politik, Vladimir Ward. Offensichtlich hast du erkannt, warum ich einen neuen Clan für dich geschaffen habe, und es scheint, daß du dich in meiner Schuld siehst. Das ist gut.*

Lincoln Osis, Khan der Nebelparder, erhob sich. Das in seinem dichtgelockten schwarzen Haar sichtbar werdende Grau bildete einen deutlichen Kontrast zu seiner dunklen Haut, aber der muskelbepackte Körper schien vom Alter seines Besitzers unberührt. Osis war ein Elementar und schaute auf Hawker herab, obwohl er eine Reihe unter ihm stand. »Deine Verachtung für pragmatische Lösungen, Khan Ian Hawker, mag dich bei den Diamanthaien zu einem guten Führer machen, aber sie wird uns nicht helfen, die dringend anstehenden Fragen zu lösen. Der ilKhan ist tot, und einer von uns muß seinen Platz einnehmen. Würden wir zu diesem Zweck nach Strana Metschty zurückkehren, müßten wir dazu nicht nur den Kriegsschauplatz verlassen, es würde unseren Feinden auch noch mehr Zeit geben, sich vorzubereiten. Das zuzulassen ist erstens dumm und zweitens unnötig.«

Osis drehte sich zu Pershaw um und rief, laut genug, so daß es alle hörten: »Ich nominiere Elias Crichell von den Jadefalken!«

Als Severen Leroux, der greise Khan der Novakatzen, die Nominierung unterstützte, fragte Elias sich, was das zu bedeuten hatte. Er hatte sich nicht um die Unterstützung der Novakatzen bemüht, weil die Mitglieder dieses Clans sich nicht von der Logik, sondern von mystischen Visionen und Omen leiten ließen. Die Novakatzen benahmen sich häufig wie Agenten des Schicksals, und in diesem Augenblick hätte er zu gerne gewußt, was sie in seiner Zukunft gesehen hatten.

Kael Pershaw tippte etwas in seinen Compblock. »Der Name des Elias Crichell von den Jadefalken wurde dem Konklave genannt. Ihr alle werdet eine Stimme für oder gegen diesen Kandidaten abgeben. Erhält Elias Crichell die Hälfte der Stimmen plus eine weitere Zustimmung, ist er gewählt. Ich werde euch einzeln zur Stimmabgabe aufrufen.«

Crichell zählte während der Stimmabgabe im Kopf mit. Weder Severen Leroux noch Lucian Carns von den Novakatzen erklärten ihre Entscheidung, aber beide stimmten für ihn, und ihre Beweggründe waren für ihn ohne weitere Bedeutung. Beide Diamanthaie stimmten gegen ihn, wie er es erwartet hatte, aber die Nebelparder, Stahlvipern und Jadefalken unterstützten ihn, was ihm einen frühen Vorsprung von sechs Stimmen brachte. Die Geisterbären stimmten gegen ihn, aber sie waren alte Verbündete der Wölfe und Diamanthaie. Die Holoabstimmung endete beinahe unentschieden, und als der jüngste der Clans aufgerufen wurde, hatte er einen Vorsprung von genau zwei Stimmen.

Auf Vlads Aufforderung hin stimmte Marialle Radick zuerst. »Ich war es, die Ulric Kerenskys Verrat meinem Clan als erste deutlich gemacht hat. Ich habe den ersten Schritt auf dem Weg getan, der uns hierher geführt hat. Ich, Marialle Radick, stimme mit *Ja*.«

Der alte Mann lächelte. *Das war die Entscheidung. Vlads Stimme hat kein Gewicht mehr.*

Vlad stand auf und sammelte sich einen Augenblick. »Ich begrüße die Wahl Khan Elias Crichells zum ilKhans der Clans. Aber es ist meine Pflicht, das Angedenken des ilKhans zu ehren, der unsere glorreiche Invasion leitete – ohne dessen Führung wir bei der Eroberung der Inneren Sphäre niemals so weit gekommen wären. Sein Denken mag fehlgeleitet gewesen sein, aber niemand kann bestreiten, daß Ulric Kerensky ein geborener Krieger war. Ich stimme mit *Nein*.«

Pershaw betätigte eine letzte Taste an seinem Compblock und verzog sein verwüstetes Gesicht zu einer Fratze, die womöglich ein Lächeln darstellen sollte. »Nach meiner Rechnung ist das Ergebnis der Abstimmung siebzehn Ja- gegen fünfzehn Nein-Stimmen. Es sei also verkündet mit der Autorität dieses ehrwürdigen Konklaves: Heute wurde Elias Crichell zum Khan der Khane bestimmt, zum ilKhan aller Clans!«

»Seyla!« schallte der Ruf der versammelten Khane, und sie klopften zustimmend auf ihre Tische, während Crichell an die Stirnwand des Raumes trat und sich hinter Kael Pershaw aufbaute. Er nahm seinen Helm ab und setzte ihn wie ein kleines Podest vor sich ab. Er lächelte, während der Lärm verklang, und neigte den Kopf vor den anderen Khanen.

»Ich verspreche, mich eures Vertrauens würdig zu erweisen. *Eure* Vision der Zukunft ist auch die *meine* – die Wiederherstellung des Sternenbundes und die Einsetzung der Clans als die rechtmäßigen Herrscher über die Innere Sphäre, die zu regieren wir allein geschaffen sind.«

Er sah hinunter auf Pershaws Compblock. »Und nun wollen wir uns der bedeutsamen Frage zuwenden, wann wir die Invasion der Inneren Sphäre wiederaufnehmen. Ja, Khan Vladimir Ward?«

»Vergebt meine Unterbrechung, aber da ist noch ein Punkt...«

»Ich dachte mir schon, daß du es siehst.« Crichell nickte großzügig. »Du wünschst die Diskussion zu verschieben, frapos? Durch den unerwarteten Verlust meines saKhans hatte ich nicht genügend Zeit, meine Möglichkeiten akkurat festzustellen. Ich nehme an, daß für dich und deinen Clan gleiches gilt, Khan Vladimir Ward. Sollen wir die Diskussion vertagen, bis wir ausreichend Zeit hatten, uns vorzubereiten?«

Vlad stand auf. »Das würde ich begrüßen, ilKhan, aber diese Vertagung ist nicht der Punkt, auf den ich die Aufmerksamkeit des Großen Konklaves richten wollte.«

»Was ist es dann?«

Die Züge des jüngeren Khans verhärteten sich. »Ich, Vladimir Ward von den Jadewölfen, verlange einen Widerspruchstest.«

Was? »Vladimir Ward, wir haben allmählich genug von deiner...«

»Du bist nicht fähig, uns zu führen, Elias Crichell. Du bist nicht befähigt zum Khan der Khane. Ich bestreite dein Recht auf das Amt des ilKhans.«

10

Boreal, Wotan
Jadefalken-Besatzungszone

2. Januar 3058

»Was?«

Die Ungläubigkeit und Angst in Crichells Stimme gaben Vlad Zuversicht. Er lächelte. »Du hast mich gehört, Elias Crichell. Ich bestreite deine Qualifikation für den Titel des ilKhans. Ich behaupte, du bist ungeeignet.«

»Das kannst du nicht!«

Vlad nickte. »Das kann ich. Ich habe es eben getan.«

Der ältere Khan reckte sich. »Aus welchem Grund?«

Vlad rieb sich das Kinn. »Bist du sicher, daß du meine Antwort auf diese Frage wirklich hören willst, Elias Crichell?«

»Er hat dich gefragt, und du wirst antworten«, bellte Lincoln Osis.

Vlad herrschte den Nebelparder an. »Ich bin ein Khan. Du kannst mir nichts befehlen.«

Osis starrte ihn einen Moment wütend an, dann senkte er den Blick. »Ich wollte dir nicht zu nahe treten. Deine Anschuldigung gegen den ilKhan ist wichtiger als irgendwelche Animositäten, die du gegen ihn fühlen magst. Wenn er nicht befähigt ist, in diesem Amt zu dienen, müssen wir wissen, warum.«

»Und ihr sollt es wissen.« Vlad stützte sich mit beiden Handflächen auf das glatte Holz des vor ihm stehenden Tisches. »Ich könnte darauf hinweisen, daß Elias Crichell sich mit einem Unblutkrieger verschworen hat, um seinen Rivalen um der Macht willen zu zerstören. Ich könnte darauf hinweisen, daß er von der Existenz von Beweisen dafür wußte, daß Khan Vandervahn Chistu Ulric Kerensky feige ermordet hat, aber nicht darauf bestand, daß diese Beweise dem Clan-Konklave der Jadefalken vorgelegt wurden. Beide Punkte offenbaren einen bedeutsamen Mangel an Ehre, aber das ist nicht der entscheidende Einwand gegen ihn.« Er wies mit dem Finger auf Crichell. »Meine Herausforderung basiert auf der grundlegendsten Qualifikation für den Titel eines ilKhans: Elias Crichell ist kein Krieger!«

Crichells Gesicht lief puterrot an. »Das ist absurd! Ich habe mich in einem Positionstest bewiesen, wie es die Pflicht jedes Kriegers ist. Die Beweise sind frei zugänglich.«

»Ja, ilKhan Elias Crichell, die *Ergebnisse* sind zugänglich, aber es gibt keine Holovids deiner Tests.« Vlad bleckte die Zähne. »Ich habe mir die Freiheit genommen, die Wartungsdaten deines BattleMechs und der Mechs zu besorgen, die gegen dich angetreten sind. Deine Techs haben an Bord deines Mechs mehr Schüsse abgefeuert als du, und an den Mechs, gegen die du gekämpft hast, brauchte anschließend nur der Schleudersitz erneuert zu werden, um sie wieder zu einhundert Prozent einsatzfähig zu machen.«

Crichell verschränkte die Arme. »Ich kann die Aktionen meiner Feinde nicht kontrollieren. Ist es meine Schuld, wenn sie Angst haben, von meiner Hand zu sterben?«

»Es überrascht mich, ilKhan, daß ein dermaßen furchteinflößender Krieger wie du in den Kämpfen des vergangenen Monats nicht im eigenen BattleMech gegen die Wölfe gezogen ist.« Vlad schüttelte den Kopf. »Deine Erklärungen sind ohne Bedeutung – meine Herausforderung steht, und du mußt reagieren.«

»Na schön, du sollst deinen Test haben.« Crichell blickte zu Kael Pershaw. »Ruf Taman Malthus – er wird mich vertreten.«

»Kael Pershaw, ignoriere diese Bitte.«

Crichell starrte Vlad an. »Wie kommst du dazu, meinem Untergebenen Befehle zu erteilen?«

Ian Hawker brach in lautes Gelächter aus. »Er will verhindern, daß du deine Unwürdigkeit noch zusätzlich unter Beweis stellst, Elias Crichell. Er kennt die Regeln. Du sitzt in der Falle. Er hat Widerspruch gegen *dich* eingelegt, nicht gegen die Abstimmung. Hätte er der Abstimmung widersprochen, hättest du einen Stellvertreter für dich antreten lassen können. Aber er zweifelt deine Qualifikation als Krieger an, und nur du selbst kannst dieser Herausforderung begegnen.«

Vlad neigte den Kopf in Richtung des Diamanthais, dann wandte er sich wieder an die Versammlung. »Ein Khan der Khane muß in der Lage sein, Gefechte jeder Art auszutragen. Als herausgeforderte Partei, Elias Crichell, hättest du normalerweise das Recht, zu wählen, wie du kämpfen willst: mit oder ohne Waffen. Als ilKhan mußt du dich einer Zufallsentscheidung beugen. Kael Pershaw, generiere eine Zufallszahl, Null oder Eins. Eins steht für einen Mechkampf, bei Null kämpfen wir unbewaffnet.«

Kael Pershaw zögerte und trat erst an den Compblock, als Marthe Pryde nickte. Er gab etwas in das Gerät ein, und eine grüne Null erschien auf der Hologrammanzeige. »Ihr werdet unbewaffnet kämpfen.«

Vlad schwang sich über den Tisch und landete knallend auf dem Boden der Kammer. »Ich bin der Herausforderer. Wir kämpfen *sofort!*«

Crichell schob das Kinn vor. »Wir sollen unbewaffnet kämpfen, aber du trägst eine Keule am linken Arm.«

Vlad wirbelte herum und schmetterte den Gips mit einem donnernden Krachen gegen die Tischkante. Die Splitter flogen in alle Richtungen davon und prasselten auf Marialle Radick und die beiden Khans der Novakatzen herab. Vlad fühlte einen dumpfen Schmerz im Unterarm, verdrängte ihn aber. Mit der Rechten riß er den Gips auseinander und warf ihn zu Boden.

Die Bruchstücke knirschten unter seinen Schritten, als er auf Crichell zuging. »Ich überlasse dir den ersten Schlag, Elias Crichell.«

Die Faust des älteren Mannes zuckte auf seinen Kopf zu. Vlad fühlte den Treffer und schmeckte Blut auf seinen aufgeplatzten Lippen. Er verlor das Gleichgewicht, wich unwillkürlich zurück und stürzte, aber das alles war für ihn ohne Bedeutung. Mit diesem ersten Schlag hatte Crichell Vlads Anschuldigung bestätigt: er war kein Krieger.

Ein Krieger hätte einen tödlichen Schlag angesetzt. Vlad kam an den Beinen des Nebelparder-Tischs zum Stillstand. Als er aufstand, stützte er sich schwer auf den Tisch und wischte sich mit dem linken Handrücken das Blut aus dem Gesicht. Dann grinste er. *Ein Krieger hätte nachgesetzt und mir keine Chance gegeben, mich zu erholen.*

Crichell wartete in der Mitte des Raums auf Vlad. Der jüngere Khan schwankte auf den Jadefalken zu, als sei er noch von dem Schlag benommen. Auf Crichells Gesicht blühte Zuversicht auf, und Vlad konnte förmlich darin lesen, wie er im Geiste bereits den Sieg dazu benutzte, seinen Mythos zu fördern. Crichell befand sich im Geiste bereits in zukünftigen Zeiten und verlagerte sein Gewicht zur Vorbereitung des Schlages, der Vlad endgültig ausschalten sollte.

Vlads unbeholfene Bewegungen gingen fließend in einen Seitschritt über, der Crichells Aufwärtshaken das Ziel nahm. Als sein Gegner sich zu fangen versuchte, traf Vlad ihn mit zwei schnellen Geraden, die Crichells Nase brachen und seine Lippen platzen ließen. Er setzte mit einer hohen linken Finte auf Crichells Kopf nach. Der alte Mann riß die Arme hoch, um sich zu schützen, und entblößte seinen Leib für Vlads Rechte.

Als Crichell nach vorne zusammenklappte, zuckte Vlads rechtes Knie hoch, traf Crichell im Gesicht und warf ihn wieder hoch. Dann klammerte er den linken Arm um Crichells Nacken, damit er ihm nicht entkommen konnte, und hämmerte mit der rechten Faust in seine Magengrube. Seine Schläge regneten auf Bauch und Rippen des ilKhans, und als Draufgabe stieß er ihm noch das Knie in den Unterleib.

Am Keuchen seines Opfers hörte Vlad, daß Crichell kaum noch Luft bekam. Mit einem harten, bellenden Lachen gab er den alten Mann frei und versetzte ihm eine schallende Ohrfeige. Crichell flog sich drehend davon und krachte auf den Tisch der Novakatzen-Khane. Er klammerte sich daran fest, um nicht zu Boden zu stürzen, dann hebelte er sich wieder hoch und kam zurück.

Auf Crichells Wange glühte Vlads Handabdruck, und sein Kinn war blutverschmiert. Er unternahm einen kläglichen Versuch, Vlad zu treffen, aber der Jadewolf wich dem Schlag mit Leichtigkeit aus. Crichell achtete auf seine Deckung, hielt die Fäuste oben und die Ellbogen am Körper, als er gegen Vlad vorrückte. Er spielte den Krieger, aber der glasige Blick seiner Augen zeigte Vlad und allen anderen im Raum genauso, daß sein Körper nur noch unbewußt vor langer Zeit eingelernte Bewegungen abspulte.

Und allzu gut hat er es offenbar schon damals nicht gelernt.

Vlad sprang vor und schlug wieder mit der offenen Linken zu, diesmal auf Crichells Bauch. Dessen Hände unternahmen keinen Deckungsversuch. Statt dessen streifte eine linke Gerade Vlads Ohr. Das brachte neues Leben in den Blick des alten Mannes, aber nur für eine Sekunde, dann traf Vlads Faust Crichells linke Schläfe.

Dem ilKhan klappten die Knie weg, und seine Beine wurden weich. Er sackte auf die Knie, kippte nach hinten auf die Fersen. Seine Hände sanken ihm in den

Schoß, und sein Kopf rollte, als wolle er jeden Moment vom Hals fallen. Der Mann konnte nicht mehr klar denken – Geist und Körper befanden sich im Schockzustand. Der Kampf war vorbei.
Es ist vorbei, wenn ich das entscheide!
Vlad stieß ihn mit dem Fuß an. »War das schon alles, Elias Crichell? Selbst Vandervahn Chistu hat mir einen besseren Kampf geliefert. Und Ulric Kerensky hat ihm einen besseren Kampf geliefert. Bist du zu mehr nicht fähig? Bist du wie alle Jadefalken – ein Raubvogel im Frieden und eine Tontaube im Krieg?«

Crichell kämpfte sich mühsam wieder auf die Füße. »Ich bin ein Jadefalke. Ich war schon ein Krieger, bevor du zusammengemixt wurdest.«

»Und ich werde ein Krieger sein, lange nachdem du tot bist.« Vlad wirbelte herum und versetzte seinem Opfer einen Drehtritt, der dem alten Mann den Kopf gekostet hätte, wäre er nicht von dessen Schulter abgelenkt worden. So rissen ihm nur die peitschenden Schnürsenkel des Stiefels die Kopfhaut über seinem rechten Ohr auf, und das graue Haar verfärbte sich vom Blut. Die Gewalt des Schlages warf Crichell wieder zu Boden, wo er bis vor Marthe Prydes Füße rollte.

Sie machte keine Anstalten, ihm aufzuhelfen, aber Crichell bat sie auch nicht darum. Er kam unter sichtbarem Schwanken auf die Beine, wirkte aber etwas klarer als zuvor, als er sich seinem Herausforderer zögernd wieder stellte. Er bewegte sich in einem Kreis um Vlad herum, der im Zentrum des Raumes wartete.

Vlad war es zufrieden. Alle Vorteile waren auf seiner Seite. Jugend. Kondition. Können. Mut. Und vor allem Blutdurst. *Crichell hat sich eingeredet, er habe ein Recht darauf, ilKhan zu werden, aber das ist ein Recht, das er sich nie verdient hat. Der ilKhan muß der größte aller Krieger sein. Dieser Mann ist es nicht auch nur annähernd.*

Crichell rückte vor und versuchte sich mit einem langsamen Schwinger, den Vlad mit der augenblicklich hochzuckenden Linken abfing. Er packte die Faust seines Gegners mit der offenen Hand und drückte gerade lange genug zu, um den Ausdruck des Schmerzes im Gesicht des alten Mannes zu sehen. Dann drehte er Crichells Hand und sperrte Hand- und Ellbogengelenk. Er hob den rechten Arm und setzte den Ellbogen über Crichells Arm. Jetzt brauchte es nur einen Schlag, und Crichells Gelenk war zerschmettert. Genau das erwarteten die anderen Khane von ihm.

Sie zuckten zusammen, als der Arm herabfiel, aber Crichells Ellbogen blieb verschont. Im letzten Augenblick peitschte Vlads Ellbogen herum und schlug seitlich gegen den Schädel des Jadefalken. Der alte Mann ging zu Boden, und Vlad sah verächtlich auf ihn hinab. Crichell fiel auf den Rücken. Blut lief ihm aus Mund und Nase. Er wälzte sich am Boden und hielt seinen Kopf fest, ohne noch einen Versuch zu unternehmen, aufzustehen.

Vlad sah zu, wie sich Crichell langsam krümmte, dann blickte er verwegen zu den Rängen empor. Er las die Reaktionen auf den Gesichtern der übrigen Khane, ein volles Spektrum von Bewunderung bis zu offener Angst. Lincoln Osis wirkte angewidert, während die mystischen Novakatzen sich auf einer ganz anderen Ebene zu befinden schienen, auf der sie Dinge wahrnahmen, die außer ihnen niemand sehen konnte. »Seht ihn euch an, den Führer, den ihr gewählt habt, uns zu repräsentieren.«

Lincoln Osis wendete den Blick von Crichell ab. »Es ist vorbei. Er ist nicht länger ilKhan.«

Vlad schüttelte den Kopf. »Der Kampf ist noch nicht zu Ende.«

»Laß ihn, Vlad. Er ist am Ende.«

»Du versuchst schon wieder, mir Befehle zu geben, Lincoln Osis.« Vlad trat einen Schritt vor und versetzte Crichell einen harten Tritt in die Wirbelsäule.

Der Mann schrie auf, krümmte den Rücken. Dann drehte er sich und starrte zur Decke und zu seinem Bezwinger hoch, der über ihm aufragte. »Du hast vergessen, daß ich ein Khan und ein Krieger bin, so wie Crichell vergessen hat, was es heißt, ein Krieger zu sein. Ich werde euch beiden eine Gedächtnisstütze liefern.«

Vlad setzte den Stiefel auf Crichells Hals. »Ein Krieger lernt die Kunst des Tötens.« Er drückte zu, bis Crichell röchelte.

»Ein Krieger tötet seine Feinde ohne Bedauern.« Er verstärkte den Druck. Crichells Stimme wurde zu einem harten, kratzigen Zischen, und seine Hände umklammerten Vlads Fußgelenk.

»Ein Krieger läßt die Leichen seiner Feinde hinter sich zurück, denn er weiß, die Toten können ihm nicht mehr schaden.« Gnadenlos bohrte Vlad den Absatz in die Kehle des Mannes, bis die Knochen krachten und selbst Lincoln Osis sich abwandte. Mit einem letzten Stoß preßte er ein letztes Todeszucken aus Crichells Körper, dann trat er zurück und betrachtete sein Werk.

Als er endlich wieder aufsah, stellte er fest, daß nur Marthe Pryde ihn noch ansah. Vielleicht wollte sie sichergehen, daß Crichell wirklich tot war.

Vladimir aus dem Hause Ward breitete über dem Leichnam die Arme aus. »*Jetzt* ist es vorbei, meine Khane.«

Osis' dunkle Augen glitzerten wie Eis. »Erwartest du, daß wir dich jetzt an seiner Statt wählen?«

»Ganz und gar nicht.« Vlad wischte sich mit dem Handrücken das Blut aus dem Gesicht. »Dies ist weder die Zeit noch der Ort, um einen neuen ilKhan zu bestimmen. Elias Crichell hatte recht, daß die Stärke der Jadefalken und Jadewölfe neu eingeschätzt werden muß. Es wird mindestens sechs Monate dauern, die notwendigen Arbeiten abzuschließen.«

Der Nebelparder schüttelte den Kopf. »Du bist dem

Amt heute näher, als du es in sechs Monaten sein wirst.«

»Das, Khan Lincoln Osis, sagt mehr über deine Phantasielosigkeit aus als über meine Position. Ich war Adjutant eines ilKhans. Ich weiß, welche Anforderungen dieser Posten stellt, und ich habe kein Verlangen nach ihm.«

»Zumindest im Moment nicht«, spie Marthe Pryde.

»Du könntest recht haben, Khanin Marthe Pryde.« Vlad zuckte lässig die Achseln. »Aber ich habe klare Vorstellungen von dem, was einen Khan für diese Position qualifiziert – und nur dem Namen nach ein Krieger zu sein, reicht eindeutig nicht. Vielleicht wird eine Wartezeit von sechs Monaten einem der Khane, die Ambitionen auf das Amt besitzen, eine Chance geben, zu beweisen, daß er oder sie tatsächlich würdig ist, uns zu führen.«

Ian Hawker schlug mit der Faust auf den Tisch. »Sechs Monate sind annehmbar, aber mehr wäre vernünftig.«

Marthe Pryde sah sich zu Kael Pershaw um. »Lehrmeister, führe die Abstimmung durch.«

Die Khane beschlossen einstimmig eine Vertagung. Vlad nickte grimmig, dann zerrte er das grüne Cape von seinem Hals. »Noch ein Punkt, meine Khane. Ich gründe hiermit einen neuen Clan. Er wird alle Mitglieder der Jadewölfe umfassen.« Er warf den grünen Umhang über Crichells verwüstetes Gesicht. »Wir sind wieder Clan Wolf.«

Hawker sah hoch. »Gegen deinen Clan besteht ein Urteil wegen Völkermords.«

»Diese Wölfe sind tot. Wir sind eine neue Gattung Wolf. Ihr werdet feststellen, daß wir denen, die ihr gekannt habt, recht ähnlich sind, aber uns mit ihnen zu verwechseln, wäre ein fataler Irrtum.«

Schweigen war die Antwort auf Vlads Erklärung. Er sah sich um, bereit, jede Herausforderung anzunehmen, aber keine kam. Lincoln Osis begegnete seinem Blick einen Moment, dann winkte er mit einem knappen Kopfschütteln ab.

Vlad klatschte in die Hände. »Dann würde ich sagen, daß unsere Arbeit hier und heute getan ist.«

Marthe Pryde trat zur Tür und öffnete sie. Pershaw verließ den Saal als erster, und die Khane folgten ihm. Als sich die Tür hinter ihnen schloß, starrten sich nur Marthe Pryde und Vlad noch über Crichells Leiche an.

»Sein Tod war nicht notwendig für deinen Sieg.«

Vlad sah sie bedächtig an. »Du bedauerst sein Ableben nicht. Vielleicht wolltest du selbst dafür sorgen.«

»War deine Anschuldigung, er habe Beweise für Chistus Verbrechen unterdrückt, wahr?«

»Allerdings. Inzwischen sind die Beweise wertlos, aber wenn du es wünschst, lasse ich dir eine Kopie zukommen.«

»Bitte.« Marthe sah auf Crichell hinab. »Sein Schicksal hätte vom Clan-Konklave der Jadefalken entschieden werden sollen. Die Beweise hätten ihn sein Amt gekostet. Wir hätten mit ihm abgerechnet.«

»Vielleicht.«

Wut zuckte in ihren blauen Augen auf. »Du zweifelst unsere Ehre an?«

»Ich bezweifle, daß die Liste der Verbrechen, für die ihr ihn bestraft hättet, der Liste der Verbrechen gleichgekommen wäre, die er gegen mich begangen hat.«

»Verbrechen gegen dich?«

»Er hat mich betrogen und mir meinen Clan versagt.« Vlad schüttelte den Kopf. »Aber schlimmer als all das war seine Dummheit.«

»Wie meinst du das?«

Der Wolf lehnte sich an seinen Tisch. »Als ich das erste Mal mit Elias Crichell sprach, fragte er mich, was ich tun würde, wenn er mir meinen Preis vorenthielte. Er wußte, daß ich ihn dafür töten würde.«

Marthes Augen verengten sich zu schmalen Schlitzen. »Aber indem er dir die Wölfe verweigerte, rettete er dir das Leben.«

Vlad lachte. »Ein blöder Fehler, den der alte Sack sich da geleistet hat.«

»Es besteht kein Anlaß, vulgär zu werden, Vladimir Ward.«

Vlad war überrascht, daß sie auf seine nachlässige Ausdrucksweise so harsch reagierte. »Bist du dermaßen rigide, Marthe Pryde?«

»Ich respektiere das Wesen der Clans.«

»Du klammerst dich an eine Vergangenheit, die an eurer Kraft zehrt und deinen Clan verkümmern läßt.«

»Wir haben die Wölfe besiegt, frapos?«

»*Das* ist eine Frage der Auslegung. Die Jadefalken haben nur einen Teil der Wölfe geschlagen. Und hier auf Wotan war euer Sieg das Ergebnis feigen Verrats. Phelan Ward hat die Falkenkrieger, die ihm hinterhergeschickt wurden, deklassiert – und selbst eure eigenen Krieger haben zugegeben, daß sie von *Söldnern* der Inneren Sphäre besiegt wurden.« Er deutete auf Crichell. »Ihr produziert Kriegerimitationen.«

»Das war kein echter Jadefalken-Krieger.«

Vlad gestattete sich ein Kichern. »Ah, ein Beispiel des berühmten Pryde-Stolzes.«

»Besser als Wolf-Hochmut.«

»Hochmut?« Vlad schüttelte den Kopf. »Besser man hat den Fall noch vor sich als ihn schon erlebt, Marthe Pryde. Euer Wesen und Handeln bilden einen Widerspruch, den ihr nicht auflösen könnt. Wären die überlieferten Werte so wahr und wertvoll, hättet ihr keine neuen Technologien annehmen dürfen. Ihr müßtet heute noch mit den Mechs der Inneren Sphäre kämpfen und würdet noch herber gegen deren Krieger verlieren, als ihr es bereits in der Invasion vorgeführt habt.«

Sie ballte die Fäuste. »Der Einsatz neuer Werkzeuge ist kein Verstoß gegen die Tradition.«

»Und was sind Taktiken anderes als Werkzeuge, Marthe Pryde?«

»Taktiken beruhen auf Tradition und Ehre – Mord wäre pragmatisch, aber wir verzichten auf ihn.«

»Vandervahn Chistu nicht.«

»Und er war ein Narr! Hätte ich gewußt, was du wußtest, hätte ich ihn herausgefordert und getötet. Er war eine schlimmere Bedrohung für die Jadefalken als du oder die Innere Sphäre. Ich hätte mit ihm abgerechnet. Und ich hätte auch mit Elias Crichell abgerechnet.«

»Der Konkurrenz nicht gewachsen, verzehren sich die Übriggebliebenen in einer Orgie der gegenseitigen Anschuldigung selbst.« Der Wolf zwang sich zu einem breiten Grinsen. »Ihr solltet eine konstruktivere Art suchen, eure Frustrationen auszuleben.«

Die Wut auf ihrem Gesicht machte einer tiefen Ruhe Platz, und Vlad fühlte einen eisigen Schauder, als sie sprach. »Ich habe eine gefunden, Wölfling. Die Methoden Crichells und Chistus entsprachen nicht dem wahren Wesen der Jadefalken. Ich weiß es, und ich werde es beweisen. Du wirst mit all den anderen erkennen, daß unsere Traditionen uns stark machen.«

»Um mir das zu beweisen, wirst du einiges leisten müssen.«

»Und ich werde es leisten.« Ihr Blick wurde stechend. »Ich werde damit beginnen, daß ich dir Hegira gewähre.«

Schock und Wut brandeten durch Vlads Geist. »Was?«

»Es ist das Recht des Siegers, dem Unterworfenen freien Abzug zu gewähren.«

»Die Wölfe wurden von den Jadefalken nie besiegt.«

»O doch, sie wurden. Dein Kampf hat nur die Absorption widerrufen, nicht das Ergebnis des Widerspruchstests.« Marthe sah ihn durch halb geschlossene Lider an. »Du kannst Behauptungen aufstellen, daß deine Wölfe nicht die Ulric Kerenskys sind, soviel du willst. Du und ich, wir wissen, daß es keinen Unterschied gibt. Ich gewähre dir Hegira, weil ihr besiegt wurdet. Nimm es an. Es ist eine Tradition, die Wert besitzt, auch wenn du ihn nicht siehst.«

Beinahe hätte Vlad sie zur Antwort angeknurrt, aber ihre letzten Worte drangen durch seinen Zorn über ihre Anmaßung. *Die Traditionen der Clans sind die Grundlage unserer Existenz. Würde ich diese Tradition verneinen, würde ich mich von unserem Wesen lossagen, so wie es Crichell und Chistu getan haben. Jetzt einen neuen Krieg zu beginnen, wäre dumm. Das weiß sie, ebenso wie sie weiß, daß ich Wotan mit Freuden und friedlich verlassen würde. Indem sie mir Hegira anbietet, will sie mich daran erinnern, daß die Jadefalken Respekt verdienen. Was sie mir damit ins Gedächtnis ruft, ist, daß ich einen Weg finden muß, es ihr heimzuzahlen. Einen traditionellen Weg.* Vlad nickte. »Ich akzeptiere Hegira und werde Wotan so bald es geht verlassen.«

»Gut.« Sie deutete in seine Richtung. »Du wirst eine Weile nichts mehr von mir sehen, Vladimir Ward, aber ich werde dich über meine Aktivitäten auf dem laufenden halten. Natürlich werde ich dir nicht alles sagen, aber genug, um dich erkennen zu lassen, daß ich die rechtmäßige Führerin der Jadefalken bin.«

»Ich wünsche dir Glück, Marthe Pryde.«

»Wäre ich an deiner Stelle, täte ich das nicht.«

»Nein?«

Ihr Lächeln konnte die Kälte nicht lindern, die sich um Vlads Herz legte. »In sechs Monaten oder acht oder wann immer wir nach Strana Metschty gerufen werden, um einen neuen ilKhan zu wählen, werden die anderen Khane wissen, wie schwach oder stark wir sind. Beim geringsten Zeichen der Schwäche können wir damit rechnen, daß ein anderer Clan versuchen wird, uns zu absorbieren. Ich weiß einen Weg, die Stärke der Jadefalken zu beweisen, und ich werde ihn nutzen. Ich frage mich, wie du beweisen willst, daß dein Clan bei vollen Kräften ist.« Sie wandte sich zum Gehen, dann warf sie noch einen Blick über die Schulter. »Lebwohl, Vlad Khantöter von den Wölfen, aber nicht zu wohl. Ich freue mich nicht darauf, dich in Zukunft zum Rivalen zu haben.«

»Das kann ich mir vorstellen.«

Marthe lachte kurz, dann schüttelte sie den Kopf. »Andererseits, vielleicht werde ich es auch genießen.«

Buch II

BLUT, SCHWEISS UND TRÄNEN: ELEND, VERRAT UND DRÜCKENDE TRÄUME

11

**Tharkad City, Tharkad
Distrikt Donegal, Lyranische Allianz**

5. Januar 3058

Tormano Liao verbeugte sich respektvoll vor der Archontin der Lyranischen Allianz. Er lächelte sie an, mehr weil sie das erwartete als aufgrund ihrer Schönheit. Und sie war schön – auch wenn sein persönlicher Geschmack mehr in die Richtung asiatischer Frauen tendierte denn zu hochgewachsenen, geschmeidigen Europäerinnen mit eisblauen Augen und langem, blondem Haar. Sein Lächeln gab ihr das Gefühl, durch ihre körperliche Attraktivität im Vorteil zu sein.

Und ich muß aufpassen, daß ich sie niemals unterschätze, nur weil sie schön ist. »Archontin, ich habe meine Untersuchung der Berichte aus dem Clanraum abgeschlossen und möchte Ihnen meine Zusammenfassung darlegen.«

Katrina Steiner winkte Tormano zu einem der weißen Ledersessel rund um ihren Schreibtisch. »Ich habe einige der Berichte gelesen. Wir können unsere Schlußfolgerungen vergleichen.«

»Gut, Archontin.« Liao ließ sich in den Sessel sinken, wobei er darauf achtete, die Bügelfalte seiner schwarzen Hose zurechtzuzupfen. Damit wollte er sich ein, zwei Sekunden Luft verschaffen, aber der abwesende Blick in ihren blauen Augen zeigte ihm, daß es unnötige Mühe gewesen war. *Sie ist in Gedanken versunken. Das verspricht nichts Gutes für mein Vorhaben. Andererseits, vielleicht erwägt sie ja nichts Abenteuerlicheres als eine weitere Umdekoration.*

In den drei Wochen seit Tormano auf Tharkad eingetroffen war, hatte Katrina Steiner das Büro des Archons völlig neu eingerichtet. Sie hatte das alte Holzparkett, die Wandtäfelung und die antiken Möbel entfernen lassen und sie durch dicken Teppich, grellweiße Möbel und Synthetiklaminierung an Wänden, Regalen und Schreibtisch ersetzt. Hier und da existierten noch kleine Farbtupfer, aber alles, was für einen längeren Aufenthalt im Innern des Büros vorgesehen schien, war vergoldet oder von einem leichten Steinerblauton. Selbst Katrinas Seidenanzug war weiß mit einer steinerblauen Bluse. Dazu trug sie zur Akzentuierung etwas Goldschmuck.

Tormano war sich nicht sicher, was sie mit diesen Änderungen bezweckte. Die Presseverlautbarung des Innenministeriums hatte die neue Einrichtung als »jungfräulich keusch« bezeichnet, und Tormano verstand genug von Religion und lyranischem Brauchtum, um zu wissen, daß Weiß in dieser Kultur Reinheit und Tugend symbolisierte. Aber für ihn – der aus der asiatisch geprägten Kultur der Capellaner stammte – war Weiß die Farbe der Trauer, und auf ihn wirkte der Raum klinisch kalt.

»Archontin, die von Wotan eintreffenden Berichte lassen sich bestenfalls als wirr und verwirrend beschreiben, aber durch die Kombination mit anderen Meldungen aus dem Rest der Jadefalken-Besatzungszone und von Morges ist es uns gelungen, das Geschehen zu rekonstruieren. Anscheinend haben die Jadefalken und die Wölfe kürzlich einen Krieg ausgetragen. Der Grund für diesen Konflikt ist unklar, scheint aber mit einem Machtkampf um die oberste Führung der gesamten Clans zusammenzuhängen.«

»Ein Streit zwischen den Kreuzrittern, die den Waffenstillstand für ungültig erklären und den Krieg gegen die freie Innere Sphäre fortsetzen wollen, und den Bewahrern, die versuchen, die Invasion zu stoppen.«

Tormano nickte. »Sie scheinen die Clanpolitik durchschaut zu haben, Archontin.«

Katrina schenkte ihm ein süßliches Lächeln. »Ich hatte Gelegenheit, mich darüber mit Khan Phelan Kell zu unterhalten, und der Präzentor Martialum war nicht minder großzügig darin, seine Gedanken zu diesem Thema mit mir zu teilen.«

»Schön. Die Situation auf Wotan ging zurück auf eine letzte Kraftanstrengung der Wölfe, die Jadefalken zu vernichten. Es scheint, daß sie dabei versagten, und am Zehnten des letzten Monats wurde ilKhan Ulric Kerensky in Boreal getötet. Nahezu augenblicklich verschwanden alle Anzeichen für die Existenz des Wolfsclans. Es schien, daß alle überlebenden Wölfe plötzlich Mitglieder der Jadefalken geworden waren. Dann tauchte beinahe ebenso abrupt ein Wolf auf, der einen der Falkenkhane herausforderte und tötete. Daraufhin erschien ein neuer Clan auf der Bühne, die sogenannten Jadewölfe.«

Die Archontin hob einen goldenen Brieföffner vom Schreibtisch auf und klopfte damit auf die Schreibunterlage. »Der Tod des Khans hat die Wölfe zumindest teilweise von den Falken gelöst.«

»So scheint es. Zum neuen Jahr versammelten sich die Khane der übrigen Clans auf Wotan. Die Geheimdienste der Inneren Sphäre hatten erwartet, daß sich die Clanner zu ihren Heimatwelten zurückziehen würden, um einen neuen ilKhan zu wählen, wie es schon einmal geschehen ist, aber ich glaube, die Einberufung der Khane könnte das Ziel gehabt haben, eine solche Wahl auf Wotan abzuhalten. Es ist uns nicht bekannt, was sich bei dem Konklave zugetragen hat, aber gewisse Anzeichen lassen auf weitere umwälzende Ereignisse schließen. Alle Hinweise auf die Jadewölfe sind verschwunden, und die Wölfe scheinen als Clan zurückgekehrt zu sein.«

»Und das bedeutet?«

»Das ist derzeit noch nicht zu sagen, Hoheit.« Tormano zuckte die Achseln. »Wir können spekulieren, daß Wölfe und Jadefalken durch ihren Krieg geschwächt sind. Die Berichte über die Schäden, die der Jadefalken-Streitmacht auf Morges zugefügt wurden, sind beeindruckend. Wenn diese Verlustzahlen sich auch auf andere Welten extrapolieren lassen, auf denen die beiden Clans sich begegnet sind – und was uns an Meldungen vorliegt, legt dies nahe –, dann haben Wölfe wie Jadefalken enorme Verluste hinnehmen müssen.«

Katrina lehnte sich in ihrem Polstersessel zurück. »Was bedeutet das für die Streitmacht, die Phelan Kell auf Arc-Royal hat?«

»Die Berichte von Arc-Royal sind ausgesprochen spärlich, Hoheit. Die planetarische Bevölkerung scheint der Herrscherfamilie zutiefst ergeben, und die Kells ziehen es vor, ihre Unternehmungen nicht in der Öffentlichkeit abzuwickeln. Trotzdem haben wir von erheblicher Aktivität auf dem Subkontinent Braonach erfahren. Aufgrund der von den Kells schon vor langer Zeit erlassenen strikten Umweltgesetze war dieses Gebiet lange relativ unberührt. Es scheint, daß die Wölfe eine eigene Basiswelt in der freien Inneren Sphäre ihr eigen nennen.«

Wut huschte über Katrinas Gesicht wie eine von stürmischen Winden getriebene Gewitterfront. »Verdammt. Wie können sie es wagen, sich mir zu widersetzen?«

Nicht das schon wieder. »Hoheit, Morgan Kells Bekanntmachung über die Errichtung des Arc-Royal-Defensivkordons ist ein Segen für Sie. Dadurch befreit er Sie von der Verantwortung für einen riesigen Abschnitt der Grenze.«

»Ich kann die Verteidigung der Allianzgrenze nicht Morgan überlassen. Damit würde ich seine Rebellion gegen mich legitimieren.« Katrina ließ die Klinge des Brieföffners langsam zwischen den Fingern der linken Hand entlanggleiten wie einen Dolch, den sie ihrem

Feind in die Rippen stoßen wollte. »Die Leute werden sich fragen, warum Morgan rebelliert und sich von einem loyalen Vasallen und Blutsverwandten zu einem Banditenkönig wandelt, der sich sein eigenes Reich zusammenstiehlt.«

Tormano Liao schüttelte den Kopf. »Ich kann nicht glauben, daß ausgerechnet Sie nicht sehen, wie bedeutungslos die Gründe für sein Handeln sind. Seine Erklärung war einfach und geradeheraus: er erhob Anspruch auf die Systeme entlang der Grenze zu den Jadefalken. Er hat keinerlei Gründe für diese Aktion genannt.«

»Andere werden diese Lücke füllen.«

»Nur, wenn Sie es nicht vor ihnen tun.«

Die Verärgerung, die tiefe Falten auf ihrer Stirn hatte erscheinen lassen, verzog sich, und die Intelligenz, die ihn schon immer beeindruckt hatte, trat in ihren Blick zurück. »Wenn ich eine Erklärung veröffentliche, in der ich Morgan dafür danke, daß er die enorme Verantwortung für die Grenze auf sich nimmt, und es als ein weiteres Beispiel dafür darstelle, wie alle Mitgliedswelten der Allianz ihr möglichstes tun müssen, um unser Reich zu beschützen, wird seine Desertion zu einer Aktion, die ich erlaubt und begrüßt habe.«

»Exakt, Hoheit.« Tormano nickte ernst. »Zusätzlich gibt es Ihnen die Gelegenheit, Truppen aus dem Gebiet abzuziehen und anderenorts einzusetzen.«

»Warum sollte ich das tun?«

»Weil Sie Kell und Phelan damit binden. Da sie sich verpflichtet haben, das Gebiet zu beschützen, können sie es nicht verlassen, um sich anderen Dingen zu widmen. Sie haben sich selbst Fesseln angelegt, und das gestattet Ihnen größere Freiheiten im übrigen Gebiet Ihres Reiches, ohne daß Sie sich um eine Intervention Morgan Kells Sorgen machen müssen.«

»Ich verstehe.« Die Archontin setzte sich auf und

stach den Brieföffner leicht in die Schreibunterlage. »Und wohin könnte ich diese Truppen bewegen?«

»Ich würde sie an die Grenze zur Liga Freier Welten verlegen, um Thomas Marik von Eskapaden abzuhalten.«

»Würde ich ihn damit nicht reizen?«

»Er muß Ihre Stärke erkennen.« Tormano würgte das Lächeln ab, das sich auf seinem Gesicht auszubreiten drohte. »Es ist wichtig, daß er das erkennt, bevor er Sie bittet, seine Frau zu werden.«

Der Brieföffner fiel auf den Tisch. »Was?«

»Die Logik dieser Vorstellung ist unangreifbar, Archontin. Sie sind wunderschön und noch zu haben und dazu eine mehr als achtbare Partie. So, wie die Heirat Ihrer Mutter mit Ihrem Vater zwei Reiche vereint hat, würde es eine Verbindung zwischen Ihnen und Thomas Marik ebenfalls tun. Wichtiger noch, es würde Sie vor seiner Tochter Isis oder meinem Neffen Sun-Tzu als Thronerbin über dieses neugeeinte Reich etablieren. Nach Ihrer Eheschließung würde er natürlich Sun-Tzu mit Isis verheiraten und die Konföderation Capella ebenfalls in die Allianz einbeziehen.«

Katrina schüttelte den Kopf, aber auf ihrem Gesicht stand noch immer Unglauben. »Er müßte verrückt sein zu glauben, daß ich ihn heiraten würde.«

»Nicht doch – eine solche Verbindung wäre auch zu Ihrem Vorteil. Sie werden ihn überleben. Er nähert sich rapide dem Ende der Lebenserwartung eines Fürsten der Inneren Sphäre, und einen Attentatsversuch hat er bereits nur knapp überlebt. Mit Sun-Tzu als Prätendent hinter den Kulissen ist es sehr die Frage, wie lange er noch am Leben bleiben wird. Das heißt, Sie werden die Liga Freier Welten an die Lyranische Allianz angliedern. Wir dürfen auch nicht vergessen, daß die Industriekapazität der Liga das Rückgrat des Widerstands der freien Inneren Sphäre gegen die Clans bildet. Durch die Heirat mit Thomas werden Sie diese gesamte Produktion und den größten Teil des Ligamilitärs zur Verteidigung Ihres Reiches einsetzen können. Die Umleitung der Ligaproduktion in die Lyranische Allianz würde das Draconis-Kombinat weiter schwächen, und das dürfte Ihnen kaum den Schlaf rauben. Wenn das Kombinat zusammenbricht, wissen wir beide, daß Victor versuchen wird, was in seiner Macht steht, um soviel wie möglich des Gebietes zu retten. Und er wird den Kuritas Zuflucht im Vereinigten Commonwealth gewähren. Er könnte sogar Omi Kurita heiraten, was zu enormen internen Schwierigkeiten für das Commonwealth führen würde.«

Katrinas Augen wurden schmal. »Solche Unruhen würden es mir gestatten, meinen Anspruch gegen Victor zu verfolgen, ihn schlußendlich abzusetzen und sein Reich zu übernehmen.«

»Was Sie de facto zur neuen Ersten Lady eines neuen Sternenbunds machen würde.«

»Vorausgesetzt, niemand macht mir ein Blumengebinde zum Geschenk, wie es meiner Mutter geschehen ist.«

»Das ist ein Risiko, aber eines, das sich minimal halten läßt.« Tormano lächelte. »Hauptsache, Thomas versucht nicht, durch Waffengewalt zu bekommen, was er durch Freundlichkeit und gute Worte erreichen kann. Ob Sie sein Angebot annehmen oder nicht: indem Sie ihm gestatten, Sie zu umwerben, gewinnen Sie Zeit, Ihr Reich zu stärken und Pläne für die Zukunft zu schmieden.«

»Argumente, denen ich mich nicht verschließen kann.« Sie sah ihn unter einer in elegantem Schwung hochgezogenen Augenbraue an. »Und wann wird dieser Versuch, mein Herz zu erobern, beginnen?«

»Auf der Ebene unterster diplomatischer Kontakte ist er bereits im Gange. Verschiedene Liga-Konsule strecken erste Fühler aus, um festzustellen, welche Reaktion von uns auf einen möglichen Besuch Thomas

Mariks zu erwarten wäre. Mitte Juni jährt sich der Tod seiner Gattin und das offizielle Ende seines selbstverhängten Trauerjahrs. Er wird kommen, um sich persönlich bei Ihnen für Ihre Unterstützung in seiner Zeit der Betrübnis zu bedanken.«

»In sechs Monaten. Gut. Das gibt mir die Zeit, die ich brauche.« Katrina blinzelte einmal, dann strahlte sie Tormano an. »Sie werden natürlich die Präliminarien übernehmen. Spielen Sie auf Zeit.«

»Natürlich, Hoheit, aber Zeit wofür?« Tormano fühlte wie immer Unbehagen bei dem Gedanken, daß in ihrem Kopf etwas vorging, von dem er nichts ahnte. Katrina war intelligent, aber ihre Unerfahrenheit und mangelnde Reife verführten sie häufig dazu, absolut Unmögliches für machbar zu halten. *Manchmal ist sie cleverer, als ihr guttut.*

Sie stand auf und ging langsam auf und ab – ein schlechtes Zeichen, soweit es Tormano betraf. »Ihre Analyse bezüglich der Reaktion meines Bruders auf einen Zusammenbruch des Kombinats deckt sich ganz und gar mit meinen Überlegungen zu diesem Thema.«

»Gut.« *Hoffe ich.*

»Sie kennen den Ausdruck: ›Der Feind meines Feindes ist mein Freund‹?«

»Eine sehr, sehr alte Spruchweisheit.«

»Die nur deshalb so lange überdauert hat, weil sie stimmt. Wissen Sie, Mandrinn Liao, im Grunde besitze ich eine ganze Reihe von Feinden, die ihrerseits alle denselben Feind haben. Dieser *gemeinsame* Feind sollte mein Freund sein.«

Tormano konnte ein Zusammenzucken nicht unterdrücken. »Vielleicht wäre eine etwas ausführlichere Erklärung angebracht, Hoheit.«

»Natürlich.« Sie machte eine Handbewegung, als sei die Erklärung völlig offensichtlich. »Das Draconis-Kombinat hat schwer unter den Angriffen der Nebelparder gelitten. Morgan Kell und seine Hounds waren auf Luthien und haben geholfen, die Nebelparder zurückzuschlagen. Phelan Kell ist ein Wolf, und laut dem Präzentor Martialum haben sich die Wölfe und die Nebelparder noch nie vertragen.«

Tormano fiel die Kinnlade nach unten. »Sie sprechen von einem Bündnis zwischen Ihrem Reich und den Nebelpardern?«

»Ja! Ist dieses Konzept nicht atemberaubend in seiner Einfachheit?«

Sein Mund war plötzlich wie ausgetrocknet, und Tormano war froh, daß er saß. »Hoheit, die Clans wollen die freie Innere Sphäre vernichten!«

»Nein, Mandrinn, sie wollen sie erobern, und ich kann ihnen die Möglichkeit liefern, dies sehr viel schneller zu tun.«

»Aber ...«

»Aber was, Tormano?« Sie breitete die Arme aus und starrte auf ihn herab. »Sie haben mir einen simplen Weg aufgezeigt, Erste Lady eines neues Sternenbunds zu werden. Ich habe einen anderen Weg zum selben Ziel gefunden. Die Eröffnung von Beziehungen und Gesprächen bedeutet nicht, daß ich die Innere Sphäre verraten werde.«

»Aber bedenken Sie die Implikationen.«

»Das habe ich bereits.« Katrina verschränkte die Arme. »Und ich habe eine Entscheidung getroffen. Ich werde noch diese Woche in die Nebelparder-Besatzungszone aufbrechen. In etwa fünf Wochen werde ich Verhandlungen über ein Bündnis mit den Nebelpardern aufnehmen.« Sie sah an ihm vorbei, und Tormano erkannte, daß er sie nicht mehr umstimmen konnte. »Ich habe eine Reihe von Ansprachen aufgezeichnet, die Sie zu passender Zeit abstrahlen lassen können, um meine Abwesenheit zu verbergen. Ich reduziere meine öffentlichen Auftritte, weil ich in enger Zusammenarbeit mit Ihnen dabei bin, ein Reformpaket auszuarbeiten, das die Innere Sphäre für immer verändern wird und so weiter bla bla. Sie werden bei diesem Projekt die Verbindung zu meinen Beratern sein.«

»Und wenn ein Notfall eintritt, der Ihr Handeln erfordert?«

Katrina sah ihn an, und ihre blauen Augen strahlten so kalt wie nie. »Kümmern Sie sich darum.«

Tormano klappte den Mund auf und zu. Er wartete, bis sich genug Speichel angesammelt hatte, um den bitteren Geschmack von seiner Zunge wegzubekommen. »Sie händigen mir Ihr Reich aus? Was, wenn ich es nicht zurückgeben will?«

»Sollten Sie sich weigern, die Kontrolle wieder an mich auszuhändigen, würde bekannt werden, daß Sie mich entführt und als Friedensangebot an die Clans ausgeliefert haben. Die Bewohner dieses Planeten würden Sie in Stücke reißen.« Katrinas Lächeln ließ sein Blut gefrieren. »Beantwortet das Ihre Frage?«

»Überdeutlich, Archontin.«

»Gut.« Die Archontin Katrina Steiner setzte sich wieder hinter ihren Schreibtisch. »Sie halten mich vielleicht für wahnsinnig, ein derartiges Risiko einzugehen, aber ich versichere Ihnen, Sie irren sich. In zehn Jahren werden die Clans wieder wie eine Sturmflut über uns hereinbrechen, und wenn die Eroberer bis dahin keine Veranlassung sehen, mein Reich intakt zu lassen, wird es zerschmettert und davongespült werden. Ich werde ihnen diese Veranlassung geben, und die Lyranische Allianz wird blühen und gedeihen, wenn alle anderen Nachfolgerstaaten untergehen.«

12

Hauptquartier der 10. Skye Rangers, Coventry
Provinz Coventry, Lyranische Allianz

6. Januar 3058

Für Doc Trevena war es ein Omen, daß sein erster Tag bei der neuen Einheit verregnet war. Er hatte den Befehl über die 2. Kompanie des 1. Bataillons erhalten, eine Einheit mit dem Beinamen Titans of Doom, auch wenn er sie von anderer Seite bereits als Dwarves of Dumb bezeichnet gehört hatte. Das ließ nichts Gutes ahnen, und die Zeugnisse der Truppe bestätigten diesen unangenehmen Eindruck mehr als deutlich.

Er starrte auf die Hologrammanzeige der Personaldateien, die in leuchtenden Schriftzeichen mehrere Zentimeter über der Schreibtischplatte durch die Luft abrollte. Die Hauptleute Dorne und Wells der 1. respektive 3. Kompanie waren eine Woche vor ihm eingetroffen und hatten wie die Kinder, die Sportmannschaften wählten, die Besten aus einem ohnehin kläglichen Angebot mit Beschlag belegt.

Doc überraschte es nicht, in jeder Einheit ein paar Blindgänger anzutreffen. Genaugenommen betrachtete er es als eine gegebene Tatsache des Militärlebens. Er neigte dazu, sie als »Maskottchen« zu sehen – Einheitsmitglieder, die mit Herz und Seele dabei waren, aber wenig zu bieten hatten, wenn es um tatsächliche Leistung ging. Sie verliehen der Einheit ihr Herz, und häufig waren sie der Punkt, um den sich der Rest der Truppe sammeln konnte. In der Regel handelte es sich um einen grünen Jungen, eine eher schmächtige Gestalt oder jemand, der einfach den ernsten Hintergrund des Militärs nicht schnallte.

Aber das hier ist die erste Einheit in meiner Laufbahn, die überhaupt nur Blindgänger enthält. Nach diesen Berichten zu urteilen, hatten seine Soldaten überhaupt nur dann eine Chance, einen Mech mit ihren Geschützen zu treffen, wenn sie selbst in dem Mech saßen, der getroffen wurde. Jeder einzelne von ihnen schien als kostenlose Draufgabe eines Rekrutierungsoffiziers in die Armee gekommen zu sein oder weil er im letzten Moment noch die Vierteljahresquote erreichen mußte. Sie waren weder blind noch lahm, immerhin, aber auch nicht weit davon entfernt.

Doc stieß einen tiefen Seufzer aus, dann sah er durch die Hologrammanzeige zu dem dürren, glubschäugigen Knaben in der Tür seines Büros. »Was gibt's, Corporal?«

Andy Bicks Adamsapfel – nach seiner Nase sein hervorstechendstes Merkmal – hüpfte auf und ab. »Sir, Hauptmann Dorne bittet Sie und Hauptmann Wells, in der Offiziersmesse mit ihr zu Abend zu essen.«

Doc rieb sich die Augen. »Auf wessen Rechnung?«

Bick sah ihn entsetzt an. Er warf einen Blick auf seinen Compblock und wurde blaß. »Ich weiß nicht, Sir.«

»Schon gut, Corporal. Das hab ich auch nicht erwartet.«

Bicks erleichtertes Lächeln schien seinen Kopf in zwei Teile zu spalten. »War das eine rhetorische Frage, Sir?«

»Ja, Mr. Bick, die Frage war rhetorisch.« Doc lehnte sich zurück. »Kommen Sie eine Sekunde rein, und machen Sie die Tür zu. Ich möchte Ihnen ein paar Fragen über Kompanie Zwo stellen.«

Einen Augenblick lang erstrahlte Bicks nervöses Grinsen, dann starb es einen furchtbaren Tod. Er schloß die Tür und setzte sich auf den äußersten Rand des Stuhls vor Docs Schreibtisch. »J-ja, Sir?«

»Was halten Sie von der Einheit? Sie brauchen keine Namen zu nennen – es geht mir nicht darum, Unruhestifter auszumachen. Ich will nur ein Gefühl für die

Truppe entwickeln, und Sie haben doch schon alle kennengelernt, richtig?«

Bick runzelte die Stirn, bis seine rotblonden Augenbrauen beinahe zusammenstießen. »Tja, Sir, wir kommen alle von anderen Planeten und kennen einander nicht. Seit wir hier sind, haben wir den Stützpunkt noch nicht verlassen dürfen...«

»Und trotzdem haben es ein paar geschafft, sich zu verlaufen...«

»Ja, Sir, aber das war sicher keine Absicht.«

»Es ist ja auch ein großer Stützpunkt.«

Bick nickte enthusiastisch. »Jeder hat einen Schlafplatz zugewiesen bekommen, und bei den meisten ist auch die Ausrüstung inzwischen angekommen. Diejenigen, deren Sachen eingetroffen sind, teilen sie mit denen, die noch warten – das funktioniert alles ganz toll.«

Doc zog die Stirne kraus. »Keine Schlägereien? Niemand, der sich als Obermotz aufspielt?«

Andy Bick wurde todernst. »Nein, Sir, nichts dergleichen.«

Nicht nur, daß sie nicht kämpfen können, es sind auch noch alles richtig nette Kumpels! »Was ist mit der Ausrüstung? Konnten Sie herbeischaffen, was Sie brauchen?«

»Nein, Sir. Ich meine, die Anträge sind alle einwandfrei ausgefüllt, jedenfalls denke ich das doch, aber der Quartiermeister des Bataillons hat noch nichts geliefert.« Bick sah auf. »Ich tu' mein Bestes, Sir, wirklich, aber...«

Doc nickte. Aus Bicks Akte wußte er, daß er von Hauptmann Wells provisorisch zum Corporal befördert worden war, nachdem er und Dorne festgestellt hatten, daß die Einheit vor Docs Ankunft nicht einmal einen Unteroffizier hatte. Bick hatte dabei den kürzeren gezogen, auch wenn seine Ausbildung als Schreiber vor Beginn des Mechtrainings ihn wahrscheinlich tatsächlich zur besten Wahl für diese Position machte. »Keine Sorge. Ich denke doch, daß wir damit fertig werden.« Er schaltete die Hologrammanzeige ab und beugte sich vor. »Haben wir wenigstens Mechs?«

»Ja, Sir. Sechs *Heuschrecks*, drei *Jenner*, zwei *Valkyrien* und einen *Kommando*.«

Doc schnitt eine Grimasse. »Nur leichte Maschinen?«

»Bis auf Ihren *Centurion*, Sir, ja, Sir.« Bick grinste hoffnungsvoll. »Wir sind eine Scoutkompanie.«

»Was für ein innovatives Konzept.« *Vielleicht kann ich Dorne und Wells zu einem Drink vor dem Essen überreden. Wenn ich den beiden Schierling-Highballs unterjuble, könnte ich dieses Regiment möglicherweise anständig organisieren.* Einheiten aus schnellen und leichten Mechs waren unverzichtbar für Erkundungsaufträge, aber sie waren selten größer als eine einzelne Lanze und erreichten niemals Kompaniestärke. Damit Kundschafter irgendeinen Wert hatten, mußte der Rest der Einheit genügend Feuerkraft besitzen, um ausschalten zu können, was die Scouts aufspürten. Eine ausschließlich aus leichten Mechs bestehende Einheit konnte nichts als Zielscheiben für einen überlegenen Gegner liefern.

Es war klar, warum Dorne und Wells alle leichten Mechs aus ihren Kompanien hinausgeworfen hatten – schwerere Maschinen hatten mehr Feindberührung. Es war kaum damit zu rechnen, daß die 10. Skye Rangers auf Coventry viel Gefechte erleben würden, aber andere Kampfeinheiten hatten immer Bedarf an Offizieren mit Erfahrung in der Führung schwerer Mechs. Alle, die zu den 10. abgeschoben wurden, mochten denn in einem Boot sitzen, aber Dorne und Wells bewiesen eine pragmatische Einstellung, soweit es darum ging, dieses Boot wieder zu verlassen. Egal, wie viele Jahre sie noch brauchten, um in den Ruhestand gehen zu können, sie würden sie kaum *alle* bei den 10. Skye Rangers auf Coventry absitzen.

»Tja, Mr. Bick, da scheint einiges an Arbeit auf uns zuzukommen. Kann ich auf Ihre Unterstützung zählen?«

Corporal Andy Bick sprang auf. »Ja, Sir.«

»Gut. Als erstes möchte ich, daß Sie alle für 19 Uhr in die Kaserne bestellen. Außerdem müssen Sie mir einen Holovidprojektor und ein halbes Dutzend Solaris-Holovids von Kämpfen mit leichten Mechs besorgen – vorzugsweise die Mechtypen in unserer Aufstellung. Haben Sie das?«

Bick tippte in seinen Compblock. »Ja, Sir.«

Doc griff in die Tasche und zog einen 60-Kronen-Schein hervor. »Hier ist Geld. Besorgen Sie etwas zu essen – Knabberzeug, auch was zu trinken, Sie wissen, was ich meine. Was immer Sie für 60 Kronen bekommen. Mehr hab' ich im Moment nicht.«

»Ja, Sir.« Bick sah ihn fragend an. »Aber wenn das Ihr ganzes Geld ist, was machen Sie nachher in der Offiziersmesse?«

»Dorne und Wells schulden mir kübelweise mit S-Noten, machen Sie sich darüber keine Gedanken.« Doc senkte seine Stimme zum Flüsterton. »Bevor Sie gehen, Bick, brauche ich noch etwas von Ihnen.«

»Sir?«

»Sie waren doch erst in der Schreibstube, richtig?«

»Ja, Sir.«

»Dann könnten Sie doch in den Computer der Quartiermeisterei einbrechen und ein paar Nachschublieferungen zu uns umleiten, oder?«

Bicks Adamsapfel hüpfte wie ein Gummiball. »Also, Sir, ich käme vielleicht rein, aber, also, ich würde wahrscheinlich erwischt werden.«

Das habe ich mir gedacht. »Ich werde Sie decken. Sehen Sie zu, daß Sie ein paar Sachen ohne militärische Bedeutung und Sondervorräte loseisen können, exotische Biersorten, Whiskey oder ähnliches, O. K.?« Doc sah Bick an, daß ihm die Vorstellung Kummer bereitete. »Betrachten Sie es als Befehl, Corporal. Sie überprüfen die Sicherheit unseres Nachschubs. Wenn ein Feind einbrechen und herausfinden kann, was Sie herausfinden können, stellen Sie sich vor, wie leicht er sich informieren könnte, wieviel Munition wir besitzen – und das kann uns nicht gleichgültig sein.«

»Nein, Sir.« Der schlaksige junge Mann zuckte hilflos die Achseln und ließ die Schultern hängen. »Was soll ich dem Quartiermeister sagen, wenn er mich zu sich zitiert?«

»Sagen Sie ihm, ich hätte Ihnen den Befehl dazu gegeben.« Doc grinste. »Und sagen Sie ihm, daß ich in meinem Büro bin, Ihnen aber gesagt hätte, Sie sollten mich ihm gegenüber verleugnen.«

Bick runzelte die Stirn. »Aber ...«

»Tun Sie's einfach, Corporal, und dann kümmern Sie sich um den Rest, den ich Ihnen aufgetragen habe.« Doc blinzelte ihm zu. »Irgend jemand muß dafür sorgen, daß diese Einheit bekommt, was ihr zusteht, und ich bin genau der richtige Mann dafür.«

Doc tat überrascht, als First Lieutenant Ricardo Copley die Tür zu seinem Büro aufstieß und hereingestürmt kam. »Was soll das heißen?« herrschte er ihn an.

Copley schlug die Tür zu, marschierte auf Doc zu und stützte sich mit beiden Händen auf die Rückenlehne des Stuhls, den Bick kurz zuvor benutzt hatte. »Ich hätte wohl mehr Recht, diese Frage zu stellen, Sir.« Er dehnte die Anrede »Sir«, bis sie zu einer Parodie wurde. »Ihr kleines Wiesel von einem Schreiber sagt mir, Sie hätten ihm den Befehl gegeben, in meinen Computer einzubrechen und Waren hierher umzuleiten. Das war ein ganz dummer Zug, Trevena, und Sie und Ihre Einheit werden dafür bezahlen. Sie wissen offenbar nicht, mit wem Sie es zu tun haben.«

»Gestatten Sie mir eine Vermutung.« Doc deutete mit der offenen Hand auf den Stuhl. Seine Stimme blieb neutral und zeigte nichts von der Verärgerung oder Angst, die Copley offensichtlich erwartet hatte. »Bitte, Lieutenant, setzen Sie sich.«

Copley nahm zögernd Platz. »Ihr Knabe war der Übeltäter hier, nicht ich.«

Doc schmunzelte und stand auf. »Also schön, Lieutenant, lassen Sie uns das Gewäsch überspringen. Sie gehören zu den wenigen Personen hier, die nicht frisch zuversetzt worden sind. Das heißt, daß entweder die LAS keine Verwendung für Sie haben oder Sie Einfluß ausüben können, um jede Versetzung abzuschmettern. Beides deutet auf einen Spitzbuben allererster Sahne. Sie haben Verbindungen zum hiesigen Schwarzmarkt und können ein gehöriges Warenvolumen verschieben. Da Sie keinerlei Unkosten haben, sind alle Ihre Einnahmen reiner Profit. Ziele ich in die richtige Richtung?«

»Ich sage dazu gar nichts.«

»Brauchen Sie auch nicht, Lieutenant. Ich erkenne den Stolz in Ihren Augen.« Doc gluckste. »Sie sind ein findiger Bursche. Ich denke, wir können ins Geschäft kommen.«

»Wie denn das, Trevena? Sie haben nichts, was ich brauchen könnte.«

»Ach nein?«

»Ach nein.« Der kleine Mann mit dem öligen schwarzen Haar wiegte sich auf dem Stuhl wie eine Schlange. »Sie haben eine Bande von Nichtskönnern und Torfköpfen, die Sie in leichten Mechs Gassi führen sollen. Eine steife Brise, und Ihre Einheit ist weg vom Fenster.« Copley lachte verächtlich und fixierte Doc trotzig. »Teufel, ein lindes Lüftchen, und Ihre Leute sind am Boden.«

»Exakt.«

»Hä?«

Doc lächelte. »Lassen Sie mich Ihnen eine Geschichte erzählen. Eine meiner ersten Einheiten war eine Truppe, deren Ausrüstung schon vor dem 4. Nachfolgekrieg als veraltet galt. Wir wollten neues Material – leichter, robuster und zuverlässiger als der Schrott, mit dem wir uns herumärgern mußten, aber das Oberkommando wollte unsere Ausrüstung nicht ersetzen, weil wir keine neuen Sachen brauchten, wie es hieß. Um die Sache noch zu verschlimmern, bestand eine Menge unserer Vorräte nur aus Einsen und Nullen im Computer. Die Ausrüstung war Gassi, verrottet oder einfach verlorengegangen.«

»Und Sie als kommandierender Offizier hatten das Pech, für die Verluste aufkommen zu müssen.« Copley schlug die Beine übereinander. »Mein Herz blutet für Sie.«

»Vielleicht stillt das die Blutung: Ich habe damals meine Schreiber angewiesen, das ganze Phantommaterial und die ganze antiquierte Ausrüstung, die wir tatsächlich hatten, in eine der ungenutzten Lagerhallen des Stützpunkts zu bringen. In der Halle waren nur unsere Sachen, sonst nichts. Dann kam es zu einem Manöver*unfall* – irgendwer benutzte die falschen Koordinaten für eine Artillerieübung –, und, peng!, all unsere Ausrüstung war futsch. Keine Spur mehr davon zu finden. Wir schrieben einen korrekten Bericht und bekamen alles ersetzt.« Doc grinste breit. »Natürlich war die Lagerhalle, die wir dazu benutzten, vor dieser Einlagerung nur eine leerstehende Wachstube an einem verriegelten Eingangstor – etwa sechzehn Kubikmeter insgesamt, aber wir haben zwanzigtausend Tonnen Material hineingestopft. Hier auf Coventry müßten wir natürlich anders vorgehen, aber Sie wären überrascht, wieviel Material in und um einen einzelnen Schweber Platz hat, der bei einem Manöver zerblasen wird.«

Während Docs Erzählung hatte sich Copleys Mund langsam immer weiter geöffnet. Jetzt fiel er zu. Der Quartiermeister schüttelte den Kopf, aber seine braunen Augen waren noch immer ein wenig glasig. »Bei den Bewertungen Ihrer Leute würde niemand anzweifeln, daß sie das Material tatsächlich in einem Unfall in die Luft gejagt haben.«

»Sechzig-vierzig.«

Copley schnaubte. »Okay, die sechzig für mich.«

»Nein, Lieutenant, die sechzig für *mich*. Sie bekommen die zwanzig Prozent, wenn Sie mir die Sachen, die ich für meine Leute brauche, über den Schwarzmarkt beschafft haben.«

Copley runzelte die Stirn. »Warum zahlen, wenn wir direkt von den LAS beliefert werden?«

»Wir sind eine Sackgasseneinheit – das einzige, was man uns schicken wird, sind runderneuerte Ersatzteile und was gerade übrig ist. Meine Leute sind vielleicht Trantüten, aber sie werden die verdammt bestausgerüsteten Trantüten sein, die ich auf die Beine stellen kann. Ich möchte, daß Sie meine vierzig Prozent in etwas Haltbares mit einem schön hohen Wiederverkaufswert stecken, klar?«

»Ja, ist klar.«

»Gut. Ich kann mir denken, daß Sie auch ins örtliche Tratschnetz eingeklinkt sind. Ich will alles und jedes erfahren, was von Wert für mich sein könnte, klar? Ich will wissen, was meine Vorgesetzten wollen, und wie ich es ihnen besorgen kann...«

»...oder es gegen sie benutzen, richtig?«

»Ich sehe schon, wir werden blendend miteinander auskommen, Mr. Copley.«

»Würde mich überhaupt nicht wundern, Sir.« Copley stand auf und salutierte lässig. »Ich hab' schon was für Sie, kostenlos...«

»Nennen Sie mich Doc.«

»Doc. Hauptmann Wells spielt gerne Poker, und wahrscheinlich wird er versuchen, Sie zu einem Spielchen mit den Offizieren vom 3. Bat zu überreden. Wenn Wells blufft, blinzelt er wie nicht gescheit.«

»Danke für die Warnung, aber für mich ist heute abend kein Pokern angesagt.« Er begleitete Copley zur Tür. »Heute abend sehe ich mir meine Leute etwas näher an.«

»Morgen habe ich noch mehr für Sie«, meinte Copley mit einem verschlagenen Grinsen. »Einschließlich der Koordinaten von ein paar schwerbeladenen Luftkissenwagen.«

Am folgenden Morgen saß Doc bei Sonnenaufgang wieder in seinem Büro und ging die Unterlagen der zwölf Leute noch einmal durch, die er am Abend zuvor kennengelernt hatte. Sie schienen allesamt recht nett, und keiner von ihnen war ein solcher Totalversager, wie es seine Unterlagen vermuten ließen. Er hatte sie als aufmerksam und etwas gefühlsbetont, aber durchaus sympathisch, kennengelernt. *In jeder anderen Einheit würden sie erstklassiges Maskottchenmaterial abgeben.*

Bick hatte bei den Holovids eine gute Wahl getroffen, und Doc hatte sie so benutzt, wie er es in einer Nachbesprechung mit Cockpitfilmen gemacht hätte. Die Fragen, die seine Leute gestellt hatten, waren gut, aber etwas naiv gewesen. Ihre Antworten auf seine Fragen waren zögernd gekommen, aber in der Mehrheit richtig gewesen, was ihm Hoffnung machte, daß sie sich verbessern konnten.

Er sah hoch, als Bick an die offene Tür klopfte. »Ja, Corporal?«

Bick trat an den Schreibtisch und legte einen Briefumschlag auf die Schreibunterlage. »Das Geld von gestern nacht, Sir.«

»Oh.« Doc klappte den Umschlag auf, zählte die Kronenscheine und runzelte die Stirn. »Das sind sechzig Kronen. Soviel hab' ich Ihnen gegeben, um das Knabberzeug zu kaufen und die Holovids auszuleihen.«

Bick nickte. »Stimmt, Sir.«

»Also?«

Bick trat von einem Fuß auf den anderen. »Wissen Sie, Sir, nachdem wir Schluß gemacht hatten, als Sie weg waren, hab' ich erwähnt, daß Sie alles von Ihrem Geld bezahlt haben. Wir hielten das nicht für fair, deshalb haben wir gesammelt, und, ja, da ist es.«

Doc schüttelte den Kopf. *Sie haben es mir zurückgezahlt! Diese Leute sind einfach zu nett, um in dieser Einheit zu versauern.*

»Stimmt etwas nicht, Sir?«

»Nein, Corporal, es ist alles in Ordnung.« Doc seufzte, dann setzte er ein Lächeln auf. »Sie haben doch bestimmt schon mal gehört, daß nette Jungs es nicht weit bringen. Scheint, als müßten wir was dafür tun, daß sich das bei den Rangers von Kompanie Eins-Zwo nicht bewahrheitet, meinen Sie nicht auch?«

13

**Avalon City, New Avalon
Mark Crucis, Vereinigtes Commonwealth**

7. Januar 3058

Victor Ian Steiner-Davion, Archon-Prinz des Vereinigten Commonwealth, stieß einen lauten Seufzer aus, als er seinen Terminplan betrachtete. »Ich habe den Eindruck, daß für jeden Posten, der mir gefällt, hier zwei stehen, die ich am liebsten streichen würde.«

Einer der beiden anderen Männer in seinem walnußholzgetäfelten Büro lächelte, und es war nicht der größere mit den eiskalten Augen. Jerrard Cranston, Victors Geheimdienstchef, begleitete sein verständnisvolles Lächeln mit einem Schulterzucken. »Ich will hoffen, diese Besprechung gehört nicht zu den Posten, die Sie streichen möchten.«

Victor klopfte mit dem Finger auf den Monitorschirm. »Das können wir in die Ja-Spalte setzen. Die Vorstellung der Briefmarkenkollektion für dieses Jahr kommt in die Nein-Spalte, genau wie das Essen für die Gesellschaft zur Rückführung gestrandeter Tiere.«

»Vergessen Sie nicht, wie gut sich knuddelige kleine Tiere in den Nachrichtennetzen machen. Und bei der Briefmarkenvorstellung können Sie sich wortreich über Ihre Freude auslassen, Ihren guten alten Freund Galen Cox gewürdigt zu sehen.«

Das brachte den Archon-Prinzen zum Lachen. Er war noch immer erstaunt darüber, mit welcher Leichtigkeit Galen Cox nach seinem angeblichen Tod die Maske des Jerrard Cranston übergestreift hatte. Immer öfter dachte er selbst an Galen als Jerrard, und diese Tatsache machte ihm gewisse Sorgen. *Galen ist eine Verbindung zu meinem Leben als Krieger, und die will ich nicht verlieren.*

Curaitis, der dunkelhaarige Hüne aus dem Geheimdienstsekretariat, warf Cranston einen schiefen Blick zu. »Das Porträt ist Ihnen zu ähnlich. Wenn jemand mit freier Zeit und einem Bleistift das Haar nachdunkelt und einen Bart auf das Bild zeichnet, könnte Ihre Identität entdeckt werden.«

Victor schüttelte den Kopf. »Ich glaube kaum, daß irgendwelche Kritzeleien Jerrys Tarnung bedrohen können. Außerdem sah Galen weit besser aus, als es bei Jerry je der Fall gewesen ist.«

»Zugegeben, aber es besteht das Risiko von Komplikationen.«

Victor nickte. Das fehlgeschlagene Attentat auf Galen hatte Victor zwei Entdeckungen beschert. Die erste war gewesen, daß Herzog Ryan Steiner, Victors Rivale um die Macht in der Mark Skye, den Anschlag bestellt hatte. Victor hatte es Ryan mit gleicher Münze heimgezahlt und die Skye-Frage damit abrupt geregelt.

Die zweite Entdeckung erwies sich als weit beunruhigender; ohne zusätzliche, definitive Beweise war er jedoch nicht in der Lage, etwas zu unternehmen. Seine Schwester Katherine – er weigerte sich, ihr den Namen seiner seligen Großmutter zuzugestehen – hatte von dem bevorstehenden Attentatsversuch gewußt und nichts unternommen, um Galen zu warnen. Bei der Untersuchung der Frage, warum nicht, hatte Curaitis Indizien für eine Verwicklung Katherines in Ryans Komplott gefunden, in dessen Verlauf Melissa Steiner-Davion – Victors und Katherines Mutter – durch eine Bombe getötet worden war.

»Meine Schwester wird kaum auf eine übermalte Briefmarke schauen und zu dem Schluß kommen, daß wir über ihre Machenschaften Bescheid wissen.« Victor schüttelte den Kopf. »Und selbst wenn, könnten ihre Versuche, alle Spuren zu verwischen, uns endlich zu den Beweisen führen, die wir benötigen, um sie als

Anstifterin zum Mord an meiner Mutter zu überführen.«

Jerry nickte. »Die Briefmarke erscheint in der Serie ›Helden der Inneren Sphäre‹. Alle so geehrten Persönlichkeiten sind tot. Man wird es als weiteren Beweis für Galens Ende sehen. Die einzigen Zweifler werden die Skandalvids sein, und wenn sie eine große Story daraus machen, kann das nur zu unserem Vorteil sein.«

Curaitis zuckte die Schultern. Ihre Argumente schienen auf ihn keinen Eindruck zu machen. »Ich kann Sie nicht daran hindern, auf Messers Schneide zu tanzen.«

»Es ist gerade Ihre Vorsicht, die Sie wertvoll für uns macht«, meinte Victor beschwichtigend, dann sah er hinüber zu Jerry. »Irgendwelche Neuigkeiten über die LAS?«

Jerrard Cranston ließ sich in einen Sessel fallen. »Die Versetzungswelle rollt weiter. Die 4., 10. und 17. Skye Rangers werden mit einer Menge Versager und mutmaßlicher Davion-Loyalisten vollgepackt. In manchen dieser Einheiten sind die Spannungen so groß, daß eher damit zu rechnen ist, daß sie einander angreifen als irgendeinen Feind.«

Victors graue Augen verengten sich. »Jemand bestraft diese Einheiten für ihre Rolle in der Skye-Rebellion. Teile aller drei Regimenter haben auf Glengarry gegen die Gray Death Legion gekämpft. Hat Katherine dabei ihre Hand im Spiel, oder ist es der Einfluß Tormano Liaos?«

»In den LAS wird großer Wert auf eine lyranisch-nationale Gesinnung gelegt. Nondi Steiner ist immer noch am Ruder, und wahrscheinlich ist die Umstrukturierung ihre Idee.«

»Großtante Nondi.« Der Prinz verzog das Gesicht. »Wir haben uns noch nie leiden können. Sie ist tatsächlich der Quell der Steiner-Loyalität in der Lyranischen Allianz, und sie scheint ihre Gefühle für meine Großmutter auf meine Schwester übertragen zu haben. Eine kluge Entscheidung, Nondi als Kommandeurin der Allianzstreitkräfte zu übernehmen – sie besitzt die notwendige Erfahrung. Aber ihr Haß auf das Draconis-Kombinat bedeutet, daß ich mir mit jeder noch so winzigen Kooperation mit den Draconiern, die ich mir erlaube, ihren Zorn zuziehe.«

Jerry nickte. »Sie hat sich öffentlich gegen die Besetzung des Lyons-Daumens durch Kombinatstruppen ausgesprochen.«

»Unter ComStar-Leitung und in der Funktion von Friedenstruppen«, korrigierte Victor scharf.

»Das wissen Sie und ich, Hoheit, aber Nondi Steiner sieht es anders«, stellte Curaitis fest. »Die LAS werden reorganisiert und verjüngt, was die Effektivität des militärischen Nachrichtendienstes der Lyraner negativ beeinflußt. Derzeit würde ich die Zuverlässigkeit der Informationen, die sie aus dieser Quelle erhalten, als minimal einstufen.«

»Das gefällt mir gar nicht, aber im Augenblick können wir nicht viel dagegen unternehmen.« Victor runzelte die Stirn. »Irgendeine Verbesserung im Zeitplan für die Rückgabe unserer Sprung- und Landungsschiffe?«

»Die Geschwindigkeit ist durch Tormano Liaos Intervention etwas gestiegen. Ein gewisser Teil des Nachschubs und der Geldmittel, die wir als Lösegeld für unsere Schiffe zahlen, fließt seinen alten Truppen aus der Bewegung Freies Capella in den Chaos-Marken zu. Da dies Sun-Tzu Liao und Thomas Marik Schwierigkeiten macht, ist es positiv zu bewerten; aber daß wir überhaupt Lösegeld bezahlen, um unser eigenes Material zurückzubekommen, ist ein Präzedenzfall, den ich lieber vermieden hätte.«

»Sorgen Sie nur dafür, daß alles, was wir Katherine schicken, unter Entwicklungshilfe verbucht wird. Das mindeste, was wir tun können, ist, diesem Debakel in der Öffentlichkeit ein positives Mäntelchen umzuhängen.« Victor rümpfte die Nase. »Thomas trifft sich heute auf Atreus mit unserem Botschafter, um die letzten Details des Friedens auszuhandeln?«

»Ja, Sir. Wir erwarten keinerlei Schwierigkeiten.«

Victor sah zu Curaitis auf. »Ihre Sicherheitsüberprüfung der Gerichtsmedizinischen Abteilung des Geheimdienstsekretariats hat keine Lecks aufgedeckt?«

»Alles sauber, Sir.«

»Außer uns dreien weiß also niemand, daß der Mann, der derzeit über die Liga Freier Welten herrscht, in Wahrheit jemand ist, der nur Thomas Mariks Erscheinungsbild erhalten hat und 3037 von ComStar an dessen Stelle gesetzt wurde?«

Der schweigsame Agent hob den Kopf. »Sie meinen, abgesehen von Thomas selbst und einer unbekannten Anzahl von Personen bei ComStar oder Blakes Wort?«

»Soweit wir es wissen, Curaitis.«

»Nein, Sir. Soweit wir es wissen, ist sonst niemand darüber im Bilde.«

Der Prinz erhob sich von seinem Platz hinter dem wuchtigen Eichenholzschreibtisch, den schon sein Vater vor ihm benutzt hatte, und wanderte auf und ab. »Ich versuche die ganze Zeit, einen Weg zu finden, wie wir diese Information einsetzen könnten, aber mir fällt nichts ein. Am vernünftigsten schiene es, damit Zugeständnisse von Thomas zu erpressen, aber er würde die Daten nur als Teil eines ComStar-Komplotts bezeichnen, mit dem er und Blakes Wort diskreditiert werden sollen.«

Jerry strich sich über den Bart. »Wenn wir die Information an Isis Marik weitergäben, würde ihr das ein Druckmittel an die Hand geben, um ihre Position als Thomas' Erbin zu sichern – immerhin hat sie einen nachweislichen Erbanspruch auf die Generalhauptmannsschaft.«

»Aber sie ist mit Sun-Tzu Liao verlobt, und er wäre

in der Lage, Thomas umzubringen, um ihr zum Thron zu verhelfen, besonders, wenn sie beweisen könnte, daß der momentane Generalhauptmann ein Betrüger und ihr Anspruch legitim ist.«

»Sun-Tzu an die Macht zu verhelfen liegt allerdings nicht in unserem Interesse.« Jerry schüttelte den Kopf. »Es läuft alles darauf hinaus, daß es faktisch ohne jede Bedeutung ist, ob der Thomas Marik auf dem Thron der Liga ein Betrüger ist oder nicht. Er hat einen Weg gefunden, seinem Volk zu geben, wonach es verlangt. Er ist beliebter denn je, erst recht, seit er die Systeme, die wir der Liga 3028 abgenommen haben, zurückgeholt hat. Selbst wenn die Wahrheit bekannt würde, könnte es durchaus sein, daß die Bevölkerung der Freien Welten ihn stützt.«

Victor lachte. »Ironisch, findet ihr nicht? Der fähigste Generalhauptmann in der Geschichte des Hauses Marik ist gar kein Marik.«

Curaitis gestattete sich ein Lächeln, und in Victor stieg ein Gefühl des Unheils auf. »Wäre es nicht noch amüsanter, wenn ComStar den echten Thomas Marik noch irgendwo in Reserve hielte?«

»Ist das denkbar?«

»Selbstverständlich, Hoheit.«

Jerry sah zu Curaitis hinüber. »Aber bis jetzt nichts als Spekulation. Mehr Tagtraum als Fakt.«

Der Prinz nickte. »Geben Sie mir die Kurzfassung.«

Curaitis seufzte. »ComStar hat achtzehn Monate gewartet, bevor der Orden Thomas' Überleben allgemein bekanntgab, aber die Liste seiner Verletzungen machte eine so lange Genesungszeit keineswegs notwendig. Man versuchte damals, die Verzögerung mit Vokabeln wie ›Komplikationen‹ und ›Rehabilitation‹ zu erklären, aber es hätte auch nicht so lange gedauert, einen Agenten dafür auszubilden, an Thomas Mariks Stelle zu treten. Und es hätte auch nicht so lange gebraucht, um die sichtbaren Narben und Verletzungsspuren des heutigen Thomas weit genug verheilen zu lassen, um ihn der Öffentlichkeit vorstellen zu können.«

Victor schloß einen Moment die Augen, dann nickte er. »Ich glaube, ich weiß, worauf Sie hinauswollen. ComStar sagt erst einmal nichts, nachdem man Thomas aus den Trümmern geborgen hat, weil noch unsicher ist, ob er überlebt. Dann macht er Fortschritte, und der Orden macht sich Hoffnungen. Schließlich ist sicher, daß er für seine Rettung dankbar sein wird. Aber es kommt zu einem Rückfall, oder seine Genesung macht zumindest keine weiteren Fortschritte, also braucht man einen Doppelgänger, der ihn vertritt, bis der Tag kommt, an dem er wieder selbst den Thron besteigen kann. Aber *wenn* er noch lebt, wer hat ihn dann?«

»Wir wissen es nicht. Wir gehen davon aus, daß nur sehr wenige Personen an der Operation beteiligt waren, und die meisten von ihnen sind tot – Prima Myndo Waterly zum Beispiel. Sie könnte den echten Thomas in irgendeinem einer ganzen Anzahl von Pflegestätten untergebracht haben, vielleicht auf Terra, vielleicht auch nicht, ohne irgend jemanden wissen zu lassen, wer er ist.« Jerry schüttelte den Kopf. »Aber ich habe arge Zweifel, daß ComStar ihn hat oder, wenn doch, davon weiß, dazu wäre er eine zu gute Waffe gegen Blakes Wort.«

Victor nickte. »Und wenn Blakes Wort ihn hätte, wäre der jetzige Thomas sehr viel zugänglicher ihnen und ihren Bemühungen gegenüber, um nicht bloßgestellt zu werden.«

»Genau das denke ich auch.«

»Na schön, gibt es irgendeinen Weg für uns, Thomas aufzuspüren, *falls* er denn noch lebt?«

Jerry schüttelte den Kopf. »Die Innere Sphäre ist ein verflucht großer Heuhafen, um nach einer bestimmten Stecknadel zu suchen.«

»Ich weiß. Wäre es anders, hätten wir den Mann,

der meine Mutter umgebracht hat, wiedergefunden und gefangen.« Victor setzte ein klägliches Lächeln auf. »Und wenn es leicht wäre, würde ich auch nicht gerade euch zwei darauf ansetzen. Versucht irgendeine Spur in den VerCom-Archiven zu finden. Myndo könnte ihn im Reich meiner Eltern versteckt haben, als Absicherung gegen Extratouren ihres Agenten – und wir besitzen die besten Krankenhäuser der Inneren Sphäre.«

»Wir werden tun, was wir können, Sir.« Jerry Cranston fischte einen Compblock aus der Tasche und betätigte ein paar Tasten. »Ein Punkt noch, Sir. Der Präzentor Martialum hat eine Nachricht geschickt, in der er darum bittet, das Manöver auf Tukayyid bis Mitte März zu verschieben. Ich bin in Verbindung mit Shin Yodama betreffs der Auswirkungen auf die beteiligten Kombinatseinheiten. Die Verzögerung ist frustrierend, aber das ganze Unternehmen wurde ziemlich kurzfristig anberaumt, was Probleme dieser Art provoziert.«

Victor Davion zog einen verdrießlichen Flunsch, eine Tatsache, der er sich durchaus bewußt war. Das Jahr 3057 war ein einziges Desaster gewesen, und er schob den größten Teil seiner Probleme darauf, daß er sich unbewußt wie sein Vater aufgeführt hatte. Damit hatte der Zusammenbruch begonnen. Selbst die Invasion der Mark Sarna durch die Liga Freier Welten ließ sich auf seine Zustimmung zum Projekt Gemini zurückführen, das von seinem Vater ins Leben gerufen worden war. Ein Projekt, das Victor eigentlich lieber abgebrochen hätte.

Um nicht erneut in denselben Fehler zu verfallen und zu versuchen, ein zweiter Hanse Davion zu sein, hatte er sich entschlossen, sich auf den Kern seines Wesens zu besinnen. Victor war zum Krieger erzogen worden, und ungeachtet der internen Schwierigkeiten im Vereinigten Commonwealth und der freien Inneren

Sphäre waren die Clans weiterhin die größte Bedrohung der Zivilisation. Um diese Tatsache ins Gedächtnis der Menschen zurückzurufen und wieder zu dem Leben zurückzufinden, das er kannte, hatte er dem Präzentor Martialum und dem Koordinator des Draconis-Kombinats ein gemeinsames Militärmanöver auf Tukayyid vorgeschlagen, dem Planeten, auf dem die Clan-Invasion zum Stehen gebracht worden war.

Focht und Kurita waren beide einverstanden gewesen, und ursprünglich hatten sie den Termin auf Mitte Februar gelegt. Ein Monat Verzögerung war frustrierend, andererseits würde er Victor mehr Zeit liefern, Schiffe aus der Lyranischen Allianz zurückzuholen. Und es war ihm so unmöglich, die Davion Heavy Guards-RKG nach Tukayyid zu verlegen, ohne den interstellaren Handel und die Transportmöglichkeiten des Vereinigten Commonwealth über Gebühr zu belasten.

»Die Verzögerung entsteht durch Fochts Reise nach Morges?«

»Ja, Sir. Eine unerwartete Wendung. Es scheint übrigens auch, daß sich ein Teil des Wolfsclans mit Morgan Kells Segen auf Arc-Royal niedergelassen hat. Ich nehme an, der Präzentor Martialum wird uns mehr darüber sagen können, wenn wir auf Tukayyid eintreffen.«

»Na, dann werde ich mich wohl noch einen Monat mit Wohltätigkeitsdiners herumschlagen müssen.« Der Prinz setzte sich wieder hinter den Schreibtisch. »Und zum Ausgleich werde ich dafür sorgen, daß ich jede Menge Simulatorsitzungen und Mechübungen absolviere.«

Jerry lachte. »Gegen zweifache Übermacht?«

»Allermindestens, Jerry, allermindestens.«

14

**Landungsschiff *Lobo Negro*, im Abflug
von Wotan
Jadefalken-Besatzungszone**

10. Januar 3058

Die Kabine, die ihm als Seniorkhan der Wölfe an Bord der *Lobo Negro* zugeteilt worden war, schien für Vlad immer noch Ulric Kerensky zu gehören. *Sein Geist geht um zwischen diesen Wänden.* Die spartanische Einrichtung, die wenigen Andenken an ein ruhmreiches Leben im Dienste der Clans – es schien ihn zu erdrücken, aber weniger, weil es ihn an Ulric erinnerte, vielmehr weil es ihn daran erinnerte, was Ulric ihm hinterlassen hatte.

Auf dem Weg zum letzten Gefecht in ihrem Krieg gegen die Jadefalken hatte Ulric Vlad die Zukunft des Clans anvertraut. *Er hat ihn mir vererbt.* Vlad hatte Ulric erklärt, wenn die Wölfe verlören und der ComStar-Waffenstillstand für ungültig erklärt werde, würde er mit den Wölfen vorpreschen, die anderen Clans hinter sich lassen, Terra erobern und damit das Ziel der gesamten Invasion verwirklichen.

Ulrics Antwort hatte gelautet: »Es wäre wohl besser für alle, wenn du heute mit mir stirbst.«

Und beinahe wäre es so gekommen – auch für unseren Clan.

Zu diesem Zeitpunkt hatte Ulric gewußt, daß Vlad mit einem solchen Plan keinen Erfolg haben konnte. Er kannte die Truppenstärke der verbliebenen Wolfseinheiten. Ganze Kampfsternhaufen waren ausgelöscht. Galaxien waren angefüllt mit zerschlagenen Mechs und gebrochenen Piloten. Viele der Besten und Klügsten waren gefallen – besonders unter den Anhängern der Kreuzritter-Philosophie –, während andere Khan

Phelan in die Innere Sphäre gefolgt waren. *Und sie haben zehn Prozent unserer Krieger mitgenommen.*

Offensichtlich hatte Ulric geplant, eine Clankolonie in der Inneren Sphäre zu gründen. Und ebenso offenkundig hatte er versucht, einen zerschlagenen Clan zurückzulassen. Ulric hatte erwartet, daß Vlad die Überlebenden sammeln und Phelan ins Reich des Feindes folgen würde. Die Bewahrer hätten die Wölfe weiter dominiert und sich den Clans nun von außen statt von innen in den Weg gestellt.

Ulrics heiliger Krieg gegen die Jadefalken war erfolgreich gewesen, aber die Wölfe hatten einen furchtbaren Preis dafür bezahlt. Die Zahlen tröpfelten von den Einheitsteilen herein, die entlang der Angriffskorridore verstreut und von Ulric und Natascha Kerensky dazu benutzt worden waren, um die Jadefalken zu zerschlagen. Es waren noch bestenfalls anderthalb Galaxien kampfbereiter Wölfe übrig, und auch das nur, wenn Vlad sich die Erniedrigung antat, Solahma-Banditenjäger als Fronteinheiten zu zählen.

Der Mangel an Kriegern, unter dem sein Clan litt, rief ihm Marthe Prydes Kommentar ins Gedächtnis. In einem dermaßen geschwächten Zustand war der Wolfsclan ein logisches Opfer für einen echten Absorptionstest. Die Tatsache, daß Ulrics Krieg fast ausschließlich auf den Welten der Jadefalken getobt hatte, machte die Wolfsbesitzungen in deren Besatzungszone zu einer attraktiven Beute. Wenn Vlad sie nicht verteidigen konnte, würden andere Clans diese Systeme erobern und jede Hoffnung der Wölfe darauf vereiteln, ihre alte Vormachtstellung wiederzuerringen.

Vlad trat um Ulrics Schreibtisch herum und nahm auf dem Segeltuchklappstuhl Platz, von dem aus er so häufig herabgekanzelt worden war. Es wäre zuviel erwartet gewesen, zu hoffen, daß Ulrics Weisheit sich auf denjenigen übertrug, der seinen Platz einnahm. Dennoch, irgend etwas in der spartanischen Umgebung dieser Kabine half Vlad, seine Gedanken zu ordnen.

Sein vorrangiges Problem war klar: Er mußte die Kriegerkaste der Wölfe wiederaufbauen, um die Lücken zu füllen, die durch Tod und Desertion entstanden waren. Auch wenn viele der vielversprechendsten Geschkos Phelan ins Exil gefolgt waren, existierten noch immer genügend Geschwisterkompanien, um den Nachschub an Kriegern für die Zukunft zu sichern. Eine Ausweitung des Zuchtprogramms konnte die Zahl der Geschkos steigern, und durch eine Talentsuche in den bestehenden Geschkos ließ sich schnell frisches Blut für die Mechtruppen finden. Eine Wiedereinberufung der Krieger, die daran arbeiteten, die Geschkos für den aktiven Dienst zu trainieren, würde das Ausbildungsprogramm kurzfristig schwächen, aber er brauchte Truppen.

Ihm kam der Gedanke, mögliche Kandidaten aus den niedereren Kasten des Clans in die Kriegerkaste aufzunehmen, aber beinahe hätte er ihn augenblicklich wieder verworfen. Er besaß das für einen Krieger typische Mißtrauen und die Abneigung den kämpferischen Fähigkeiten jedem gegenüber, der nicht aus dem Zuchtprogramm des Clans hervorgegangen war. Die Tatsache, daß Phelan eine solche Freigeburt war, steigerte Vlads Haß auf Freigeborene noch. Trotzdem gestattete er seinen Gefühlen nicht, ihm eine mögliche Lösung zu verbauen.

Ich brauche Truppen. Die offensichtliche Quelle für Verstärkungen der Fronteinheiten waren die Garnisonstruppen auf den von den Wölfen eroberten Planeten. Aber wenn er das tat, würden sie die Kontrolle über diese Welten verlieren, es sei denn, er fand Ersatz. So sehr ihm der Gedanke auch zuwider war – Vlad erkannte, daß er gezwungen sein würde, enorme Mengen von Truppen aus den niederen Kasten zu rekrutieren, um seine besten Krieger in die Fronteinheiten versetzen zu können.

All das würde den Wölfen helfen, sich innerhalb von ein, zwei Jahren zu erholen, aber Vlads zweites Problem verlangte nach einer sofortigen Lösung. Wenn das Große Konklave beim nächstenmal zusammentrat, würde irgendein Clan einen Absorptionstest gegen die Wölfe beantragen. In der Vergangenheit waren solche Anträge erst zweimal genehmigt worden, weil es dem geschwächten Clan bei allen anderen Gelegenheiten gelungen war, die übrigen Clans mit einer Zurschaustellung seiner Kampfbereitschaft hinreichend zu beeindrucken, um sich die benötigte Zeit zu verschaffen.

Nichts zu tun und sich nur auf die Verteidigung seines Besitzstandes zu beschränken, müßte einen Angriff herausfordern – gleichgültig, wie teuer es den Angreifer zu stehen kommen würde. *Wir sind Krieger. Passivität verdient Absorption.* Auch wenn solche Verteidigungsanstrengungen dem attackierenden Clan einen hohen Preis abverlangten – wie es die Witwenmacher vor langer Zeit den Wölfen bewiesen hatten –, würde dies nichts am Untergang der Wölfe ändern können.

Vlad erkannte, daß seine einzige echte Hoffnung darauf, seinen Clan zu retten, in einem wagemutigen Abenteuer lag. Er mußte die wenigen militärischen Mittel, die ihm geblieben waren, sammeln und einen der anderen Clans angreifen. Er mußte hart zuschlagen, um bei seinem Opfer keinerlei Zweifel daran aufkommen zu lassen, daß die Wölfe noch immer äußerst scharfe Zähne besaßen. Und er mußte dessen Ehre verletzen, und das so deutlich, daß die Khane des betreffenden Clans alles daransetzen würden, das Recht auf einen Absorptionstest zu gewinnen. Wenn er das richtige Ziel auswählte, bestand die Chance, daß sie bei dem Versuch, sich für die Absorption der Wölfe zu qualifizieren, zuviel verloren, und wenn es daran ging, ihren Preis zu beanspruchen, nicht mehr in der Lage waren, den Wolfsclan zu besiegen.

Der entscheidende Faktor war die Wahl seines Zieles. Und es mußte einer der Invasionsclans sein. Die übrigen Clans, die es nicht geschafft hatten, sich das Recht auf eine Teilnahme an der Invasion zu erkämpfen, waren seine Aufmerksamkeit nicht wert. Ein Angriff auf einen dieser Clans konnte ihm im Gegenteil als Zeichen der Schwäche ausgelegt werden.

Der Clan, den er angreifen würde, mußte hochmütig und überheblich sein. Sofort dachte er an die Jadefalken, besonders, da die Schande des Hegira ihm noch immer auf der Seele brannte. Aber er verwarf den Gedanken wieder. Ein Angriff auf die Falken würde beide Clans noch weiter schwächen. Vlad hatte nichts für die Falken übrig, aber ihre Schwäche machte sie wertvoll. Solange die Wölfe stärker waren als die Jadefalken, stellten diese das lohnendere Ziel für eine Absorption dar.

Der andere Clan, auf den die Beschreibung paßte, hatte den zusätzlichen Vorteil, daß es sich ebenfalls um einen alten Feind der Wölfe handelte. Die Nebelparder und die Wölfe waren traditionelle Rivalen, und die Tatsache, daß ausgerechnet ein Wolf einen Nebelparder als ilKhan ersetzt hatte, nagte noch immer an den Pardern. Was noch wichtiger war, die Nebelparder wurden völlig von ihrem Kampf gegen das Draconis-Kombinat in Beschlag genommen, so daß sie kaum Gelegenheit zu einer Vergeltungsaktion haben würden.

Und ein Schlag gegen sie würde Lincoln Osis daran erinnern, daß ich ihm gleichgestellt bin, nicht irgendein kleiner Einheitsführer, den er herumkommandieren kann.

Hinzu kam die für Vlad günstige Tatsache, daß zwischen den Wölfen und den Nebelpardern noch die Besatzungszone der Geisterbären lag. Er würde die Bären vor vollendete Tatsachen stellen. Natürlich müßten sie protestieren, aber die Geisterbären und die Wölfe waren schon ebensolange Verbündete, wie die Wölfe und die Nebelparder Feinde waren. Vlad würde ihnen möglicherweise ein oder zwei Zugeständnisse machen müssen, aber die Bären würden einen Vorstoß der Nebelparder in ihren Raumsektor nicht kampflos zulassen.

Den Pardern bliebe keine andere Wahl, als das Recht zur Absorption der Wölfe zu verlangen, wenn sie ihre Ehre nicht verlieren wollten. Andere würden ihnen dieses Recht auf jeden Fall streitig machen, denn eine Absorption der Wölfe durch die Nebelparder zuzulassen, ermöglichte zweien der mächtigsten Clans den Zusammenschluß. Das würde den Ausgang der Invasion vorwegnehmen, und keiner der anderen Clans hatte ein Interesse daran, die Nebelparder in die Führungsrolle vorstoßen zu lassen.

Vlad grinste. »Also die Nebelparder. Hättest du es genauso gemacht, Ulric?«

Vlad glaubte nicht wirklich daran, daß die Geister der Toten sich mit den Lebenden in Verbindung setzen konnten, aber das drückende Schweigen der Kabine schien ihm Antwort genug. »Dann beginnt, da ich keine Gegenstimmen höre, hier und jetzt die Wiedergeburt der Wölfe. Du bist vor dem Ziel zurückgeschreckt, Ulric, und jetzt wartet es auf mich.«

15

**Militärisches ComStar-Hauptquartier,
Militärakademie Sandhurst, Berkshire,
Britische Inseln, Terra**

20. Januar 3058

Präzentorin Lisa Koenigs-Cober grunzte unter dem Aufprall der Druckplatten in ihrem Rücken, als ihr *Paladin* auf silbernen Feuerzungen in die Höhe stieg. Sie saß in einem Simulator der Militärakademie Sandhurst, während der Rest der Terranischen Verteidigungsstreitkräfte und der 21. Centauri-Lanciers Simulatoren im Trainingskomplex von Salina, Kansas, benutzten. Trotzdem stand das Erlebnis der echten Schlacht um Tukayyid in nichts nach. Hätte sie im Kampf die Füße auf die Sprungdüsenpedale gerammt, hätte der Andruck sie hart in die Pilotenliege gepreßt – und die Druckplatten in der Rückenlehne der Simulatorliege sorgten auf äußerst wirkungsvolle Weise dafür, daß sie diese Tatsache nicht vergaß.

Ihr BattleMech schoß in die Höhe, während unter ihr der Boden explodierte. Ein Feuerball stieg empor und röstete die Beine des Kampfkolosses, aber der Hilfsmonitor verzeichnete keinen Schaden. *Das ist nachgerade ein Wunder. Wäre ich stehengeblieben, hätte die LSR-Salve mich in Stücke gerissen.* Auch wenn die Schäden nur die Form von binären Datenzeilen im Speicher eines Computers hatten, versuchte sie doch, sie soweit wie möglich zu vermeiden, gerade so, als müßte sie mit Haut und Knochen dafür bezahlen.

Die Salve war von der anderen Seite einer Hügelkette gekommen. Sie wußte, daß sich am jenseitigen Hang eine Kompanie Lanciers eingegraben hatte, aber vor ihrem Flug hatte sie keinen Hinweis auf deren exakte Position gehabt. Als ihr *Paladin* jetzt den Höhepunkt seiner Flugbahn erreichte, sah sie den unregelmäßigen Graben. Aber so viel Ärger diese Stellung auch für ihre Truppen bedeutete, wußte sie doch, daß es ein dringenderes Problem gab.

Sie haben irgendwo einen Beobachter, der die Raketenangriffe der Schützen *und* Katapulte *dirigiert. Aber wo?* Sie schaltete die Hologrammanzeige des Gefechtsfelds auf Ultraviolett um. Zwei dünne Linien, die sich dunkel vor dem Gold der grasbedeckten Prärie abhoben, trafen an einem Punkt nahe dem Fuß der Hügel zusammen. Der Beobachter hatte ihren Mech mit einem UV-Laser anvisiert und die Telemetriedaten über einen zweiten UVL weitergegeben.

»TV Eins an alle Einheiten. Alpha, LSR-Bombardement auf und um Netzkoordinaten 323•455. Beta und Gamma, Schwenk auf 37,5°, verteilen und vorrücken. Sie stehen hinter den Hügeln.«

Mit leichtem Stottern der Sprungdüsen bremste Lisa ihren Mech ab und brachte ihn etwa hundert Meter vor ihrer früheren Position wieder auf den Boden. Der *Paladin* ging in die Hocke, als die dicken Myomerbündel den größten Teil der Wucht seiner Landung abfingen. Als er sich wieder auf seine zehn Meter Höhe aufrichtete, zuckten schon die Langstreckenraketen der Gruppe Alpha über ihn hinweg. Einen Kilometer voraus pflügten sie den Zielsektor und alle acht daran angrenzenden Kartenbereiche um.

Der Computer erzeugte einen Feuersturm über der Position des Lancier-Beobachters. Die Gruppen Beta und Gamma stürmten über das freie Gelände auf die Hügel zu, und Alpha folgte. Alpha sollte im Hintergrund bleiben und entsprechend den Anforderungen Betas und Gammas die Lanciers unter Beschuß nehmen. Ihr Raketenschirm würde es den Einsatz- und Sturmgruppen der 1. Sektion ermöglichen, mit maximaler Wirkung zuzuschlagen. *So muß eine Einheit funktionieren.*

Sie beschleunigte ihren *Paladin* auf 40 km/h, schaltete die Anzeige zurück auf Optik und folgte der Gruppe Gamma bei der Flankenbewegung um die Ausläufer der Hügelkette. Langsam machte sich Angst in ihren Eingeweiden breit, aber es war nicht derselbe Schrecken, den sie angesichts der Clans gefühlt hatte. Das Gefühl damals hatte sie fast umgebracht, aber sie hatte sich nicht davon unterkriegen lassen, weil sie wußte, daß die Clans aufgehalten werden mußten. Damals rührte die Angst von einem möglichen Tod und Versagen her.

Heute speiste sie sich aus Scham.

Die 21. Centauri-Lanciers hatten sich in ihren Orientierungsmanövern sehr gut geschlagen. Zunächst machten ihr diese Ergebnisse nichts weiter aus, hauptsächlich deshalb nicht, weil der Präzentor Martialum in der letzten Zeit vor allem unerfahrene Einheiten von Tukayyid im Zuge normaler Rotation zu den Terranischen Verteidigungsstreitkräften versetzte. Sie hatte die lausigen Leistungen der ComGuards der Ermüdung von der Reise ins Solsystem zugeschrieben und der Tatsache, daß viele der Kommandeure sich noch nicht mit ihren neuen Einheiten hatten vertraut machen können.

Aber es lief immer noch nicht so, wie sie es erwartete, daher ihre Entscheidung, ihre Leute in einer Serie von Manövern selbst ins Feld zu führen. Erst in dieser, der dritten Operation mit ihrer Beteiligung, fingen sie allmählich an, die Leistung zu zeigen, die sie von den ComGuards forderte. In den ersten beiden Übungen waren sie unsicher gewesen, aber das konnte daran gelegen haben, daß ihre Kommandeure nervös waren, weil sie das kritische Auge ihrer Vorgesetzten auf sich spürten. Die Lanciers hatten keine Schwierigkeiten gehabt, sie zu erledigen.

Lisa umrundete den Hügel und sah ein von Feuer und Rauch vernebeltes Tal. Gruppe Gamma hatte sich in drei Zweiergruppen aufgeteilt und nahm die Lancier-Stellungen aus verschiedenen Richtungen unter Beschuß. Die Söldner waren zwar eingegraben, wurden aber von Gruppe Beta auf den Hügeln und Gamma in ihrer Flanke angegriffen und sahen sich zu vielen Zielen gegenüber, um eine effektive Abwehr zu organisieren.

Blutrote Laserimpulse brannten sich in den Kopf eines Lancier-*Kreuzritters*, dann zerschmetterte der blaue Blitzstrahl einer PPK sein Kanzeldach. Der herkulische Mech kippte nach hinten weg, als die Computer den Simulatoren des Piloten stillegten. Schwarzer Qualm stieg aus dem zertrümmerten Cockpit des *Kreuzritters* auf, als er in einen flachschädligen *Donnerkeil* knallte und beide Mechs zu Boden stürzten.

Rechts von ihr wurde ein ComGuard-*Centurion* zurückgedrängt. Beide Beine hatten ihre Panzerung verloren, das linke endete am Knie in einem Stumpf. Der Pilot kämpfte verbissen um das Gleichgewicht der 50 Tonnen schweren Kampfmaschine. Ein halbes Dutzend Kurzstreckenraketen senkten sich in ihren beschädigten Rücken und sprengten zusätzliche Panzerplatten davon. Die Schäden und Erschütterungen reichten aus, den *Centurion* nach vorne zu werfen, und er krachte flach aufs Gesicht.

Lisa schloß mit ihrem *Paladin* die durch den Ausfall entstandene Lücke. Als sie einen Blick auf den *Steppenwolf* erhaschte, der dem *Centurion* den Rest gegeben hatte, zog sie das rote Fadenkreuz über seine breite Silhouette. Das Fadenkreuz wechselte die Farbe von Rot auf Grün. Sie löste die beiden mittelschweren Laser aus und feuerte ihre KSR-Wegwerflafette ab.

Die rubinroten Laser säbelten die Panzerung in großen Brocken vom rechten Oberschenkel und der Rumpfseite des *Steppenwolfes*. Zwei der in Spiralbahnen auf den Mech herabstürzenden Raketen explodierten auf dessen Armen, eine andere erwischte sein linkes Kniegelenk. Das letzte Geschoß der Vierersalve krachte in die Kanzel des Mechs. Die Rakete konnte nur den Panzerschutz etwas reduzieren, verursachte aber mehr Probleme als Schaden, als der *Steppenwolf*-Pilot zurückschreckte und seine Maschine einen Schritt nach hinten weichen ließ.

Lisa zuckte zusammen. Bei einem Kopftreffer schüttelten die Simulatoren einen Piloten durch, als säße er in einer Souvenirglaskugel. Sie hielt das Fadenkreuz auf dem *Steppenwolf* und feuerte gleich noch einmal, um ihm keine Chance zu geben, sich zu sammeln. Sie wußte, daß sie trotz der fünf Tonnen, die ihr *Paladin* mehr auf die Waage brachte, für einen Schlagabtausch mit einem *Steppenwolf* auf diese Distanz zu leicht bewaffnet und gepanzert war.

Die Lichtspeere ihrer Laser kochten Panzerung vom linken Arm und der Flanke des *Steppenwolfes*, aber es gefiel ihr ganz und gar nicht, daß ihre Treffer über den gesamten Rumpf des Ziels verteilt einschlugen. Sie hatte den Mech an einem halben Dutzend Stellen um Panzerung erleichtert, aber mit nichts als zwei mittelschweren Lasern würde sie den ganzen Tag brauchen, um ihn auseinanderzunehmen.

Der *Steppenwolf* wankte nach hinten, aber der Pilot schaffte es, die Waffen auszurichten. Der kugelförmige Geschützturm auf dem Kopf des Mechs zuckte herum, und der Pilot feuerte eine Salve feuerroter Energienadeln aus dem Impulslaser, die die KSR-Lafette des *Paladins* auseinandersprengte. Warnsirenen heulten in Lisa Koenigs-Cobers Kanzel auf, und der Hilfsmonitor meldete Schäden an der Rumpfpanzerung in mittlerer Höhe.

Als nächstes zuckten Flammen aus dem Lauf der an eine überdimensionierte Pistole erinnernden Autokanone des *Steppenwolfes*, gefolgt von einem Granatenhagel, der die Panzerung vom Arm des *Paladins* sprengte. Ein halbes Dutzend Raketen verließ feuerspeiend die Rohre der KSR-Lafette auf seiner linken Schulter. Alle sechs Geschosse trafen und überzogen den Rumpf und den linken Arm des ComGuard-Mechs mit einer Kette von Detonationen.

Erst schoß die Simulatorkabine nach hinten, dann drehte sie sich leicht nach rechts. Als die Raketen auftrafen, peitschte sie nach links. Leichte Erschütterungen der Pilotenliege entsprachen bis ins Detail den schweren Schritten eines Mechs, der um sein Gleichgewicht kämpfte. Lisa warf sich nach vorne in die Gurte, dann stieß sie sich von der linken Armlehne ab und drehte den Körper nach rechts.

Der Neurohelm übersetzte ihre Bewegungen und ihre Gleichgewichtsempfindungen in Computerbefehle, die der *Paladin*-Bordcomputer verstand. Er leitete Strom aus dem Fusionsreaktor in die Signalkonverter. Die von dort ausgehenden elektrischen Impulse spannten und entspannten die Myomerfaserbündel, die dem Mech als künstliche Muskeln dienten. Meterlange Gliedmaßen verlagerten sich, riesige metallene Füße gruben sich in die Erde, und der Mech blieb trotz eines Bombardements, das einen Häuserblock in Schutt und Asche gelegt hätte, auf den Beinen.

Lisas Laser erwiderten das Feuer. Mit dem ersten Treffer zog sie eine Schmelzspur im Zentrum des *Steppenwolf*-Rumpfes nach unten und spaltete die farbenfrohe blausilberne Bemalung, mit der die Lanciers ihre Maschinen kennzeichneten. Der zweite Schuß traf den Kopf des Mechs und brachte mehrere Schichten Panzerung zum verdampfen. Der die Simulation steuernde Computer simulierte in dampfenden Sturzbächen über die Schultern der Kampfmaschine davonfließendes Metall.

Noch ein Kopftreffer, und er könnte genauso hart zu Boden gehen wie vorhin der Kreuzritter.

Bevor Lisa Gelegenheit hatte, ihre Vermutung auf die Probe zu stellen, trat ein anderer ComGuard-Mech zwischen ihren *Paladin* und den *Steppenwolf*. Sie sah, wie dessen Pilot versuchte, sich aus dem Staub zu machen, als der Rauch sich verzog und er den Mech identifizierte, der sich in ihr Duell eingemischt hatte.

Präzentor Victor Kodis' *Quasimodo* war speziell für Gefechte auf engem Raum wie hier ausgelegt. Die kantige Autokanone auf seiner rechten Schulter spie eine Feuersalve aus, die den Kampfkoloß unter dem Rückschlag zur Seite drehte. Der Strom der Urangranaten fraß sich durch die Panzerung über der Rumpfmitte des *Steppenwolfes* und riß eine klaffende Bresche auf, durch die Titanstahlstreben seines Skeletts deutlich sichtbar waren.

Als der Impulslaser im linken Arm des *Quasimodo* die Panzerung an der linken Seite des Lancier-Mechs zerschmolz, sah Lisa den Mech im Geiste schon stürzen. *Mit einem solchen Schaden kann sich kaum ein Battle-Mech auf den Beinen halten.*

Der *Steppenwolf* blieb stehen.

Nicht nur das, er schoß zurück.

Vier KSR schlugen in den *Quasimodo* ein. Eine Rakete traf den Mech am Kopf, die drei übrigen zerschmetterten die Panzerung an seinem linken Arm. Die Autokanone schaltete mit einem lauten Knacken auf Hochgeschwindigkeitsmodus und sägte mit doppelter Feuergeschwindigkeit durch die halbe Panzerung am linken Bein des ComGuard-Mechs. Der Impulslaser des *Steppenwolfes* kochte die Panzerung vom Rumpf des kleineren Mechs, und zu Lisas Entsetzen ging der *Quasimodo* zu Boden.

Ihre Laser leuchteten auf und trafen den *Steppenwolf* am linken Bein und im oberen Rumpfbereich. Der Beintreffer ließ bis dahin makellose Panzerung verdampfen. Der schillernde Lichtstrahl, der sich in den Rumpf bohrte, stieß durch die vom *Quasimodo* aufgerissene Bresche. Das blutrote Licht warf einen Glutschein aus dem Innern des Mech zurück, aber sie konnte dennoch nicht erkennen, was sie getroffen hatte.

Dann schlug Rauch aus dem Rumpf, und der Mech wankte. Der *Steppenwolf*-Pilot versuchte, einen halben Schritt nach hinten zu weichen, aber jetzt bewegte sich die Maschine nicht mehr annähernd mit der Kraft oder Eleganz, die sie vorher an den Tag gelegt hatte. Sie schüttelte sich, stolperte nach hinten, setzte sich plötzlich hin wie ein kleines Kind, das bei einer Rauferei einen Stoß erhalten hat. Anschließend kippte der Mech auf den Rücken und verschwand unter einer Rauchwolke.

Gyroskoptreffer. Lisa nickte, als der Sekundärschirm ihre Vermutung bestätigte. Vor ihr kam der *Quasimodo* langsam wieder auf die Beine. »Danke für die Rettungsaktion, Kodis.«

»Gleichfalls, Präzentorin. Mit dir als Führerin können wir uns gegen diese Lanciers behaupten.«

»Gut. Machen wir weiter.«

»Roger«, bestätigte Kodis, und der *Quasimodo* setzte sich in Bewegung.

Lisa wartete einen Moment, bevor sie ihm folgte. In Gedanken spielte sie die Szene noch einmal durch, als der *Steppenwolf* stehengeblieben war, nachdem Kodis ihn aufgeschlitzt hatte. Sie verglich es damit, wie sie kurz zuvor den Angriff des *Steppenwolf* überstanden hatte. Sie wußte sehr genau, daß sie eigentlich erledigt gewesen war und ihren Mech nur dank reichlicher Erfahrung und noch mehr Glück senkrecht gehalten hatte.

Lisa seufzte. *Evelena Haskell hatte den Vertrag auf Terra akzeptiert, weil sie Zeit finden wollte, die neu angeworbenen Rekruten zu trainieren. Wenn der Rest ihrer Neuerwerbungen genauso gut ist wie dieser* Steppenwolf-*Pilot, habe ich die Antwort auf das Rätsel, warum sich meine Leute so schwertun. Aber das bringt mich zu einer anderen Frage – wo zur Hölle wirbt sie solche Rekruten an?*

»Evelena, wenn du eine Quelle für Piloten-Naturtalente hast, möchte ich sie gerne kennenlernen.« Lisa Koenigs-Cober beschleunigte ihren *Paladin*. »Mit Leuten wie deinen auf unserer Seite werden die Clans nur so dicht an Terra herankommen, wie wir sie lassen.«

16

Tharkad City, Tharkad
Distrikt Donegal, Lyranische Allianz

3. Februar 3058

Tormano Liao fiel es schwer zu entscheiden, ob Wut oder Angst in Marschallin Nondi Steiners Stimme vorherrschten. Das Problem war, daß die Emotion – welche es auch immer sein mochte – nur gelegentlich leicht anklang. Sie schien dieselbe stählerne Kontrolle über ihre Gefühle zu besitzen, die schon ihre Schwester, die ursprüngliche Katrina, gezeigt hatte. »Ich fürchte«, teilte er ihr gelassen mit, »daß die Archontin Katrina darauf besteht, nicht gestört zu werden. Ich weiß zwar nicht, was Sie ihr sagen wollten, aber Sie können es auch mir mitteilen.«

»Oh, das werde ich, verlassen Sie sich darauf, Mandrinn Liao.« Die Augen der Marschallin wurden schmal, als ihre mißtrauischen Blicke durch das weiße Büro zuckten. »Die alte Einrichtung hat mir besser gefallen.«

Tormano breitete die Arme aus. »Wir alle ziehen die Umgebung der Vergangenheit derjenigen der Zukunft vor, solange wir uns noch nicht an diese gewöhnt haben. Was führt Sie hierher, Marschallin?«

»Ärger. Großer Ärger.« Nondi Steiner durchquerte den Raum zu einem in einer Ecke stehenden Großbild-Holovidgerät, und legte eine Diskette ein. »Dies wurde als Prioritätssendung übermittelt, verschlüsselt mit unseren geheimsten Codes. Die Leute von ComStar werden Wochen brauchen, es zu knacken, wenn sie es überhaupt schaffen. Wenn Sie so freundlich wären.«

Tormano hob die Fernbedienung von Katrinas Schreibtisch – wobei er sich verwundert fragte, wie sie es geschafft hatte, die Fernbedienung und das Gerät in weißes Plastik hüllen zu lassen – und schaltete den Apparat ein. Eine schwarze Wand senkte sich über das Rauschen der Statik. Langsam nahm das Bild Farbe an, aber es war offensichtlich eine Nachtaufnahme. Das einzige Licht kam von den Bremstriebwerken vier riesiger Landungsschiffe der *Overlord*-Klasse. Die eiförmigen Raumschiffe sanken langsam zu Boden, dann öffneten sich ihre Hangartore, und BattleMechs strömten ins Freie.

Die Kamera schwenkte nach oben und zoomte auf die Insignien, die quer über den Rumpf eines der Schiffe gemalt waren. Sie zeigten einen grünen Vogel, der ein Katana in den Krallen hielt. Tormano fühlte, wie sich seine Eingeweide verkrampften. *Jadefalken.*

Er sah zu Nondi. »Wo?«

»Dieses Holovid erreichte uns von Chapultepec. Die Welt wird von den 22. Skye Rangers verteidigt, aber das ist eine der Einheiten, die wir zur Ruhigstellung von Unruhestiftern benutzen, daher erwarte ich nicht allzuviel von ihnen. Einen Sprung entfernt auf Melissia steht das 9. Lyranische Heer. Ich werde es nach Chapultepec schicken, um bei der Verteidigung gegen die Jadefalken zu helfen.«

Tormano konzentrierte sich einen Moment. Jeder *Overlord* konnte drei Dutzend BattleMechs transportieren. Das gab der Jadefalken-Streitmacht eine maximale Stärke von 144 Maschinen. Die 22. Skye Rangers hatten als Regimentseinheit eine Sollstärke von 120 Mechs, aber ihre Ausrüstung war älteren Datums, so daß sie nur etwa halb so kampfstark wie durchschnittliche Clanner waren. *Die 22. Rangers sind gewesen.* »Könnte man den Einsatz des 9. Lyranischen nicht als nutzlose Verschwendung von Menschen und Material sehen?«

Nondi Steiner überlegte einen Moment, bevor sie antwortete. »Vielleicht, aber wir müssen auf diese Aggression entschieden reagieren. Clan-Sprungschiffe sind auch über Kwang Chow Wang, Medellin und Adelaide aufgetaucht. Das ist ein Frontdurchbruch von 33 Lichtjahren Breite.«

»Stimmt.« Tormano hätte den Angriff als Grenzüberfall abgetan. Entlang der Clangrenze und in den Chaos-Marken waren solche Aktionen alltäglich, so daß er diese Anzeichen kannte. Trotzdem, die Entfernung der attackierten Systeme von der Clangrenze ließ ihn zögern. Ein Sprungschiff mit Lithium-Fusionsbatterien konnte zwei Sprünge durchführen, bevor es seinen Kearny-Fuchida-Antrieb aufladen mußte. Normalerweise drangen Clan-Schiffe bei einem Überfall mit dem ersten Sprung in den lyranischen Raum ein und reservierten den zweiten Sprung für einen schnellen Rückzug, wenn sich die Umgebung als ungastlich erwies.

Alle Welten im Bereich dieser Aktion lagen vier Sprünge weit von der Grenze zur Besatzungszone der Jadefalken entfernt, so daß die Schiffe sogar in einem unbewohnten System der Lyranischen Allianz einen Zwischenstopp eingelegt haben mußten, um Energie zu tanken. Das deutete darauf hin, daß sie planten, die Welten ohne Rücksicht darauf anzugreifen, wie stark sie verteidigt wurden. »Adelaide ist unverteidigt?«

Nondi Steiner nickte. »Sozusagen. Wir haben eine Veteranengruppe dort, die mit MGs bewaffnete Agro-Mechs anzubieten hat, aber die werden von den Jadefalken innerhalb von Sekunden weggefegt. Auf Medellin gibt es eine Milizeinheit. Kwang Chow Wang besitzt ebensowenig eine Garnison wie Adelaide. Die 7. Crucis-Lanciers stehen auf Mississauga und können zur Verteidigung einer dieser Welten herangezogen werden, aber sie werden zwei Sprünge, drei nach Kwang Chow Wang, und etwa genauso viele Wochen brauchen.«

Tormano setzte sich an den Schreibtisch und rief über die eingebaute Tastatur eine Hologrammkarte der Inneren Sphäre auf. Die Clan-Invasion hatte am oberen Pol der halbwegs kugelförmigen Inneren Sphäre angesetzt und einen beachtlichen Keil herausgeschnitten – betrachtete man die Innere Sphäre als zweidimensionale Fläche und legte das Zifferblatt einer Uhr darüber, so verlief dieser Keil grob von 11 bis 2. Dieser neue Vorstoß lag näher an der 10. Wenn es sich um mehr als nur einen Überfall handelte, konnte er die Vorhut einer erneuten Offensive sein, die einen weiteren Sektor aus der Lyranischen Allianz schnitt.

Er vergrößerte den Kartenausschnitt, in dem sich die Allianz befand. Anschließend zoomte er weiter auf den Block von Systemen, der sich von Chapultepec zur Jadedefalkengrenze und hinunter zur Waffenstillstandslinie zog. Er endete bei Coventry und Arc-Royal – zwei in der ganzen Allianz berühmten Welten. Coventry war Standort einer der größten Mechfabriken der freien Inneren Sphäre und der gleichnamigen Militärakademie. Arc-Royal war die Heimatbasis der Kell Hounds. Beide stellten ein einladendes Ziel für einen Clan-Angriff dar.

Als die Karte größer wurde, bemerkte er auch, daß sich von Coventry aus eine Serie jeweils in einem Sprung erreichbarer Systeme bis nach Tharkad erstreckte, falls die Jadefalken bereit waren, die Waffenstillstandslinie zu überqueren. *Würden sie das wagen?* Ein kalter Schauer lief ihm das Rückgrat hinunter, dann schüttelte er sich. »Das zu diesem Zeitpunkt als etwas anderes als einen Grenzüberfall zu behandeln würde nur unnötig Unruhe verursachen.«

»Wir können es nicht einfach hinnehmen.«

»Natürlich nicht.« Tormano sah Katrinas Großtante durch die Kartenprojektion hindurch an. »Sie werden die 7. Crucis-Lanciers nach Adelaide schicken, nehme ich an.«

»Wir werden die Clans an ihrer verwundbarsten

Stelle angreifen, wie es der Standardgefechtsdoktrin entspricht, ja. Adelaide gestattet den Lanciers, auch Mahone und Gatineau zu unterstützen, sollten die Clans ihren Angriff auf eines dieser Systeme verlegen. Sie werden auf dem Anflug über Mahone einen Zwischenstopp einlegen.« Nondi zögerte. »Aber unser Hauptproblem ist nicht, wie wir mit diesem ersten Vorstoß fertig werden. Wir müssen entscheiden, wie wir reagieren, wenn die Falken weiter vorstoßen.«

Sie trat nach rechts aus der Kartenprojektion heraus. »Die Bevölkerung der Lyranischen Allianz ist stark und loyal, aber wir können uns nicht mehr auf die Hilfe von Victors Militär verlassen. Eine neue Offensive der Clans gegen die Lyranische Allianz könnte eine Panik auslösen, die es uns unmöglich machen würde, der Bedrohung effektiv zu begegnen.«

Tormano lächelte und legte die Fingerspitzen aneinander. »Schon die Andeutung einer neuen Invasion könnte katastrophale Wirkung zeigen.« *Der kleinste Anschein von Schwäche könnte Victor als Anlaß dienen, unter dem Vorwand, sein Volk beschützen zu müssen, gegen die Allianz vorzugehen.* Als er den Blick von der Karte abwandte und zu Nondi Steiner hinübersah, spürte Tormano, daß sie vor dem Verlust der Unabhängigkeit der Allianz in eben dieser Entwicklung Angst hatte. *Sie weiß, daß man ihr den Befehl über die Lyranischen Allianzstreitkräfte entziehen würde – und auf ihrem Posten zu versagen fürchtet sie noch mehr als die persönliche Erniedrigung.*

Nondis Lächeln war nur eine kümmerliche Imitation des seinen. »Katrina würde versuchen, die Situation zu beruhigen, indem sie der Bevölkerung in einer Rede erklärt, daß sie nichts zu befürchten hat.«

»Womit sie einen Meter aus einem Mikron machen würde, falls es sich doch nur um einen Überfall handelt.«

»Exakt.«

»Sie würden eine totale Nachrichtensperre von den betroffenen Welten bevorzugen, bis wir die Lage bereinigt haben?«

Steiner nickte, dann verschränkte sie die Arme vor der Brust. »Können Sie Katrina davon überzeugen, daß Diskretion in diesem Fall die bessere Alternative ist?«

»Ich glaube, ich kann ohne mich zu weit vorzuwagen erklären, daß Sie in diesem Punkt von der Archontin keinen Widerspruch zu erwarten haben.« Er deutete auf die möglicherweise gefährdeten Systeme. »Ich möchte, daß die Truppen in diesem Gebiet in irgendeine Art von Alarmzustand versetzt werden. Wenn sich die Lage verschlimmert, müssen wir in der Lage sein, schnell zu reagieren.«

»Die Truppen an der Grenze zur Jadefalken-Besatzungszone operieren ohnehin schon in beinahe konstantem Bereitschaftszustand.« Nondi Steiners Miene verdüsterte sich. »Aber die Kell Hounds zu informieren könnte voreilig sein.«

Tormano unterdrückte seine Überraschung. Morgan Kell war ein bekannter Steiner-Loyalist und ein beinahe so fanatischer Verteidiger der Steiner-Interessen wie die Marschallin selbst. Anscheinend betrachtete sie seine Ausrufung des Arc-Royal-Defensivkordons jedoch als einen Akt des Verrats, der ihn beinahe auf eine Stufe mit dem verblichenen Ryan Steiner stellte. *Das ist eine gefährliche Kurzsichtigkeit.*

»Ich hoffe, Marschallin, daß die Ereignisse Ihnen recht geben. Aber ich denke schon, daß Morgan Kell mit seinen Pflichten im ARD ohnehin alle Hände voll zu tun haben wird. Immerhin könnte das Ganze eine Finte sein, die uns dazu bringen soll, Truppen vom Rest der Grenze zu den Falken abzuziehen.«

»Das denke ich auch.« Steiner nickte in Richtung der Karte. »Die anderen Truppen innerhalb des Bereichs werden das Training intensivieren. Falls der Angriff weitergeht, werden wir alles hinzuziehen müssen, was wir können, um die Falken zu stoppen.«

»Ich werde Verhandlungen mit verschiedenen Söldnereinheiten aufnehmen und die Transportpläne unter die Lupe nehmen.« Tormano lächelte ihr zu. »Marschallin Steiner, die Falken werden ihren Wagemut schnell bereuen.«

Die Dales, Coventry
Provinz Coventry, Lyranische Allianz

Doc Trevena konnte spüren, wie sich die Schlinge zuzog. Er öffnete eine Richtstrahlverbindung zu First Lieutenant Isobel Murdoch. »Augen auf, Bel. Sie kommen.«

»Warum sitzen wir dann noch hier, Doc?«

»Weil wir herausfinden wollen, ob sie diesmal besser mit der Überraschung fertig werden, wenn sie uns aufscheuchen.«

»Kapiert. Ich breche nach Norden aus.«

»Ich geh' nach Westen. Rendezvous bei 325·43, in einer Stunde.«

»Verstanden, Ende.«

Doc grinste. *Sie wird sie scheuchen.* Murdochs *Quasimodo* kam in Docs Frontalschußfeld, als sie sich darauf vorbereitete, das kleine Tal in nördlicher Richtung zu verlassen. Er schaltete die Ortung auf Magnetische Anomaliedetektion und entdeckte im Westen ein Zeichen bewegten Metalls. *Sie werden schon besser.*

Doc hatte schnell erkannt, daß er seinen Leuten erst einmal ein paar grundlegende Überlebensfähigkeiten antrainieren mußte, bevor er anfing, taktische Züge zu üben. Eine Regel im Mechkampf lautete, daß ein Mech in schneller Bewegung schwer zu treffen ist. Zum Glück für seine Kompanie gehörten die leichten Maschinen, die ihnen zugeteilt waren, zu den schnellsten, die es gab.

Natürlich bildete ein rennender Mech auch keine allzu zuverlässige Geschützplattform. Und er mußte seine Leute zwar in schneller Bewegung halten, wollte aber auch, daß sie trafen, worauf sie schossen. Kein leichter Mech verfügte über genug Feuerkraft, um einen schweren oder überschweren Gegner abzuschießen, aber eine Lanze von ihnen konnte einer der schwereren Maschinen schon zu schaffen machen. Wenn seine Lanzen es schafften, einen Gegner zu treffen, ohne selbst getroffen zu werden, hatten sie möglicherweise eine Chance, Verfolger abzuschrecken und durch ständige Nadelstiche sogar eine feindliche Gefechtsformation zum Abdrehen zu bewegen.

Hier draußen in den sogenannten Dales – dem leicht bewaldeten Vorgebirge der nordnordwestlich von Port St. William, der größten Stadt Coventrys, gelegenen Schwarzschwerter Berge – hetzte Doc seine Leute jetzt bereits einen Monat durch diverse Versteckspielmanöver. Wie vereinbart, hatte der Quartiermeister First Lieutenant Copley Soft- und Hardwarenachrüstungen vorrangig an Kompanie Zwo geleitet, so daß die Ausrüstung der Einheit inzwischen der bei den meisten Fronteinheiten der LAS entsprach. Das verbesserte die Leistung etwas, aber sie benötigten sehr viel mehr, als sie allein durch die verfügbare Technologie bekommen konnten.

Nachdem es Doc gelungen war, Hauptmann Wells in einem Pokerspiel First Lieutenant Murdoch abzuluchsen, hatte sich die Geschwindigkeit, mit der seine Leute lernten, drastisch erhöht. Doc hatte, nachdem er zuvor bei jedem Bluff Wells' ausgestiegen war, 2000 Kronen gegen ihre Versetzung gesetzt. Murdoch hatte sich anfänglich dagegen gesperrt, zu Kompanie Zwo zu stoßen, aber Doc hatte sie überredet, seine Leute kennenzulernen, und ihr dann erklärt, daß sie alles war, was zwischen ihnen und dem Tod stand. Eine Beteiligung Murdochs an seinem privaten Pensionsfonds hatte das Geschäft perfekt gemacht, und seitdem trieb sie die Männer und Frauen von Kompanie Zwo an die Grenzen ihrer Leistungsfähigkeit und darüber hinaus.

Als er einen weiteren Leuchtpunkt auf der Hologrammanzeige sah, setzte Doc seinen *Centurion* nach Westen in Bewegung. Die riesigen Mechfüße pflügten die weiche Erde um und zertrampelten das Buschwerk. Mit den enormen Mecharmen stieß er im Wege stehende Bäume um, dann benutzte er sie, um beim Aufstieg den grünen Berghang hinauf das Gleichgewicht der Maschine zu halten. Als er die Bergkuppe erreicht hatte, drehte er nach rechts und schwenkte die Autokanone im rechten Unterarm des *Centurion* einmal quer durch das Frontalschußfeld.

Das Geschütz sang mit einer ohrenbetäubenden Lautstärke, als es die Farbgranaten ausspie. Sie explodierten an der Panzerung eines *Heuschrecks* und bedeckten die schwarzgrünen Metallplatten mit einer neonorange leuchtenden Farbmixtur. Die Sensoren des *Centurion* registrierten die Flecken, und der Bordcomputer verwandelte sie auf dem Computerbild des Mechs auf dem Sekundärschirm in Schäden. Die waren minimal, aber für eine so leicht gepanzerte Maschine wie den *Heuschreck* konnten schon minimale Schäden gefährlich sein. In diesem Fall durchschlug der Treffer die rechte Rumpfpanzerung des Mechs und zerfetzte den größten Teil der dortigen Stützstruktur. In einem echten Gefecht hätte der Treffer den *Heuschreck* nahezu kampfunfähig gemacht, und sein Bordcomputer würde die Leistung für den Rest des Manövers entsprechend drosseln.

Trotz Docs abruptem Auftauchen mitten in ihrer Formation geriet die B-Lanze der Kompanie Zwo nicht in Panik. Die *Valkyrie* und der *Jenner* verfehlten ihn mit ihren mittelschweren Lasern, aber sie mußten an den beiden *Heuschrecks* vorbei feuern, die zwischen ihnen und seinem *Centurion* standen. Die *Heuschrecks* hatten mehr Glück und trafen beide sowohl mit den mittelschweren als auch mit dreien ihrer vier leichten Laser. An mehr als sechs Stellen auf dem Rumpf seines schwereren Mechs registrierte der Computer Panzerungsschäden.

Für Doc war ihre Treffsicherheit – er nahm sich vor, Eagan und Nugent bei der Nachbesprechung zu gratulieren – weniger wichtig als die Reaktion der Einheit auf seinen Angriff. Alle vier leichten Mechs zogen sich aus seiner Angriffslinie zurück und versuchten, in seinen Rücken zu gelangen. Die *Heuschrecks* liefen geradeaus an seine Flanken, und bereiteten sich darauf vor, ihn zu begleiten. Wenn er den Rumpf drehte, um seine Geschütze auf einen der beiden zu richten, ermöglichte er dem anderen einen Schuß auf seine dünnere Rückenpanzerung.

Doc drehte nach rechts und auf Eagans beschädigten *Heuschreck* zu. Er zog das Fadenkreuz über die Silhouette des Mechs und wurde mit einem pulsierenden roten Punkt im Zentrum des goldenen Kreuzes belohnt. Er drückte Daumen und Zeigefinger auf die Feuerknöpfe des Steuerknüppels und feuerte Autokanone und mittelschweren Laser auf sein Ziel ab.

Beide Schüsse gingen weit vorbei. *Teufel, die werden immer schwerer zu treffen.*

Die Lanze feuerte zurück und hatte kaum mehr Erfolg als Doc, auch wenn Regina Walfords *Jenner* ihn zweimal mit dem mittelschweren Laser erwischte – einmal im Rücken und einmal am Kopf. Der Kopftreffer kostete den *Centurion* genug Cockpitpanzerung, um sicherzustellen, daß ein weiterer Treffer mit einem M-Laser seinen Tod bedeuten würde.

Doc brachte den *Centurion* auf volle Geschwindigkeit. Im gestreckten Galopp war er schneller als John Lindseys *Valkyrie*. Der *Jenner* und die *Heuschrecks* waren schneller als sein Mech, aber wenn sie ihn verfolgten, mußten sie die *Valkyrie* zurücklassen. Er bemerkte, daß Lindsey den Mech bremste und seine Lanzenkameraden dadurch schon weit im Vorfeld zwang, sich zu entscheiden, ob sie ihn zurücklassen oder abdrehen sollten.

Er bewegte das Fadenkreuz über die goldenen Balken hinaus, mit denen der Computer die Grenzen seines Frontalschußfelds markierte, und zog es über Eagans *Heuschreck*. Der Rückenlaser des *Centurion* feuerte einen roten Lichtstrahl ins Rumpfzentrum der kleinen Kampfmaschine. Der Computer zeigte zerkochende Panzerung, aber der *Heuschreck* ließ nicht locker. Indem sie auf der rechten Seite des *Centurion* blieb, verhinderte Reggie Eagan, daß Doc einen Treffer in der beschädigten Flanke ihres Mechs landen konnte – was genau die Art tödlicher Fehler gewesen wäre, den sie noch zwei Wochen früher in dieser Situation begangen hätte.

Der *Jenner* traf mit einem der mittelschweren Laser und beschädigte die Panzerung an der linken Rückenseite des *Centurion*. Eagan traf mit einem der leichten Laser ihres *Heuschrecks* und brachte Panzerung am linken Bein des Mechs zum verdampfen. Percy Nugent schoß mit allen Lasern vorbei, und Doc grinste. *Ich bin fast durch.*

Dann griff die *Valkyrie* ein. Jetzt, wo Lindsey stand, erhöhte sich seine Treffsicherheit erheblich. Die Langstreckenraketen im linken Rumpfteil des leichten Mechs schossen aus den Rohren, und der Computer registrierte ihren Einschlag auf dem *Centurion*. Doc zuckte zusammen, als er die Panzerung auf dem Rücken und an der rechten Seite seines Kampfkolosses zerbrechen sah. Dann bohrte sich der Impulslaser der *Valkyrie* durch die letzten Panzerreste der rechten Rumpfseite und brachte die im Innern des *Centurion* lagernden LSRn zur Detonation.

Wäre dies ein echtes Gefecht gewesen, hätte die Munitionsexplosion den BattleMech von innen heraus zerblasen. Doc erkannte, daß er keine Zeit mehr gehabt hätte, auszusteigen. *Von mir wäre nicht mehr genug übriggeblieben, um einen Objektträger für die mikroskopische Untersuchung durch einen Pathologen zu füllen.*

Der Computer stellte die Vernichtung des Mechs fest, hielt den *Centurion* an und legte ihn still.

Als er so in seinem dunklen Cockpit saß und durch das Kanzeldach beobachtete, wie eine Lanze seiner Kompanie vor ihm Aufstellung nahm, mußte Doc grinsen. *Ich hab ihnen noch nicht alles beibringen können, aber ein bißchen was haben sie schon gelernt.* Er seufzte. »Hoffen wir, daß die Zeit nicht kommt, wo ich gezwungen bin, festzustellen, ob es genug war.«

17

**Landungsschiff *Barbarossa*,
im Abflug von New Avalon
Mark Crucis, Vereinigtes Commonwealth**

10. Februar 3058

Victor Ian Steiner-Davion betrachtete den kleiner werdenden Globus New Avalons. Dies war nicht seine Geburtswelt, aber sie weckte sehr viel mehr heimatliche Gefühle in ihm als das ferne, kalte Tharkad. Er war auf Tharkad geboren und aufgewachsen, aber inzwischen konnte er darin nur noch den Planeten erkennen, der seine Mutter umgebracht hatte.

Der sie umgebracht hat und jetzt ihre Mörderin beherbergt.

Er schauderte. Dann zwang er seine Fäuste, sich zu öffnen. Hinter der *Barbarossa* konnte er die Eiformen der *Tancred*, *Locrin* und *Palamedes* erkennen, der Landungsschiffe, in denen die Davion Heavy Guards-Regimentskampfgruppe ihn nach Tukayyid begleitete. Er wußte, sie war die beste Kampfeinheit in der freien Inneren Sphäre, aber selbst mit einem Dutzend Einheiten wie der ihren hätte er den Tod seiner Mutter nicht rächen können.

Würde ich Tharkad angreifen, um meiner Schwester ihre gerechte Strafe zukommen zu lassen, hielte man mich für wahnsinnig. Er zwang sich zu einem kläglichen Lächeln. *Ich müßte wahnsinnig sein, um Tharkad anzugreifen.*

Nicht, weil er verlieren würde – dazu würde es nicht kommen. So sehr er Nondi Steiner und ihre Fähigkeiten auch respektierte, er hatte sie in seiner Zeit am Nagelring studiert. Sie hatte Talent für offene Feldschlachten, war aber von ihrem Temperament her nicht für die konstanten Veränderungen einer Kriegsführung angelegt, wie sie notwendig waren, um die Clans zu besiegen. Sie suchte Entscheidungsschlachten und schien wenig Geduld für die langfristigen Abnutzungsstrategien zu haben, die es ComStar nach einundzwanzig knochenharten Tagen stetiger Kämpfe auf Tukayyid schließlich ermöglicht hatten, die Clans zu stoppen.

Er wußte, daß er Steiner besiegen konnte, aber das galt nicht für den Mann, der auf Tukayyid als sein Gastgeber fungieren würde. Präzentor Martialum Anastasius Focht war der Kommandeur, der vor sechs Jahren in der brutalen Schlacht um eben diese Welt die Clans besiegt hatte – sieben Clans gleichzeitig. Victor hatte Holovids und schriftliche Analysen jeder Art über diesen epischen Konflikt studiert, aber irgendein Element der Auseinandersetzung konnte er bis jetzt nicht erfassen. Was Focht getan hatte, erstaunte ihn auf dieselbe Weise, wie es bei anderer Gelegenheit ein Schachmeister geschafft hatte, der es mit verbundenen Augen mit zwölf Gegnern aufgenommen hatte. Beide waren zu einer Leistung fähig, die ihm unbegreiflich war.

Jedenfalls im Augenblick.

Es war das Verlangen, zu verstehen, was Focht getan hatte, das Victor die Einladung des Präzentors Martialum zu den Manövern auf Tukayyid hatte annehmen lassen. Die Verzögerung des Beginns um einen Monat war bedauerlich, aber andererseits hatte sie Kai Allard-Liao ermöglicht, sich als Kommandeur der 1. St.-Ives-Lanciers Hohiro Kurita und Victor auf Tukayyid anzuschließen. Hohiro würde die 1. Genyosha befehligen, und Victor fragte sich, ob seine zwei Freunde Fochts Einladung aus demselben Grund angenommen hatten wie er.

Und warum will er uns überhaupt dort haben? Es war noch gar nicht so lange her, daß ComStar sich mit geradezu besessenem Eifer in Mystik und Verschleierung gehüllt hatte. Und auch wenn Focht einen Großteil der Pseudotheologie verworfen hatte, die seine Organisation umgab – was zur Gründung der Splittergruppe Blakes Wort als Zuflucht für Fanatiker geführt hatte –, so hatte sich doch viel von der Geheimniskrämerei in bezug auf die Aktivitäten ComStars gehalten. Berichte aus der Freien Republik Rasalhaag, die man inzwischen beinahe ein ComStar-Protektorat nennen konnte, enthielten ein paar Details über ComStars militärische Stärke und den Aufbau der ComGuards, aber diese Informationen waren nicht immer zuverlässig. Das störte ihn nicht allzusehr, aber die Gründe, aus denen Focht Außenstehende plötzlich einlud, sich anzusehen, was die ComGuards konnten, machten ihm zu schaffen. Diese plötzliche Offenheit ergab keinen Sinn, abgesehen von einer einzigen möglichen Erklärung.

Der Krieg zwischen den Wölfen und den Jadefalken letztens muß Focht Sorgen machen. Die Einladung war ausgesprochen worden, bevor das Ausmaß der Auseinandersetzung bekanntgeworden war, und zunächst hatte sie sich nur auf Stabsoffiziere als ›Beobachter‹ bezogen. Erst nachdem ein Teil der Wölfe aus dem von den Clans besetzten Gebiet geflohen war und auf Arc-Royal Zuflucht gefunden hatte, war sie auf ganze Einheiten und eine aktive Teilnahme an den Manövern ausgeweitet worden.

Victor lief es eiskalt den Rücken hinab. Er konnte das Gefühl nicht abschütteln, daß er weniger nach Tukayyid flog, um zu lernen, wie man gegen die Clans kämpfte, als um sich als Fochts Nachfolger zu bewerben. Natürlich würden weder Focht noch ComStar ihn zum Präzentor Martialum ernennen, aber irgend jemand mußte bereit sein, den Mantel des Verteidigers der freien Inneren Sphäre von Focht zu übernehmen. Dieser war inzwischen fast neunzig Jahre alt, und auch wenn die durchschnittliche Lebenserwartung auf zivilisierten Welten bei hundert Jahren oder mehr lag, konnte man von kaum jemandem erwarten, die letzte Dekade seines Lebens unter dem konstanten Streß des zusammenbrechenden Waffenstillstands und neu ausbrechenden Krieges gegen die Clans zu verbringen.

Wenn Focht einen Erben sucht, wie werde ich abschneiden? Die Konkurrenz war hart. Hohiro Kurita war ein tapferer und fähiger Krieger. Er hatte von seinem Vater gelernt, die Elemente der Kriegertradition zu bewahren, die das Draconis-Kombinat stark machten, und die Schwachpunkte so abzumildern, daß sie keinen Schaden anrichteten. Hohiro hatte hart gegen die Clans gekämpft und es einmal geschafft, seine Einheit hinter den feindlichen Linien weit länger intakt zu halten, als selbst die optimistischsten seiner Verwandten zu hoffen gewagt hatten.

Und Kai Allard-Liao war ihm mehr als ebenbürtig. Das Schlimmste, was man über Kai sagen konnte, war, daß er während der Clan-Invasion hinter den feindlichen Linien seinen Mech verloren und festgesessen hatte. Aber selbst dazu war es nur gekommen, weil Kai auf Alyina zurückgeblieben war, nachdem er Victor das Leben gerettet hatte und die VerCom-Truppen den Planeten aufgegeben hatten. Alleine auf Alyina gestrandet, hatte Kai sich erst lange Zeit erfolgreich einer Gefangennahme durch Clan-Truppen entzogen und sich dann mit ihnen verbündet, um einen Com-Star-Versuch, die Welt zu übernehmen, zurückzuschlagen. Danach war er nach Solaris gezogen, wo er sich in kurzer Zeit zum amtierenden Champion der Spielwelt hochgearbeitet hatte.

Allerdings, auch wenn seine Freunde Könner waren, wußte Victor, daß er sein Licht nicht unter den Scheffel zu stellen brauchte. Auch er hatte gegen die Clans gekämpft und war an zwei der seltenen Siege über sie beteiligt gewesen. Kais Anteil am ersten dieser Siege auf Twycross ließ sich nicht bestreiten, aber der zweite war eine Langstreckenrettungsmission gewesen, um Hohiro von der Welt abzuholen, auf der er in der Falle saß. Die 10. Lyranische Garde, wiederaufgebaut und zu einer Einheit jener Art umorganisiert, die sich optimal für den Kampf gegen die Clans eignete, hatte sich spektakulär geschlagen.

Es stimmte, daß er seine erste Einheit an die Clans verloren hatte. Aber das war bei einem ihrer ersten Angriffe gegen die Innere Sphäre gewesen. *Damals wußten wir weder, wer sie, noch wozu sie fähig waren.* In den acht Jahren seither hatte die freie Innere Sphäre gewaltige Technologieschübe durchgemacht und die Lücke, die aus den Clans einen fast unschlagbaren Feind gemacht hatte, weitgehend geschlossen. Wenn man taktische Verbesserungen in die Rechnung einbezog, ließ sich eine grobe Parität erzielen.

Eine sehr grobe, auch wenn sie für Focht auf Tukayyid zu genügen schien.

Ein leichtes Klopfen an der Kabinenwand ließ Victor sich umdrehen. »Jerry, was gibt's?«

Cranston trat ein und schloß die Luke hinter sich. »Ich habe zwei Nachrichten. Erstens hat ComStar eine Mitteilung von St.-Ives weitergeleitet, der zufolge Kai und die Lanciers im Raman-System zu uns stoßen, unmittelbar bevor wir in den Kombinatsraum vorstoßen.«

»Das heißt, sie begleiten uns auf sechs Wochen Flug nach Tukayyid.« Der Prinz nickte Cranston kurz zu. »Ich freue mich darauf, Kai wiederzusehen und etwas Zeit mit ihm zu verbringen. Er kann mir erzählen, wie ihm das Eheleben bekommt. Irgendein Hinweis darauf, daß seine Frau ihn begleitet?«

»Nein, und ich neige dazu, es zu bezweifeln. Sie ist ziemlich beschäftigt damit, die medizinische Versorgung im St.-Ives-Pakt neu zu organisieren.« Cranston grinste spitzbübisch. »Außerdem haben wir Hinweise, daß Doktor Lear wieder schwanger ist.«

»Phantastisch.« Victor klatschte in die Hände. »Junge oder Mädchen?«

Der Geheimdienstchef lachte. »Ihr Arzt weiß es, aber beide Eltern haben darum gebeten, daß man es ihnen nicht sagt.«

Victor sah ihn fragend an. »Du weißt es.«

»Sie bezahlen mich dafür, daß ich Informationen sammle, Hoheit.«

»Nun, behalte diese für dich. Ich will Kai die Überraschung nicht verderben.« Sein Blick wurde schärfer. »Er *weiß* aber, daß seine Frau schwanger ist?«

»Natürlich. Sein Zögern bei der Annahme der Einladung nach Tukayyid war in seinem Unwillen begründet, seine schwangere Frau allein zu lassen. Anscheinend ging er Deirdre damit so auf die Nerven, daß sie ihn förmlich gezwungen hat, zu fliegen.«

»Erinnere mich daran, daß ich mich bei ihr bedanke. Was hast du noch für mich?«

Jerry seufzte. »Die Berichte über die Kämpfe auf Chapultepec sind zwiespältig. Im Moment wissen wir nur, daß die Jadefalken den Planeten angegriffen und die 22. Skye Rangers schwer gebeutelt haben. Die Falken zogen sich zurück, als das 9. Lyranische Heer auftauchte.«

»Hört sich nach einem Grenzüberfall an.«

»Stimmt, aber in Anbetracht der Reaktionszeit des Neunten, um von Melissia nach Chapultepec zu kommen, muß der Angriff um den Monatsersten stattgefunden haben. Es hat über eine Woche gedauert, bevor wir auch nur das geringste davon wußten. Wir haben überhaupt nur deshalb etwas davon erfahren, weil ein Teil der Rangers aus dem Vereinigten Commonwealth stammt und ComStar die Verwandten vom Tod eines ihrer Mitglieder benachrichtigte.«

»Wir haben erwartet, daß wir Probleme mit dem Informationsfluß bekommen, nachdem Katherine die Lyranische Allianz abgespalten hat.«

»Sicher, aber Nondi Steiner auf Tharkad hätte sofort einen Bericht über den Überfall auf Chapultepec erhalten müssen. Zwar sind unsere Spione in den LAS aufgeflogen, aber wir haben noch immer jede Menge Agenten auf Tharkad. Wir hätten allerspätestens am Fünften schon mehr wissen müssen, als wir jetzt haben.« Cranston schüttelte den Kopf. »Was noch wichtiger ist, die Nachrichtenvids und Magazine aus dem gesamten Gebiet werden zensiert. Basierend auf unseren Problemen, solide Informationen zu bekommen, muß ich davon ausgehen, daß es sich um einen massierten Vorstoß handelt. Sie sind bis Adelaide gekommen, möglicherweise sogar bis Ludwigshafen.«

Victors Mund war plötzlich staubtrocken. »Ludwigshafen? Das ist nur noch drei Sprünge oberhalb der Waffenstillstandslinie.«

»So ist es, Sir.«

»Aber es gibt keinen Hinweis darauf, daß sie die Welten besetzen, die sie erobern. Könnte es eine Wiederauflage der Roten Korsarin sein?«

Cranston schüttelte den Kopf. »Ich besitze zu wenig Daten, um so etwas feststellen zu können, Hoheit. Die Streitmacht, die Chapultepec angegriffen hat, war größer als alles, was die Rote Korsarin benutzt hat, und diese Gruppe läßt keinen Zweifel an ihrer Identität als Jadefalken. Andererseits besetzen sie in der Tat keine der angegriffenen Welten. Nach allem, was wir wissen, könnten sie sich sogar schon wieder zurückgezogen haben.«

Victor sah zu Cranston hoch. »Aber daran glaubst du nicht, oder?«

»Glauben hat mit meinem Job wenig zu tun, Hoheit. Der Kern meiner Aufgabe liegt im *Wissen*, und ich muß zugeben, daß ich in diesem Punkt nicht weiß, was da draußen vor sich geht.«

»Nun, ich hoffe für Katherine, daß irgend jemand es tut.« Victor drehte sich wieder dem Sichtschirm zu. Er würde seiner Schwester niemals die Genugtuung geben, sie Katrina zu nennen. »Zumindest fliegen wir in die richtige Richtung.«

»Sie können nicht ernsthaft daran denken, zu intervenieren.«

Victor schüttelte den Kopf. »Keine Sorge, jedenfalls nicht auf Chapultepec. Aber wir wissen beide, wenn die Jadefalken immer noch durch die Lyranische Allianz toben, wenn wir Tukayyid erreichen, kann es gut sein, daß es nicht bei Manövern bleibt.«

18

**Sprungschiff *Boadicea*, Nadirsprungpunkt,
NGC14239287
Unbewohntes Sonnensystem,
Wolfsclan-Besatzungszone**

12. Februar 3058

Katrina Steiner stoppte ihre ›Schritte‹ mit dem Höchstmaß an Würde, das sie in der Schwerelosigkeit des Sprungschiffs brachte. Mit einer Hand hielt sie sich krampfhaft am Rand des Durchgangs zur Brücke fest, während sie mit der anderen ihr Haar zu einem Zopf drehte, den sie in den Halsausschnitt ihres steinerblauen Overalls stopfte. Als sie sich umsah, stellte sie fest, daß niemand ihr unangekündigtes Erscheinen bemerkt hatte.

Nach einem Augenblick verletzten Stolzes entschied sie, daß dies gut war. Die zwölf Personen im kugelförmigen Brückenraum des Schiffes hatten wichtige Aufgaben bei der Vorbereitung der nächsten Sprünge in Richtung ihres Zieles zu erfüllen. Mittels verschiedener Geländer und Haltegriffe konnten sie sich mal hierhin, mal dorthin drehen, um die ringsum angebrachten Monitore abzulesen.

Im Zentrum der Brücke ragte ein schlanker Pfeiler auf, der einen wuchtigen runden Tisch trug, um den drei Personen schwebten. Die Oberfläche der Tischplatte enthielt mehrere Flüssigkristallanzeigen, und in seinem Zentrum befand sich ein Holoprojektor. Über dem Tisch schwebte ein Sternenfeld, und dünne rote Linien verbanden einzelne Leuchtpunkte, als verschiedene Kursmöglichkeiten errechnet und überprüft wurden.

Sie räusperte sich, und die Brückenmannschaft zuckte überrascht zusammen. »Gibt es ein Problem, Kapitän Church?«

Der beleibte Mann an der Tischplatte riß den Kopf so schnell hoch, daß sein Toupet drohte sich loszureißen. »Nein, Hoheit, unser Kurs ist berechnet. Wir haben uns nur vergewissert, wie nahe wir dem dritten Planeten des Systems kommen, wenn wir hier warten.«

Eine kleine Frau mit kurzgeschorenem schwarzen Haar ließ ihren Körper langsam rotieren, bis sie in Katrinas Richtung blickte. »Archontin, die letzte Etappe dieser Reise macht mir Kummer.«

Katrina nickte. »Das überrascht mich nicht, Agentin Jotto. Diese ganze Reise macht Ihnen Kummer, nicht wahr?«

»Nur in meiner Kapazität als Sicherheitsbeauftragte dieser Mission, Hoheit.« Wie der Rest der Besatzung hatte auch Agentin Jotto geschworen, diese Mission, die Katrina als »von höchster Wichtigkeit für die Zukunft der Inneren Sphäre« charakterisiert hatte, geheimzuhalten. Aber Jotto war viel zu praktisch veranlagt, um nur wegen ihrer Loyalität Katrina und der Lyranischen Allianz gegenüber die Augen vor den gefahrvollen Realitäten dieser Reise zu verschließen.

Die Archontin seufzte, unterdrückte jedoch ihre Verärgerung. *Wenigstens ist Jotto noch dabei, und sie weiß um den Wert der Diskretion.* »Bitte, Agentin Jotto, reden Sie frei heraus.«

»Danke, Hoheit. Wenn wir die Ladung in den Lithium-Fusionsbatterien dazu verwenden, hier durch das Territorium der Geisterbären nach Kiamba zu springen, müssen wir den Kearny-Fuchida-Antrieb im Zielsystem wiederaufladen. Die Sonne Kiambas ist ein Stern der Spektralklasse G4, so daß wir dazu 185 Stunden brauchen werden. Zuzüglich der Transitzeit, bis wir von unserem Wiedereintrittspunkt eine brauchbare Position für den Aufladevorgang erreicht haben, bedeutet das, wir werden minimal zwei Wochen in diesem System verbringen müssen.«

Katrina klemmte die Füße zu beiden Seiten in die Lukenöffnung und verschränkte die Arme. »Sie würden es vorziehen, an einem Zwischenhalt zu warten und den Antrieb doppelt aufzuladen, damit wir beim ersten Anzeichen von Schwierigkeiten verschwinden können.«

»Allerdings.«

Kapitän Church wischte sich den Schweiß von der Oberlippe. »Das Problem bei dieser Strategie ist, daß sich bei einer längeren Wartezeit unsere Entfernung zum dritten Planeten vergrößert. Wir hätten eine Woche Transitzeit bis zum Planeten und eine weitere Woche Flug zurück zur *Boadicea*, bevor wir das System verlassen könnten. Mit der Aufladezeit an einer anderen Sonne würde das unsere Reise um einen ganzen Monat verlängern.«

»Inakzeptabel«, stellte Katrina fest.

Die Sicherheitsbeamtin wurde bleich. »Aber, Archontin, wir gehen ein beträchtliches Risiko ein.«

»Ich bin eine Steiner, Agentin Jotto. Ich wurde erzogen, Risiken einzugehen.« Katrina ließ allmählich ein Lächeln auf ihre Züge treten. »Aber ich weiß Ihre Besorgnis zu schätzen, und ich ziehe sie bei meinen Entscheidungen durchaus in Betracht. In diesem Fall kommt es jedoch vor allem darauf an, daß wir so schnell wie möglich Kiamba erreichen.« Sie deutete auf den rechteckigen Hauptsichtschirm. »Wir befinden uns in der Wolfsclan-Besatzungszone. Von hier aus könnten wir in die Sicherheit des Kombinats springen, aber damit würden wir unseren Feinden unseren Plan offenbaren. Wenn wir schon eine Entdeckung riskieren, tun wir das besser in der Nebelparder-Besatzungszone.«

Der dritte Mann am Tisch drehte seinen Körper in ihre Richtung. Während er in der Luft rotierte, schien sich sein langes weißes Haar aufzustellen, so daß er grotesk überrascht wirkte. Aber der drollige, desinteressierte Tonfall seiner Stimme strafte diesen Eindruck Lügen und nahm der Situation die Spannung. »Hoheit, Eure Überlegungen erscheinen mir durchaus korrekt. Auf dieser Reise sind wir wohl nirgendwo sicher, also können wir uns auch dorthin begeben, wo unsere Gastgeber den größten Vorteil davon haben, sich mit uns zu beschäftigen.«

Katrina fühlte einen Anklang von Furcht. Baron Erhardt Wichmanns Analyse traf das Problem exakt. Wenn sie in den Kurita-Raum sprangen, würde man sie ohne Zweifel nach Luthien schaffen und sich bezüglich ihrer weiteren Behandlung mit Victor in Verbindung setzen. Die Wölfe hatten Interessen in der Lyranischen Allianz, und Katrinas Gefangennahme in diesem Raumsektor würde ihnen einen gewaltigen Vorteil verschaffen. Nur die Nebelparder, die keine Möglichkeit hatten, ohne größere Schwierigkeiten gegen die Lyraner vorzugehen, konnten von einer Beziehung mit ihr profitieren, also mußten sie alles in ihrer Macht Stehende unternehmen, um die Reise zu einem erfolgreichen Abschluß zu bringen.

»Ich sehe, was Sie meinen, Baron Wichmann.« Katrina schenkte ihm ein Lächeln, das bei jemandem ohne die homosexuellen Neigungen des Barons Wallungen hätte auslösen können. Hinter ihrem Botschafter sah sie Kapitän Church sich aufplustern. »Die Entscheidung ist also gefallen?«

Church nickte ernst. »Steuermann, Kurs setzen nach Option IKG023.«

Jotto zitterte. »IKG – im Kampf gefallen.«

Wichmann warf ihr ein süßliches Lächeln zu. »Bist du etwa abergläubisch, meine kleine Hodari?«

Jottos Miene versteinerte. »Für Sie mag das eine Vergnügungsreise sein, Baron, und für den Kapitän die letzte große Reise ins Unbekannte, aber für mich ist es ein Alptraum. Dieses Schiff ist unbewaffnet und hat zu wenig Sicherheitspersonal an Bord, um Leben und Gesundheit der Archontin zu beschützen.« Sie schüttelte den Kopf. »Es ist kaum zu glauben, daß ich Curaitis einen Narren genannt habe, weil er bereit war, den Schutz Prinz Victors zu übernehmen.«

Er war ein Narr, Agentin Jotto. »Wann springen wir, Kapitän?«

»Auf mein Zeichen, Hoheit.«

Zwei warnende Glockenschläge hallten durch das Schiff. Die drei um den Tisch Schwebenden hielten sich an dessen Platte fest, und Katrina stützte sich in der Lukenöffnung ab.

»Jetzt.«

Die durch die Spulen des Kearny-Fuchida-Antriebs fließende Energie riß ein Loch in das Raum-Zeit-Kontinuum und gestattete der *Boadicea* im Bruchteil einer Sekunde durch diese Bresche in der Realität an einen Punkt zu schlüpfen, der fast dreißig Lichtjahre von dem entfernt lag, an dem sie sich eben noch befunden hatte. Katrina beobachtete, wie das Sprungschiff um sie herum zu schrumpfen schien, oder möglicherweise war sie es auch, die ins Unermeßliche wuchs und durch den Rumpf ins All brach. Sie fühlte, wie sie größer und größer wurde. Sie wurde nicht aufgeblasen wie irgendeine von einer schrecklichen Krankheit befallene Kreatur, sondern dehnte sich gleichmäßig aus, bis sie das gesamte Universum vereinnahmte. Sonnensysteme schienen zu nicht mehr als eine Aminosäure in einem Gen eines Chromosoms der Zellen ihres Körpers geworden zu sein, und alles, was jemals jemand über diese Dinge wissen konnte, überschwemmte ihr Gehirn mit einer grenzenlosen Datenflut.

Gerade als sie sich wieder neuzuformen begann, folgte der zweite Sprung. Ihr Bewußtsein wuchs noch über das hinaus, was es soeben geworden war, und ließ die Blase des Erkannten und Erkennbaren zerplatzen. Auf der anderen Seite jener Barriere sah sie ihre Mutter schweben, eine Gigantin, neben der sie zwergenhaft klein war, mit weit ausgebreiteten Armen, die sie willkommen hießen. Aber diese Arme verwandelten sich in Schlangen, die sie umklammerten und zerquetschten, während das Gesicht ihrer Mutter explodierte und einen mit scharfen Fangzähnen bewehrten Totenschädel mit lodernden Augen freigab. Als die Schlangen ihren zermalmten Körper in das schwarze Maul schleuderten, bohrten sich nadelscharfe Zähne in jede Zelle ihres Leibes und erfüllten sie mit Schmerz.

Katrina hatte nicht den Eindruck, daß sie geschrien hatte, aber als sie die Augen öffnete, war ihre Kehle wund. Hodari Jotto hatte sie an Schulter und Oberschenkel gefaßt und hielt sie fest. Die Agentin zog sie zurück an die Gangwand außerhalb der Brücke und drückte sie fest dagegen. »Hoheit, wie geht es Euch?«

Warnsirenen gellten laut und durchdringend. »Was ist los?«

Jottos Miene wurde düster. »Wir sind über Kiamba. Wir sind mitten in einer Flottenformation materialisiert, zu der auch Kampfraumschiffe gehören.«

Katrina hörte eine entfernte Explosion, dann erbebte das Deck. »Wir werden angegriffen?«

»Ja, ja, das werden wir.« Jotto blickte zurück auf die Brücke und den Sichtschirm. »Wenn sie es darauf anlegen, sind wir tot. Die Kampfraumer könnten uns vernichten. Die Explosionen sind das Werk von bereits vor unserer Ankunft ausgeschleusten Luft-/Raumjägern.«

Katrina schluckte. Es fiel ihr nicht leicht. Sie hatte sich eine Anzahl möglicher Szenarien für ihre Ankunft ausgemalt, aber in keinem davon war es zu einem Angriff gekommen. Sie hatte gehört – hatte garantiert bekommen –, daß die Clans immer erst verhandelten, bevor sie zuschlugen, und sich darauf verlassen, es werde ihr bei dieser ersten Kontaktaufnahme gelingen, deutlich zu machen, daß sie mit den Führern des Clans Nebelparder zusammentreffen mußte, um eine für beide Seiten nützliche Allianz auszuhandeln. »Haben sie denn nicht erst verhandelt?«

»Verhandelt?« Jotto schüttelte sie unsanft durch. »Wir sind mitten in einer Kampfformation wiedereingetreten, Hoheit. Kiamba wird angegriffen, und wir sind mitten in die Schlacht geplatzt.«

»Angegriffen?« Katrina bekam eine Gänsehaut. »Das Kombinat ist hier? Seit wann haben die Draconier Kampfsprungschiffe?«

»Wer hat irgendwas von den Draconiern gesagt?« Jotto deutete mit dem Daumen in Richtung Sichtschirm. »Das sind Wolf-Schiffe da draußen, Hoheit. Es ist nur eine Vermutung, aber ich würde sagen, Eure Mission bei den Nebelpardern hat gerade ein abruptes Ende gefunden.«

19

**Sprungschiff *Höhlenwolf*, Kiamba
Nebelparder-Besatzungszone**

12. Februar 3058

Die Müdigkeit nagte an Vlads Gelenken, aber noch konnte sie sich nicht bis in die obersten Schichten seines Bewußtseins vorarbeiten. Der Angriff auf Kiamba war schnell und erfolgreich abgelaufen. Die Wölfe waren in der Nähe des dritten Planeten aufgetaucht und mit reichlich Schub in die Atmosphäre eingedrungen. Ihre Angriffe waren alles andere als chirurgisch präzise gewesen, und die Nebelparder-Garnisonstruppen hatten keine ernsthafte Gegenwehr geleistet. Noch bevor das Bieten begonnen hatte, wußte er, daß sie den Pardern diese Welt hätten abnehmen können.

Er wußte allerdings auch, daß er sie nicht hätte halten können, deshalb hatte er sich damit begnügt, Leibeigene und Zuchtmaterial zu erbeuten. Das allerdings war nur ein Nebeneffekt gewesen – Salz in der Wunde, die er dem Stolz der Nebelparder geschlagen hatte. Er und seine Leute hatten bewiesen, daß sie kein zerschlagener Clan, sondern die rechtmäßigen Erben der Wölfe waren. Die Racheschwüre, die ihnen über Funk hinterhergeschickt wurden, als sein Landungsschiff Kurs auf die Wolf-Sprungschiffe nahm, waren die Fanfaren seines Sieges gewesen.

Dann war das Sprungschiff aus der Inneren Sphäre mitten in seiner Formation aufgetaucht. Natürlich hatte er sofort von seiner Anwesenheit erfahren und erwartet, es würde das System augenblicklich wieder verlassen. Als das nicht geschah, hatte er gewußt, daß etwas Ungewöhnliches im Gange war. Als seine Luft-/Raumjäger dann meldeten, daß es sich um ein unbewaffnetes Schiff mit Haus-Steiner-Markierungen handelte, hatte seine Kopfhaut gejuckt. Ein Kurita-Scout als Vorhut eines Überfalls hätte ihn im System Kiambas nicht überraschen können, aber wenn ein Steiner-Schiff hier auftauchte, mußte etwas Besonderes vorgehen.

Etwa gleichzeitig mit dem Andocken der *Lobo Negro* an die *Höhlenwolf* hatten seine Truppen das Schiff erobert. Sie waren auf keinerlei Widerstand gestoßen, was ihn nicht weiter überrascht hatte. *Jeder, der in einem unbewaffneten Sprungschiff reist, hat die militärische Überlegenheit seiner Gegner bereits akzeptiert.* Aus den Informationen, die Phelan Kell während seines Verhörs preisgegeben hatte, wußte er genug über die Innere Sphäre, um zu wissen, daß ihre Bewohner Sprungschiffe für zu kostbar hielten, um sie mit Sprengstoff zu füllen und in einer feindlichen Flottenformation zur Explosion zu bringen.

Die Einnahme des Steiner-Schiffs war ohne bemerkenswerte Vorkommnisse verlaufen, allerdings verlangte eine der Gefangenen, zum Anführer der Wölfe gebracht zu werden. Sie behauptete, Katrina Steiner, die Archontin der Lyranischen Allianz, zu sein, aber eine derartige Behauptung ließ sich nicht ernst nehmen. Ihre uneskortierte Anwesenheit so weit entfernt von ihrer Zentralwelt wäre unglaublich leichtsinnig oder dumm gewesen.

Oder beides. Vlad hatte nur Verachtung für die Innere Sphäre und ihre Bevölkerung übrig, aber er legte Wert auf die Informationen, die sich aus den öffentlichen Holoprogrammen ziehen ließen. Was an Unterhaltung gesendet wurde, interessierte ihn nicht im geringsten, aber der Informationswert der Nachrichtensendungen war bemerkenswert hoch. Die Freiheit, mit der in der Lyranischen Allianz und anderen Teilen der Inneren Sphäre Informationen verbreitet wurden, war eine Goldgrube für die Clans bei dem Versuch, die Schwächen ihrer Feinde zu finden.

Daher wußte er, wer Katrina Steiner war – es verging kaum eine Nachrichtensendung ohne irgendeine lächerliche Tratschmeldung über sie. Er mußte inzwischen Tausende von Holographien dieser Frau gesehen haben. Sie trug, schien es, keine Kleidung öfter als einmal und fand beständig neue Arten, ihr blondes Haar zu frisieren. Zuerst hatte er über sie gelacht, aber inzwischen faszinierte ihn, wie sie geschickt ihr Image veränderte, um die Bevölkerung ihrer Nation subtil zu beeinflussen.

Zischend öffnete sich die Tür seiner Kabine, und Vlad stand auf. Sein grauer Overall stand am Hals auf, und der Stoff spannte sich über den Muskeln an seinen Oberarmen und dem Brustkorb. Er fuhr sich mit der Hand nach hinten durch das schwarze Haar, um sein Erscheinungsbild härter und kälter zu machen. *Wer auch immer diese Hochstaplerin ist, sie wird ihren Scherz bereuen.*

Ein Elementar betrat den Raum und zerrte eine Frau am Oberarm herein. Ihr langes, zerzaustes Haar verbarg ihr Gesicht, bis sie sich aus dem Griff des Clanners befreite. Sie strich sich die Haare aus dem Gesicht und starrte Vlad mit funkelnden blauen Augen an. »So lasse ich mich nicht behandeln!«

Ein Gefühl ähnlich einem Stromstoß durchfuhr ihn. Vlad wollte sagen – versuchte zu sagen: »Du wirst behandelt, wie es zu deinem Status bei den Clans paßt.« In Gedanken hörte er den knurrenden Unterton der Drohung in diesen Worten, der schon unzählige Leibeigene hatte erzittern lassen. *Aber das waren Schwächlinge, die schon vor einem harten Blick oder einer erhobenen Faust gekuscht hätten.*

Was er in seinem Innern fühlte, erschien ihm wie Angst – sein Magen schien sich zusammenzuziehen, und in der Gegend seines Herzens lastete ein plötzlicher Druck auf ihm. Die Schmerzen in seinen Gelenken waren augenblicklich vergessen, überlagert von einer Art Krampf in den tiefsten Tiefen seiner Eingeweide. Mit diesen Gefühlen überkamen ihn Gedanken, wie er sie nie zuvor gespürt hatte – Gedanken, die über körperliches Verlangen und Lust hinausgingen –, Gedanken, die ihm die Stimme raubten.

Verwirrt zögerte Vlad. Trotz des Zorns in ihrem Blick und der Anspannung in ihrem Körper war sie wunderschön. Was er fühlte, was er wollte, ging über körperliche Anziehung hinaus. Viele der Frauen seiner Geschko und seines Clans waren schön. Die von den Wölfen eroberten Welten waren von Legionen schöner Frauen bevölkert. Innerhalb der Clans und über sie hinaus hatte er sich mit Frauen gepaart, die ihm gefielen, aber nicht eine davon hatte solche Gedanken in ihm geweckt.

Gedanken an Fortpflanzung.

Im Augenblick, in dem es ihm gelang, diese Gedanken einzuordnen – diesen Drang, den er beinahe von der Zellebene nach ihr schreien hörte –, fühlte Vlad sich jenseits aller bisherigen Erfahrung. Es ergab keinen Sinn für ihn, und das machte ihm Angst. Er war ein Krieger, erschaffen und ausgebildet als emotionsloser Vernichter seiner Feinde. Logik und Intelligenz waren die Mittel, mit denen er das bekannte Universum definierte, verstand und eroberte, aber hier stand er einer Reaktion gegenüber, die sich der Logik widersetzte, seine Intelligenz unterlief und trotzdem die Kraft besaß, ihn zu erschüttern.

Innerhalb des Clansystems der Menschenzucht war der Akt der Paarung für die Mitglieder der Kriegerkaste ganz und gar von dem der Fortpflanzung losgelöst. Vlad hatte für seine Sexualpartner Zuneigung gefühlt, aber nicht mehr oder weniger als für andere Mitglieder seiner Geschko während der Jugend oder seiner Einheiten im Kriegerleben. Sex diente ClanKriegern ausschließlich zur Entspannung und Unterhaltung. Er wurde frei gewährt – ein gegenseitiges Geschenk zwischen Kameraden –, ohne die emotionalen Verstrickungen und Eifersüchteleien, die eine Militäreinheit von innen heraus zerfressen konnten.

Er wußte genau, daß er diese Art der Anziehung, diesen Drang zu dieser Frau nicht fühlen konnte. *Ich weiß überhaupt nicht, wie ich das sollte.* Die Vorstellung, daß er eine neue Erfahrung, ein neues Gefühl erlebte, das ihm bisher völlig unbekannt gewesen war, faszinierte ihn. Andererseits erschütterte es ihn zutiefst, daß sein Körper ihn so verraten und die gewohnte Disziplin so leicht abschütteln konnte. *Das geht über mein Verständnis hinaus. Wie werde ich damit fertig?*

Dunkel erinnerte er sich, daß Ranna ihm einmal eine ähnliche Anziehung zu Phelan Kell beschrieben hatte, aber Vlad war unfähig gewesen, auch nur ein Wort davon zu verstehen, was sie sagte. Die Freigeburt Phelan war für ihn selbst der Verachtung unwürdig gewesen, und ihre Beziehung zu ihm war Vlad schlimmstenfalls als eine Schwärmerei oder, einer Kriegerin angemessener, eine Methode erschienen, ihre Herrschaft über den Leibeigenen zu konsolidieren. Nur ein Spiel, dessen sie bald müde werden würde – hatte Vlad gedacht.

Das ist unmöglich, und doch geschieht *es!* All das ging ihm durch den Kopf, noch bevor ihre Stimme verklungen war. Er sah zu dem Elementar hoch und zeigte zur Tür. »Laß mich mit der Gefangenen allein.«

Der Elementar zwängte sich an der Frau vorbei, und einen Augenblick lang glaubte Vlad, sie würde nicht ausweichen, um es dem Krieger, der sie zu ihm gebracht hatte, bewußt schwerzumachen. Dann bemerkte er, daß die Spannung um ihre Augen etwas nachgelassen hatte und ihr Mund leicht geöffnet war. Sie starrte ihn an, aber mit leerem Blick – weniger wie eine Beute, die beim Anblick des Raubtiers erstarrt, als ein anderes Raubtier, das einen Eindringling in seinem Territorium entdeckt.

Vlad neigte leicht den Kopf. »Willkommen, Katrina vom Hause Steiner.«

Langsam erfaßte sie die Situation. »Sie sind ein Wolf, aber nicht Ulric Kerensky.« Ihre Stimme war vorsichtig, mißtrauisch.

»Nein, der bin ich nicht. Ich bin Khan Vladimir Ward von den Wölfen.«

»Sie wissen, wer ich bin?«

»Ich dachte, ich wüßte, wer du bist.« Vlad hatte Katrina Steiner und ihren Eskapaden wenig Beachtung geschenkt, hauptsächlich, weil sie sich konstant als Friedensstifterin darstellte. Ihre Aktionen ließen Widerwillen in ihm aufsteigen. Andere konnten versuchen, die Clans zu morden, aber sie, mit ihrer Friedensmission, versuchte, ihre Gesellschaft aufzubrechen und sie in alle Sonnenwinde zu zerstreuen, auf ewig die Sitten und Gebräuche zu zerstören, die ihnen ihre Kraft gaben.

Aber diese Frau vor mir ist nicht die verweichlichte Kreatur, die ich erwartet hätte. Das erkannte Vlad sofort an der Haltung ihrer Schultern und der Festigkeit ihres Blicks. »Spielst du mir etwas vor, oder war alles, was ich bisher über dich gesehen habe, nur Illusion?«

Katrina zupfte an der Leibeigenenkordel um ihr rechtes Handgelenk. »Was immer ich darauf antworte, es ließe sich nicht verifizieren. Du wirst deinem eigenen Urteil vertrauen müssen.« Sie breitete die Arme aus, und ihr blauer Overall schmiegte sich hauteng an Bauch und Brüste. »Wie erscheine ich dir?«

Als die passende Gefährtin eines ilKhans, vorausgesetzt, ich bin dieser ilKhan ... Vlad überspielte seine Reaktion, indem er sich abwandte und die Weite des Alls auf dem Sichtschirm betrachtete. *Sie ist eine Freigeburt, und trotzdem würde ich sie über alle anderen erheben. Das ist Wahnsinn.* »Deine Anwesenheit hier beweist, daß du jung und unbedarft bist.«

»Schuldig im Sinne der Anklage, was die Jugend betrifft, Vladimir.« Ihre Stimme verströmte Wärme, als sie seinen Namen aussprach. Er wußte, zum Teil war es Kalkül, aber die Art, wie ihre Stimme am Ende des Wortes verklang, verriet ihre eigene Überraschung darüber, wie sie ihn angesprochen hatte. »Und möglicherweise bin ich auch ein *wenig* unbedarft.«

»Mehr als nur ein wenig.« Vlad hatte sich wieder im Griff und drehte sich zu ihr um. »Offensichtlich befindest du dich in einer unilateralen Mission hier, um Gespräche mit den Nebelpardern zu eröffnen. Sie wären von dem Risiko beeindruckt gewesen, das du eingegangen bist, indem du persönlich hier erscheinst.«

»Bist du beeindruckt?«

»Macht es etwas aus, ob ich es bin?«

»Nur, wenn du es bist.«

»Ich bin es, ein wenig.« Vlad schüttelte den Kopf. »Ich habe allerdings meine Zweifel an der Weisheit einer Herrscherin, die ihre Nation verläßt, während diese angegriffen wird.«

Katrinas Kopf hob sich, und Wut loderte in ihren Augen. »Angegriffen?«

»Die Jadefalken haben zu Beginn dieses Monats eine Serie ausgedehnter Angriffe auf Welten der Allianz initiiert.«

Katrina Steiners eisige Augen schlossen sich für einen Moment, und ihre Hände ballten sich zu Fäusten. Plötzlich war alle Koketterie vergessen. »Wo haben sie zugeschlagen? Wieviel Erfolg hatten sie?«

Vlad zuckte die Achseln. »Falkenräubereien sind für mich nicht von Interesse. Hätten sie ihre Stärke wirklich beweisen wollen, hätten sie es gewagt, einen anderen Clan anzugreifen statt der Lyranischen Allianz.«

Katrina hob den Kopf. »Ich muß sofort zurück nach Tharkad.«

»So?«

»Meine Nation braucht mich.«

»Die Lyranische Allianz ist nicht länger deine Nation. Du bist eine Leibeigene des Wolfsclans.«

»Was?«

Er deutete auf die Kordel an ihrem Handgelenk. »Du bist Kriegsbeute. Du gehörst mir.«

Ihre Reaktion auf seine Bemerkung schien eine Mischung aus Empörung und einer Spur von Neugierde. »Glaubst du tatsächlich, du könntest mich besitzen?« Sie deutete zum Sichtschirm. »Milliarden von Menschen schenken mir ihre Loyalität. In meinem Namen werden Hunderttausende zu den Waffen greifen, um deinen Anspruch anzufechten.«

Er zog spöttisch eine Augenbraue nach oben. »Bisher haben all diese Menschen sich bemerkenswert unfähig gezeigt, die Jadefalken aufzuhalten. Warum sollte ich glauben, sie könnten dich mir wegnehmen?«

»Warum sollte ich glauben, daß mein Volk die Falken nicht aufgehalten hat?« Sie stemmte die Fäuste in die Hüften. »Und warum solltest du dumm genug sein, zu glauben, daß sie es nicht noch tun werden? Wenn ich raten soll, würde ich darauf wetten, daß die Falken in schnellen Überfallaktionen angreifen und darauf setzen, ein möglichst schwer faßbares Ziel zu bieten. Tukayyid beweist, daß ihr Clanner aufgehalten werden könnt, wenn ihr stehenbleibt.«

»Die Wölfe wurden auf Tukayyid nicht besiegt.«

Katrinas blaue Augen funkelten. »Die Wölfe hatten auf Tukayyid Hilfe aus der Inneren Sphäre.«

Vlad knurrte, dann fing er sich und überspielte seine Reaktion mit einem Lächeln. »Du willst sagen, ohne Phelan können die Clans nicht gewinnen.«

Sie erwiderte sein Lächeln. »So darfst du es interpretieren.«

»Und du glaubst, Phelan und seine Leute werden dein Reich vor den Jadefalken retten?«

Ihre Miene verdüsterte sich etwas, dann wurden ihre Züge zu einer nichtssagenden Maske. »Seine

Loyalität seiner Heimat gegenüber ist exemplarisch für mein Volk.«

Vlad nickte und analysierte ihre Reaktion auf seine Erwähnung Phelans. *Sie ist zu impulsiv. Ihre Emotionen tummeln sich unmittelbar unter der Oberfläche. Das ist ein Charakterfehler, aber ein faszinierender.* »Phelan ist dein Cousin, aber du scheinst ihn nicht zu mögen.«

»Ich nehme an, du kennst ihn.« Sie sah ihm ins Gesicht. »Magst du ihn?«

Der Wolf brach in schallendes Gelächter aus, und Katrina schien schockiert. Vlad tastete nach der Narbe, die sich über die linke Hälfte seines Gesichts zog. »Er hat seine Spuren auf mir und meinem Volk hinterlassen. Und ich laste unsere momentanen Schwierigkeiten seinem schlechten Einfluß auf den ilKhan an. Seine Anwesenheit in der Lyranischen Allianz macht Arc-Royal zu einem besonderen Angriffsziel für mich, wenn die Invasion wiederaufgenommen wird.«

»Und wann wird das sein?«

Er zuckte die Achseln. »Sie wird weitergehen, nachdem wir einen neuen ilKhan gewählt haben.«

Sie runzelte die Stirn. »Aber ihr seid schon vor einem Monat zusammengekommen, um einen neuen ilKhan zu wählen.«

»Das ist richtig.«

»Dann steht der Angriff also bevor.«

»Nein.«

»Warum nicht?«

Vlad grinste. »Wir haben einen ilKhan gewählt, und ich habe ihn nur Minuten nach seiner Wahl getötet.«

»Du hast was?«

»Er war es nicht wert, zu herrschen. Deshalb habe ich ihn getötet.«

Ihre Augen weiteten sich in unverhüllter Bewunderung. »Aber das war nicht dein einziger Grund.«

»Nein. Er war ein Jadefalke. Ich brauchte keinen anderen Grund, ihn zu töten.«

»Ich verstehe.«

Vlad nickte. »Möglicherweise tust du das wirklich.«

»Und du verstehst den Grund meines Besuches hier, frapos?«

»Ein Bündnis mit den Nebelpardern würde dir die Möglichkeit geben, Druck auf das Draconis-Kombinat auszuüben. Das würde deinen Bruder ablenken. Außerdem könnten die Parder die Falken oder andere Clans mit Plänen gegen dein Reich bremsen. Aus deiner unvollständigen Sicht unseres Lebens erschienen sie dir zweifellos als eine gute Wahl.«

Sie ließ sich keine Reaktion auf die sanfte Zurechtweisung anmerken. »Du glaubst, es gibt einen besseren Kandidaten unter den Clans für eine Allianz?«

»Eine offene Allianz mit einer Nation der Inneren Sphäre wäre der Todesstoß für jeden Clanführer.«

»Eine *offene* Allianz mit einem Clan wäre auch das Ende für jeden Fürsten der Inneren Sphäre.« Ihr stahlharter Blick traf den seinen. »Wir könnten zu einer Übereinkunft kommen. Der Feind meines Feindes ist mein Freund.«

Vlad spürte ein Echo des ersten Schocks, den er bei ihrem Anblick gefühlt hatte. *Die Jadefalken. Phelan.* Er nickte. »Eine Übereinkunft, ja, vielleicht.«

»Gut.« Sie streckte die rechte Hand aus. »Nimm mir diese Leibeigenenschnur ab, und du wirst mich als sehr entgegenkommend kennenlernen.«

»Gut gehandelt und akzeptiert, Archontin Katrina.« Vlad zog ein Messer aus dem Stiefel und zertrennte die weiße Kordel mit einer kurzen Drehung aus dem Handgelenk. Sie fiel zwischen ihnen zu Boden, und er trat sie beiseite. »Und jetzt laß uns als Freunde über die reden, die unsere Beziehung fürchten lernen werden.«

20

Tharkad City, Tharkad
Distrikt Donegal, Lyranische Allianz

20. Februar 3058

Tormanos Hals und Schultern waren so verspannt, daß sie hart wie Stein schienen. Auf der über dem Schreibtisch schwebenden Hologrammkarte bohrte sich ein jadegrüner Speer tief ins Herz der steinerblauen Lyranischen Allianz. Weitere Angriffe auf Gatineau, Ludwigshafen und New Capetown ließen keinen Zweifel, daß Coventry das nächste Ziel der Angreifer sein würde.

Und Tharkad ist nur vier Sprünge von Coventry entfernt. Bei der momentanen Geschwindigkeit, mit der die Jadefalken vorrückten, würden sie Tharkad am 1. April erreichen. Die Bedeutung dieses Datums war Tormano nicht entgangen. Er hätte verwirrt den Kopf geschüttelt, aber jede Bewegung schmerzte, und er konnte nur müde das Kinn auf die rechte Hand stützen.

Was ihn verwirrte, waren das Yin und Yang von Logik und Unlogik dieser Clan-Aggression. Das Ziel des Vorstoßes schien eindeutig der Versuch, Tharkad zu erobern und die Lyranische Allianz damit aus der Front gegen die Clans herauszubrechen. Das war in mehrerlei Hinsicht eine gute Strategie. Ohne Tharkad würden die verschiedenen Fraktionen der Allianz allein dastehen. Entweder würden sie Vasallenstaaten der Clans werden oder standhalten, so lange sie konnten, bevor sie von der Clannerflut davongerissen wurden.

Außerdem würde der Verlust Tharkads Victor Davion zwingen, seine Aufmerksamkeit von den Problemen des Kombinats denen einer Nation zuzuwenden, auf die er schließlich immer noch Anspruch erhob. Davion wäre gezwungen, auf seinem eigenen Territorium um die Befreiung einer Bevölkerung zu kämpfen, die von ihm nichts wissen wollte. Sollte er die Lyraner nicht verteidigen, würde die Liga Freier Welten gezwungen sein, sich auf lyranischem Gebiet auszubreiten, um eine Pufferzone zu erzeugen, durch die sie vermeiden konnte, auf ihren eigenen Welten gegen die Invasoren antreten zu müssen. Wenn es erst einmal dazu kam, war jede Chance einer eventuellen Wiedervereinigung des Vereinigten Commonwealth dahin.

Andererseits war die Clanneraktion nicht unbedingt als strategisch brillant einzuschätzen. Zum einen hätte ein solcher Angriff mit dem Ziel, Victors Unterstützung vom Kombinat zur Verteidigung der Allianz zu verlagern, vorausgesetzt, daß die Clans als Einheit agierten, da die Jadefalken-Aktion auf diese Weise zum Vorteil für die Nebelparder und Novakatzen gereichen würde. Aber die jüngste Desertion von Wölfen in die Lyranische Allianz war ein unübersehbarer Beweis dafür, daß die Clans alles andere als eine solide Einheit bildeten.

Nachdem dieser Mythos also vom Tisch war, mußte Tormano sich fragen, inwiefern die Jadefalken von diesem Angriff profitierten. Natürlich würde die Eroberung Tharkads dem Kampfgeist der Lyraner den Todesstoß versetzen, aber die LAS hatten die Grenze zu den Clans kaum verletzt. Nondi Steiner hatte sich darauf konzentriert, die Grenze zu befrieden und Jadefalken-Überfälle zurückzuschlagen. Sie war nicht mit Vergeltungsaktionen in den Jadefalken-Raum eingedrungen, und abgesehen von der Kell-Hounds-Operation gegen die Rote Korsarin zwei Jahre zuvor war Tormano nicht ein Angriff bekannt, der vom Gebiet der Lyranischen Allianz in das von den Clans besetzte Gebiet gestartet worden war.

Was ihm allerdings noch mehr zu schaffen machte

als das fehlende Motiv für den Vorstoß, war sein Ziel. Sicher, Tharkad stellte ein logisches Angriffsziel dar, aber die Clans hatten nie das geringste Geheimnis daraus gemacht, daß es ihnen vor allem um die Eroberung Terras ging. Der Clan, dem es gelang, Terra einzunehmen, konnte damit rechnen, eine Führungsrolle bei den anderen Clans einzunehmen. Dieser Clan würde einen neuen Sternenbund aufrichten und regieren, mit den Clans als Vorbild für die Organisation der gesamten Menschheit. Nur ComStars Verteidigungsanstrengungen auf Tukayyid hatten sie aufgehalten.

Tharkad ist nicht *Terra*. Tharkad wäre ein logisches Ziel gewesen, hätte seine Eroberung die Jadefalken irgendwie näher ans Solsystem gebracht oder ihnen irgendeinen anderen Vorteil beim Wettrennen nach Terra eingebracht, aber dem war nicht so. Es lagen nicht nur Teile der Lyranischen Allianz zwischen den vordersten Stellungen der Jadefalken und Terra, sondern auch der Rest der Freien Republik Rasalhaag und ein enormer Brocken des Draconis-Kombinats. Schlimmer noch, Tharkad lag einen Sprung weiter von Terra entfernt als Quarrell. Und ein Versuch, Terra von Tharkad aus zu erreichen, würde die Clan-Truppen an die Grenze zur Liga Freier Welten führen, was ohne jeden Zweifel Thomas Marik zum Angriff provozieren müßte, um sein Reich zu schützen.

Nondi Steiner hatte argumentiert, daß die Falken die Waffenstillstandslinie überschreiten und damit einen Krieg zwischen ComStar und *allen* an der Invasion beteiligten Clans auslösen wollten. Damit sollten die ComGuards gebunden werden, während die Falken in einer Flankenbewegung durch die Lyranische Allianz nach Terra vorstießen. Auf gewisse Weise ergab das Sinn, aber Tormano hatte arge Zweifel daran, daß Nondi die Strategie der Clanner wirklich durchschaut hatte.

Sie benehmen sich nicht so wie bei der bisherigen Invasion.

Als die Clans in die Innere Sphäre eingebrochen waren, hatten sie die Welten in ihren Invasionskorridoren angegriffen, erobert und besetzt. Bei dieser Operation landeten die Jadefalken auf einer Welt, besiegten die dort anwesenden Verteidiger und flogen weiter. Im Gegensatz zu ihrem Verhalten bei der Invasion überwältigten sie die planetarischen Verteidiger, vernichteten sie aber nicht. Sie deckten sich auf den angegriffenen Welten mit Proviant ein, nahmen aber darüber hinaus keine Beute mit.

Nondis Theorie dazu war, daß die Falken die Welten aufgaben, weil sie wußten, daß sie nicht in der Lage wären, sie zu halten. Sie zitierte Gefechtsberichte, denen zufolge die Falken diesmal weniger effektiv kämpften als bei der Invasion vor acht Jahren. Tormano hielt solche Statistiken für bestenfalls zweifelhaft und daher ohne Bedeutung. Fakt war, daß die Falken bis jetzt alles niedergetrampelt hatten, was die LAS ihnen entgegengeworfen hatten.

Und nur weil er keinen logischen Grund für den Angriff der Jadefalken sehen konnte, hieß das noch lange nicht, daß es keinen gab. Rein theoretisch konnte der kürzlich gewählte neue ilKhan Terra als Ziel aufgegeben und Tharkad an dessen Stelle bestimmt haben. Die Jadefalken konnten das Bieten um das Recht, den Planeten zu erobern, gewonnen haben. Möglicherweise wurde nach seinem Fall Luthien zum nächsten Ziel erklärt und so weiter, bis die gesamte Innere Sphäre aufgeteilt und zerpflückt war.

Tormano schloß die Augen, um das Brennen zu lindern, aber die Lichtpunkte, auf die er so lange gestarrt hatte, leuchteten auf seinen Lidern nach. Auch wenn er nicht verstand, *warum* die Clans nach Tharkad vorstießen, konnte er die Tatsache doch nicht einfach ignorieren. Die Sicherheit der Lyranischen Zentralwelt war oberstes Gebot. Ohne sie ließ sich keine Verteidigung gegen die Clans organisieren.

Er schmunzelte. *Außerdem entspricht der Gedanke an durch die Triade stampfende Clan-OmniMechs nicht gerade meiner Vorstellung von einem angenehmen Zeitvertreib. Ich habe vor Jahrzehnten zum letztenmal daran gedacht, in ein Mechcockpit zu steigen, und kann gerne darauf verzichten, diese Erfahrung wiederzubeleben.*

Er öffnete die Augen wieder, und gab eine Anfrage nach Verfügbarkeit und Stationierung von Truppen ein. Er wollte die besten und loyalsten Einheiten der LAS auf Tharkad zusammenziehen. Mögliche Gegenschläge ließen sich von hier aus ausführen, und er konnte sicher sein, daß die Truppen die Archontin und ihre Heimatwelt fanatisch verteidigen würden. Auch wenn der Clanvorstoß Tharkad erreichte, würde er hier enden.

Er traf seine Wahl und betrachtete die Zeitangaben, wann die verschiedenen Transporte auf Tharkad eintrafen. Selbst in den besten Fällen waren zwei Monate nötig, um die Einheiten heranzuschaffen, was sie rund zwei Wochen *nach* dem Angriff der Jadefalken auftauchen ließ. Diese Verzögerungen waren unannehmbar, aber leider ebenso unvermeidbar – die Gesetze der Physik und die begrenzten Möglichkeiten der Sprungtechnologie machten den fünfzehnten April zum frühestmöglichen Zeitpunkt für das Eintreffen der von ihm zur Verteidigung des Zentralplaneten zusätzlich angeforderten Truppen.

Na schön, wenn ich sie nicht schneller herschaffen kann, muß ich die Jadefalken eben bremsen. Das nächste offensichtliche Ziel der Clanner war Coventry. Er erwartete ihr Eintreffen dort in wenig mehr als drei Wochen, gegen Mitte März. Der Unterschied zwischen Coventry und den übrigen Zielen der Jadefalken bisher war, daß auf Coventry bereits drei starke Mecheinheiten stationiert waren: die Mark Donegal-Miliz Coventry, die 10. Skye Rangers und der Coventry-Akademiekader. Letzterer benutzte zur Ausbildung zwar nur veraltete Mechs, aber der Enthusiasmus der Kadetten würde die fehlende Schlagkraft ihrer Waffen mit Sicherheit aufwiegen. Die Miliz war eine kombinierte Einheit, die neben Mechs auch Panzer und Luft-/Raumjäger besaß. Die Rangers waren zwar eine Brigade von Unruhestiftern, machten aber von der Bewertung her einen guten Eindruck.

Mit diesen drei Einheiten plus den persönlichen Wachtruppen der verschiedenen Adligen, die Coventry ihre Heimat nannten, würden die Clanner auf etwas mehr Widerstand stoßen als bei ihren bisherigen Zielen auf diesem Feldzug. Wenn die Einheimischen lange genug durchhielten, mußte es sogar möglich sein, Verstärkungen abzuwerfen, um die Falken weiter zu binden und womöglich dafür zu sorgen, daß sie den Planeten gar nicht mehr verließen.

Die Truppen, die ich nach Coventry schicke, müssen erstklassige Kämpfer und fähig zu selbständiger Aktion sein. Am liebsten würde ich die Kell Hounds damit beauftragen, aber ich bezweifle, daß sie meine Anfrage auch nur beantworten würden, obwohl sie näher an Coventry sitzen als meine anderen Möglichkeiten. Die Leichte Eridani-Reiterei war eine Söldnereinheit, deren Geschichte bis in die Zeit des Sternenbundes zurückreichte, und ihr Ruf konnte sich mit dem der Kell Hounds oder von Wolfs Dragonern messen. Sie hatte sich in der Clan-Invasion gut geschlagen, und ihre Stationierung an der Peripherie konnte erklären, warum die Jadefalken diesen Angriffskurs gewählt hatten. Seinen Daten zufolge konnte sie Anfang April auf Coventry eintreffen. Selbst wenn sich das als zu spät erweisen sollte, um die Clanner auf Coventry selbst zu stellen, konnte sie den Invasoren folgen und sie auf späteren Zielwelten angreifen.

Die zweite Einheit, deren Einsatz er erwägte, waren Wolfs Dragoner. Alle fünf Regimenter der Dragoner standen auf Outreach, aber sie besaßen genug Sprungschiffe, um wenigstens zwei Regimenter bis Anfang April nach Coventry zu schaffen. Und da Tharkad auf direkter Strecke zwischen beiden Systemen lag, konnten die Söldner auf Tharkad bleiben, falls die Gefechte um Coventry früher ein Ende fanden, oder zu einem anderen Planeten weiterfliegen, um die Jadefalken dort zu stellen.

Er konnte die Verteidigung Tharkads zusätzlich verstärken, indem er die drei übrigen Dragoner-Regimenter hierher holte, aber er zog eine Einheit vor, deren Wahl mehr in seinem eigenen Interesse lag. Tormano wußte, wenn die Clans es bis nach Tharkad schafften, würde seine Rettung und Evakuierung in den Köpfen loyaler Lyraner unter ferner liefen rangieren. Er konnte sich Katrina – falls sie es rechtzeitig zurück schaffte, um den Planeten fallen zu sehen – gut vorstellen, wie sie ihr Volk aufpeitschte, bis zum Letzten für sie zu kämpfen. Und genau das würde die Tharkadbevölkerung tun.

Und die Schuld für den Verlust Tharkads schlußendlich mir geben oder, was noch wahrscheinlicher ist, Victor.

Aus diesem Grunde entschied er sich, eine Söldnereinheit nach Tharkad zu holen, die ihm persönlich Loyalität schuldete und bei der er sich darauf verlassen konnte, daß sie seine Interessen wahrte. Er bezahlte sie schon seit Jahren für den Fall, daß er sie irgendwann einmal benötigte – sei es, um für ihn zu kämpfen oder, der wahrscheinlichere Fall, um seine Flucht zu sichern, sollten Thomas Marik oder Sun-Tzu Liao sich irgendwann entschließen, ihn aus dem Weg zu räumen. Es war eine kompetente Einheit mit gutem Ruf, selbst wenn ihre traditionelle Fehde gegen Wolfs Dragoner auch nach dem Tod des alten Wayne Waco nicht erloschen war. Die Waco Rangers und Wolfs Dragoner auf eine Welt zu holen, konnte sich als Desaster erweisen, aber die Vorteile wogen das Risiko auf.

Tormano hob die Hände in den Nacken und stieß die Daumen in die verknoteten Muskeln. *Natürlich muß ich die Truppenbewegungen erst Nondi vorlegen, aber die wird mir ihre Zustimmung geben – und die Nachrichtensperre für die überfallenen Welten aufrechterhalten. Meine Aktion wird ihr die Sorge um alles abnehmen, was über direkte Gegenmaßnahmen gegen die Falken hinausgeht.*

»Ich hoffe, Ihre Rückkehr ist mit guten Neuigkeiten verbunden, Archontin Katrina. Ehrlich gesagt, hoffe ich vor allem, daß es bald ist, egal, was für Nachrichten Sie bringen.« Tormano verzog das Gesicht wegen der Verspannung seines Nackens. »Als ich diesen Job annahm, war es mitnichten meine Absicht, über den Untergang der Lyranischen Allianz zu präsidieren.«

21

**Landungsschiff *Wahrhaftes Wort*, Boonville
Verwaltungsdistrikt Kentessee, Nordamerika, Terra**

28. Februar 3058

Präzentorin Lisa Koenigs-Cober zog den Sicherheitsgurt fester, der sie auf der Pilotenliege des *Paladins* hielt, dann öffnete sie einen Sprechkanal. »Archer, besteht eine Chance, daß du uns um diese Luftlöcher herumfliegst, statt mitten hindurch?« Sie stellte die Frage mit leichtem Ton, aber nicht so, daß sie als Witz mißverstanden werden konnte. Das Landungsschiff der *Leopard*-Klasse war gehörig durchgeschüttelt worden.

»Präzentorin, wenn es nach mir ginge, wären wir überhaupt nicht in der Luft. Ich könnte dieses Gewitter überfliegen, aber wir benutzen das Funkfeuer der Lanciers, um uns direkt ins Ziel zu bringen.«

»Verstanden.« Lisa seufzte, und nicht zum ersten Mal auf dieser Reise. Evelena Haskell hatte um ihre Anwesenheit als Beobachterin bei diesen letzten Manövern gebeten, die beweisen sollten, daß die 21. Centauri-Lanciers bereit waren, ihre Dienstposten zu beziehen, und damit die Vertragsklauseln in Kraft zu setzen, nach denen ihr Sold auf einer höheren Stufe festgeschrieben wurde. Lisa hatte versucht, sich herauszuwinden, war selbst so weit gegangen, die Notwendigkeit vorzuschieben, daß sie sich vor Ende des Monats auf einer für scharfe Munition ausgelegten Teststrecke in ihrem *Paladin* neu qualifizieren mußte. Haskell hatte mit dem Hinweis reagiert, daß die Lanciers eine solche Teststrecke aufgebaut hätten und ihr zur Verfügung stellen würden, was ihr auch die letzte Ausflucht verbaut hatte.

Schließlich war Lisa nichts anderes übriggeblieben,

als sich bereit zu erklären, außerhalb von Bowling Green zu den Lanciers zu stoßen. Inzwischen war ihr klargeworden, daß ihre Abneigung sich zum Teil aus verletztem Stolz über die Simulatorübungen mit den Lanciers speiste. Sie hatte entschieden, ohne Haskell etwas davon zu sagen, daß sie und ihre Kameraden eine weitere Qualifikation erneuern würden, indem sie einen Gefechtsabwurf auf die Teststrecke durchführten. Sie hoffte, mit einer Vorführung ihrer entsprechenden Fähigkeiten wenigstens etwas von dem Ansehen zurückzugewinnen, das sie verloren hatte, als die Söldner ihre Leute abgefrühstückt hatten.

Der Ausbruch eines der schlimmsten Winterstürme in der Geschichte hatte ihren Plan beinahe zunichte gemacht. Warme, feuchte Luftmassen von der Karibik und der Atlantikküste waren über dem nordamerikanischen Mittelwesten mit einer arktischen Kaltfront zusammengestoßen und bewegten sich weiter zu ComStars Hauptquartier auf Hilton Head Island. Der Sturm hatte bereits mehrere Meter Schnee zu beiden Seiten des Mississippi abgeladen, was für den Frühling Überschwemmungen versprach, und tobte jetzt in Richtung Ostküste.

»Ich kann deine Abneigung dagegen, bei diesem Wetter zu fliegen, verstehen, Archer. Versuch nur, ihn nicht zu früh runterzubringen.«

»Aber sicher.« Der Sarkasmus des Piloten drang mit der ganzen Klarheit der Digitalverbindung aus den Lautsprechern in Lisas Neurohelm. »Wär' schön, wenn ich *sehen* könnte, wo ich ihn runterbringen soll.«

Der Sekundärschirm des Mechcockpits strahlte weiß, als Archer die Bilder der Außenkamera überspielte. »Sieht ziemlich monochrom aus.«

»Kann man so sagen, und dazu noch drei Meter hoch.«

»Ist eine Landebahn geräumt?«

»Will ich doch hoffen. Jedenfalls sind die Markierungen aktiv. In etwa zehn Minuten gehen wir auf Landeautomatik. Wir haben noch etwa hundertfünfzig Kilometer vor uns.«

»In Ordnung.«

Archer lachte. »Ich habe vier Lancier-Jäger im Anflug auf dem Schirm. Die sind entweder nicht ganz dicht, oder sie brauchen Schlechtwettertraining.«

Lisa grinste. »Folg ihnen nach Hause, Archer.«

»Verstanden, Präzentorin.«

Sie betätigte ein paar Knöpfe auf ihrer Befehlskonsole und schaltete den Monitor von der Bugkamera des Schiffes um auf dessen Radar. Die Gewitterwolken ringsum sorgten für erhebliche Störungen, aber sie konnte gerade noch vier rote Leuchtmarkierungen ausmachen, die für die TR-10 *Transit*-Luft-/Raumjäger der Lanciers standen. Sie zogen am Mittelpunkt des Schirms vorbei und änderten dann die Richtung. Als sie sich dem Heck des Landungsschiffes näherten, erwartete Koenigs-Cober zu sehen, daß sie sich aufteilten, den *Leopard* in Tragflächenhöhe passierten, und sich vor das Schiff setzten.

Gerade als sie sich zu fragen begann, worauf sie warteten, erbebte das Schiff.

Zuerst dachte sie an neue Turbulenzen. Dann verlor sie das Radarbild auf dem Sekundärschirm. Beinahe hätte sie geglaubt, die Erschütterung hätte das Kabel gelöst, das den Mech mit dem Interkomsystem der *Wahrhaftes Wort* verband. Aber als mit sattem Klatschen gelblichgrüne Kühlflüssigkeit auf das Kanzeldach spritzte und plötzlich einige unregelmäßige weiße Flecken auftauchten, wo bisher nur die schwarze Wand des Mechhangars gewesen war, änderte sich ihre Meinung rapide.

Turbulenzen sind die geringste meiner Sorgen.

Eine erneute Erschütterung lief durch das Schiff, und die Löcher im Rumpf klafften weit auf. Das Landungsschiff rollte nach rechts, und bevor sie reagieren konnte, hatte es sich auf den Rücken gedreht. Der Wind heulte durch den Mechhangar, als das Schiff in einer Abwärtsschraube auf die Erdoberfläche zustürzte.

Lisa schaltete das Funkgerät ein. Bis jetzt war es ausgeschaltet gewesen, um die Navigationsanlage nicht zu stören, aber die Tatsache, daß es nun reagierte, bewies den Ausfall der Computerblockade. Soweit es die Siliziumchips betraf, die ihren Mech steuerten, befand sie sich nicht mehr an Bord eines funktionsfähigen Landungsschiffes. Offensichtlich sah der Pilot es genauso. Er aktivierte das Notrettungssystem, das augenblicklich die Hangartore wegsprengte, um ihren Leuten eine letzte Fluchtchance zu bieten.

»Raus hier! Sprengt euch raus!«

Sie stampfte mit beiden Füßen auf die Sprungdüsenpedale und löste die drei Raketentriebwerke am Rumpf ihres Kampfkolosses aus. Die grellsilbernen Flammenstrahlen tosten durch den Hangar. In ihr Donnern mischte sich das Kreischen von Metall, als sich die Halteklammern lösten. Sie stieß sich mit den Mecharmen ab und richtete ihre Maschine auf die weiße Bresche in der Flanke des Schiffs. Sie fühlte die Mechpanzerung über die Kanten der Öffnung scheuern, dann ruckte das Landungsschiff, und ihr Mech war frei.

Der Höhenmesser auf dem Hilfsbildschirm zeigte zwei Kilometer an. *Höher als bei den meisten Gefechtsabwürfen.* Da ihr Mech für Sprungdüsen ausgelegt war, konnte er auch die Belastung absorbieren, die bei der Landung nach einem Sprung anfiel. Normalerweise bedeutete das eine Fallhöhe von unter hundert Metern, aber in Gefechtssituationen waren auch Absprünge aus größerer Höhe möglich, ohne den Kampfkoloß ernsthaft zu beschädigen.

In einem Kilometer Höhe schaltete sie die Sprungdüsen wieder ein, um ihren Absturz zu bremsen. Es gelang ihr, den Mech etwas zu verlangsamen und in der Luft zu drehen, so daß er mit den Füßen voraus aufkommen würde. Der Höhenmesser zählte weiter, und die Zahlenangaben veränderten sich so schnell, daß die Ziffern verschwammen. Bei zweihundert Metern trat sie die Pedale noch einmal durch und stählte sich für den Aufprall.

Es reicht nicht. Ich bin immer noch zu schnell. Einen Sekundenbruchteil bevor sie in Panik geraten konnte, zuckten Gebetsformeln durch ihren Geist, die ComStar seine Mitglieder früher gelehrt hatte. Ihnen folgte unmittelbar das Bedauern darüber, daß der Orden seine mystischen Lehren aufgegeben hatte. Auch wenn sie völliger Unsinn waren, hätten die Gebete ihr doch mehr Trost geboten als die kalte, grausame Logik des Realismus.

Etwas traf den Mech und warf ihn nach links. Einen Herzschlag später schlugen seine gewaltigen Metallfüße auf dem Boden auf. Sie knallte mit solcher Wucht in die Pilotenliege, daß ihr das Blut aus der Nase auf die Oberlippe spritzte. Die Haltegurte schnitten ihr in Schultern und Taille, als sie nach vorne zurückschlug, und der Mech geriet ins Rollen.

Eine Welt aus Weiß, Grau und Schwarz wirbelte außerhalb der Pilotenkanzel vorbei. Hunderte von Schneedämonen trommelten gegen die gepanzerte Haut des *Paladin*. Donner rollte durch das Cockpit und schüttelte sie durch, bis sie jeden einzelnen Wirbel ihres Rückgrats spürte. Die Häufigkeit der Kollisionen der Mechs mit dem Erdboden stieg und fiel ohne erkennbares Muster, aber mit einer Intensität, die sie zweifeln ließ, ob er jemals zum Stillstand kommen würde.

Sie kämpfte gegen den Drang an, die Arme des *Paladin* zur Seite zu werfen, um die Bewegung zu stoppen. Der Schwung eines 60 Tonnen schweren Stahlkolosses, der den Zweikampf mit der Schwerkraft verloren hatte, hätte einen Mecharm augenblicklich abgerissen. Mit dem Sturz aus dem Landungsschiff und dem Aufprall hatte sie das Schlimmste schon hinter sich. Es wäre dumm gewesen, ihre Maschine jetzt unnötig noch mehr zu beschädigen.

Der *Paladin* schlug noch einmal hart auf. Der Mech war wohl mit der Schulter gegen einen Felsvorsprung geschlagen. Seine Füße drehten sich, und das Cockpit stieg in die Höhe, als würde die Maschine von einer unsichtbaren Hand aufgestellt wie eine riesige Puppe.

Dann stoppten die Schläge.

Der BattleMech vollführte einen langen, irrwitzigen Salto, der das Cockpit in Schweigen hüllte. Lisa biß die Zähne aufeinander und umklammerte die Armstützen der Pilotenliege mit weiß hervorstehenden Fingerknöcheln. Irgendwo in ihrem Innern wußte sie, daß die nächste Kollision vergleichsweise schwach sein würde, aber diese intellektuelle Erkenntnis hatte nicht die geringste Wirkung auf ihren Körper. *Das wird schlimm!*

Der *Paladin* landete viel sanfter, als sie zu hoffen gewagt hatte. Zu ihrer Überraschung hob sie sich kaum von der Liege. Als sie hinauf zum Kanzeldach blickte, sah sie nur eine weiße Fläche. Der Schnee senkte sich wie ein Leichentuch herab. Nur an den Ecken des Daches bemerkte sie dunkelgraue Flecken. Es dauerte einen Moment, bis ihr klar wurde, daß der Mech auf dem Rücken gelandet war, und dieses Grau der bewaldete Hang eines der Berge war, die zu beiden Seiten des Tales aufragten, über dem sie abgestürzt war.

Sie klappte die Sichtscheibe des Neurohelms hoch und hielt sich mit der linken Hand die Nase zu, um die Blutung zu stoppen. Mit der Rechten drückte sie ein paar Knöpfe auf der Konsole und rief die Systemdiagnose des *Paladin* ab. *Komm schon, sag mir, daß du dich noch regen kannst.*

Der Computer meldete sich mit der Feststellung, daß der Mech in ausgezeichneter Verfassung sei – vom Brennstoffmangel für die Sprungdüsen einmal abgesehen. *Nicht schlecht für eine Maschine, die gerade zwei Kilometer durch einen Schneesturm gestürzt ist.* Die Rutschpartie hatte Panzerung am gesamten Mechrumpf beschädigt und ihren Schutzwert um zehn bis fünfundzwanzig Prozent reduziert. Aber die Beine und Aktivatoren hatten den Aufprall gut überstanden. Der *Paladin* war noch immer in der Lage, sich mit voller Reisegeschwindigkeit zu bewegen, und seine Höchstgeschwindigkeit war nur um etwa fünfzehn Prozent beeinträchtigt.

Sie warf einen Schalter um und aktivierte die Waffensysteme. Der Computer meldete volle Bereitschaft, mit Ausnahme der Wegwerflafette, die davongeschleudert worden war, als der Mech den Hang hinabrollte. Lisa schätzte sich glücklich, daß sie nicht noch am Rumpf des Kampfkolosses explodiert war, auch wenn sie den Verlust bedauerte.

Sie richtete den *Paladin* zu sitzender Haltung auf und stellte fest, daß er bis zur Hüfte in einem zugefrorenen Teich lag. Hinter ihm sah sie eine zehn Meter breite Schneise durch einen Fichtenwald unter einer Schneedecke verschwinden. Der Mech mußte ein gutes Stück oberhalb aufgekommen, gegen einen Baum geschlagen und herabgerollt sein, bis er einen großen Felsvorsprung an der oberen Kante einer Dreißig-Meter-Klippe erreichte, die über dem Teich emporragte.

Lisa schauderte. »Ich seh' mir lieber nicht an, was die Sensoren von diesem Sturz aufgezeichnet haben.«

Die Zahlenwerte des Globalen Positionssystems auf einem Fenster des Hilfsbildschirms zeigten, daß sie sich etwa im Zentrum des Distrikts Kentessee befand. *Ich bin fast 750 Kilometer nordwestlich von Hilton Head, und zwischen mir und der Zentrale liegen die Great Smoky*

Mountains. Mit Glück schaffe ich 50 km/h. Das macht fünfzehn Stunden.

Sie hatte sich fast automatisch entschieden, nach Hilton Head zurückzukehren, noch bevor sie sich Gedanken darüber gemacht hatte, was geschehen war, und was sie im ComStar-Hauptquartier erwarten würde. Ganz ohne Zweifel hatten die Lanciers das Landungsschiff bewußt unter Feuer genommen, um sie zu töten. Sie hatten keinen Grund zu der Annahme, daß sie an Bord ihres Mechs gewesen war. Selbst wenn die *Transits* versucht hatten, das Schiff bei seinem Absturz zu verfolgen, hatten sie das Herausschleudern ihres BattleMechs wahrscheinlich nur als Fehlfunktion eines angeschlagenen Mechtransporters gesehen.

Allmählich wurde ihr manches klar. Daß die Lanciers viel fähiger waren, als nach ihren Dienstunterlagen zu erwarten gewesen wäre, hätte sie mißtrauisch machen müssen. Aber statt sich zu wundern, warum sie ihre Erwartungen so deutlich übertrafen, hatte sie diese bemerkenswerte Leistungssteigerung begrüßt. Die Verteidigung Terras wäre dadurch natürlich erleichtert worden.

Ich hätte merken müssen, daß die Lanciers, die hier ankamen, nicht die waren, die wir angeheuert haben. Der Angriff auf sie bewies, daß diese Täuschung zumindest Teil eines Plans war, Terra seiner Verteidigung zu berauben. Das aber ergab keinen Sinn, denn Terra war das Ziel der Clan-Invasoren – es sei denn, die Lanciers waren insgeheim eine Clan-Einheit. Aber wie hätten sie es in dem Fall geschafft, ComStar-Computer mit den nötigen Informationen zu füttern, um sich die benötigten Sicherheitsfreigaben für die Lanciers zu verschaffen?

Ungeachtet der Frage, wer die Lanciers tatsächlich waren, gab es nur eine Gruppe, die für eine derartige Manipulation von ComStar-Dateien in Frage kam. Blakes Wort besaß intime Kenntnisse über ComStar-

Prozeduren und -Anlagen, und es war ein offenes Geheimnis, daß es innerhalb der Organisation noch immer Sympathisanten ihrer früheren Ordensbrüder gab.

Und Blakes Wort hatte schon lange erklärt, Terra zurückerobern und ›die Heuchler und Schacherer aus dem Tempel vertreiben‹ zu wollen.

Lisa brachte den *Paladin* hoch. Sie schaltete die Ortung auf MAD. *Wenn es noch jemand aus dem Schiff geschafft hat oder die Lanciers Bodentruppen losgeschickt haben, um die Absturzstelle zu untersuchen, kann ich sie rechtzeitig entdecken. Während sie mich angegriffen haben, müssen sie auch gegen die Bataillone der Terranischen Verteidigungsstreitkräfte losgeschlagen haben, die mit ihnen gemeinsam trainierten – falls die nicht auch unterwandert waren.*

Sie seufzte. »Sie können es nur auf Hilton Head Island und die Prima abgesehen haben. Aufhalten kann ich sie nicht, aber wenn dieser Sturm sie lange genug aufhält, kann ich ihnen vielleicht eine Überraschung bereiten.« Lisa drehte den *Paladin* nach Südwesten. »Wenn man der Schlange den Kopf abhackt, stirbt der Körper – aber nur, wenn die Verbindung wirklich völlig durchtrennt ist. Zwischen gewinnen und totalem Sieg gibt es einen feinen Unterschied – und mit etwas Glück kann ich vielleicht genau diesen Unterschied ausmachen.«

22

Landungsschiff *Barbarossa*, Nadirladestation, Raman
Mark Draconis, Vereinigtes Commonwealth

1. März 3058

Als er das Gesicht seines Freundes beim Studium der holographischen Sternenkarte betrachtete, die zwischen ihnen in der Luft hing, konnte Victor trotz der ernsten Lage ein Lächeln nicht unterdrücken. Der Kai Allard-Liao, der ihm in dieser Landungsschiffskabine gegenüber saß, schien so gewitzt wie eh und je, und seine Feststellungen waren nicht minder einsichtig wie zu den Zeiten der Clan-Invasion, und doch hatte er sich in den sechs Jahren seit dem Waffenstillstand von Tukayyid verändert.

Und in den sechs Jahren seit ich ihn auf Alyina zurückgelassen habe. Die beiden Freunde hatten sich seither schon einmal wiedergetroffen; das war vor zwei Jahren auf Arc-Royal gewesen. Seitdem hatte Kai sich verändert – ebensosehr wie nach dem Jahr hinter den feindlichen Linien auf Alyina.

Körperlich war er ganz der Alte: hochaufgeschossen und schlank, dabei jedoch seinen Proportionen entsprechend muskulös. Die Mandelaugen und gelbe Haut bezeugten ebenso wie das schwarze Haar die asiatische Abstammung. Die grauen Augen hatte er von seiner Mutter; aber die Intelligenz, die in ihnen strahlte, kam in gleichen und großzügigen Anteilen von beiden Elternteilen.

Trotzdem, er wirkt verändert. »Das ist es«, stieß Victor plötzlich aus.

Kai blickte von den leuchtenden Sphären der Hologrammkarte hoch. »Was? Hast du den Grund für die Jadefalkenüberfälle gefunden?«

»Nein, ich habe herauszufinden versucht, was an dir anders ist.«

»Anders?«

Der Archon-Prinz des Vereinigten Commonwealth nickte. »Du siehst glücklich aus. Zum ersten Mal in all den Jahren, die ich dich kenne, wirkst du tatsächlich glücklich.«

Kai wurde rot. »Das wird daran liegen, daß ich es bin.« Sein Lächeln zitterte einen Moment. »Nicht, daß ich das nicht auch schon früher mal gewesen wäre, aber, na ja, ich stand immer unter einem ziemlichen Druck, weil ich versuchte, den Erwartungen meiner Eltern gerecht zu werden. Natürlich hatte das, was ich mir einbildete, sie würden es von mir erwarten, rein gar nichts damit zu tun, wie ihre Erwartungen tatsächlich aussahen – nur ich ganz allein hatte entschieden, daß ich mich würdig erweisen mußte, ihrem Ruf gerecht zu werden.«

Victor lachte. »Du meinst, ihrer Legende.«

»Genau.« Kai zuckte die Schultern. »Weißt du, es ist schon komisch, aber es gibt vielleicht ein halbes Dutzend Menschen, mit denen ich darüber reden und hoffen kann, daß sie mich verstehen. Hanse Davions oder Melissa Steiners Sohn zu sein, kann auch nicht leichter gewesen sein als meine Situation, aber du bist anders damit zurechtgekommen.«

»Die Situation war eine etwas andere.« Victor verzog das Gesicht. »Deine Eltern waren stolz auf dich und bereit, dich deinen eigenen Weg finden zu lassen. Meine wußten, daß ich das Familienerbe übernehmen würde, deshalb hatten sie diesen Luxus nicht. Deswegen stellte mein Vater mir immer neue Aufgaben, die ich zu bewältigen hatte, mit dem Ergebnis, daß ich es viel leichter hatte, einen Kurs zu legen.«

»Deine Eltern haben dich auf Ziele angesetzt, die dich auf die Herrschaft über das Vereinigte Commonwealth vorbereiten konnten, während meine es mir selbst überlassen haben, meine Ziele zu wählen – und es stellte sich heraus, daß ich dieselbe Wahl traf, die sie in ihrer Jugend getroffen hatten.« Kai rieb sich das Kinn. »Deirdre und ich versuchen eine Mischung aus beiden Methoden. Sie hat bei David schon wunderbare Erfolge erzielt.«

Victor lachte. »Ich freue mich schon darauf, ihn irgendwann kennenzulernen.«

»Deirdre ist übrigens wieder schwanger.«

»Wirklich?«

Kai nickte, dann wurden seine Augen schmal. »Du wußtest es schon.«

»Ähem, ja, stimmt.« Victor wurde verlegen. »Ich setze meine Leute nicht darauf an, meine Freunde auszuspionieren, aber ...«

»Die bevorstehende Geburt eines Erben auf den Thron des St.-Ives-Paktes ist von Bedeutung für die nationale Sicherheit, ich weiß. Ich muß Deirdre ständig darauf hinweisen, um zu verhindern, daß sie die Leibwächter, die meine Mutter ihr zugeteilt hat, nicht abschüttelt.«

Kai schwebte zur Anrichte und pumpte frischen Naranjisaft in seine Null-g-Saugtasse. Er nahm einen Schluck und grinste. »Mit etwas Limone gemischt, gerade so, wie ich es mag.«

»Bedank dich bei Jerry Cranston, dafür ist er verantwortlich.«

Kai nickte. »Ich weiß. Seltsam, ich habe das Gefühl, ich müßte ihn kennen, aber irgendwie kann ich ihn nicht unterbringen.«

»Er war '46 an der Militärakademie New Avalon. Vielleicht hast du ihn damals getroffen.«

»Das wird's sein.« Kai deutete mit der Tasse auf die Hologrammkarte. »Aber um wieder darauf zurückzukommen ... Nach dem wenigen, was wir wissen, scheinen die Jadefalken ungewöhnlich tief in den Allianzraum vorzustoßen. Aber so wie die Dinge liegen, kannst du nicht wirklich etwas dagegen unternehmen, solange Katrina dich nicht darum bittet.«

»Und das wird nicht geschehen. *Katherine* hat sich nicht einmal zu einer öffentlichen Stellungnahme herabgelassen. Nondi Steiner verschiebt zwar Truppen, um die Eindringlinge aufzuhalten, aber sie kann die Grenze nicht unbewacht lassen.«

»Das klassische Dilemma: Wie verteidigt man alles, was beschützt werden muß? Ein Angreifer kann mehr Punkte bedrohen als du verteidigen kannst.« Kai nippte am Saft. »Das war schon immer unser Nachteil den Clans gegenüber. Wir sind dazu verdammt, auf ihre Züge zu reagieren.«

»Außer bei unseren Angriffen auf Twycross und Teniente – da wußten sie nicht, was sie erwartete, und wir haben sie geschlagen.« Victor nickte langsam. »Nichts wäre mir lieber als eine Gelegenheit, den Krieg zurück zu den Clans zu tragen.«

»Vielleicht hat Focht das im Sinn.«

»Wie meinst du das?«

Kai stellte die Tasse ab. »Du, Hohiro und ich haben gemeinsam auf Outreach trainiert, als die Hausfürsten der freien Inneren Sphäre erkannten, daß sie sich gegen die Clans zusammenschließen mußten. Hohiro dürfte daran interessiert sein, diese Ausbildung in Form eines Gegenschlages gegen die Clans fortzusetzen. Ich habe von einem Krieg zwischen den Wölfen und den Jadefalken läuten hören, wenn auch nur gerüchteweise. Trotzdem, falls das ein Indiz für einen Bruch unter den Clans sein sollte, könnte es unsere Chance sein, sie einzeln anzugehen und ernsten Schaden anzurichten.«

»Du könntest recht haben.« Als die Türglocke erklang, wandte Victor den Kopf. »Herein.«

Jerry Cranston kam mit einer Frau in der roten Robe einer ComStar-Demipräzentorin herein. Die dunklen Ringe unter ihren Augen und ihre bleiche Gesichtsfarbe zeigten, daß die Raumfähre, mit der sie gekommen war, heftig beschleunigt hatte, um das Sprungschiff zu erreichen, bevor es das System verließ. Außerdem konnte er davon ausgehen, daß die Nachricht, die sie überbrachte, erstens unangenehm und zweitens vertraulich war, denn sonst hätte sie nicht persönlich herkommen müssen, um sie zu überbringen.

Sie neigte den Kopf. »Verzeiht die Störung, Hoheiten. Ich bin Demipräzentorin Regina Whitman.«

»Bitte, Präzentorin, kommen Sie herein.« Victor nickte, als Kai sich wieder zum Saftspender bewegte. »Können wir Ihnen eine Erfrischung anbieten?«

»Danke, gern.«

Kai reichte ihr eine Tasse mit Saft, und sie leerte sie mit einem Zug zur Hälfte. Dann wurde sie rot, als sie bemerkte, daß alle sie ansahen. »Noch einmal, Verzeihung.«

»Lassen Sie. Haben Sie eine Holodisk für mich?«

»Nein. Die Botschaft kam direkt von Präzentor Martialum, nur Text, ohne Bild. Dadurch wurde die Sendung kleiner und schneller.« Die Demipräzentorin rang nach Atem. »Wir haben den Kontakt mit Terra verloren.«

»Was?« Victor sah sich zu Kai und Jerry um, die ebenso schockiert waren wie er. *War der Vorstoß in die Allianz nur ein Ablenkungsmanöver?* »Haben die Clans Terra erobert?«

»Nein, Sir, ich meine, Hoheit.« Sie umklammerte die Tasse mit beiden Händen, und Victor konnte die Flüssigkeit im Innern vibrieren sehen. »Nach einer Reihe vorläufiger Botschaften aus der Liga Freier Welten – offenen Nachrichten und abgefangenen verdeckten Berichten –, scheint Blakes Wort Terra zurückerobert zu haben. Der Angriff fand am letzten Februartag – also gestern – statt, weil dies der 276. Jahrestag der Übergabe Terras an Jerome Blake und die Organisation war, aus der sich später ComStar entwickeln sollte. Außerdem war es der 38. Monat der offiziellen Amtszeit Sharilar Moris, und Jerome Blake war ebenfalls 38 Monate im Amt. Es ist alles furchtbar kompliziert und verwickelt in ihre bösartige Theologie.«

Victor nickte langsam. Seine Gedanken rasten. Von Terra aus hatte sich die Menschheit ins All ausgebreitet. Er war selbst noch nie dort gewesen, aber die bloße Tatsache, daß Terra existierte und für alle Zeiten von ComStar für die Menschheit bewahrt blieb, war ein fundamentaler Grundsatz seines persönlichen Weltbilds gewesen. Während der Clan-Invasion war er bereit und mehr als gewillt gewesen, sein Leben einzusetzen um zu verhindern, daß die Clans Terra einnehmen konnten. In diesem Augenblick wurde ihm klar, daß seine Bereitschaft, die Heimatwelt der Menschheit zu verteidigen, um nichts nachgelassen hatte.

»Möchte der Präzentor Martialum, daß wir unseren Kurs ändern und zum Solsystem fliegen? Unsere Flotte umfaßt zwei komplette BattleMech-Regimenter, Artillerie, Panzer, Infanterie und Luft-/Raumgeschwader. Wir könnten eher auf Terra sein als auf Tukayyid.«

Demipräzentorin Whitman lächelte dankbar. Inzwischen war schon wieder etwas Farbe in ihr Gesicht zurückgekehrt. »Der Präzentor Martialum hat dieses Angebot vorausgesehen. Ich soll mich in seinem Namen dafür bedanken, aber er meint, es sei nicht notwendig. Der Verlust Terras sei schwerwiegend, aber das kleinere von zwei Übeln, mit denen die freie Innere Sphäre konfrontiert ist.«

Victor nickte. »Wenn es uns nicht gelingt, mit dem größeren Übel fertigzuwerden, kann auch Blakes Wort Terra gegen die Clans verteidigen.«

»Genau das ist auch die Meinung des Präzentors Martialum.« Sie leerte die Tasse. »Wenn es keine zu große Zumutung ist, würde ich Euch gerne nach Tukayyid begleiten. Ich soll die Lage in den Systemen feststellen, in denen Ihr Halt macht, und bei unserer Ankunft Bericht erstatten.«

»Aber bitte, fühlen Sie sich wie zu Hause. Jerry, besorg der Demipräzentorin eine Kabine.«

»Es wird mir ein Vergnügen sein, Hoheit. Hier entlang, Demipräzentorin Whitman.«

Kai unterbrach. »Wenn ich noch eine Frage stellen dürfte?«

»Selbstverständlich, Herzog Allard-Liao.«

»Die Prima. Wo war sie zum Zeitpunkt des Angriffs?«

Whitmans Gesicht verlor alle Farbe. »Auf Terra, in Hilton Head.« Die Demipräzentorin schüttelte den Kopf. »Wir haben keine Informationen über ihre Situation und müssen davon ausgehen, daß sie tot ist.«

23

**Sitz des Ersten Bereichs ComStars,
Hilton Head Island
Nordamerika, Terra**

1. März 3028

Das Brennen in den Augen erklärte sich mehr durch den Rauch und die Müdigkeit als die Tränen, die in ihr aufwallten. Präzentorin Lisa Koenigs-Cober konnte die Verwüstungen, die ihr in der Anlage begegneten, nicht fassen. Nicht ein einziges Gebäude war unbeschädigt geblieben. Die lodernden Flammen machten dem Morgengrauen über dem Atlantik Konkurrenz. Im Westen ließ der zum Himmel aufsteigende pechschwarze Rauch die dräuende Gewitterfront, durch die sie sich gerade hierher gekämpft hatte, noch drohender erscheinen.

Die Leibwache der Prima – hauptsächlich leichte Panzer und Sprungtruppen – hatte den Frontalangriff des Lancier-Panzerbataillons abwehren können. Zur Vergeltung hatten die Lanciers ihr Artilleriebataillon aufgebaut und den Sitz des Ersten Bereichs systematisch beschlossen. Offensichtlich hatten sie es darauf angelegt gehabt, die Leibwache bis kurz vor Morgengrauen durch konstantes Trommelfeuer zu zermürben und ihre Linien dann mit einem Panzervorstoß zu durchbrechen.

Und es wäre auch so gekommen, wären Crown und ich nicht aufgetaucht und hätten ihren Zeitplan durcheinandergebracht. Nach dem Verlassen der Absturzstelle hatte Lisa ein anderes Mitglied ihrer Truppe getroffen. Demipräzentor Stephen Crown hatte seinen *Dunkelfalken* ebenfalls aus dem zum Untergang verdammten Landungsschiff befreien können. Die beiden anderen Mechs, ein *Centurion* und ein *Quasimodo*, waren mit

Düsentornistern ausgestattet gewesen, die entweder gar nicht oder nicht gut genug funktioniert hatten, um die Piloten sicher nach unten zu bringen.

Indem sie sich ständig gegenseitig anfeuerten, war es Lisa und Crown gelungen, Hilton Head Island in nur dreizehn Stunden zu erreichen. Unterwegs hatten sie systematisch alle Mikrowellenantennen und Kommunikationsleitungen zerstört, die sie finden konnten, und auch vor Stromleitungen nicht halt gemacht. Sie verließen sich darauf, daß die Ausfälle dem Sturm angelastet werden würden, und ihre Chancen, den Gegner zu überraschen, stiegen auf diese Weise merklich.

Ihre Vorsicht hatte sich ausgezahlt. Sie hatten die Lancier-Artillerie von hinten angegriffen, sich zuerst auf die Munitionslager konzentriert und dann die schwerbeladenen Schwebelaster zerblasen. Die Fahrzeuge waren wie an Schnüren aufgereihte Kracher explodiert und hatten die Nacht mit ihrem Feuer erhellt. Lisa hatte sich entschieden, den Hauptteil der Artillerie zu umgehen und auch die Panzerstellungen zu überspringen. Sie und Crown hätten den Truppen zwar schwer zusetzen können, aber dabei wären auch ihre Mechs vernichtet worden, und mit ihnen jede Hoffnung, das Hauptziel zu erreichen.

Glas und Mörtel knirschten unter ihren Schritten, als sie durch eine leere Türöffnung in die Kammer des Ersten Bereichs huschte. Durch ein Loch in der Südwestecke des Gebäudes konnte sie den schiefergrauen Himmel sehen. Trübes Licht fiel durch die Maueröffnung und die leeren, halbrunden Fenster, die sich rund um die Kammer zogen. Rauch füllte die Kuppel des Raumes, aber unten in der holzgetäfelten Senke mit den Kristallpodesten der Präzentoren war die Luft sauber. In der Mitte der Kammer stand Sharilar Mori, die Prima ComStars. Im polierten Parkettboden unter ihren Füßen war das goldene ComStar-Logo eingelassen.

»Prima Mori, wir müssen fort.«

Die Prima sah offensichtlich überrascht auf. Die Kapuze ihrer goldenen Robe rutschte nach hinten und legte das lange dunkle Haar frei, durch das sich einige weiße Strähnen zogen. »Fort, Präzentorin?«

Lisa lief die hölzernen Stufen hinunter und stieß unterwegs die Trümmer beiseite. »Ja, Prima, fort. Die *Liebevolle Erinnerung* steht bereit. Wir können an die *Ehrwürdige Weisheit* ankoppeln und das Solsystem verlassen.«

Die alte Japanerin schüttelte den Kopf. »Ich werde Terra nicht verlassen.«

»Ich habe meine Befehle, Prima.«

Sharilar Moris dunkle Augen funkelten verärgert. »Ich bin die Prima. Deine Befehle betreffen mich nicht.«

»Ich fürchte doch.« Lisa verschränkte die Arme. »Sollte Terra verlorengehen, bin ich beauftragt, alles, was von Wert für unsere Feinde sein könnte, zu evakuieren oder zu zerstören.«

»Dann tu deine Pflicht und laß mich hier.«

»Das kann ich nicht.«

»Der Blake-Pöbel wird mich nicht von Terra vertreiben.«

»Ihr wollt eine Märtyrerin werden?«

»Wenn sie mich zu einer machen.«

Lisa schüttelte den Kopf. »Ich dachte, wir hätten diesen Unsinn verworfen, als die Blake-Anhänger sich aus unseren Reihen zurückzogen.«

Die Prima starrte sie mit kaltem Blick an. Lisa machte sich auf eine Tirade gefaßt, aber plötzlich verschwand die Wut aus den Augen ihres Oberhaupts. »Alte Gewohnheiten sind schwer abzulegen.«

»Die alten Gewohnheiten sind tot.« Lisa streckte die Hand aus. »Kommt, Prima.«

Mori nahm Lisas Hand und ließ sich aus der Kammer des Ersten Bereichs geleiten. »Wie schlimm ist es?«

»Ach, schlimmer kann es kaum noch werden. Die Lanciers sind Blake-Leute. Ich muß davon ausgehen, daß die 201. Division verloren ist: entweder von innen oder von außen zerschlagen.«

»Du glaubst nicht, daß sie übergelaufen sein könnte?«

Lisa schüttelte den Kopf. »Hätte die ganze Einheit gemeutert, wäre es nicht nötig gewesen, mich und meine Befehlslanze abzuschießen. Um uns hätte sich der Widerstand scharen können, deshalb mußten sie uns eliminieren. Sie werden inzwischen von Verrätern und Lanciers aufgerieben worden sein. Ich habe keine Ahnung, was in Sandhurst vorgefallen ist, aber ich muß davon ausgehen, daß BlakeGuard-Einheiten im Anflug auf Terra sind.«

Die Prima zuckte zusammen. »Außerhalb der Mondbahn sind zwei Sprungschiffe materialisiert.«

»Wäre der Sturm nicht gewesen, würden die Lanciers sie schon hier auf Hilton Head erwarten.«

Sharilar Mori ließ die Augen über die Verwüstung wandern, dann schauderte sie. »Sie dürfen gerne behalten, was sie noch finden.«

Lisa zuckte die Schultern. »Viel wird es nicht sein.« Sie winkte zwei Soldaten herüber. »Bringt die Prima an Bord der *Liebevollen Erinnerung*. Präzentor Konrad soll sofort starten. Anfliegende Landungsschiffe sind feindlich. Ein Kontakt ist um jeden Preis zu vermeiden.«

»Jawohl, Präzentorin.«

Die Prima streckte die Hand aus. »Wartet. Kommst du nicht mit?«

Lisa verzog das Gesicht und stieß mit der Fußspitze gegen die Bordsteinkante. »Diese Insel ist durchzogen von Forschungseinrichtungen, Lagerräumen und Computerarchiven. Wir haben soviel davon wie möglich auf die *Erinnerung* verladen, und Eure Leibwache wird Euch bis auf ein, zwei Trupps begleiten. Wir übrigen müssen hier alles in die Luft jagen.«

»Aber ihr werdet entkommen?« Moris Augen verengten sich zu Schlitzen. »Ich fliege nicht ab und lasse meine Leute zurück.«

»Eine Raumfähre steht bereit. Wir werden Euch einholen, noch bevor Ihr ans Sprungschiff ankoppelt.«

»Dann freue ich mich darauf, dich wiederzusehen.« Die Prima drehte sich zu dem mitten auf der Fahrbahn geparkten Schweber um, dann blickte sie noch einmal über die Schulter. »Vergiß nicht, Präzentorin: Märtyrertum ist ein Unsinn, den wir verworfen haben.«

»Ja, das hab ich auch gehört.« Lisa salutierte kurz. »Aber ihr müßt euch beeilen. Die Blakisten haben es auf Terra abgesehen, und wir werden dafür sorgen, daß Terra *alles* ist, was sie bekommen.«

24

**McKenzy-Molekularschmelzen, Coventry
Provinz Coventry, Lyranische Allianz**

15. März 3058

Hauptmann Caradoc Trevena wußte nicht recht, ob er sich über die dringende Aufforderung, sich im Hauptquartier des 1. Bataillons im Schmelzwerk zu melden, freuen oder ärgern sollte. Er mußte deshalb seine Kompanie in den fähigen Händen First Lieutenant Murdochs zurücklassen. Sie war natürlich in der Lage, die Erkundung des Hochebenenrands zu leiten, aber angesichts von Jadefalken-Landungsschiffen, die weiter östlich ihre Mechs ausluden, würden seine Leute unter extremer Anspannung stehen.

Besser sie sind da draußen, als hier festzusitzen.

Die McKenzy-Molekularschmelzen und die das Werk umgebenden Schlackehalden waren das einzige Geländemerkmal der Hochebene von deren Ostrand bis hin zu dem im Westen aufragenden Gebirgsmassiv der Cross-Divides. Im Norden lag, vor neugierigen Augen verborgen, der Tagebau, aus dem die in den Anlagen gefeinten Erze stammten. Doc verstand nicht, warum er und seine Kompanie zum Schutz der Fabrikanlagen nach Derby verlegt worden waren. Die Anlagen waren potthäßlich und besaßen nicht den geringsten militärischen Wert – weder der Tagebau noch die Schmelzwerke.

Jenseits der Cross-Divides im Westen erstreckte sich der Kontinent Warwick, auf dem auch Port St. William lag, die Heimatbasis der 10. Skye Rangers. Aus einigen Berichten wußte Doc, daß die Clanner den größten Teil ihrer Streitmacht dort abgesetzt hatten und den Kadetten der Militärakademie, der anderen Hälfte der Rangers und der Coventry-Miliz gegenüberstanden. Die

Kämpfe dort würden sich mit Sicherheit auf die Mechfabriken von Coventry Metal Works konzentrieren und versprachen ausgesprochen hart zu werden.

Als Doc näher kam, gingen die Rangers um die Werksanlagen in Stellung, und er reagierte mit den entsprechenden Parolen. Hinter den Abwehrlinien angekommen, hob er den Neurohelm von den Schultern und öffnete die Luke des *Centurion*. Er kletterte am linken Mecharm hinab, sprang auf den linken Oberschenkel und stieg am Unterschenkel ein Stück weiter nach unten, bevor er sich zu Boden fallen ließ. Sharon Dorne und Tony Wells standen im weiten Schatten des Mechs und warteten.

An ihren Mienen und der Tatsache, daß sie sich nicht über Funk mit ihm in Verbindung gesetzt hatten, erkannte er, daß es schlimm stand. »Was ist passiert?«

»Herzog Bradford ist vorbeigekommen, um Kommandant Sarz noch einmal persönlich klarzumachen, wie wichtig die Verteidigung der Schmelzen ist. Der alte Horst hat den Besuch im Büro des Werksdirektors empfangen. Das Büro hat eine Bar.«

»Verdammt. Gehen wir.« Doc lief hinter den beiden zu den Büros der Fabrik. Wie sie alle war auch Kommandant Horst Sarz zu den 10. Skye Rangers versetzt worden, weil er sich für einen Dienst in irgendeiner anderen Einheit nicht eignete. Solange er nüchtern blieb, war Sarz ein fähiger Kommandeur, aber es genügte schon eine Wolke am Horizont, um ihn nach der Flasche greifen zu lassen. Doc hatte seinen Einfluß bei Copley benutzt, um zu verhindern, daß die Rangers während der Mission Alkohol geliefert bekamen, aber ernsthaft hatte er nicht erwartet, daß Sarz die Sache nüchtern überstand.

Nüchtern. Wir sind näher an Port St. William als Horst am Zustand ›nüchtern‹. Der Kommandant, ein junger Mann mit zurückweichendem blonden Haar, hing über dem Schreibtisch des Werksdirektors. Sein Kopf lag auf der Schreibunterlage, und mit der Zunge leckte er am Kopf der Whiskeyflasche in seiner Hand. Er war nicht mehr in der Lage, sie so zu kippen, daß der traurige Rest des Inhalts seinen Weg ins Freie fand.

Sharon Dornes roter Pferdeschwanz peitschte auf ihre Schultern, als sie sich zu Doc umdrehte. »Den können wir vergessen.«

Doc nickte. »Das ist ein Alptraum.«

Tony Wells deutete auf sich und Sharon. »Wir haben nachgedacht. Ich übernehme den Befehl über die Einheit. Du ziehst deine Leute zurück und hältst die Nordflanke. Wir werden dafür sorgen, daß sie teuer für dieses Werk bezahlen müssen.«

»Wie bitte?«

»Doc, das ist unsere einzige Möglichkeit. Tony hat die größte Kampferfahrung von uns dreien, also ist es nur logisch, ihm den Befehl zu übertragen.«

»Finde ich nicht.« Doc tippte sich an die Brust. »Ich halte diesen Rang länger als ihr beide zusammen. Ich bin verteufelt froh darüber, daß ihr die Erfahrung habt, aber der Befehl über diese Einheit fällt als Rangältestem mir zu, und ich werde ihn auch übernehmen. Und wir werden diese Schmelze nicht verteidigen.«

Wells und Dorne starrten ihn an. »Aber Doc, das ist unser Auftrag. Tony und ich haben gehört, was Herzog Bradford dem Kommandanten gesagt hat. Das ist eine lebenswichtige Einrichtung, die auf jeden Fall gehalten werden muß.«

»Herzog Bradford denkt wie ein Politiker, nicht wie ein Militärstratege.«

Tony strich sich mit der Hand durch das struppige schwarze Haar. »Ich verstehe das nicht.«

»Es ist einfach genug.« Doc deutete zum Schreibtisch, auf dem Sarz inzwischen laut schnarchend eingeschlafen war. »Seht ihr das Namensschild?«

»Klar. Ernst Rhuel. Er leitet das Werk.«

»Und er ist der Onkel von Gertrude Rhuel, der Vorsitzenden der Commonwealthpartei. Sie ist Herzog Bradfords wichtigste Stütze im Gouverneursparlament. Wir bewachen dieses Werk, weil er ihr zeigen will, wie sehr ihm ihre Interessen am Herzen liegen.«

Sharon runzelte die Stirn. »Trotzdem ist es eine wichtige Anlage. Das hier gefeinte Erz geht an CMW zur Mechproduktion.«

»Stimmt, es ist eine primäre Produktionsstätte. Aber abgesehen von ein paar Exportsendungen wichtiger Metalle liefert sie nichts mit direktem Belang für die planetarische Wirtschaft. Alles, was dieses Werk liefert, muß mindestens einmal in einer anderen Fabrik weiterbearbeitet werden, bevor es zu etwas gut ist.« Doc breitete die Arme aus. »Dieses Werk ist für niemanden etwas wert – ganz besonders nicht für den Clan-Angreifer –, der nach Coventry kommt, um Beute zu machen.«

Tony schüttelte den Kopf. »Wenn das stimmen würde, hätten die Falken keine Truppen in der Tiefebene vor der Stadt gelandet.«

Doc griff sich an den Kopf. »Tony, was, zum Teufel, hast du am MANA eigentlich gelernt? Das Ziel moderner Kriegsführung ist es, die Fähigkeit des Gegners zur Kriegsführung zu zerstören. Coventry Metal Works ist ein offensichtliches Angriffsziel für die Jadefalken. Es liefert ihnen Rohmaterial und gestattet ihnen, die zur Verteidigung aufgestellten Truppen zu Klump zu schießen. Deswegen sind sie bei Port St. William gelandet. Und der Grund für ihr Auftauchen hier in Idaway ist, daß sie hinter uns her sind. Wir sind das einzige Ziel von militärischer Bedeutung in diesem Teil der Welt.«

Es war offensichtlich, daß Docs Zurechtweisung Tony getroffen hatte. »Du leidest unter Verfolgungswahn. Wir sind umgezogen, während die Ortung ihrer Landungsschiffe durch den Planeten blockiert war. Sie wissen vielleicht, daß sich das Werk hier befindet, aber nicht, daß wir hier sind.«

»Benutzt euren Kopf, Kinder. Natürlich wissen sie von uns. Als sie die Schlacht ausgehandelt haben, hat man ihnen unsere Position mitgeteilt. Sie haben gefragt, was wir zur Verteidigung aufstellen, und Commander General Bakkish hat es ihnen gesagt.«

Sharon setzte sich auf die Armlehne eines der Sessel. »Und was machen wir jetzt?«

Doc zögerte. Er hatte viel über die Clans gelesen, hatte ihre Taktiken, ihre Siege und ihre Niederlagen studiert. Er hatte Truppen ausgebildet, die gegen sie in die Schlacht gezogen waren. Er mußte in der Lage sein, dieses Bataillon zu retten. Auf seinen Zügen breitete sich ein Grinsen aus. *Tote Soldaten haben noch niemand besiegt.*

»Okay, wir sind vierzig Klicks vom Gebirge entfernt. Die Akademie unterhält dort einige Manövergelände. Außerdem soll es in dem Gebiet eine Menge Minen und natürliche Höhlen geben. Wir müssen Copley aufstöbern – ich habe gehört, daß er da Höhlenforschung betrieben hat oder so was in der Art. Wir ziehen uns ins Gebirge zurück und verschanzen uns in den Stellungen der Akademie. Der Schießplatz kann uns bei der Verteidigung der Nordflanke helfen – es muß da jede Menge scharfer Munition geben. Und wahrscheinlich sind die Akademiestellungen in optimaler Lage für die Verteidigung der Pässe.«

Sharon nickte. »Klingt nach einem brauchbaren Plan.«

Doc sah zu Tony. »Was meinst du?«

Tony Wells zuckte mißmutig die Schultern. »Es gefällt mir nicht, daß wir den Rückzug antreten und unseren Auftrag hier aufgeben.«

»Okay, Tony, aber überlege mal folgendes: Wie groß sind die Chancen, daß ein Bataillon – daß *unser* Bataillon – ein Regiment BattleMechs aufhält? Wir haben weder Luft-/Raum- noch Artillerieunterstützung. Wir verteidigen eine Warze mitten auf einer weiten, leeren Ebene, was bedeutet, daß die Jadefalken durch die größere Reichweite ihrer Waffen deutlich im Vorteil sind. Auf Tukayyid haben die ComGuards in den Bergen die heftigsten und effektivsten Schlachten geschlagen, weil dort alle Waffenreichweiten so weit reduziert sind, daß die Clanner ihren Vorteil verlieren.«

»Ja, schön, das macht alles Sinn, aber unser Auftrag lautet, dieses Werk zu verteidigen.«

Sharon Dorne schüttelte den Kopf. »Wenn wir hierbleiben, besteht absolut keine Chance, daß das Werk seine Verteidigung überlebt. Wenn wir uns zurückziehen, und die Jadefalken haben es tatsächlich darauf abgesehen, dann nehmen sie es ein, und wir holen es uns später zurück, aber wenn es ihnen wirklich um *uns* geht, werden sie die Anlage ignorieren. Doc hat recht, wenn wir hier bleiben, ist das Selbstmord. Die Cross-Divides lassen sich verteidigen. Wenn wir dort kämpfen, haben wir bessere Chancen, mehr von ihnen abzuschießen, bevor sie uns erwischen.«

Tony hob kapitulierend die Hände. »Okay, aber unter Protest.«

Doc nickte. »Ich habe es festgehalten. Jetzt habe ich eine Frage: Wie kampftüchtig sind eure Einheiten?«

Die beiden anderen Hauptleute vermieden seinen Blick.

»So schlimm?«

»Wir haben anständige Leute«, antwortete Sharon, »aber unser Trainingsstand ist nicht unbedingt so, wie man es gerne hätte. Ich habe je eine Einsatz-, Artillerie- und Sturmlanze.«

»Ich habe zwei Einsatzlanzen und eine Artillerielanze.«

»Na schön. Ich ziehe meine Leute zurück und lasse sie das Gebirge erkunden. Als nächstes ziehen die Artillerielanzen und deine Sturmlanze ab, zusammen mit

Hilfstruppen, Techs und MedTechs. Die Mechs müssen Stellungen finden, von denen aus sie den Rückzug der drei Einsatzlanzen decken können.«

»Wie schon gesagt, klingt nach einem annehmbaren Plan.« Sharon deutete mit dem Daumen auf Sarz. »Was ist mit ihm?«

Tony schüttelte den Kopf. »Den lassen wir hier.«

Doc war geneigt, ihm zuzustimmen, schüttelte dann aber doch den Kopf. »Geht nicht – die Falken könnten zuviel Informationen aus ihm herausquetschen. Wir müssen ihn mitnehmen.«

Sharon sah Doc an. »Und du übernimmst seinen *Lichtbringer?*«

Doc grinste. Der *Lichtbringer* war ein speziell für den Kampf gegen die Clans entwickelter Mech. Er war zwar bedeutend langsamer als der *Centurion*, aber seine Sprungdüsen verschafften ihm zusätzliche Mobilität. Und die überlegene Feuerkraft und Panzerung machten ihn in einem Gefecht erheblich effektiver. Eine ganze Welt neuer Möglichkeiten breitete sich vor Doc aus. »Das werde ich. Und ich werde einen der Techs in meinen *Centurion* setzen. Wir werden jede Waffe brauchen, die wir finden können, um hier lebend rauszukommen. Und darauf lege ich es an.«

Sharon hob den Daumen. »Okay, Provisorischer Kommandant Trevena.«

25

**Tharkad City, Tharkad
Distrikt Donegal, Lyranische Allianz**

20. März 3058

Katrina genoß die Überraschung auf Tormanos Gesicht, als er das Büro betrat und sie hinter ihrem Schreibtisch sah. »Guten Morgen, Mandrinn Liao.«

»Hoheit, ich...« Tormanos Gesichtsausdruck und Tonfall hingen irgendwo auf halbem Wege zwischen Entschuldigung und Verärgerung. »Wann sind Sie wieder eingetroffen?«

»Letzte Nacht.« Sie war immer noch erregt von dem Erlebnis, heimlich zurück auf den Planeten geschmuggelt zu werden. »Alle Unterlagen über die Landung wurden bereits vernichtet, und die Besatzung befindet sich zur Nachbesprechung im Ministerium für Öffentliche Sicherheit. Alles ist in bester Ordnung.«

»Sie hätten nach mir rufen sollen, als Sie ankamen.«

»Ich habe nach Ihnen gefragt. Sie hatten sich schon zurückgezogen.«

Tormano neigte lächelnd den Kopf. »Ich wäre gekommen...«

»Egal.« Sie tippte auf die Eingabetaste der Schreibtischtastatur. »Ich wollte mir ansehen, was in meiner Abwesenheit vorgefallen ist.«

Die Hologrammkarte der Lyranischen Allianz nahm zwischen ihnen Konturen an. »Ich muß Sie für Ihre Handhabung der Jadefalkenkrise beglückwünschen, Mandrinn. Selbst bei meiner Rückkehr nach Tharkad habe ich nicht mehr als erste Gerüchte über die Angriffe auf Chapultepec und Adelaide gehört. Natürlich hatten Sie in meiner Abwesenheit keine andere Wahl, als zu mauern, aber Sie haben es so getan, daß unsere

Feinde in der Inneren Sphäre nichts von unseren Schwierigkeiten erfahren haben.«

Tormano verneigte sich erneut, diesmal etwas förmlicher. »Ich freue mich, daß meine Arbeit Ihre Zustimmung findet.«

»Das tut sie.« Als Katrina Tormano Liao ansah, verglich sie ihn unwillkürlich mit dem Wolfskhan, den sie getroffen hatte. Tormano besaß einen Sinn für Würde, den sie auch bei Vlad gespürt hatte. Allerdings schien der selten einen Grund zu sehen, ihn zu benutzen. Der wichtigere Unterschied zwischen beiden lag darin, daß Tormano der Versuch zuzutrauen war, manches vor ihr zu verbergen, während Vlad stolz verkündet hätte, was er warum getan hatte, sicher, ihre Zustimmung zu finden.

Und wahrscheinlich zurecht. Von dem Augenblick an, an dem sie Vladimir von den Wölfen zum ersten Mal begegnet war, hatte Katrina gewußt, daß sie gefunden hatte, wonach sie bewußt gar nicht gesucht hatte. Nicht, daß sie nicht gehofft gehabt hätte, eines Tages ihre große Liebe zu finden, jemanden, mit dem sie ihr Leben teilen konnte. Galen Cox war diesem Wunschbild sehr nahe gekommen, bis auf seinen einen schweren Fehler, seine unverbrüchliche Loyalität zu ihrem Bruder Victor. Diese Loyalität zu ihrem gefährlichsten Gegner hatte Galen das Leben gekostet, und von Zeit zu Zeit fühlte sie noch immer Trauer über den Verlust. Sie hatte keinen Ersatz gefunden – Thomas Marik interessierte sie nicht im geringsten –, und so hatte sie die Suche aufgegeben.

Wie heißt es so schön: Das, was man sucht, findet man erst, wenn man aufhört, danach zu suchen. Die Anziehung, die Vlad auf sie ausgeübt hatte, war spontan und total gewesen. Sie hatte sie bis in die Eingeweide gespürt, war einen Moment unfähig gewesen, Atem zu holen. Er war sicher attraktiv genug – selbst mit der Narbe im Gesicht sah er gut aus –, aber was sie wirklich zu ihm hinzog, war das Licht in seinen Augen. Bisher hatte sie ihre Jungfräulichkeit und ihr Eheversprechen eifersüchtig gehütet, denn sie war sich ihres Wertes mehr als bewußt, aber Vlad hatte sie gewollt von dem Moment an, als er ihr vor Augen kam. Nichts, was sie besaß, war zu wertvoll, um ihr eine Zukunft an seiner Seite zu erkaufen.

Der Vergleich zwischen Tormano und Vlad half ihr zu identifizieren, was genau sie in den Augen des Wolfskhans gesehen hatte. Tormano spürte offensichtlich einen Drang nach Macht. Er hatte sie sein ganzes Leben benutzt und für sich eingesetzt, aber er war ein Opportunist und bereit, sich von einer Machtquelle zurückzuziehen, wenn er Gegenwehr spürte.

Aber in Vlad brannte – so wie in ihr selbst und vor ihr in ihrem Vater – der *Durst* nach Macht. Sie stürzten sich auf andere, deren Schwäche sie zu ihrem Vorteil ausnutzten. Hanse Davion hatte die größte Militäroffensive koordiniert, die es in der Inneren Sphäre je gegeben hatte, und die Konföderation Capella halbiert. Vlad und die Wölfe hatten eine Invasion in die Inneren Sphäre durchgeführt, die selbst die Leistung ihres Vaters in den Schatten stellte. Victor haßte die Clans dafür, aber Katrina konnte sie nur bewundern.

Vladimir und ich sind Raubtiere, die anderen sind Beute.

»Wenn mir die Frage gestattet ist, Hoheit, wie ist Ihre Mission verlaufen? Haben wir einen Verbündeten bei den Clans?«

Katrina nickte und unternahm keinen Versuch, das Lächeln zurückzuhalten, das auf ihrem Gesicht erblühte. »Den haben wir. Es ist mir nicht gelungen, mit den Nebelpardern in Kontakt zu treten, aber ich habe mit dem Anführer der Wölfe gesprochen, und wir sind zu einer Übereinkunft gekommen.«

»Zu einer Übereinkunft.« Tormanos Tonfall schien das Konzept in den Schmutz zu ziehen und mit Anzüglichkeiten zu umkleiden. »Die Wölfe haben sich demnach von Phelans Leuten getrennt?«

»Ungefähr so, wie der St.-Ives-Pakt Ihrer Schwester von der Konföderation Capella getrennt ist.«

»Und Sie sind sich dieses Wolfs sicher?«

»Allerdings.«

Sie lächelte, und Tormano wartete auf eine Erklärung, die er nie bekommen würde. Während des Rückflugs in die Lyranische Allianz hatte sie viel Zeit mit Vlad verbracht, um soviel wie möglich über ihn zu erfahren. In vielerlei Hinsicht war er ihr ganz und gar fremd, und doch fühlte sie eine tiefere Seelenverwandtschaft mit ihm als mit ihren Geschwistern.

Für ihre Brüder und Schwestern war das Leben ein Stellungsspiel, es drehte sich um den Erwerb und die Preisgabe von Macht. Mit Vlad war es anders. Er sah sie ihrer selbst wegen als gleichwertig, nicht aufgrund ihres Erbes. Natürlich wußte er, daß er sie als Leibeigene behalten hätte, wäre sie nicht die Herrscherin eines Sternenreiches gewesen, aber an seiner Neugierde ihr gegenüber und seinem Respekt hätte das nichts geändert. Ihre Position erlaubte ihm nur, ihr die Privilegien zuzugestehen, die sie sich durch Geburt erworben hatte. Es waren seine Gefühle für sie, die ihn dazu brachten, sie als gleichwertig zu behandeln.

Sie spielten noch immer miteinander um Informationen, die es zu erlangen und zurückzuhalten galt, und was für Spiele das gewesen waren. Katrina war bislang immer in der Lage gewesen, die Menschen zu manipulieren, die sie umgaben, und selbst Vlad schien gegen ihren Charme nicht immun. Er dagegen spielte nach anderen Regeln. Sie hatten beide erst zu lernen, wie sie miteinander umgehen mußten, und dann hatten beide Vorstöße in das Territorium des anderen gewagt, nach dessen Regeln. Sie hatte das Erlebnis unverbrämter Machtpolitik genossen, frei vom Schleier der Höflichkeit, der ihre Absichten normalerweise verbarg. Im Gegenzug schien Vlad das komplexe Netz der gesellschaftlichen Konventionen amüsant zu finden, um dessen Regeln sich das Leben in der freien Inneren Sphäre drehte.

Durch dieses Ausprobieren der Methoden des anderen hatten sie gelernt, wie erschreckend ähnlich sie einander waren. Alle anderen, die Katrina bisher den Hof gemacht hatten, waren entweder so grausam ungeschickt im Einsatz der Macht gewesen, daß sie nur Verachtung für sie empfinden konnte, oder so durch und durch verängstigt, sie beleidigen zu können, daß sie fade und farblos gewesen waren. Selbst Galen war durch seine Bindung an Victor gehandikapt gewesen. Vlads Machtliebe und sein Können, wenn es darum ging, sie zu benutzen, machte ihn praktisch zu Katrinas Zwilling.

Sie deutete auf die Hologrammkarte. »Wie ich sehe, Mandrinn, sind die Falken alle auf Coventry eingetroffen. Sie haben keine klare Vorstellung von ihrer Stärke.«

»Nein, Hoheit. Sie ziehen ständig Truppen hin und her. Ihr Bieten offenbart uns nur die Kräfte, die sie in einem bestimmten Angriff einsetzen, nicht ihre Gesamtstärke im Operationsgebiet.« Er runzelte die Stirn. »Die Kämpfe in und um Port St. William sind schwer, und unsere Leute halten die Stellung nur unter schweren Verlusten. Die 10. Skye Rangers kämpfen mit Nachschubproblemen, scheinen aber bereit, bis zum letzten Mann durchzuhalten.«

Die Archontin stand abrupt auf. Ihre Verärgerung war deutlich. »Es erscheint mir reichlich lächerlich, eine Einheit um die McKenzy-Schmelzen festzusetzen, Mandrinn. Sie haben dem 1. Bataillon der Skye Rangers gestattet, sich in die Berge zurückzuziehen. Warum zwingen Sie die Miliz und die übrigen Rangers, bei der Verteidigung von Port St. William zu sterben?«

Tormano senkte den Kopf. »Zunächst einmal dirigiert Ihre Großtante die Operation auf Coventry.«

»Von hier auf Tharkad aus.«

»Ja, aber der Befehl liegt bei ihr. Zweitens hat Herzog Frederick Bradford um eine Verteidigung von Metal Works und einer Erzraffinerie gebeten.«

Katrina kniff nachdenklich die Augen zusammen. »Wenn ich mich richtig erinnere, gibt Herzog Bradford heute noch einer gewissen Loyalität zu meinem Bruder Ausdruck. Seine *Bitten* haben, was mich betrifft, wenig Gewicht.«

»Seine Bitten sind strategisch vernünftig.« Tormano deutete auf die Karte. »CMW ist die zweitgrößte Mechfabrik der freien Inneren Sphäre. Wir können es uns nicht leisten, sie zu verlieren. Und das 1. Bataillon hat sich unerlaubt zurückgezogen. Es scheint eine Meuterei in der Einheit gegeben zu haben. Offensichtlich sind sie geflohen, um nicht von den Falken niedergemacht zu werden, allerdings hatten sie damit kein Glück. Unseren letzten Berichten zufolge haben die Clans die Schmelzen ignoriert und verfolgen die Rangers in die Berge.« Tormanos Blick wurde hart. »Aber die Verteidigung von CMW und McKenzy hat nicht annähernd die Bedeutung für uns, die in der Notwendigkeit liegt, die Jadefalken am Erreichen ihrer Gefechtsziele auf Coventry zu hindern, so lange es geht. Mit jedem Tag, den sie länger dort festsitzen, haben wir einen Tag mehr zur Vorbereitung der Verteidigung Tharkads. Wenn es uns gelingt, die Jadefalken noch zwei Wochen zu binden, können wir Entsatztruppen vor Ort haben. Wenn unsere Leute die Clans bei der Ankunft im System herausfordern, besteht die Möglichkeit, die Falken so zu schlagen, daß sie es nicht bis nach Tharkad schaffen.«

Katrina überlegte. Das wahre Ziel der Clanner war klar – sie griffen Tharkad an, weil sie, wie Vlad ihr erklärt hatte, ihre Schwäche mit einer Machtdemonstration überspielen mußten. Ebenso deutlich war, daß sie auf Coventry gestoppt werden mußten. Sollten die Falken weiter vorrücken, würden sie die Waffenstillstandslinie überqueren, und der furchtbare Krieg gegen die Clan-Invasoren begänne erneut. Das wäre katastrophal für die freie Innere Sphäre, und, auch darauf hatte Vlad sie hingewiesen, ebenso katastrophal für ihn, weil sein Clan im momentanen geschwächten Zustand möglicherweise nicht in der Lage war, Terra einzunehmen.

»Sie haben natürlich recht, Mandrinn. Ich habe Ihre Einsatzpläne für die Leichte Eridani-Reiterei und Wolfs Dragoner durchgesehen und stimme zu.« Katrina schmunzelte. »Außerdem habe ich mich entschlossen, die Waco Rangers ebenfalls nach Coventry zu schicken.«

»Aber...«

»Kein aber, Tormano.« Sie lachte laut und wischte seinen Protest beiseite. »Sie haben mehr als genug loyale Truppen hierher in Marsch gesetzt, um Tharkad zu beschützen. Die Waco Rangers werden auf Coventry viel nützlicher sein, meinen Sie nicht auch?«

»Ja, Hoheit.«

»Gut.« Sie strahlte ihn an. »Haben Sie in meiner Abwesenheit die Verbindung zu Thomas Marik aufrechterhalten?«

»Das habe ich, Archontin. Die Verhandlungen hinsichtlich seines Antrags machen allmählich Fortschritte.«

Katrina nickte. »Ich möchte die Sache beschleunigen. Fragen Sie Thomas, ob er so freundlich wäre, die Ritter der Inneren Sphäre zur Verteidigung Tharkads herzusenden.«

»Was?«

»Ach, und fragen Sie ihn auch gleich, ob er eine Bitte an Ihren Neffen Sun-Tzu weiterleiten könnte, uns eine seiner Eliteeinheiten zur Verfügung zu stellen.«

»*Was?*«

»Meine Anweisungen waren doch wohl deutlich genug formuliert, Mandrinn.«

Tormano schloß den Mund. »Ich zolle Ihrer Voraussicht meinen Beifall, Archontin, aber diese Einladung setzt einen gefährlichen Präzedenzfall.«

»Mandrinn Liao, mit dieser Einladung verfolge ich zweierlei Absichten. Erstens macht sie Thomas deutlich, daß die Verteidigung der Lyranischen Allianz seine vorderste Verteidigungslinie ist. Und es bedeutet ihm, daß er, wenn er mein Reich als Mitgift wünscht, besser bereit sein sollte, es auch zu verteidigen. Und während ich Ihre Vorbehalte Sun-Tzu gegenüber teile, möchte ich Sie darauf hinweisen, daß seine Truppen bei der Verteidigung ebenso werden bluten müssen wie unsere. Wenn wir seine Kräfte schwächen, machen wir ihn auf längere Sicht weniger gefährlich.«

»Zugegeben. Und Ihr zweites Ziel?«

»Ungeachtet des Könnens, mit dem Sie die Nachrichtensperre über den Clan-Vorstoß in unser Territorium verfolgt haben, weiß ich, daß mein Bruder darüber informiert ist. Indem ich Ligatruppen hierher einlade, mache ich jeden Vorstoß von seiner Seite in unser Gebiet zu einem möglichen Anlaß für den erneuten Ausbruch von Feindseligkeiten mit der Liga Freier Welten. Das wird helfen, seine Ambitionen zu zügeln, und indem wir beweisen, daß wir auch ohne seine Intervention eine Krise überstehen können, machen wir es schwieriger für ihn, sich in Zukunft in die Angelegenheiten der Lyranischen Allianz einzumischen.«

Tormano nickte kurz. »Ein solider Plan, Archontin, bis auf einen Punkt.«

»Und der wäre?«

»Was ist, wenn wir Ihren Bruder irgendwann *doch* brauchen?«

»Wenn ich ihn darum bitte, wird Victor mir geben, wonach ich verlange, Mandrinn. Er verehrt unsere Eltern viel zu sehr, um jemals gegen sein eigenes Fleisch und Blut zu handeln.« Sie bleckte die Zähne, wie Vlad es getan hatte, als er von Phelan sprach. »Diese Schwäche wird mich Victor immer überlegen machen. Solange er nie Gelegenheit erhält, darüber nachzudenken, kann er mir nicht entkommen.«

26

Cross-Divides, Coventry
Provinz Coventry, Lyranische Allianz

30. März 3058

»Tony, setz deinen Arsch in Bewegung, sonst schieß ich ihn dir höchstpersönlich ab!« Doc zog das Fadenkreuz des *Lichtbringers* über die kantige Silhouette von Tony Wells' *JägerMech* und auf den humanoiden Umriß des in die Schlucht marschierenden jadegrünen *Galahad*. Die Geschütze in den Armen beider Kampfkolosse hoben sich, und Doc wurde unwillkürlich an die Duellszenen schlechter Holodramen über die Vorzeit Terras erinnert. Hinter Tony, zwischen ihm und Doc, humpelten die beiden letzten Mechs seiner Einsatzlanze in Sicherheit.

Das Donnern der Autokanonen erfüllte die vor Jahren von riesigen BergbauMechs aus dem Fels gehauene Schlucht. Ein Orkan aus Metall erfaßte den ClanMech. Die AK-Granaten des *JägerMechs* sprengten über die Hälfte der Panzerung von seinem rechten Arm und ließen auch Rumpf und linken Arm nicht unversehrt. Zwei Impulslaserschüsse zuckten vorbei und brannten saubere Linien dampfender Einschußlöcher in die Felswände.

Aus den Gaussgeschützen des *Galahad* zuckten weiße Lichtblitze, als er das Feuer erwiderte. Zwei silberglänzende Kugeln schossen heraus und schlugen in die Rumpfmitte von Tonys Kampfmaschine ein. Den Einschlag selbst konnte Doc nicht sehen, aber er erkannte die verformten Metallklumpen, als sie in einem Schauer von Kühlflüssigkeit und Metallplatten durch den Rücken des *JägerMechs* brachen. Mit zwei Treffern in einer einzigen Salve hatte der Jadefalken-*Galahad* den 65 Tonnen schweren Kampfkoloß in einen Haufen Schrott und Bergungsgut verwandelt.

Als der *JägerMech* nach hinten wegkippte, wurde die Kuppel seines abgerundeten Kopfes weggesprengt. Auf einer flammenden Feuerzunge flog Tony Wells aus dem Cockpit der zerstörten Maschine und schaffte es sogar, den steil aufragenden Schluchtwänden auszuweichen. Er schoß immer höher und schließlich außer Sicht. Doc hatte keine Ahnung, wo er herunterkommen würde.

»Viel Glück, Tony, aber laß uns auch was übrig.« Durch den von den Trümmern des *JägerMechs* aufsteigenden Rauch sah Doc, daß auch der *Galahad* am Boden lag. Das überraschte ihn. Tony hatte den Mech schwer getroffen, aber der Schaden war keineswegs so überwältigend gewesen. *Ich will hoffen, daß wir nicht unser ganzes Glück bei diesem einen Mech aufgebraucht haben.*

Der Sturz des *Galahad* war ihr erster eindeutiger Glücksfall, seit sie sich in die Berge zurückgezogen hatten. Die Kämpfe waren hart und gnadenlos gewesen. Die Jadefalken hatten ihnen mit einer Einheit von Regimentsgröße nachgesetzt und in einander abwechselnden Wellen angegriffen. Die Clanner hatten sie hart bedrängt, um sich dann kurz vor dem Gnadenstoß oder beim geringsten taktischen Vorteil der Rangers zurückzuziehen.

Der *Galahad* hatte nur eine einzige Salve abgefeuert, aber die Panzerung von Tonys *JägerMech* war schon vorher fast komplett weggesprengt worden. Nach allem, was Doc bisher über die Clans gelesen hatte, war er zu dem Schluß gekommen, daß sie schnelle Entscheidungsschlachten bevorzugten. In Analysen der Schlacht um Tukayyid wurde sogar ausdrücklich darauf hingewiesen, daß der entscheidende Fehler der Clans ihre Munitionsverschwendung gewesen war, beruhend auf ihrer Frustration über die ihnen aufgezwungenen endlos langen Materialschlachten. Durch den Rückzug ins Gebirge hatte Caradoc gehofft, den Jadefalken genau die Art Gefecht zu bescheren, die ihnen am wenigsten lag, aber bisher schienen sie nichts dagegen zu haben, seine Einheit langsam zu zermahlen.

Wie auch immer, jetzt kann ich den Spieß umdrehen. Doc feuerte. Die schweren Laser in den Armen des *Lichtbringers* schleuderten grünstrahlende Lanzen gebündelten Lichts durch den Rauch und schlugen in den gerade wieder hochkommenden *Galahad* ein. Ein Strahl bohrte sich seine Bahn durch die Panzerung über dem rechten Oberschenkel des Mechs. Der andere traf den Kopf des Clanner-Kolosses und kochte nahezu die ganze Panzerung weg, die den Piloten beschützte.

Der Clan-Pilot hob die Gaussgeschütze seines Mechs und erwiderte das Feuer. Eine Kugel ging vorbei und schlug einen Funkenregen aus dem Felsboden des Canyons. Der Querschläger schlug zwischen den Beinen des *Lichtbringers* durch, ohne Schaden anzurichten. Das zweite Geschoß traf den rechten Arm des Stahlriesen und ließ den ganzen Mech erzittern. Doc drehte sich und den Mech wieder in Position, während eine Warnglocke ihn darauf hinwies, daß der Treffer fast eine volle Tonne Panzerung weggesprengt hatte.

Genug gespielt, jetzt gibt's was mit der groben Kelle. Doc vollführte mit dem *Lichtbringer* einen Sidestep und löste die sechs mittelschweren Impulslaser im Rumpf aus. Im Gegensatz zu den schweren Lasergeschützen in den Mecharmen feuerten die Impulslaser keinen konstanten Strahl aus gebündelter Lichtenergie. Die Energie wurde vielmehr in separaten Impulsstößen ausgestrahlt, die von der Feuerleitelektronik nach dem Zufallsmuster variiert wurden. Dadurch wurde der angerichtete Schaden noch vergrößert.

Der Hagel konzentrierter Lichtpfeile trommelte auf

den gesamten Rumpf des *Galahad* ein. Verdampfte Panzerung hüllte ihn in öliggraue Schwaden. Doc hatte auf einen zweiten Kopftreffer gehofft, gab sich aber mit weiteren Treffern am rechten Bein seines Gegners zufrieden. Der 60 Tonnen schwere Mech geriet ins Wanken, und Doc erwartete, ihn fallen zu sehen, aber der Pilot erholte sich und schoß zurück.

Doc bereitete sich innerlich auf den Aufprall der Gaussgeschosse vor, aber beide donnerten harmlos über ihm vorbei. *Er hat es geschafft, den Mech senkrecht zu halten, aber er ist geschockt.*

»Doc, die Nachzügler sind alle in Sicherheit.«

»Verstanden, Sharon. Was ist mit Tony?«

»Wir haben ihn, aber er hat sich das Bein gebrochen. Beeil dich.«

»Schon unterwegs.«

Doc gab noch einen letzten Schuß auf den *Galahad* ab, bevor er in Richtung des Mineneingangs zurückwich. Die Energienadeln der Impulslaser brannten sich durch die Panzerung über Zentrum und rechter Flanke seines Rumpfes. Doc sah ein Loch an der rechten Seite des *Galahad* aufklaffen, eine Schwachstelle, die er mit der nächsten Salve hätte ausnutzen können, um die Maschine zu erledigen, aber statt dessen zog er sich zurück.

Als wollten sie die Weisheit seines Entschlusses unterstreichen, kreuzten zwei Gausskugeln vor seiner Pilotenkanzel und zertrümmerten die Felswände zu beiden Seiten der künstlichen Schlucht. *Ein Glückstreffer mit einem Gaussgeschütz in mein Cockpit, und von mir bleibt nicht einmal mehr genug DNS für eine Identifikation übrig.*

Doc wendete den *Lichtbringer* und sprintete in das klaffende schwarze Maul eines Bergwerksstollens. Niemand hatte First Lieutenant Copley aufgetrieben – genaugenommen hatte ihn niemand auch nur gesehen, seit das 1. Bataillon Port St. William verlassen hatte –, aber es *war* ihnen gelungen, Daten über die Bergbauarbeiten aus dem Computer des Schmelzendirektors zu ziehen. Aus diesen Unterlagen hatte Sharon Dorne von Minenanlagen erfahren, die ihre Einheit so tief in die Cross-Divides führen konnten, daß sie nicht einmal mit Atomwaffen ins Freie zu zwingen waren.

Noch wichtiger aber war, daß das Labyrinth der Gänge und Höhlen das gesamte Bergmassiv durchzog und auch auf der Warwick-Seite mehrere Ausgänge besaß. Wenn die Jadefalken sie verfolgten, konnte das zwote Bataillon nach Westen fliehen und sich eventuell den in Port St. William verbliebenen Truppen anschließen. Natürlich erwartete niemand ernsthaft, daß die Falken ihnen in die Bergwerke folgten. Die engen Gänge hätten Hinterhalte viel zu leicht ermöglicht und potentiell tödlich gemacht. Insbesondere die Notwendigkeit, sich im Gänsemarsch durch die Tunnel zu bewegen, setzte die ersten und letzten Mechs einer Einheit ganz besonderer Gefährdung aus.

Doc bremste den *Lichtbringer* und drang tiefer in den Berg vor. Er schaltete die Sensoren auf Infrarot, um außer anderen Mechs auch Fußgänger sehen zu können. Hinter ihm halfen einige Techs den Infanteristen beim Legen vom Sprengladungen, mit denen sie den Stollen versiegeln konnten, falls die Falken sich doch zu einer Verfolgung entschlossen.

»Sharon, Bericht?«

»Komm runter, schalt auf Optik und mach die Scheinwerfer an. Das wird dir mehr erklären, als ich es könnte.«

Die Müdigkeit in ihrer Stimme verdeckte die Zweifel fast völlig, aber Trevena hörte genug von ihnen durch, um sich Sorgen zu machen. »Ist es wirklich so schlimm?«

»Ich bekomme meinen Sold nicht dafür, optimistisch zu sein, Doc.«

Ein gutes Stück später und hinter einer Biegung

hielt Doc den *Lichtbringer* an und schaltete die Außenscheinwerfer ein. Als er die Hologrammanzeige auf die Außenkameras schaltete, erkannte er, was Sharon so pessimistisch klingen ließ. *Teufel, das ist wirklich herb.*

Die beiden Artillerielanzen wurden ihrem Namen schon einige Zeit nicht mehr gerecht, weil sie alle Langstreckenraketen verschossen hatten. Die meisten der Mechs besaßen zwar daneben noch Laser, aber die waren außer auf Sichtentfernung wertlos. Und die ArtillerieMechs waren langsam, was sie zu einer Belastung machte. Von den sechs Maschinen, mit denen sie ihren Rückzug begonnen hatten, besaßen sie nur noch zwei, und die waren beide der Sturmlanze zugeteilt worden, um deren Lücken zu füllen.

Von den drei Einsatzlanzen existierten nur noch zwei, was nicht ganz so schlimm gewesen wäre, aber der Zustand dieses BattleMechs! Die Piloten hatten sich zu Paaren zusammengeschlossen, um sich so gut es ging gegenseitig als Deckung für die Stellen an ihren Maschinen verwenden zu können, an denen die Panzerung völlig weggesprengt war. Die beiden Mechs, die vor Doc in die Höhle gehumpelt waren, gehörten zu Einsatzlanze Zwo, und die Tatsache, daß der *Brandstifter* den linken Fuß und rechten Arm verloren hatte, machte ihn zu einem Kandidaten fürs Ersatzteillager.

Doc schaltete auf den Kanal seiner Kompanie. »Isobel, wie steht's mit den Titanen?«

»Beulen und Schrammen, aber wir sind vollzählig.«

Das verzog das Gesicht zu einem breiten Grinsen. Das Training mit seiner Scoutkompanie hatte sich gelohnt. In den engen Gebirgspässen und Schluchten hatten sich die schnellen, leichten Maschinen bei Kurzangriffen bewährt. Seine Leute hatten dem Feind keinen größeren Schaden zufügen können – nur zwei Abschüsse –, aber mit ihren Flankenmanövern die Jadefalken mehrmals zurückgedrängt.

»Ich weiß gar nicht, warum du so ein trostloses Bild zeichnest, Sharon. Ich finde, die Lage sieht so schlecht nicht aus.«

»Wie bitte? Du hast wohl den Kühlschrank in Sarz' Cockpit entdeckt. Anders kann ich mir das nicht erklären. Dieser traurige Haufen kann höchstens durch mehrere Glas Whiskey betrachtet einen guten Eindruck hinterlassen.«

»Wahrscheinlich hast du recht, Sharon, aber immerhin haben die Clanner nicht einen unserer leichten Mechs abgeschossen.« Doc seufzte schwer. »Das ist zwar nicht viel, worauf man hoffen kann, aber für den Augenblick muß es genügen.«

27

**ComGuards-Hauptquartier, Tukayyid
ComStar-Garnisonsdistrikt,
Freie Republik Rasalhaag**

2. April 3058

Der Präzentor Martialum breitete in einer Geste die Hände aus, mit der er beide Frauen einlud, sich zu setzen. Die Helligkeit des von den weißen Wänden zurückgeworfenen Lichts überstrahlte die graue Mattigkeit ihrer Gesichter, aber die dunklen Ringe unter den Augen verrieten ihre Erschöpfung dennoch. »Ich heiße euch noch einmal auf Tukayyid willkommen. Während du dich ausgeruht hast, habe ich den Bericht gelesen, den du während des Fluges geschrieben hast, Präzentorin Koenigs-Cober. Er war äußerst umfassend und leider auch ernüchternd. Aber ich bin zumindest froh, daß du den größten Teil der Forschungsanlagen auf Hilton Head Island vernichten oder unbrauchbar machen konntest.«

Lisa zog einen Stuhl vom Eßtisch zurück und setzte sich. »Ich habe nur meine Befehle ausgeführt. Hätte ich von Anfang an meinen Verstand benutzt, hätten wir Terra gar nicht verlieren brauchen.«

Der Präzentor Martialum trat an den Kopf der Tafel und wartete, bis die Prima am gegenüberliegenden Ende Platz genommen hatte, bevor auch er sich setzte. »Selbst wenn die Täuschung entdeckt worden wäre, hätte sich die Eroberung Terras nicht vermeiden lassen, ohne Tukayyid aufzugeben und einen Präventivschlag gegen die Blakes-Wort-Kräfte durchzuführen. Kürzlich von Terra und anderen Quellen erhaltene Informationen legen die Vermutung nahe, daß Blakes Wort mit drei kompletten Mechdivisionen ins Solsystem gesprungen ist.«

Sharilar Mori starrte Anastasius Focht über den Tisch an. »Wie viele Divisionen haben sie?«

»Nur diese drei, meiner Ansicht nach, plus die falschen Lanciers. Sie haben alle Stellung auf Terra bezogen.« Focht schüttelte die Leinenserviette über dem Teller aus und legte sie sich über den Schoß. »Der Küchenchef hier in unserem Hauptquartier ist ein Könner. Sämtliche Fleisch-, Getreide- und Gemüsezutaten sind von einheimischer Herkunft. Wir haben bei der Wiederbesiedlung des Planeten nach Kriegsende große Erfolge erzielt, und die Produktion erreicht bereits wieder achtzig Prozent der Vorkriegszahlen. Normalerweise speisen wir etwas weniger üppig, aber der Chef, Präzentor Rudolfo, hat darauf bestanden, Euch eine Kostprobe seines Könnens zu geben.«

Lisa nickte dankbar, aber Sharilar Mori runzelte die Stirn. »Ich gebe zu, daß ich nach einem Monat Einsatzrationen etwas Besseres zu schätzen weiß, aber sollten wir uns nicht über die Rückeroberung Terras unterhalten? Ich war bereit, die Angelegenheit lange genug zu verschieben, um etwas Ruhe zu finden, aber eigentlich hatte ich gedacht, heute abend würden wir direkt zum Geschäftlichen kommen.«

Der Präzentor Martialum atmete tief durch und wünschte sich, es gäbe einen einfacheren Weg. »Wir würden sicher direkt zum Geschäftlichen kommen, Prima, wenn es etwas Geschäftliches zu bereden gäbe.«

»Wie meinst du das, Anastasius?«

Der Präzentor Martialum warf Lisa einen kurzen Blick zu. »Prima, habt Ihr den Bericht gelesen, den Präzentorin Koenigs-Cober geschrieben hat?«

»Du weißt genau, daß ich ihn gelesen habe, Anastasius. Meine Anmerkungen waren der Kopie beigeheftet, die du erhalten hast. Ich gehe davon aus, daß du *die* gelesen hast.«

»Das habe ich, Prima.« Focht faltete die Hände und

legte sie auf die Tischkante. »Der Bericht der Präzentorin lieferte eine ausgezeichnete Analyse, was notwendig wäre, um Terra zurückzuerobern und zu halten. Sie meinte, sechs BattleMechdivisionen mit entsprechender Unterstützung durch Luft-/Raum-, Artillerie-, Panzer- und Infanterieeinheiten würden ausreichen, die Welt gegen einen rund viermal so starken Angreifer zu verteidigen. Ich finde ihre Analyse durchaus akkurat.«

»Du hast gerade selbst festgestellt, daß Blakes Wort nur vier Divisionen auf dem Planeten hat.«

»Sie werden Söldner verpflichten. Gruppe W und die Legion der Aufgehenden Sonne haben bereits entsprechende Angebote erhalten und abgelehnt, aber es ist nicht damit zu rechnen, daß andere Einheiten ebensolche Skrupel zeigen.«

»Soweit ich mich entsinne, Anastasius, unterstehen dir derzeit etwa vierzig BattleMechdivisionen. Setze davon so viele ein wie nötig.« Die Prima lächelte gepreßt. »Präzentorin Koenigs-Cobers Bericht hat auch festgestellt, daß ein planetarisches Bombardement von der Art, wie es die Clans Turtle Bay haben angedeihen lassen, die Verteidiger erheblich treffen würde.«

»Dann könnten wir auch gleich in den Asteroidengürtel springen, Raketentriebwerke an ein paar Asteroiden befestigen und sie auf den Planeten stürzen.« Focht schüttelte den Kopf. »So etwas kommt nicht in Frage.«

»Zugegeben, ein Bombardement Terras ist eine alles andere als zufriedenstellende Lösung des Problems.« Die Prima runzelte die Stirn. »In deinem Bericht über die Wolfsclanflüchtlinge auf Morges hast du erwähnt, daß sie über einen großen Vorrat an OmniMechs verfügen. Wir könnten sie benutzen, um uns einen Vorteil gegenüber Blakes Wort zu verschaffen.«

»Ich bezweifle stark, daß Khan Kell sie uns überlassen würde.«

»Setz ihn unter Druck, Anastasius.«

Der Präzentor Martialum konnte ein Schmunzeln nicht unterdrücken. »Phelan Kell reagiert weniger gelassen auf Druck als ich, Prima.«

»Jeder hat seinen Preis, Anastasius.«

»Und Ihr habt die Lektion vergessen, die Myndo Waterly lernen mußte, unmittelbar bevor Ihr das Amt der Prima übernommen habt: Der Preis kann äußerst hoch sein.«

»Ist das eine Drohung, Präzentor Martialum?«

»Keineswegs, Prima.« Er drehte sich zu der aschfahlen Lisa um. »Vergib uns, Präzentorin. Die Primae haben über die Jahre derlei Wortgefechte als nützliche Methode entdeckt, unsere Frustrationen abzubauen. Sie weiß, daß wir Terra nicht zurückerobern können, und ich muß den Preis zahlen, damit sie es sich eingesteht.«

»Ich weiß nichts dergleichen, Anastasius.« Die Prima verstummte, als sich die Tür des kleinen Speisezimmers öffnete und zwei Akoluthen einen Servierwagen mit einer dampfenden Suppenterrine und drei Suppentassen hereinrollten. »Das riecht hervorragend.«

»Eine Creme aus den hiesigen Schwarzen Garnelen.« Focht wartete, bis seine Gäste mit der Mahlzeit begonnen hatten, bevor auch er die Suppe probierte. Die Zwiebeln und der Pfeffer verliehen ihr Biß, während ein Hauch von Zitrone den Geschmack der Garnelen ergänzte. »Ihr dürft Euch geehrt fühlen – Rudolfo hat sich selbst übertroffen.«

»Vielleicht sollte ich ihn nach Terra versetzen, damit er dort für mich kochen kann.«

»Es ist durchaus möglich, daß ihr das könnt, Prima. Er ist noch sehr jung. Vielleicht erlebt er es noch.«

Die Prima tupfte sich mit der Serviette den Mund ab. »Warum behaupten Sie, daß es Jahre dauern wird, Terra zurückzuerobern? Gleichgültig, wieviel Söldner

Blakes Wort ins Solsystem zieht, wir dürften ausreichend Truppen haben, um sie zu besiegen.«

Der Präzentor Martialum bemerkte, wie Lisas Miene sich einen Augenblick verdüsterte. »Ich will dich nicht in unseren Streit hineinziehen, Präzentorin, aber deine Perspektive als Feldkommandeurin könnte nützlich für uns sein. Wie wertvoll ist Terra für ComStar?«

»Außer als Symbol hat die Welt kaum einen Wert.« Lisa machte eine Pause, dann zuckte sie die Achseln. »Ich will damit Terras Bedeutung als Symbol nicht unterbewerten, aber die Clans waren von Beginn an darauf aus, das Solsystem zu erobern. Wir wissen, wenn wir sie nicht hier auf Tukayyid stoppen können, können wir es auf Terra ebensowenig. Wir mußten Terra wegen der Bedrohung durch die Clans befestigen, aber jetzt kann Blakes Wort das übernehmen.«

Sharilar Mori legte den Löffel beiseite. »Der symbolische Wert Terras ist immens. Die Clans haben unser Angebot Tukayyids als Schauplatz einer Entscheidungsschlacht nur akzeptiert, weil ComStar Terra besetzt hielt. Bedeutet der Verlust des Solsystems nicht auch, daß wir für die Clans als legitimer Gegner ausfallen? Bedeutet Terras Verlust, daß auch der Waffenstillstand verfällt?«

Eine gute Frage. »Wäre Ulric Kerensky noch ilKhan der Clans, würde ich Eure Legitimitätsfrage mit einem uneingeschränkten Nein beantworten.«

»Und jetzt, da er tot ist?«

Focht nickte zögernd. »Die Antwort ist noch immer nein, aber hauptsächlich wegen des Aufbaus der Clan-Gesellschaft. Die Kriegerkaste steht an der Spitze ihres Systems. Ich habe den Verdacht, daß sie Myndo Waterly als Mitglied einer etwas weniger angesehenen Kaste betrachtet haben – möglicherweise war sie für die Clanner nicht mehr, als wenn er ein Mitglied ihrer Händlerkaste gewesen wäre. Aber der Waffenstillstand wurde mit mir ausgehandelt, und deshalb hat er auch trotz ihres Verrats gehalten. Die Übereinkunft zwischen Kriegern war weit wichtiger als ihr Versuch, sie zu unterminieren.«

Lisa sah zu ihm hinüber. »Sie wollen sagen, weil die ComGuards auch weiter ein Machtfaktor bleiben, werden die Clans den Waffenstillstand respektieren.«

»Solange sie uns als eine militärische Kraft sehen, die Respekt verdient. Der Verlust Terras kann dazu führen, daß dieser Respekt bröckelt. Da wir keine Truppen oberhalb der Waffenstillstandslinie in Stellung haben, besitzen die Clans keine Möglichkeit, ihre Stärke mit der unseren zu messen. Hätten wir Truppen dort, die einen Angriff der Clanner zurückschlagen könnten, würde eine solche Niederlage unsere Legitimität deutlich erhöhen.«

Die Prima nickte. »Vielleicht solltest du eine Expedition über die Waffenstillstandslinie hinaus arrangieren. Du könntest die Wölfe angreifen. Ihre Schwäche würde unseren Sieg garantieren.«

»Nicht garantieren, aber sie würde sehr zu unserem Vorteil arbeiten.«

Lisa verzog schmerzhaft das Gesicht. »Oder die Clans davon überzeugen, daß wir unsere Schwäche zu verbergen versuchen, indem wir den Schwächsten unter ihnen attackieren.«

»Stimmt. Und sollte ein derart schwacher Clan uns besiegen, wäre das der Anfang vom Ende.« Der Präzentor Martialum senkte den Löffel in die dampfende Suppe. »Wir müssen etwas tun, aber es muß das Richtige sein.«

»Und was tun wir, Anastasius? Nichts?«

»Oh, wir tun sehr wohl etwas, Prima.« Er lächelte und nickte Lisa zu. »Wir tun das Schwierigste, was es für einen Soldaten gibt – wir warten, bis der Zeitpunkt gekommen ist, an dem wir kämpfen *müssen*.«

**Turkina Keshik-Hauptquartier,
Port St. William, Coventry
Provinz Coventry, Lyranische Allianz**

Galaxiscommander Rosendo Hazen trat in die Türöffnung zu Khanin Marthe Prydes Büro und nahm Haltung an. »Ich melde mich wie befohlen, meine Khanin.«

Marthe erwiderte seinen Gruß. »Du läßt mich nicht warten, Galaxiscommander. Das zumindest spricht für dich.«

»Ich befolge meine Befehle, meine Khanin.«

»Wirklich?« Sie nahm eine Holodisk von dem Metallschreibtisch hinter ihr und hielt sie hoch. »In deinem Bericht steht, daß eine beträchtliche Anzahl von Kriegern des 1. Bataillons der 10. Skye Rangers deiner Einheit entkommen ist.«

»Erlaubnis, frei zu sprechen, meine Khanin.« Er ließ eine Spur von Schärfe in seine Stimme vordringen, denn er war zu müde und zerschlagen, um sich für Geschehnisse außerhalb seiner Einflußmöglichkeiten zurechtweisen zu lassen.

Marthe Pryde starrte ihn ohne auch nur den Schimmer von Gnade in ihren blauen Augen an. »Erteilt, aber verschwende meine Zeit nicht mit Entschuldigungen.«

»Das habe ich nicht vor, Khanin Marthe Pryde.« Er beobachtete sie. Ihre beiden Blutlinien waren traditionelle Rivalen um die Macht innerhalb des Jadefalkenclans. Er verachtete die aufgeschossenen, schlanken Prydes, ebenso wie diese nur Verachtung für die gedrungenen Hazens empfanden. Aber auch wenn die beiden Blutnamenshäuser ihre Mitglieder auf unterschiedliche körperliche Merkmale hin züchteten, geschah es mit derselben Absicht, aggressive und findige Krieger zu erschaffen. »Meine Khanin, ich nahm nicht an, daß der Zweck dieser Übung darin besteht, unsere eigenen Krieger umzubringen.«

»Du führst Offensichtlichkeiten aus.«

»Und Ihr überseht sie.« Rosendo fuhr sich mit der Hand nach hinten durch das kurze, fast weißblonde Haar. »Der Kommandeur des 1. Bataillons ist ausgesprochen geschickt. Er arbeitet mit Truppen, die den Unterlagen zufolge, die Eure Leute hier geborgen haben, durchweg von unterer Kategorie sind. Andere Informationen, die Ihr mir gabt, lassen diesen Kommandeur sogar als Säufer erscheinen, und wenn dem so ist, muß es eine faszinierende Erfahrung sein, ihn im nüchternen Zustand zum Gegner zu haben.«

»Du übertreibst ... so wie ihr Hazens es immer tut.«

»Wir haben keine Legende wie Aidan Pryde in unseren Reihen, daher sind wir gezwungen, das zu kompensieren.«

Marthe Prydes Ausdruck verhärtete sich, aber er bemerkte ein amüsiertes Zucken in ihren Augenwinkeln. »Du solltest es kompensieren, indem du deine Gegner vernichtest.«

»In der Tat, und ich werde es tun, aber nicht sofort. Die Sternhaufen, die ich gegen diesen Kommandanten Sarz geschickt habe, konnten viel lernen. Sie haben nur sehr geringe Verluste erlitten, dem Gegner aber auch nur geringe Verluste zugefügt. Sie haben gelernt, daß Beweglichkeit und Positionswahl ebenso wertvoll sein können wie Durchhaltewillen und Aggressivität. Das waren die Lektionen, die uns Tukayyid hätte lehren sollen, wir damals aber nicht angenommen haben.«

Marthe Pryde lehnte sich zurück an den Schreibtisch und schlug die langen Beine übereinander. »Die Lektion, an die deine Leute sich erinnern werden, ist die, daß ihnen ihre Beute entkommen ist.«

»Entkommen würde ich es kaum nennen, meine Khanin.« Rosendo verschränkte die Hände hinter dem Rücken. »Sie sind in einen Komplex von Bergwerksstollen und Höhlen östlich von hier geflohen. Es gibt nur eine begrenzte Anzahl von Ausgängen. Ich habe

Scouts losgeschickt, die uns helfen werden, sie wiederzufinden, wenn sie sich herauswagen. Meine Sternhaufen bereiten sich vor, um augenblicklich auf die Bedrohung zu reagieren und sie auszuschalten.«

»Gut. Der Widerstand hier auf Coventry ist praktisch ausgeschaltet.«

»Ihr habt alle hier feindlichen Kräfte in Port St. William eliminiert?«

Ihr ärgerliches Stirnrunzeln verschwand ebenso schnell, wie es aufgetaucht war, aber Rosendo bemerkte es trotzdem. »Die Truppen der Inneren Sphäre sind keine kompletten Idioten, Galaxiscommander Rosendo Hazen. Elemente der Miliz und der 10. Skye Rangers haben unsere Reihen durchbrochen. Den Unterlagen nach, die wir geborgen haben, besitzen sie Waffen- und Munitionslager. Wir werden sie ausbluten müssen.«

Rosendo nickte. Seine Miene blieb ernst. »Es freut mich zu sehen, daß Ihr einen Weg gefunden habt, Eure Leute dieselben Lektionen zu lehren wie ich die meinen.«

»In der Tat.«

»Und wie lange wird es noch dauern, bis die Lyranische Allianz weitere Truppen schickt?«

Khanin Marthe Pryde schüttelte den Kopf. »Ich weiß es nicht. Ich hätte erwartet, daß sie schneller sind.«

»Wären sie es wert, die Welten zu besitzen, auf die sie Anspruch erheben, hätten uns hier viele Feinde erwartet.« Er zuckte die Schultern. »Ihr hättet einige ihrer besseren Einheiten förmlich herausfordern sollen. Auf diese Weise würden wir hier Krieger totschlagen, nicht bloß die Zeit.«

»Es reicht mir, sie auswählen zu lassen, welche Einheiten sie schicken, Galaxiscommander.« Marthe lächelte. »Wir stehen an der Waffenstillstandslinie. Sie wissen, daß sie uns hier aufhalten müssen, oder der Krieg beginnt von neuem, und sie müssen sich allen

Clans stellen. Ohne Zweifel sind ihre Truppen bereits unterwegs – und es werden einige ihrer besten Einheiten sein. Wir werden sie zerschlagen, und mit ihnen die Moral der Lyranischen Allianz. Und wenn wir das erst getan haben, wird niemand mehr an den Jadefalken zweifeln oder uns daran hindern, uns zu nehmen, was immer wir wollen.«

28

Cross-Divides, Coventry
Provinz Coventry, Lyranische Allianz

5. April 3058

Ich will bloß hoffen, daß es funktioniert. Doc warf einen Blick auf die Uhr in der unteren Ecke der Hologrammanzeige. Sie zeigte 14:59 Uhr. *Jetzt kann es nicht mehr lange dauern.*

In den Wochen, seit seine Leute sich in Maulwürfe verwandelt hatten, hatte Doc Respekt vor der Geschwindigkeit und Effizienz der Jadefalken bekommen. Die Stollen und Höhlen zogen sich über eine Strecke von rund 160 Kilometern unter den Cross-Divides hin und besaßen genug Seitengänge und Kammern, daß er sich ab und zu dabei ertappte, wie er in dem Labyrinth auf den Minotaurus wartete. Ausgänge waren jedoch selten, und bis auf etwa ein halbes Dutzend hatten die Falken sie alle gefunden. Und an denen, über die sie Bescheid wußten, hatten sie seismische Detektoren aufgebaut, die bei den schweren Schritten sich nähernder BattleMechs automatisch Alarm gaben.

Zusätzlich hatten die Jadefalken eine Reihe von Gefechtsbasen in etwa einer Stunde Entfernung von den abgelegensten Sensorstationen eingerichtet und jeweils einen Mechstern dort stationiert. Wenn Doc Kundschafter ausschickte, reagierten die Clanner prompt, auch wenn die einzigen Kampfhandlungen bis jetzt im Austausch von Herausforderungen und Beleidigungen über Funk bestanden hatten, sobald seine Leute das Weite suchten.

Nach der Entdeckung der seismischen Detektoren hatte Doc sich entschlossen, sie gegen die Falken einzusetzen. Jeden Tag um 16:00 Uhr ließ er einen Tech die Sensoren für genau fünfzehn Minuten außer Betrieb setzen. In dieser Zeit meldeten sie keinerlei Aktivität. Über einen unbewachten Ausgang bewegte sich eine Scoutlanze ins Freie und wanderte solange umher, bis sie entdeckt wurde, um dann durch einen der bewachten Eingänge in das Tunnelsystem zurückzukehren.

Coventry war keine seismisch aktive Welt, und die Jadefalken benutzten Sensorgeräte, die empfindlich genug waren, die Schritte eines sich nähernden Techs zu registrieren. Eine totale Datenstille von fünfzehn Minuten Dauer war eine ebenso unübersehbare Spur wie die von BattleMechs, die den Boden zum Zittern brachten. Die Jadefalken begannen bald, auf den Datenausfall und das routinemäßige Erscheinen einer Rangers-Patrouille nachmittags zu reagieren.

Was die Clan-Kommandeure nicht wissen konnten, war, daß die seismischen Detektoren, die ursprünglich dazu gedient hatten, die subplanetarischen Bewegungen von Bohrmaschinen zu überwachen, programmierbar waren. Aufgrund ihrer eigentlichen Aufgabe, die Fortschritte der Tunnelbohrer zu überwachen, besaßen die Geräte einen Puffer zur Speicherung von Beispieldaten anderer Ausrüstungen. Solche möglicherweise störenden Daten konnten in den Detektor geladen werden, und dieser filterte sie automatisch aus und ignorierte sie. Während der Ausfallzeit der Detektoren hatten Andy Bick und zwei der Techs die seismischen Daten aller Ranger-Mechs eingespeichert, die nicht täglichen Scoutpatrouille gehörten, so daß sie für die Sensorstationen unsichtbar geworden waren.

Doc nahm die zehn kampfstärksten der schwereren Maschinen und teilte sie in zwei Lanzen zu je fünf Mechs gemäß der Organisationsstruktur der Clans ein. Dann bereiteten sie sich auf eine Aktion vor, der sie den Namen ›Angriff der Maulwurfsmenschen‹ gegeben hatten. Sie erreichten unbehindert den geeignetsten Punkt für einen Hinterhalt entlang der überwachten Route aus dem Gebirge. Die Rangers trafen zwei Stunden vor dem Abschalten der Sensoren ein, weil Doc erwartete, daß die Jadefalken einen eigenen Hinterhalt legen würden. Während seine Mechs warteten, verließ die leichtere Scoutkompanie durch einen der unbewachten Ausgänge das Gebirge und bereitete sich auf ihren Teil der Mission vor.

Die Clanner enttäuschten Doc nicht, eine Tatsache, die ihn zugleich ängstigte und erregte. *Zum ersten Mal haben wir in dem Spielchen »Wissen sie, daß wir wissen, daß sie wissen...« die Oberhand. Diesmal müssen wir ihnen Prügel verpassen.*

Der Clan-Stern marschierte diszipliniert über den Hügel und den mit Felsbrocken übersäten Hang. Zwei *Füchsinnen* schützten die Flanken der Formation, während zwei *Frostfalken* Vor- und Nachhut übernahmen. Die vier leichten Mechs waren um einen mittelschweren *Habicht* gruppiert. Alle fünf Kampfkolosse wirkten wie riesenhafte Menschen in Rüstung. Ihre fleckig grünschwarze Bemalung stand in scharfem Kontrast zu den roten Felsen und den spärlichen gelben Grasbüscheln.

Noch ein klein wenig weiter. Doc senkte die Hände auf die Steuerknüppel. Er hatte sich den ersten Schuß selbst vorbehalten, auch wenn alle übrigen Piloten ihre Ziele kannten. Nachdem er das Feuer eröffnet hatte, würden sie einfallen. Es war kaum zu erwarten, daß sie mit der ersten Salve alle Jadefalken-Mechs würden ausschalten können, aber sie hofften zumindest, ernsten Schaden bei ihren Gegnern anzurichten.

Der Punkt im Zentrum des Fadenkreuzes veränderte seine Farbe zu Rot, und Doc betätigte die Auslöser der sechs Impulslaser. Die Energieimpulse schlugen voll im *Habicht* ein und zerschmolzen die Panzerung über der Rumpfmitte. Außerdem brannten sie zwei Drittel der Panzerung vom linken Mecharm und brachten die Platten auf seinem linken Oberschenkel zum Brodeln. Die Lichtpfeile eines der Laser spielten über den winzigen Kopf des *Habichts*. Verflüssigte Panzerung rann über Schultern und Brustpartie des Mechs davon.

Der Rest der Rangers feuerte aus allen Rohren, die sich abfeuern ließen, ohne die Schaltkreise ihrer Mechs zu braten. In einem Lichtsturm aus roten und grünen Laserstrahlen attackierten ein *Feuerfalke* und einer der beiden *Ostsols* der Einheit die nähere Clan-*Füchsin*. Die Laser verdampften den größten Teil der Panzerung auf der linken Seite der vorragenden Brustpartie des Jadefalken-Mechs, dann brannten sie sich durch den Schutz des linken Arms. Gebündelte Myomerfasern zerrissen und peitschten wild durch die Luft, während die Energiestrahlen die unter ihnen sichtbar werdenden Titanstahlknochen zum Glühen brachten. Das Metall blitzte grellweiß auf, dann verdampfte es.

Der zweite *Ostsol* kümmerte sich mit beiden schweren Impulslasern um die andere *Füchsin*. Die grünen Strahlbahnen stießen auf den Rumpf des Mechs herab und nahmen ihm jeden Rest von Panzerschutz über seiner Brustpartie. Docs alter *Centurion*, den Tony Wells übernommen hatte, schoß mit den Granaten der im rechten Mecharm montierten Autokanone durch die Wolke aus Metalldunst. Die Urangeschosse brachen durch die internen Stützstreben des Mechs, zertrümmerten die Kreiselstabilisatoren und zerfetzten die Ummantelung des Fusionsreaktors, der den Kampfkoloß antrieb. Die *Füchsin* brach als unförmiger Haufen Metall zusammen. Dann explodierte das Cockpitdach, und der Pilot schoß auf seinem Schleudersitz davon.

»Rache ist süß!« brüllte Tony über Funk.

Der *Verteidiger* der Einheit griff mit Partikelprojektorkanone und einem Impulslaser den *Habicht* an. Der leuchtendblaue PPK-Blitz bohrte sich in das rechte

Bein des Jadefalken-Mechs und zog eine tiefe Schmelzspur über die Panzerung des Oberschenkels. Die rubinroten Pfeile des Impulslasers geißelten den Panzer am rechten Arm des *Habichts*, konnten ihn aber nicht durchschlagen.

Einer der beiden tonnenbrüstigen *Ostrocs* im Arsenal der Rangers benutzte einen seiner schweren Laser dazu, den rechten Arm des vorderen *Frostfalken* fast völlig zu entblößen. Sein zweiter schwerer Laser sorgte zusammen mit dem des Ranger-*Vollstreckers* dafür, daß die gesamte Panzerung über der Rumpfmitte des Feindmechs sich in Nichts auflöste, dicht gefolgt von einigen der darunterliegenden Stützstreben. Dann setzte der *Vollstrecker* seine Autokanone ein, sprengte die Panzerung von der linken Seite des *Frostfalken* und machte ihn noch verwundbarer für einen zweiten Angriffsschlag.

Der hintere *Frostfalke* wurde zur Beute des Ranger-*Kampfschützen* und des *Schützen* Sharon Dornes. Letzterer war normalerweise ein ArtillerieMech, aber mit Sharon an den Kontrollen verwandelte er sich in einen tödlichen Nahkämpfer. Die Strahlbahnen der beiden mittelschweren Armlaser vereinigten sich im Ziel und brannten ein Loch in die Brustpartie ihres Opfers. Schwarzer Qualm stieg daraus hervor, und der Mech schwankte. Sharons Treffer mußten ein Gyroskop zerstört haben, und wahrscheinlich hatten sie auch den Reaktor in Mitleidenschaft gezogen. Der *Kampfschütze* erzielte nur mit einem Teil seiner Waffen einen Treffer, aber der schwere Laser brannte den größten Teil der Panzerung vom linken Arm des *Frostfalken*, während der mittelschwere Laser die halbe Panzerung auf der linken Frontpartie des Rumpfes in wertlose Schlackereste verwandelte.

Doc hielt das Fadenkreuz auf dem *Habicht*. Er traf ihn ein zweites Mal mit einer vollen Impulslaser-Breitseite. Die roten Lichtimpulse schlugen durch die Panzerung auf dem linken Arm des Mechs und eliminierten die letzten Reste des zerschundenen Metalls. Anschließend fraßen sie sich in die künstlichen Muskeln und Knochen, die den Arm bewegten. Weitere Lasertreffer verbrannten Panzerung am Rumpf, linken Bein und rechten Arm des *Habichts*, dessen von Kratern überzogene Ferrofibrithaut rauchverhüllt zurückblieb.

Der Clan-Pilot schlug zurück, aber er feuerte nicht auf den *Lichtbringer*, sondern wählte sich den *Verteidiger* zum Ziel, als Ellis versuchte, in eine bessere Schußposition zu gelangen. Der schwere Impulslaser des *Habichts* spie einen Strom grüner Energieblitze aus, die sich von der Schulter bis zum Handgelenk in die linke Armpanzerung des Ranger-Mechs gruben. Die drei mittelschweren Impulslaser trafen den *Verteidiger* an Brustpartie, linker Seite und linkem Bein, wo sie innerhalb von Sekunden anderthalb Tonnen Panzerung verdampften, die für die Rangers ihr Gewicht in Platin wert war.

Als Gegenfeuer des *Verteidiger* zuckte blau irisierend ein künstlicher Blitzschlag in die kraterübersäte Panzerung auf dem rechten Bein des *Habichts*. Gleichzeitig nagten die leuchtenden Nadelstiche des Impulslaser an dem Bein und befreiten es von den letzten Resten seiner Panzerhülle. Wichtiger aber war, daß der plötzliche Verlust von so viel Gewicht den Schwerpunkt des Mechs verlagerte und der Pilot die Kontrolle verlor. Wie ein kleines Kind auf nassem Eis schwankte der *Habicht*, verlor den Boden unter den Füßen und stürzte zu Boden.

Der *Centurion* und der *Ostsol* richteten ihr Feuer nach der Erledigung der zweiten *Füchsin* auf den hinteren *Frostfalken*, während die übrigen Teams ihre Ziele beibehielten. Laserstrahlen zuckten kreuz und quer über das Schlachtfeld. Ein *Frostfalke* ging in einer schnellen Drehbewegung zu Boden, während die Überreste seiner Arme durch die Luft davonflogen.

Der andere traf Bobbi Spenglers *Kampfschützen* mit zwei mittelschweren und einem schweren Impulslaser. Die Treffer schnitten durch die Panzerung an der rechten Seite des Mechs und schälten den größten Teil von der Rumpfmitte. Die einarmige *Füchsin* ging zu Boden, aber vorher pumpte ihr schwerer Impulslaser noch grüne Lichtpfeile in die rechte Armpanzerung von Bells *Vollstrecker*.

Das Gegenfeuer der schwer angeschlagenen Clan-Mechs hatte bei Docs Leuten hauptsächlich Panzerschäden hinterlassen, und innerlich brach er in Jubel aus. Er wollte vor Freude jauchzen, als er den *Habicht* untergehen sah, aber da flammte ein grünes Lämpchen auf seiner Konsole auf. Unter seinem Cockpit fuhr das Raketenabwehrsystem des *Lichtbringers* hoch.

Was? Wie? Niemand hat Raketen abgefeuert! Doc schaltete die Sensoren auf magnetische Anomalie, und der Schirm füllte sich mit einer Legion in den Himmel steigender Raketenspuren. »Raketenbeschuß von jenseits des Hügels!«

Die LSR-Salven erreichten hinter dem verbliebenen Jadefalken-Mech den Scheitelpunkt ihrer Flugbahn. Sie stürzten herab und erzeugten einen flammenden Malstrom auf dem Hang, der bis in den Einschnitt reichte, in dem die Rangers Stellung bezogen hatten. Doc sah eine Woge von Explosionen über seinen Mech fluten. Kevin Smiths *Ostsol* wankte, als die Raketen dessen linken Arm glatt abtrennten. Der andere *Ostsol* kam nur wenig besser davon. Er verlor die gesamte Panzerung am linken Arm, aber das rußgeschwärzte Körperglied blieb ihm erhalten.

Fünf Raketen donnerten in den Kopf des *Feuerfalken*, aber irgendwie gelang es Brenda Pasek trotzdem, ihn aufrecht zu halten. Docs *Lichtbringer* erbebte, als die Geschosse auf sein linkes Hüftgelenk einhämmerten, aber er behielt die Gewalt über den Mech und konnte einen Sturz vermeiden. Der Rest der Ranger-Mechs mußte Schäden und den Verlust wertvoller Panzerung hinnehmen, aber die Raketen brachten keinen von ihnen zur Strecke.

Was Doc an dem Bombardement vor allem überraschte, war die Tatsache, daß auch die Jadefalken-Mechs getroffen wurden. Die Explosionen warfen die zerschlagenen Kampfmaschinen hoch, schleuderten sie wie leblose Marionetten in die Luft, bevor sie krachend wieder aufschlugen. Doc sah nicht, was aus dem Piloten wurde, der schon vorher ausgestiegen war, aber als sich der Staub legte und der Rauch sich verzog, beobachtete er, wie zwei andere Piloten ebenfalls den Schleudersitz betätigten.

Sie müssen erwartet haben, daß wir zum Nahkampf übergehen. Das ist die einzige Erklärung dafür, daß sie einen Raketenbeschuß auf ihre eigene Position herabgerufen haben. Er öffnete einen Funkkanal. »Rückzug, Rangers. Außer uns ist hier niemand mehr.«

»Verstanden, Doc.« Von der Frustration in Tonys Stimme, an die er sich schon gewöhnt gehabt hatte, war nichts mehr zu hören. »Wir haben ihnen gezeigt, daß wir für eine Überraschung gut sind.«

»Das haben wir, Tony.« Doc setzte den Mech langsam wieder in Richtung Tunnel in Bewegung. *Aber wir haben ihnen auch beigebracht, für Rückendeckung zu sorgen, und ich bin nicht sicher, ob mir das gefällt.*

Zwei Stunden später erreichten sie die ekstatischen Mitglieder der Titanen. Während Docs Gruppe im Gebirge die Clan-Patrouille zerschoß, hatten die Titanen einen erfolgreichen Überfall auf die Gefechtsbasis der Jadefalken durchgeführt. Nach der Ausschaltung der Verteidigungsanlagen hatten die Fahrer einen der noch funktionstüchtigen Schwebelaster der Rangers auf das Gelände gefahren und drei Ladungen Nachschub und Munition erbeutet, einschließlich der Fahrzeuge zu ihrem Transport. Was sie nicht mitnehmen konnten, hatten sie in Brand gesteckt und dann den Konvoi vor den vom Hinterhalt zurückkehrenden Jadefalken abgeschirmt.

Isabel Murdoch berichtete Doc von ihrer Operation. »Es lief alles glatt, Doc. Und niemand ist ausgebrochen, um sich die Mechs vorzunehmen, die von Ihrer Operation zurückgetorkelt kamen. Wir haben einen *Habicht* gesehen und einen Stern von Mechs, die mein Computer als *Paviane* identifiziert hat. Das sind sehr leichte Raketenplattformen, und wir hätten ihnen ernsthaft zusetzen können, aber unser Auftrag lautete, vor Sonnenuntergang den Nachschub herzuschaffen.«

»Und Sie haben es gerade noch geschafft. Die Munition und Panzerung, die Ihr besorgt habt, wird uns gute Dienste leisten, vorausgesetzt, unsere Techs schaffen es, die Panzerung an unseren Maschinen zu montieren.« Doc grinste, dann reckte er sich und gähnte. »Gute Arbeit, Isobel. Danke, daß Sie die Titanen zusammen und ohne Schäden gehalten haben.«

»Na ja, Sie haben die Gefahr auf sich gezogen. Solange Sie uns nur Aufträge wie die heute geben, brauchen Sie sich um uns keine Sorgen zu machen.« Sie runzelte die Stirn. »Da ist nur eine Sache, die mir zu schaffen macht, aber ich weiß nicht, ob es ein gutes oder ein schlechtes Zeichen ist.«

»Und was ist das?«

Sie deutete über die Schulter zu der Kammer, in der die Clanbeute untergebracht war. »Alles, was wir geholt haben, war schon auf Schwebelaster verladen. Die Nachschubbunker standen leer. Es macht keinen Sinn, daß sie diese Geschützbasen errichten und nach einer Woche schon wieder aufgeben.«

»Stimmt.« Doc stand auf und streckte sich noch einmal. »Ich mache noch einen kleinen Spaziergang. Sie können mitkommen, wenn Sie wollen. Bringen Sie ein Fernglas mit.«

»Wollen Sie wieder die Sterne betrachten?«

»Der Mensch braucht ein Hobby.« Doc blinzelte ihr zu. »Heute nacht könnte es was Hübsches zu sehen geben, Bel.«

»Und aus welchem Grund glauben Sie, daß es diesmal anders ist als bisher?«

Doc zuckte nervös die Schultern. »Es gibt zwei mögliche Erklärungen für das, was Sie entdeckt haben. Die eine wäre, daß die Jadefalken sich entschlossen haben, Coventry zu verlassen. In dem Fall können wir vielleicht sehen, wie ihre Landungsschiffe von Port St. William abfliegen.«

»Und die andere?«

»Sie ziehen ab, weil sie einen würdigeren Gegner gefunden haben.« Doc grinste. »Wenn wir Glück haben, bedeutet es, daß Entsatztruppen unterwegs sind, und wir könnten einen Blick auf sie erhaschen, wenn sie anfliegen.«

29

**ComGuards-Hauptquartier, Tukayyid
ComStar-Garnisonsdistrikt,
Freie Republik Rasalhaag**

10. April 3058

Victor Steiner-Davion schwenkte den Cognac im bauchigen Glas und sog das süße Aroma tief ein. Der ComStar-Akoluth, der sie bediente, reichte jedem in der Gruppe ein gefülltes Glas, auch dem Präzentor Martialum und der Frau, die er als frühere Befehlshaberin der Terranischen Verteidigungsstreitkräfte vorgestellt hatte. *Wenn ich Terra verloren hätte, würde ich dieses Zeug faßweise kippen.*

Der Präzentor Martialum hob sein Glas. »Auf alle, die sich in die Schlacht gewagt haben und trotzdem weise genug sind zu erkennen, wie schrecklich der Krieg ist.«

Victor hob zustimmend das Glas und stieß erst mit Kai, dann mit Focht an. Er zögerte einen Augenblick, dann berührte er auch die Gläser Hohiro Kuritas und Präzentorin Koenigs-Cobers. Er trank und lächelte genießerisch, als der Brandy sich durch seine Kehle brannte.

Der Präzentor Martialum setzte das Glas auf einem Mahagoni-Beistelltisch ab und verschränkte die Arme. »Ich hoffe, Ihre Attachés sind nicht beleidigt, daß ich sie nicht auch zu diesem Essen eingeladen habe. Es stimmt schon, daß wir im nächsten Monat reichlich Gelegenheit haben werden, uns zu sehen, aber vorher wollte ich noch einmal allein mit Ihnen dreien sprechen. Präzentorin Koenigs-Cober ist hier, weil sie während der geplanten Operationen als Verbindungsoffizier zwischen Ihnen und mir vermitteln wird, und ein Teil davon wird sich aus diesem Gespräch ergeben. Ich hoffe, Sie haben keine Einwände?«

Victor schüttelte den Kopf. »Was immer Sie für richtig halten.«

»Verzeihen Sie, Präzentor Martialum, aber ich habe eine Frage.« Hohiro Kurita, der Sohn des Koordinators des Draconis-Kombinats, neigte respektvoll den Kopf. »Im Gegensatz zu Victor oder Kai kann ich nicht für meine Regierung sprechen. Ich werde Ihre Worte gerne an meinen Vater weiterleiten, aber wenn der Zweck dieses Treffens eine Reaktion auf die Eroberung Terras ist, werde ich Ihnen nicht allzuviel nützen können.«

»Ich weiß Ihre Offenheit zu schätzen, Prinz Hohiro, aber ich habe nicht vor, auf diese Situation einzugehen.« Focht schmunzelte, und irgendwie fand Victor das beruhigend. »Ich bin nicht abgeneigt, einen Angriff auf Terra zu diskutieren, aber ComStar betrachtet den Verlust des Planeten als historisches Faktum, das zu diesem Zeitpunkt keiner Aufmerksamkeit bedarf.«

Victor war Kai einen schnellen Blick zu und sah die kaum verhüllte Überraschung seines Freundes über diese Erklärung. Auf dem Flug nach Tukayyid hatten sie die Chancen dafür diskutiert, daß ComStar ein gemeinsames Vorgehen bei der Rückeroberung des Solsystems vorschlagen würde. Beide hatten das für unwahrscheinlich gehalten und statt dessen erwartet, daß ComStar um ihre Neutralität in dieser Angelegenheit bitten würde. Victor war sich nur zu bewußt, daß er in dieser Angelegenheit Vorsicht walten lassen mußte, da Blakes Wort Verbindungen in die Liga Freier Welten hatte, und der erst vor kurzem zu Ende gegangene Krieg wieder aufflammen konnte.

»Präzentorin Koenigs-Cober und ich haben die Prima davon überzeugen können, unsere Aufmerksamkeit besser auch weiterhin primär der Clan-Problematik zu widmen. Die Operationen während dieses

Manövers werden darauf gerichtet sein, unsere Fähigkeiten im Kampf gegen die Clans zu schärfen, und zwar unter den unterschiedlichsten Umständen.« Er breitete die Hände aus. »Es ist uns eine Freude, einen Manövereinsatz gegen die neue Invasorgalaxis der ComGuards mit Ihnen zusammen durchzuführen.«

»Invasorgalaxis?« Victor zog die Stirne kraus. »Ist damit eine Einheit gemeint, die nach dem Muster einer Clanner-Galaxis konfiguriert ist?«

»Genau so ist es, Hoheit.« Der Präzentor Martialum nickte der goldblonden Präzentorin zu. »Präzentorin Koenigs-Cober kann Ihnen die Details erklären. Sie hat den Befehl über die Einheit übernommen.«

Koenigs-Cober lächelte höflich. »Die BattleMechs sind hauptsächlich Bergegut der Schlacht um Tukayyid. Über die Hälfte der Piloten sind Veteranen dieses Kampfes, und der Einheit stehen über zweihundert Mechs und entsprechendes Hilfspersonal zur Verfügung.«

»Das hört sich beeindruckend an, Präzentorin.« Kai setzte ein breites Grinsen auf und sah hinüber zu Victor. »Deine Geheimdienstler haben nichts von dieser Einheit gewußt?«

Der Prinz des Vereinigten Commonwealth verzog das Gesicht. »ComStar wird im Commonwealth nicht als feindliche Macht angesehen, deshalb entfalten wir keine größeren Aktivitäten in diese Richtung.«

»Aber daß meine Frau schwanger ist, das wußten sie.«

»Touché.« Victor zuckte die Achseln. »Vielleicht hätte die Invasorgalaxis auch schwanger werden müssen, damit ich etwas von ihr mitbekomme.«

»Beruhige dich, Victor, die Interne Sicherheitsagentur meines Vaters wußte auch nichts davon.« Hohiros Mundwinkel verzogen sich zu einem trockenen Lächeln. »Wenn Subhash Indrahar *das* erfährt, bekommt er einen Schlag.«

Dein Wort in Gottes Gehörgang. Subhash Indrahar war schon lange vor Victors Geburt Direktor der ISA. Er repräsentierte die Kräfte der Beharrung und Reaktion im Draconis-Kombinat – jene Kräfte, die sich gegen die gesellschaftlichen und militärischen Reformen wehrten, die es den Draconiern erst ermöglicht hatten, der Clan-Invasion standzuhalten. Sollte Indrahar sich durchsetzen, würde das Kombinat zurück in die Zeiten eines ignoranten Feudalismus und rigider Militärstrukturen abrutschen und beim nächsten Ansturm der Clans zerbrechen. *Je früher Indrahar das Zeitliche segnet, desto besser für die Innere Sphäre.*

Der Präzentor Martialum nickte leicht, als hätte er Victors Gedankengänge erraten und stimme ihnen zu. »Die Frage, die ich Ihnen heute stellen möchte, ist folgende: Würden Sie lieber die Verteidigung gegen einen Clan-Angriff üben, oder, wie wir es wollen, den Kampf in ihr eigenes Territorium tragen?«

Victor kniff die Augen zusammen. »Ich habe den Eindruck, daß hinter dieser Frage etwas steckt, auf das wir eingehen sollten.«

»Und was wäre das, Hoheit?«

»Argumentieren Sie für eine Veränderung unserer Haltung den Clans gegenüber, einen Umschwung von defensiven Taktiken zu einer aggressiveren Haltung inbegriffen?« Victor nahm einen tiefen Atemzug. »Und wenn ja, haben Sie ein bestimmtes Ziel im Auge?«

»Vielleicht«, wehrte Präzentorin Koenigs-Cober höflich ab, »ist es für die letztere Frage noch etwas zu früh.«

»Das will ich, verdammt noch mal, nicht hoffen.« Victor blickte nach unten und sah auf der schwankenden Oberfläche des dunklen Brandys sein Spiegelbild zurückstarren. »Wir alle wissen, daß die Jadefalken derzeit tief ins Innere der Lyranischen Allianz vorstoßen. Meine Schwester mag ihr Reich zwar für unabhängig erklärt haben, aber ich gebe weder meinen Anspruch noch meine Verantwortung für die Systeme oder die Bürger der Allianz auf. Den letzten Berichten zufolge sind die Falken auf Coventry gelandet, aber mehr weiß ich zur Zeit nicht.«

Focht nickte. »Sie haben Coventry erreicht und den organisierten Widerstand auf den beiden größeren Kontinenten zerschlagen. Graf Joseph Mannervek hat sich zum planetarischen Herrscher aufgeschwungen und klagt Herzog Bradford des Verrats an, auch wenn es eher den Eindruck macht, daß Mannervek mit den Jadefalken zu einer Vereinbarung gekommen ist, denn ihn haben sie in Ruhe gelassen.«

Victor fühlte eine eisige Kälte in der Magengrube, vor der die Wärme des Cognacs weichen mußte. »Wissen wir irgend etwas über das Schicksal des Herzog Bradford oder seiner Familie?«

»Nein, aber wir haben auch keine Meldung von ihrem Tod, was ein gutes Zeichen ist.« Der Präzentor Martialum sah einen Moment nachdenklich drein. »Ich würde Ihnen gerne mehr mitteilen, aber die Jadefalken stehen zwischen unsern Leuten und der Ausrüstung, die es ihnen ermöglichen würde, in direkte Verbindung mit uns zu treten. Unsere Informationen stammen aus Normalfunksendungen, die von durch das System reisenden Schiffen aufgefangen wurden.«

»Ich verstehe.«

»Eine gute Nachricht habe ich aber für Sie. Vier Söldnerregimenter sind auf Coventry eingetroffen. Zwei davon gehören zu Wolfs Dragonern. Die beiden anderen sind die Leichte Eridani-Reiterei und die Waco Rangers.«

Hohiro schüttelte den Kopf. »Die Rangers und die Dragoner gemeinsam nach Coventry zu entsenden, erscheint mir äußerst unklug. Sie befehden sich seit Jahren.«

Victor schaute auf Kai. »Normalerweise ist dein Onkel Tormano schlauer.«

»Hätte ich auch gedacht, aber seit seinem Entschluß, der Berater deiner Schwester zu werden, entwickle ich Zweifel an seinem Geisteszustand.«

»Irre suchen die Gesellschaft von ihresgleichen. Tormano und meine Schwester passen zueinander.«

Focht rückte die Klappe über seinem rechten Auge gerade. »Sie wissen beide nur zu gut, daß weder Katrina Steiner noch Tormano Liao verrückt oder auch nur dumm sind.«

Victor nickte zögernd. »Ja, das wissen wir, Präzentor Martialum. Aber wenn sie Dinge tun, die meiner Vorstellung von Logik zuwiderlaufen, fällt es mir schwer, daran nicht zu zweifeln. Ich will damit nicht sagen, daß ihr Wahnsinn keine Methode hätte, aber ich vertraue ihrem Urteilsvermögen nicht, weil ich seine Ergebnisse nicht begreife.«

»Das ist mir klar, aber sie zu unterschätzen hieße das Risiko eingehen, von ihnen überrascht zu werden.« Der Präzentor Martialum seufzte. »Die Innere Sphäre ist seit langem von Intrigen durchzogen, und die Mitglieder der Fürstenhäuser sind davon durchdrungen. Sie drei haben alle bereits ein Eltern- oder Großelternteil durch ein Attentat verloren, und ich denke, es wäre weise von Ihnen, Vorsicht walten zu lassen.«

»Ich stimme Ihnen zu, Focht.« Victor leerte den Schwenker und gestattete es der wärmenden Wirkung des Cognacs, ihn zu entspannen. »Aber meine Frage steht im Raum: Wenn wir uns dafür entscheiden, die Invasorgalaxis in der Rolle des Verteidigers einzusetzen, benutzen wir Coventry als Modell für unser Vorgehen?«

»Wir könnten schlechtere Beispiele wählen, Hoheit.«

Victor stellte das Glas ab und lächelte. »Und wenn wir unser Können bei der Niederschlagung von Clan-Truppen beweisen, wie würden Sie reagieren, wenn ein Souverän Sie einlädt, die Übungen auf einer Welt seines Reiches fortzusetzen?«

Der Präzentor Martialum verschränkte die Hände im Rücken. »Ich habe gehört, das Wetter in den fraglichen Breitengraden Coventrys soll im Frühling recht angenehm sein.«

»Das Wetter dort ist *immer* angenehm.« Victors Miene verhärtete sich. »Wenn es nicht gerade Clan-Mechs regnet.«

»Dann sollten wir«, meinte Hohiro mit einem listigen Schmunzeln, »falls unsere Anstrengungen hier von Erfolg gekrönt sind, Coventry vielleicht einen Besuch abstatten und uns als Wettermacher versuchen.«

30

**HQ Coventry-Expeditionsstreitkräfte,
Leitnerton, Coventry
Provinz Coventry, Lyranische Allianz**

15. April 3058

Doc Trevena konnte nur hoffen, daß die Leichtigkeit, mit der er seine kleine Truppe durch die Abschirmung der CES gebracht hatte, kein Omen für die Zukunft der Coventry-Expeditionsstreitkräfte oder den Erfolg ihrer Mission darstellte. Die CES waren am Nordrand der Cross-Divides gelandet, in der Nähe der Stelle, wo die Berge das Zentralmeer erreichten. Als Hauptquartier hatten sie das Bergdorf Leitnerton gewählt und anschließend eine Einsatzgruppe nach Südwesten entsandt, um den Überresten der Skye Rangers, Akademiekadetten und Miliz beim Ausbruch aus einem Kessel um den Ort Whitting zu helfen.

Die Tatsache, daß Docs Scoutlanzen die Patrouillen der Waco Rangers und Crazy Eights entdeckt hatten, bevor sie selbst bemerkt worden waren, erfüllte ihn mit Stolz, aber die Kommandeure der zur Befreiung Coventrys entsandten Söldnereinheiten waren darüber offensichtlich wenig erfreut. CES-Militärpolizisten brachten Doc in den Großen Ballsaal des Armitage-Hotels und marschierten mit ihm geradewegs hinüber zum Führungsstab der Expedition, das Karten, Tabellen und Hologramme studierte.

Die Offiziere drehten sich um und starrten ihn an. Doc wußte, daß er nicht gerade angemessen gekleidet war. Seine Einheit war so überstürzt in den Einsatz geschickt worden, daß niemand unter seinem Befehl genügend Uniformen zum Wechseln mitgenommen hatte. Und in den Bergwerksstollen hatten sie zuwenig Wasser gehabt, um es für das Waschen der Kleider zu verschwenden. Die MPs hatten ihm wenigstens erlaubt, sich Gesicht und Hände zu waschen, bevor sie ihn vorgeführt hatten, aber ohne frische Uniform ähnelte er eher wie einem Bergmann als einem Offizier.

Er salutierte. »Hauptmann Trevena von den 10. Skye Rangers meldet sich zur Stelle.«

Von den anwesenden Offizieren hatte er bisher nur Judith Niemeyer schon einmal getroffen, den Lieutenant General der Coventry-Miliz. Die schwarzen Overalls mit den roten Litzen identifizierten zwei der anderen als Dragoner. Da die anderen nicht in Frage kamen, konnte er die Schwarze links von ihnen als General Ariana Winston identifizieren, die Kommandeurin der Leichten Eridani-Reiterei. Er hatte schon viel über sie gelesen, und ihre Anwesenheit hier ließ ihn zu dem Schluß kommen, daß sie und das Allianz-Oberkommando die Situation sehr ernst nahmen.

Doc hatte das Waco-Rangers-Wappen auf den Mechs bemerkt, die seine Leute hierher eskortiert hatten. Der Kommandeur dieser Einheit, Oberst Wayne Rogers, war ein weiterer der Anwesenden. Er empfand es ganz und gar nicht als beruhigend, daß der Mann ebenso lässig gekleidet war wie Doc. Der Einzige, der in dieser illustren Runde fehlte, war der Anführer der Crazy Eights – einer Einheit, die ihrem Namen alle Ehre gemacht hatte, als sie sich den Waco Rangers anschloß.

Der Kommandeur der Waco Rangers blinzelte Doc durch dicke Brillengläser an, die ihm riesige, reptilienartige braune Glubschaugen zu verleihen schienen. »Sie sind der Idiot, der zwei Kompanien Mechs in meine Besatzungszone gebracht hat.«

Doc senkte die zum Gruß erhobene Hand und stand bequem. »Ja, das waren meine Leute.« Er sah zu Lieutenant General Niemeyer. »Unsere Maschinen benötigen Reparatur und Wartung, aber ich habe zwei einsatzfähige Kompanien.«

Einer der Dragoner-Offiziere, ein Mann von Docs Größe, wenn auch etwas schlanker, lächelte. »Wir wissen, was Ihre Leute durchgemacht haben, und Lieutenant General Niemeyer *hat* den Befehl über die Provisorische Coventry-Miliz, aber zu diesem Zeitpunkt erfüllt ihre Einheit eine Reservefunktion. Wir werden natürlich eine Nachbesprechung mit Ihnen und ihren Leuten durchführen, aber von jetzt an regeln wir die Dinge hier.«

Doc runzelte die Stirn und sah zu Niemeyer. »Was ist mit Generalhauptmann Bakkish?«

»Bei einem Scharmützel in den Außenbezirken von Port St. William gefallen.« Niemeyer sah zu Boden. Sie schien mit ihrer neuen Position nicht allzu glücklich zu sein. Er hatte Einschätzungen von ihr gehört, in denen sie als mütterlich beschrieben worden war, und der Ausdruck der Kapitulation in ihrem Gesicht schien ihm dazu zu passen. Sie wirkte weniger wie eine Kommandeurin auf Doc denn wie eine Großmutter, die zwar nicht gut fand, was ihre Enkel anstellten, sich aber außerstande sah, sie aufzuhalten. »Wie Oberst Tyrell schon gesagt hat, werden wir in Reserve gehalten.«

»In Reserve?« Doc schüttelte den Kopf. »Ich habe da hinten zwei Drittel eines Bataillons, das den Jadefalken in einem Monat von Gefechten nichts geschenkt hat. Während Sie noch im Anflug waren, haben wir uns bei den Falken unseren Nachschub geholt. Meine Leute haben sich in kürzester Zeit von Grünschnäbeln zu erfahrenen Kämpfern gemausert. Sie nicht einzusetzen, insbesondere da sie dieses Gebiet kennen, ist schlicht und einfach eine Dummheit.«

Die dunkelhaarige Dragonerin tippte etwas in einen Compblock, und auf einem der Bildschirme an der Westseite des Ballsaals erschien die Gefechtsaufstellung der 10. Skye Rangers. »Sie reden in einem ziemlich besitzergreifenden Ton von einem Bataillon unter dem Befehl von Kommandant Horst Sarz.«

»Nicht besitzergreifend, Oberst, sondern stolz. Kommandant Sarz war in einem Zustand, der es ihm unmöglich machte, den Befehl auszuüben. Ich habe seine Aufgaben übernommen.«

»Ohne vorherige Kampferfahrung?« Doc las mehr Neugierde als Zurechtweisung in ihren blauen Augen. »Die beiden anderen Offiziere des Bataillons hatten mehr Gefechtsfelderfahrung als Sie.«

»Bei allem Respekt, Oberst, die Tatsache, daß wir bis jetzt überlebt haben, und die Einheit immer noch als solche funktioniert, spricht wohl für sich selbst.« Doc grinste, trotz der säuerlichen Miene, die sich auf Wayne Rogers' Gesicht ausbreitete. »Die Hälfte meiner Einheit besteht ausschließlich aus leichten Mechs. Abgesehen von Panzerschäden sind sie unbeschädigt, und das, obwohl sie an mehr Einsätzen beteiligt waren als meine übrigen Mechs.«

Rogers zuckte übertrieben die Achseln. »Schön, Sie hatten Glück. Jetzt überlassen Sie das Feld den Profis.«

Bevor Doc antworten konnte, bellte die Dragonerin zurück: »Hauptmann Trevena *ist* ein Profi, Oberst Rogers.«

»Ja, liebste Shelly, ich weiß, aber ein Profi, dessen Arsch in eine lausige Einheit und eine noch lausigere Mission verbannt wurde. Sie haben ihm den Befehl über eine *Scoutkompanie* gegeben! Beim Blute Blakes, Frau, für diesen Kerl wurde extra eine ganz neue Spezies von Schrotteinheit erfunden!« Die Art, wie Rogers blinzelte, erinnerte Doc an eine Kröte – eine große, kahle, rotgesichtige Kröte, aber nichtsdestoweniger eine Kröte. »Die einzige Möglichkeit, ihn noch weiter zu degradieren, wäre es gewesen, ihm das Kommando über eine Lanze von Simulatorkanzeln zu geben.«

Tyrells Augen schienen Rogers mit Laserstrahlen durchbohren zu wollen. »Was Oberst Brubaker versucht, Ihnen in den verknöcherten Schädel zu hämmern, Rogers, ist, daß Hauptmann Trevena vielleicht nicht über unsere Kampferfahrung verfügt, aber er hat eine Ausbildung absolviert und ist in der Lage anzuwenden, was er gelernt hat.«

Ariana Winston schob sich zwischen die Dragoner und Wayne Rogers. »All das entspricht den Tatsachen, meine Freunde, aber offensichtlich wollte Hauptmann Trevena nur darauf hinweisen, daß wir *zusammenarbeiten* sollten. Er bietet seine Erfahrung an, um uns zu helfen, nicht, um uns zu behindern oder jemandes Ruhm zu schmälern. Er hat gegen die Jadefalken gekämpft, und genau dazu sind wir ebenfalls hier.« Sie musterte Doc, und ihre braunen Augen schienen in seinem Gesicht nach etwas Bestimmtem zu suchen. Doc wurde rot, und sie lächelte. »Hauptmann Trevena, wir sind hier, um die Falken von Coventry zu vertreiben. Wie Sie auf der Karte dort sehen können, haben Sie um Port St. William Posten aufgestellt. Wir schätzen ihre Stärke auf drei Galaxien, was in etwa unserer Truppenstärke entspricht. Wir haben vor, sie aus ihren Stellungen zu scheuchen.«

Doc sah zur Kartenprojektion hoch. »Keine leichte Aufgabe. Bei unserem letzten Funkkontakt mit dem Regimentshauptquartier hörte es sich danach an, als ob die Jadefalken von Norden über die Ebene anrückten und am linken Flußufer entlang marschierten.«

Niemeyer nickte zögernd. »Unsere Kräfte zogen sich in den Distrikt Bradford Hills zurück und entkamen dann nach Nordosten, nach Whitting im Agrodistrikt. Wir hatten kaum Zeit, uns neu zu gruppieren, bevor sie uns eingekesselt hatten und die Schlinge enger zogen.«

Rogers rückte die Brille zurecht. »Und, wie beurteilen Sie diese Geschichtsstunde, *Hauptmann* Trevena?«

Doc tat sein Bestes, den Sarkasmus zu ignorieren, wobei ihm ein ermutigendes Lächeln von Shelly Brubaker zu Hilfe kam. »Der Anmarsch über den Norden macht Sinn. Wenn Sie eine Einheit als Abschirmung für den Fluß abstellen, und eine andere für die Berge, ist der Weg ins Zentrum von Port St. William frei. Das ist eindeutig die einfachste Lösung. Und natürlich diejenige, die unser Gegner erwartet. Ich habe vielleicht erst dieses Jahr den ersten Feindbeschuß erlebt, aber ich würde meinen, ein Sturmangriff gegen befestigte Clanner-Stellungen verspricht äußerst brutal zu werden.«

General Winston nickte. »Stimmt.«

Doc deutete auf die Karte. »Wahrscheinlich ist Ihnen auch schon der Gedanke gekommen, eine Einheit vorzuschicken, um die Clans auf dem Nordland-Berg-Gebiet zu binden. Mit einer Abschirmeinheit entlang des nördlichen Flußlaufs können Sie verhindern, daß eine Clan-Einheit dort entlang zieht und Ihre Truppen aus der Flanke aufrollt. Aber sie müssen es auf jeden Fall versuchen, und das bedeutet, sie werden ziemlich weit nach Norden vorstoßen werden, bis sie eine Furt finden, an der sie den Fluß schnell genug überqueren können, um das gegenüberliegende Ufer zu sichern.«

Shellys blaue Augen funkelten mißtrauisch. »Das bringt sie in unser Hinterland, wo sie zu einer Bedrohung für unsere Nachschublinien nach Leitnerton werden.«

»Stimmt. Aber der Trick bei der Sache ist, daß Sie bereits eine Einheit noch weiter nördlich haben übersetzen lassen, die in den Dales in Position gegangen ist. Sobald ihre Abschirmeinheit Feindkontakt meldet, stürmt das Dales-Regiment vor und zerschlägt die Flanke der Clanner. Dann zieht es weiter und nimmt den Westrand der Stadt ein. Damit steht es im Rücken der Jadefalken.«

Oberst Tyrell fuhr sich mit der Hand durch das kurzgeschorene braune Haar. »Diesen Plan haben wir bereits erwogen, aber wir mußten ihn verwerfen. Die

Dales sind zu verwildert und zerklüftet, eine Einheit kann nicht schnell *und* in Formation durch sie hindurchziehen.«

Doc grinste. »Verzeihung, Sir, aber das stimmt nicht.«

Über Rogers' Nasenwurzel tauchte eine tiefe Falte auf. »Jede Einheit, die wir dort einsetzen, würde in kürzester Zeit den Zusammenhalt verlieren. Die Gegend ist ein Irrgarten. Es wäre Selbstmord, sich dort auf ein Gefecht einzulassen.«

»Nicht, wenn man sich dort auskennt.«

General Winston sah Doc eindringlich an. »Und Sie tun das?«

»Meine Scouts und ich haben Anfang des Jahres einen ganzen Monat dort Manöver abgehalten. Wir bringen Sie hindurch.«

Brubaker hob die Linke an den Mund, um ihr Grinsen zu verbergen. »Verzeihen Sie, Hauptmann, aber Sie haben uns die Antwort auf ein Problem geliefert, an dem wir nicht weiterkamen.«

»Freut mich, Ihnen behilflich sein zu können.« Doc zog die Stirne kraus. »General Winston, Sie sagten, die Jadefalken haben drei Galaxien in Port St. William.«

»Ja.«

»Wo ist der Rest?«

Die Frage machte ihn zum Mittelpunkt allgemeinen Erstaunens. »Der Rest?« wiederholte Tyrell.

»Während unseres Aufenthalts in den Bergen habe ich konstant Landungsschiffe kommen und gehen sehen. Ich habe immer gehofft, sie irgendwann nur noch *abfliegen* zu sehen, aber soviel Glück hatte ich nicht. Bei der Entfernung, aus der ich das Treiben beobachten konnte, kann ich Ihnen nicht sagen, welche Schiffsklassen ich gesehen habe, oder was sie transportierten, aber es herrschte reger Betrieb.«

Wayne Rogers winkte ab. »Wen kümmert das – ich habe selbst die Herausforderung und das Bieten abgewickelt. Sie verteidigen Port St. William mit drei Galaxien. Das ist unser Problem.«

General Winston schüttelte den Kopf. »Das ist unser *unmittelbares* Problem, Oberst. Aber Hauptmann Trevena hat ein übergreifendes Problem aufgedeckt. Wir haben alle gewußt, daß dies nicht einfach wird.« Sie zögerte einen Moment, und ihre Miene verhärtete sich. »Wir wollen hoffen, daß wir die tatsächlichen Schwierigkeiten nicht enorm unterschätzt haben.«

31

**Turkina Keshik-Hauptquartier,
Port St. William, Coventry
Provinz Coventry, Lyranische Allianz**

19. April 3058

Galaxiscommander Rosendo Hazen wandte sich vom holographischen Kartentisch ab, als die jüngeren Mitglieder seiner strategischen Operationsgruppe Haltung annahmen. Er lächelte Marthe Pryde zu und salutierte respektvoll. »Es ist eine Freude, Euch wiederzusehen, Khanin Marthe Pryde.«

»Natürlich, Galaxiscommander.« Ihre langen Schritte verschlangen die Entfernung von der Tür bis zum Rand des Geländehologramms. Es zeigte eine verkleinerte Darstellung von Port St. William, von Norden aus in Richtung auf die Bucht betrachtet. Winzige Mechs gingen in Verteidigungsstellungen vor, die ursprünglich Truppen der Inneren Sphäre beherbergt hatten. Eine Galaxis stand in den Bradford Hills, eine andere im Nordland, die dritte blieb in der Stadt in Reserve.

Marthe sah sich die Planung an, dann nickte sie. »Standardverteidigung.«

»So ist es, aber Arimas hier hat ein paar Schwachpunkte des Gegners entdeckt, auf die wir noch nicht gekommen waren.« Rosendo winkte einen großen, schlanken Krieger mit buschigem roten Haar heran. »Erzähl uns, was du herausgefunden hast.«

Die blauen Augen des jungen Burschen leuchteten. »Bei der Analyse der Kämpfe um Whitting bin ich auf etwas gestoßen, das wir möglicherweise ausnutzen können. Die Leichte Eridani-Reiterei hat die Landezone der Inneren-Sphäre-Kräfte gesichert, dann haben die Dragoner ihre Regimenter gelandet, eines westlich, um die rechte Flanke zu sichern, das zweite in der Mitte. Die linke Seite, anscheinend ein Gebiet, von wo sie keine Schwierigkeiten erwarteten, wurde von den Waco Rangers gedeckt. Die Bewegungen der Rangers erschienen mir nicht voll mit denen der Dragoner abgestimmt. Weitere Nachforschungen über die Rangers brachten einen institutionalisierten Haß auf die Dragoner ans Licht. Dieser Haß scheint beiderseitig zu sein.«

Marthe nickte. »All das ist bekannt.«

»Ja, meine Khanin, aber ich hielt es nicht für sinnvoll, die zu erwartenden Aktionen der Mammonkrieger ohne Berücksichtigung dieses Hintergrunds vorauszusagen.« Arimas betätigte zwei Tasten des Compblocks in seiner Hand. Die Hologrammanzeige veränderte sich im Maßstab und brachte die anrückenden Einheiten der Inneren Sphäre mit ins Bild. Wie winzige Spielzeugfiguren marschierten die Mechs der Leichten Eridani-Reiterei heran, zu beiden Seiten flankiert von den Dragoner-Regimentern. Die Miliz deckte die extreme westliche Flanke, und die Waco Rangers sicherten Leitnerton.

»Ich bin sicher, Khanin Marthe Pryde, daß die Dragoner den Schutz ihrer Basis niemals den Rangers überlassen würden. Zudem würden es die Rangers nicht akzeptieren, von der Schlacht um Port St. William ausgeschlossen zu bleiben. Der Feind weiß, daß der Sturm auf vorbereitete Verteidigungsstellungen die massierteste Feuerkraft erfordert, die sie zusammenziehen können. Die Waco Rangers werden sicher nicht in Leitnerton bleiben.«

Marthe blickte zu Rosendo und zog fragend eine Braue hoch. »Wie schätzt du das ein?«

»Der Gedanke, die Dragoner könnten Leitnerton relativ ungeschützt lassen, scheint inakzeptabel, aber selbst ohne die Anwesenheit der Rangers hätten wir es schwer, die Panzer, Infanterie und Mechs aufzubieten, die notwendig wären, um den Ort einzunehmen.

Unser Gebot gibt uns keine echte Möglichkeit, ihr Hinterland zu bedrohen *und* die Stadt adäquat zu verteidigen.«

Die Khanin richtete den Blick wieder auf Arimas. »Wie, glaubst du, werden die Rangers zum Einsatz kommen?«

Arimas zögerte einen Moment, und seine selbstbewußte Fassade zeigte Risse. »Ich nehme an, daß der Feind plant, sie durch die Hügel des Dales genannten Gebietes zu ziehen und uns anzugreifen, sobald unsere Reserven seine Flanke bedrohen. Indem er die Miliz als Abschirmung gen Westen benutzt, bietet er uns ein verlockendes Angriffsziel. Auszubrechen und die westliche Flanke des Gegners aufzurollen, stellt eine vernünftige Strategie dar, die von uns zu erwarten wäre.«

»Arimas, ist dir bekannt, daß wir eben diese Strategie erwogen haben, als wir Port St. William angriffen?«

»Ja, meine Khanin. Sie wurde verworfen, weil die Dales ein Gebiet sind, das nur schwer zu durchqueren ist. Wir hatten keine einheimischen Führer. Ich glaube jedoch, daß die Rangers sie haben.« Arimas deutete auf die Cross-Divides. »Den Unterlagen zufolge, die wir erbeutet haben, besaß das Skye-Rangers-Bataillon ein leichtes Element, das in den Dales Manöver abgehalten hat. Ihre Überfälle im Osten haben aufgehört, und daraus schließe ich, daß sie zu den Söldnern gestoßen sind und sie bei dieser Flankenbewegung durch die Dales lotsen können.«

Marthe gestattete sich die Andeutung eines Lächelns. »Rosendo Hazen, stammt er aus deiner Linie oder aus meiner?«

»Weder noch. Er ist ein Malthus, mit Beimischungen von Nygren und Widowmaker.«

»Bemerkenswert.«

»Wartet ab.« Rosendo nickte Arimas zu. »Stell der Khanin deinen Plan vor.«

»In Ordnung.« Arimas tippte etwas in den Compblock, und wieder veränderte sich die Hologrammdarstellung. Die zur Verteidigung aufgestellten Galaxien waren nun um je einen Trinärstern reduziert; dadurch wurde ein leichter Sternhaufen aus schnellen Mechs verfügbar. Die Reservegalaxis bestand nun überwiegend aus schweren und überschweren Kampfkolossen, während in den Garnisonseinheiten der Stadt mittelschwere und schwere Mech überwogen.

»Wenn der Feind angreift, würde ich unsere Kräfte in Port St. William zurücknehmen. Er will uns offensichtlich mit dem Frontalangriff binden, und dieser vorzeitige Rückzug wird ihm eine Situation präsentieren, die er ausnutzen kann, bevor die Rangers in Stellung gegangen sind. Während unsere Einheiten sich zurückziehen, beginnt unsere Reserveeinheit das Flankenmanöver. Sie wird die zur Abschirmung eingesetzte Feindeinheit früher als geplant erreichen und dürfte angesichts der Schlagkraft unserer Truppen durchbrechen. Damit schaffen wir eine ernste Gefahr für das Hinterland des Gegners. Die Rangers werden gezwungen, schneller als geplant vorzurücken, und dies wird zu Verwirrung führen. Um ehrlich zu sein, erwarte ich *ohnehin*, daß sie verfrüht vorrücken, weil sie nicht bereit sind, den Ruhm für die Eroberung von Port St. William den Dragonern allein zu überlassen. Wenn sie die Reserven angreifen, kann der schnelle Sternhaufen in den Rücken des Feindes vorstoßen und Leitnerton bedrohen.«

»Und wenn die Rangers in guter Ordnung vorrücken?«

»Wird der schnelle Sternhaufen ausrücken und sie zum Kampf stellen, was unserer schweren Reserve gestattet, in den Rücken des Gegners vorzustoßen.« Arimas grinste. »Das Eindringen des Feindes in die Stadt kann durch den Einsatz von Elementaren gebremst werden, so daß er im Rücken verwundbar wird, bevor er einen dauerhaften Brückenkopf im Stadtgebiet etablieren kann. Er wird sich zurückziehen müssen.«

»Das wird er in der Tat müssen.«

Rosendo sah Marthe an. »Wir werden diesen Plan ausführen, frapos?«

»Mit einer kleinen Änderung, pos.« Marthe deutete auf die zum Sturm auf Port St. William angetretene feindliche Streitmacht. »Die Dragoner waren einmal Teil der Clans, und die Leichte Reiterei führt ihre Traditionen bis auf Einheiten zurück, die beim Auszug Aleksandr Kerenskys aus der Inneren Sphäre zurückblieben. Dieses eine Mal ist ein solches Täuschungsmanöver statthaft. Danach will ich sie in maximaler Kampfkraft treffen, und wir werden durch diese Operation genau das bekommen, was ich will.«

ComGuards-Hauptquartier, Tukayyid
ComStar-Garnisonsdistrikt,
Freie Republik Rasalhaag

Victor Davion ließ sich in die Polster eines der Sessel sinken, die um den Kamin der Bibliothek arrangiert waren. Der Raum wirkte historisch, als habe er schon so existiert, bevor die Menschheit Terra verlassen hatte, aber in Wahrheit war er natürlich eine geschickte Nachbildung. Mit der Walnußholztäfelung, den Wandregalen mit ledergebundenen Büchern und dem hölzernen Mobiliar erinnerte er ihn an sein Büro auf New Avalon – das Büro, das vor ihm schon seinem Vater gute Dienste geleistet hatte. Dieser Eindruck, kombiniert mit dem Glas Single Malt Scotch in seiner Hand und dem offenen Feuer im Kamin sorgte dafür, daß er sich wie zu Hause fühlte.

Hohiro Kurita, der ihm in einem anderen der breiten Polstersessel gegenüber saß, nahm einen Schluck Whisky und lächelte. »Diese Umgebung ist viel zu überfüllt, um der Vorstellung meines Volkes von einer beruhigenden Atmosphäre nahezukommen, aber irgendwie erscheint mir der Raum einladend.«

Kai Allard-Liao beugte sich vor, das Glas in beiden Händen. »Das machen der Whisky und das Feuer, Hohiro. Sie trüben deine Sinne.«

»Ganz abgesehen von der Tatsache, daß wir alle drei rechtschaffen müde sind.« Victor rieb sich die Augen. »Aber das ist eine gute Müdigkeit. Deine Genyosha hat die Invasorflanke sauber aufgerollt. Sehr schön gemacht.«

»Ich werde dein Kompliment an Narimasa Asano weiterleiten. Er hat unsere Bewegung dirigiert.«

»Ja, du hast sie nur angeführt.« Victor war von dem Wagemut überrascht gewesen, mit dem Hohiro seine Kompanie geradewegs in die Flanke der Invasoren geführt hatte. Das Manöver hatte die Flankenkräfte gebunden und dem Rest des Bataillons gestattet, sie zu umgehen und sein Feuer auf die Invasoren zu konzentrieren. Als diese dann zurückwichen, war der Rest des Genyosha-Regiments vorgerückt und der linke Flügel der Invasoren zusammengebrochen.

»Was ich tat, konnte nur funktionieren, weil die Invasoren entsprechend der Jadefalken-Doktrin gekämpft haben. Sie konzentrierten sich auf den Zweikampf einzelner Krieger. Das ist eine Tradition, die draconische Krieger kennen und möglicherweise zu sehr lieben.«

Victor runzelte die Stirn. »Wie meinst du das?«

»Hätten sie wie Wölfe gekämpft, wäre ich in einem Feuersturm zurückgeschlagen worden. Sie hätten mich eingeschlossen und meine Einheit zermalmt.« Hohiro lächelte traurig. »Wir hätten sie teuer bezahlen lassen, aber schlußendlich wäre ich nur ein weiterer Samurai gewesen, der im ruhmreichen Kampf sein Ende fand.«

»Wenn ich mich recht entsinne, waren es Krieger des

Draconis-Kombinats, die meinem Onkel Ian ein solches ruhmreiches Ende bescherten.«

»So ist es, Victor, und mein Volk gedenkt noch heute seiner Tapferkeit.«

»Wie seltsam, daß der Ruhm der Schlacht, das Schauspiel der Tapferkeit, irgendwie weiterwirken und dem Tod eine eigene Färbung geben.« Kai nahm einen Schluck Whisky. »Ein Held stirbt einen ruhmreichen Tod, und selbst die Krieger, die versuchen ihn zu töten, werden durch ihre Beteiligung an seinem Ende irgendwie erhöht. Und wenn derjenige, der ihn schließlich erledigt, den Mut des gefallenen Gegners preist, steigen dessen Tod und der Akt des Tötens zu einem noch höheren Zenit der Eleganz und Ehrenhaftigkeit.«

Victor blinzelte. Kais Worte überraschten ihn. »Vergib mir, Kai, aber beruht deine Karriere als Champion von Solaris nicht auf genau dieser Art ruhmreichen Kampfes?«

»Stimmt.« Kai zögerte, und Victor spürte die Zweifel seines Freundes. »In den Arenen von Solaris gibt es sicher genug Tote, aber das ist nicht die Absicht. Ich habe es geschafft, den Titel des Champions zu erreichen, ohne einen meiner Gegner zu töten. Wenn in der Arena jemand stirbt, nun, dann ist das in der Regel die Folge von sträflicher Dummheit oder ein Unfall, und sein Tod wird betrauert.«

»Wir trauern um die im Kampf Gefallenen.«

Hohiro hob die Hand. »Ich glaube, ich verstehe, worauf Kai hinaus will. Die Kämpfe auf Solaris sind Prüfungen des gegenseitigen Könnens. Durch die Art, wie sie aufgebaut sind und präsentiert werden, bieten sie anderen die Möglichkeit, sich an den Fähigkeiten der beteiligten MechKrieger zu erfreuen. Die Arenakämpfe auf Solaris verhalten sich zum Krieg wie ein Boxkampf zu einer Straßenschlägerei. Der Tod ist bei diesen Kämpfen nicht beabsichtigt wie es im Krieg der Fall ist.«

Kai nickte zustimmend. »Und auf Solaris gestehen wir uns die Tragödie und Verschwendung eines Todes ein. Aber im Krieg dürfen wir das nicht, weil wir dann den Willen verlieren würden, ihn zu führen. Wir müssen die Toten zu Helden stilisieren oder wenigstens zu tragischen Figuren, weil wir damit der Fratze des Todes eine hübsche Larve überstülpen.«

Victor stellte das Glas ab. »Ich verstehe sehr wohl, was du meinst, aber ich finde, du gehst von einer falschen Prämisse aus. Hohiro hat sie formuliert, als er sagt, das Töten sei die Absicht des Krieges.«

Hohiro sah ihn über den Rand seines Whiskyglases hinweg an. »Was denn sonst?«

Victor seufzte. Das war eine Frage, die schon Generationen von Historikern und Philosophen Arbeit und Brot geliefert hatte. »Ich will es nicht zu sehr vereinfachen, aber das Ziel des Krieges ist es, den Gegner zu besiegen.«

Hohiro nickte. »Was sich am besten erreichen läßt, indem man ihn tötet.«

»Nicht unbedingt, Hohiro.« Kai lehnte sich zurück. »Ich habe meine Gegner auf Solaris besiegt, ohne sie umzubringen.«

»Aber das ist Sport.«

»Und inwiefern unterscheidet sich dieser Sport von der Art des Kampfes, wie die Clans ihn führen? Für sie ist der Krieg ein Wettbewerb, um herauszufinden, wer der Stärkere ist. Auf Solaris gewinnt der stärkste Krieger Geld und Ruhm. Bei den Clans gewinnt der stärkste Krieger Ehre und eine Chance, seine Gene in das Zuchtprogramm einzubringen. Letzten Endes gewinnt der ClanKrieger die Unsterblichkeit. Die Clanner kämpfen gut und hart, deshalb ist der Preis angemessen. Ob ein Krieger fällt oder überlebt, ist für seine Belohnung ohne Bedeutung, so daß der Tod eines von ihnen nur Platz für andere Krieger in der Unsterblichkeitslotterie macht.«

Hohiro zuckte die Schultern. »Der Gedanke, wir könnten genug von ihnen töten, um sie aufzuhalten, ist verführerisch, aber die Schlacht um Wolcott beweist, daß ein Töten der Clanner nicht der einzige Weg ist, sie zu besiegen. Mein Vater hat sie ausmanövriert, und sie haben sich zurückgezogen, was beiden Seiten unnötiges Blutvergießen erspart hat.«

Victor rieb sich noch einmal die Augen. »Ich würde sagen, indem wir den Tod aus der Formel für den Sieg über den Feind herausgestrichen haben, haben wir gerade eine Lektion gelernt, die jede Kriegergeneration neu für sich entdecken muß – eine Lektion, die manche Generationen nie lernen, und die andere erkennen, weil ihre Führer es nicht tun. Und diese Lektion lautet, daß Blut nicht die einzige Währung ist, mit der man sich einen Sieg erkaufen kann.«

Hohiro war skeptisch. »Aber läßt sich ein Krieg ohne Tote gewinnen?«

»Vielleicht nicht, Hohiro, aber das ist auch nicht der Punkt.« Kai legte die Fingerspitzen aneinander. »Kein Führer, der vor einer Niederlage steht, wird seine Leute geradewegs in die Geschütze des Gegners marschieren lassen, es sei denn, er ist ein Selbstmörder oder ein Dummkopf oder beides. Er wird sich zurückziehen und auf eine andere Gelegenheit warten. Den Feind umgehen, ihn von seinem Nachschub abschneiden, ihn zwingen, seine Kräfte aufzuteilen, so daß man ihn nach und nach besiegen kann – das sind überlegene Möglichkeiten, einen Sieg zu erringen, weil sie das Blutvergießen, mit dem man sich einen Sieg erkaufen muß, auf ein Mindestmaß reduzieren.«

Victor nickte nachdrücklich. »Das ist es, Kai. Es mag dir zuwiderlaufen Hohiro, aber ich sehe in all unseren Kriegertraditionen – auch denen der Clans – eine Doppelmoral bei der Bewertung des Kriegers. Der einzelne Soldat wird nach seiner Tödlichkeit beurteilt. Wer eine große Anzahl Feinde tötet, wird lautstark gepriesen.

Du hast selbst gesagt, daß mein Onkel Ian dafür verehrt wird, wie tapfer er gekämpft und wie mutig er gestorben ist, so wie es bei dir der Fall wäre, wenn du eine enorme Anzahl Clanner mit ins Grab nimmst.«

»Ich verstehe, was du meinst. Sprich weiter.«

Der Prinz des Vereinigten Commonwealth rutschte auf die Sesselkante vor. »Führer werden danach beurteilt, wie gut sie den Gegner besiegen, und hier liegt die Betonung auf List und Geschicklichkeit, nicht auf roher Gewalt, denn rohe Gewalt tötet eine enorme Zahl eigener Leute.«

»Trotzdem erscheint uns ein Führer, der einen Krieg vermeidet und trotzdem erreicht, was er will, weniger ehrenhaft als einer, der Blut vergießt, um seine Ziele zu erreichen.« Hohiro legte eine nachdenkliche Pause ein und nahm einen Schluck Whisky. »Wie kommt das?«

»Weil niemand einem Menschen vertraut, der ein geschickter Täuscher ist.« Kai schüttelte den Kopf. »Wer durch List gewinnt, auch wenn er dadurch kein Blut vergießen muß, gilt nicht als wahrer Sieger. Die Entscheidung ist nicht eindeutig, auch wenn die Ergebnisse es sind.«

»Und doch sollte der Führer, der einen Sieg erringen kann, ohne zu töten, das Vorbild sein, dem alle nacheifern.« Victor nahm sein Glas wieder auf und leerte es. »Zu siegen ohne zu töten ist möglicherweise die letzte Lektion auf dem Weg, ein wirklich großer Krieger zu werden. Ich bin bereit für den Versuch, sie zu meistern.«

Hohiro nickte. »Das Problem hat eine faszinierende Zen-Qualität: Wie erreicht man Größe in der Arena ohne deren Mittel zu benutzen. Falls du einen Studienpartner bei dieser Lektion wünschst, wäre ich geehrt, für diese Position in Frage zu kommen.«

»Ich werde lieber von tausend Lebenden als Roßtäuscher angesehen, als daß eine Leiche meinen Ruhm als erfolgreicher Feldherr stützt. Bei diesem Studium möchte ich auch dabei sein.«

»Wohlan denn, Kameraden.« Victor hielt sein leeres Glas empor. »Von diesem Tage an soll unser Ziel sein, den Tod aufzuhalten, statt ihm Vorschub zu leisten. Selbst wenn sie uns deshalb niemals große Krieger nennen sollten, werden zumindest keine Friedhöfe von unserem Versagen zeugen.«

32

Die Dales, Coventry
Provinz Coventry, Lyranische Allianz

21. April 3058

Hätte Doc noch im Cockpit des *Lichtbringers* gesessen, so hätte er auf Oberst Wayne Rogers' *Kampftitanen* geschossen. »Oberst, es ist mir egal, ob die Jadefalken sich Fahnen schwenkend an den Straßen aufgestellt haben und den im Triumphzug anrückenden Dragonern eisgekühlte Bierflaschen ins Patschhändchen drücken, wir sollen erst vorrücken, wenn Lieutenant General Niemeyer meldet, daß Gruppe Buckler Feindkontakt hat. Wir wissen weder, wohin wir gehen, noch was uns erwartet.«

»Dafür haben wir Ihre kleine Scoutkompanie, Trevena.« Der *Kampftitan* zeigte mit der MP-ähnlichen Partikelprojektorkanone in seiner rechten Faust nach Süden. »In Port St. William brechen die Jadefalken zusammen. Mit Ihnen als Vorhut werden wir rechtzeitig sehen, was auf uns zukommt, und Gelegenheit haben, uns darauf vorzubereiten.«

Aber ihr werdet euch nicht davon aufhalten lassen. Doc hatte geahnt, daß Rogers irgendeinen Blödsinn versuchen würde. Der Mann war nicht dumm, aber wenn die Dragoner im Spiel waren, konnte er nicht klar denken. Als Wolfs Dragoner ihre wahre Herkunft als ehemalige Clan-Mitglieder aufgedeckt hatten, hatten Rogers und seine Leute versucht, eine Koalition von Söldnereinheiten aufzubauen, mit dem Ziel, die Dragoner zu zerschlagen. In dieser Hinsicht hatte er sich inzwischen etwas beruhigt, aber Rogers war so besessen von dem Drang zu beweisen, daß seine Leute den Dragonern in nichts nachstanden, daß es körperlich spürbar war.

Die Crazy Eights waren kaum besser. Ihr Kommandeur, Captain Symerius Blade, hatte eigentlich nichts gegen die Dragoner, schien aber bereit, sich von Rogers mitziehen zu lassen. Die Eights hielten sich in der Regel von den Dragonern fern, aber wenn es zu einer Begegnung kam, schienen sie beinahe so raufsüchtig wie die Waco Rangers.

Shelly Brubaker hatte nur gelacht, als er ihr von seinen Sorgen Rogers betreffend erzählt hatte. »Natürlich wird er eine Dummheit versuchen. Deshalb nennen wir sie unter uns die Wacko Rangers, und deswegen werden sie in den Dales sitzen, während wir in den Kampf ziehen.«

Doc seufzte. »Oberst, beantworten Sie mir eine Frage: Wenn ich jetzt da raus ginge und Ihnen melden würde, daß sämtliche Jadefalken auf dieser Welt anrücken, um Ihnen das Fell zu gerben, gehe ich recht in der Annahme, daß Sie sich trotzdem nicht zurückziehen würden?«

»Ich beantworte keine hypothetischen Fragen, Trevena«, knurrte Rogers. »Setzen Sie Ihre Leute in Trab. Erkunden Sie den Flußlauf und erstatten Sie Bericht.«

»Sobald Sie mir einen entsprechenden Befehl von General Winston besorgen.«

Die PPK des *Kampftitanen* schwenkte auf die Pilotenkanzel des *Centurion* zu. »Sie erhalten Ihre Befehle von mir, Jungchen. Sie sind meiner Einheit zugeteilt. Rücken Sie aus.«

»Ja, *Sir*, Herr Oberst.« Doc setzte den Mech in Bewegung. »Ich will nur hoffen, da draußen geht nichts schief, denn wenn das hier vorbei ist, sprechen wir uns wieder. Und ich werde Ihnen dermaßen Prügel verpassen, wie Sie es in Ihrem Leben noch nicht erlebt haben.«

»Das haben schon Bessere als Sie versucht, Trevena.«

»Nicht, wenn sie es nicht geschafft haben, Oberst.«

Doc und seine Leute marschierten in einer auf etwa zwei Kilometer auseinandergezogenen Marschreihe an den Ufern der Ridseine entlang. Das Gelände veränderte sich allmählich von der wogenden Hügellandschaft der Dales zu einer weiten Ebene, die von den ersten grünen Ausläufern der einheimischen Frühlingsgräser bedeckt war. Hohe Baumhaine, vor Jahrzehnten als Windschutz und Grenzmarkierungen angelegt, unterbrachen die Sicht und gestatteten in sämtliche Richtungen eine Beobachtung über maximal vier Kilometer Entfernung.

Doc hatte kein gutes Gefühl. Durch die Bäume, die sich bis zu einem Kilometer vom Ufer entfernt parallel zum Fluß hinzogen, konnte er das andere Ende der Marschlinie, die er und Isobel Murdoch mit ihren schwereren Mechs abschlossen, häufig nicht erkennen. Dort war Andy Bicks Lanze im Einsatz, und auch wenn Andy sich zu einem recht guten Lanzenführer entwickelt hatte, wurde Doc die Sorge nicht los, daß dort draußen etwas passieren konnte. *Natürlich hat Andy momentan mehr direkte Gefechtserfahrung auf dem Buckel als ich, also sollte ich ihm wohl einfach vertrauen.*

In Docs Funkgerät rauschte die Statik. »Dolch, hier Buckelschild.«

Rogers Stimme antwortete, und Doc empfing sie sehr viel stärker als sie hätte sein dürfen. »Hier Dolch. Sprechen Sie, Buckelschild.«

»Feindkontakt in Sektor 2843.«

»Durchhalten, Buckelschild. Dolch ist unterwegs.«

Doc sah auf den Hilfsbildschirm. »Dolch, hier Scheide. Sektor 2843 liegt fünfzehn Kilometer südlich von meiner momentanen Position. Wir brauchen eine Stunde, um ihn zu erreichen.«

»Buckelschild hat keine Stunde, Scheide. Meine Leute werden lange vorher dort sein.«

Doc konnte die Waco Rangers schon durch die Baumlinie in seinem Heckschußfeld marschieren sehen, die

Crazy Eights dicht hinter ihnen in der dem Fluß am nächsten gelegenen Position. »Dolch, Sie haben gerade erst *Kontakt* gemeldet. Wir haben unsere Befehle.«

»Was soll's. Schlachtpläne überleben nie den ersten Kontakt mit dem Gegner. Bewegen Sie Ihre Leute, wir stoßen durch.«

»Benutzen Sie Ihren Verstand.«

»Ich helfe lieber Buckelschild.«

Doc schaltete auf die TakFrequenz der Titanen um. »Titanen, um meine Position formieren. Bei Eintreffen beschleunigen auf sechzig Klicks – ich wiederhole, sechs-null Kilometer in der Stunde. Murdoch übernimmt die Vorhut.«

»Verstanden, Doc.«

Die Titanen setzen sich in Bewegung. Ihre Marschlinie schrumpfte, ihre Geschwindigkeit lag knapp unter dem Maximum, das ihre langsamste Maschine erreichen konnte: Murdochs *Quasimodo*. Die solide Schlagkraft des *Quasimodo* machte ihn zu einem guten Begleiter für den Vorstoß in ein gefährdetes Gebiet ohne Informationen darüber, was einen erwartete. Docs *Centurion* konnte sich in einem heißen Gefecht auch beachtlich schlagen, und wahrscheinlich würde das nötig werden. Es war kaum zu erwarten, daß eine Clanner-Streitmacht vor ihren eigenen Scouts marschierte.

Er schaltete auf die vereinbarte Funkfrequenz von Gruppe Streitkolben, konnte aber weder General Winston noch Shelly Brubaker erreichen. *Da stimmt was nicht! Es geht alles den Bach runter!* Er konnte das Verhängnis hinter der nächsten Baumreihe fühlen, oder hinter der übernächsten. Seine Titanen in ihren leichten Mechs mit der fleckigen Tarnbemalung stießen wagemutig durch eine Sichtbarriere nach der anderen, und hinter ihnen zogen auf einer fast einen Kilometer breiten Frontlinie die Waco Rangers an. Die Mechs einheitlich in Braun und Olivgrün bemalt, mit blau-roten

Sternen auf Torso und Armen, waren die anrückenden Rangers ein beeindruckender Anblick. Selbst die in krassem Gegensatz dazu grellbunt lackierten Maschinen der Crazy Eights steigerten die Majestät der vorwärts marschierenden Mechformation noch.

Ich habe ernste Zweifel, daß die Jadefalken sich davon sonderlich werden beeindrucken lassen.

»Feindkontakt, Doc.« In Andy Bicks Stimme war nichts mehr vom Zögern und der Unsicherheit seiner ersten Begegnung mit Trevena zu spüren. »Wir beschleunigen.«

Doc hatte recht gehabt: die Jadefalken hatten einen leichten Scoutstern vorausgeschickt. Fünf *Paviane* feuerten Salven von Langstreckenraketen auf die Titanen ab, aber da diese plötzlich beschleunigten, flogen sie vorbei. Nur die beiden Clanmaschinen, die auf den *Centurion* und den *Quasimodo* geschossen hatten, erzielten Treffer, aber der angerichtete Schaden erwies sich als minimal. Doc zog den Mech nach links, als die Raketen auf sein Cockpit einschlugen, dann mußte er kämpfen, um nicht ganz herumgerissen zu werden, als weitere Geschosse auf dieser Seite der Maschine explodierten.

»Bel, alles in Ordnung?«

»Ja, Kopf und Schultern, aber mir geht's gut. Ich hab ihn im Visier.«

Die auf die Schulter montierte Autokanone des *Quasimodo* spie Feuer und Metall in Richtung eines der gedrungenen, langarmigen BattleMechs. Der Granatenregen fraß sich vom Handgelenk bis zur Schulter durch den Arm des *Pavians,* dann zerschmetterte er das Gelenk. Der zertrümmerte und zerbeulte Mecharm flog sich überschlagend davon, während sich die AK-Salve weiter in die linke Rumpfseite ihres Zieles fraß und nur papierdünne Panzerung übrigließ.

Doc zog das Fadenkreuz auf die Silhouette des Mechs, der ihn getroffen hatte, und feuerte die mittelschweren Rumpflaser des *Centurion* ab. Die Strahlkanonen schlugen tiefe Breschen in die Rumpfpanzerung des *Pavians*. Gleichzeitig schleuderte die Autokanone im rechten Arm von Docs Koloß ihr Feuer auf die Clanmaschine. Der Hagel aus Urangranaten schlug in die linke Seite des Gegners und schälte die Panzerung in langen Streifen ab. Die Geschosse bohrten sich durch die Außenhaut ins Innere des Jadefalken-Mechs und zertrümmerten ihm die interne Struktur.

Doc überraschte es nicht, wieviel Schaden er und Murdoch bei den beiden vordersten *Pavian*-Angreifern anrichteten, aber er war geschockt, mit welchem Erfolg seine leichten Mechs die übrigen verwüsteten. Bicks Lanze nahm ihr Ziel regelrecht auseinander, sprengte den *Pavian* auf, riß ihm die Beine weg und schmolz seinen linken Arm ab. Die beiden anderen Lanzen rechneten mit der gleichen tödlichen Effizienz mit ihren Zielen ab, dann schwenkten sie herum und zerfetzten die beiden übriggebliebenen *Paviane*, noch bevor Doc und Isobel sie erreicht hatten.

Die Waco Rangers donnerten an den Titanen vorbei auf eine grüne Wiese, die auf drei Seiten von zwei Kilometer langen Espenwäldern eingegrenzt wurde. Der kurze Blick, den Doc durch die Bäume erhaschte, bevor die Rangers an ihm vorbeistürmten, erweckte einen derart friedlichen und harmlosen Eindruck, daß er die Gefahr, für die ein überdeutliches Indiz qualmend vor seinen Mechfüßen lag, gar nicht glauben wollte. Selbst für das Blitzen von Metall zwischen den Bäumen der gegenüberliegenden Seite schien eine harmlose Erklärung denkbar, aber tief im Innern wußte Doc, daß die Waco Rangers verloren waren.

Oberst Rogers und seine Leute erreichten das Zentrum des Kessels etwa anderthalb Minuten, nachdem sie die Wiese betreten hatten. Irgendwo weit jenseits der gegenüberliegenden Baumlinie schickten Jadefalken-ArtillerieMechs Hunderte von Langstreckenraketen auf die Reise. Eine Feuerwalze loderte quer vor den Reihen der Ranger-Formation auf. Durch den in gewaltigen Schwaden zum Himmel steigenden Rauch konnte Doc kaum etwas sehen, aber das war auch nicht nötig. Er wußte, daß die Rangers erledigt waren.

»Doc, wir bekommen Gesellschaft aus Westen.«

»Verstanden, Julian.« Doc zog sich zurück und sah Bewegung und Mechsilhouetten, die von Westen her näher rückten. Er öffnete einen Funkkanal. »Dolch, hier Scheide, Rückzug. Es ist eine Falle. Ich wiederhole, eine Falle. Aus Westen rücken weitere Feindeinheiten auf Ihre Position vor.«

Oberst Rogers antwortete nicht.

»Doc, was sollen wir tun?« Die Andeutung von Furcht in Isobels Stimme war von Sorge überlagert.

»Titanen, in nördlicher Richtung zurückziehen. Wenn wir die Shallot-Furt erreichen, überqueren wir den Fluß und marschieren zurück nach Leitnerton.«

»Wir können die Rangers nicht im Stich lassen, Doc«, protestierte Andy Bick.

»Tut mir leid, Andy, aber das einzige, was wir erreichen, wenn wir ihnen jetzt noch folgen, ist unser Tod.« Auf dem Sichtschirm sah Doc die ersten Jadefalken-Mechs aus dem Wald treten, um die überlebenden Rangers zu stellen. »Wir müssen eine Position erreichen, von der aus wir Streitkolben informieren können.«

»Aber, Doc ...«

»Keine Proteste mehr, das ist ein Befehl.« Doc riß den *Centurion* herum. »Als noch Gelegenheit dazu war, haben sie uns unsere Arbeit nicht machen lassen. Jetzt können wir nichts mehr für sie tun. Wenn wir mit ihnen untergehen, ist damit niemandem geholfen, aber wenn wir die anderen warnen, schon. Falls irgendwelche Rangers oder Eights sich freikämpfen können, werden wir ihnen helfen, aber mehr ist einfach nicht drin. Verstanden?«

Doc hatte alles an Überzeugungskraft in seine Stimme gelegt, was er aufbringen konnte, und seine Lanzen drehten um und formierten sich um seine Position. *Es sind gute Leute. Sie vertrauen darauf, daß ich ihnen die Wahrheit gesagt habe. Ich hoffe nur, es ist die Wahrheit.*

33

**Tharkad City, Tharkad
Distrikt Donegal, Lyranische Allianz**

30. April 3058

Tormano Liao stellte fest, daß er Katrina Steiners Gesichtsausdruck nicht ergründen konnte, und das machte ihm Angst. Nicht, weil er geglaubt hätte, die Fähigkeit, Stimmungen seiner Gesprächspartner erkennen und darauf reagieren zu können, sei ihm plötzlich abhanden gekommen, sondern weil er Katrina in einem völlig neuen Zustand vorfand. *Ich habe noch nie mit ihr zu tun gehabt, wenn sie... nachdenklich ist.*

Mit einem kurzen Tastendruck ließ Katrina die über ihrem weißen Schreibtisch hängende Hologrammprojektion die Ereignisse der letzten Tage rekapitulieren. Die Diagramme zeigten die relative Position der Jadefalken- und Söldnereinheiten auf Coventry. Die Falken erschienen grün, die Söldner rot, die Überreste der lyranischen Truppen auf dem Planeten in Blau. Mit jedem Tag zog sich die Schlinge enger zusammen, und die Söldner wurden weiter zurück in Richtung des Bergdorfs Leitnerton gedrängt. Am 27. hatten die Söldner ein Drittel ihrer Kräfte verloren, und ihre Stärke sank effektiv von drei auf zwei Regimenter, aber die neben der Karte angezeigte Statistik hatte diesen Einbruch schon Tage vorher angekündigt.

Am 28. wurde die Clanner-Seite durch einen vierten Jadefalken-Sternhaufen verstärkt.

Katrina, die ihr Haar in einem langen, goldenen Zopf mit blauen und roten Schmuckbändern trug, sah zu Tormano hoch. »Die Lage ist tatsächlich äußerst beunruhigend. Wie zuverlässig ist die Identifikation der unsere Leute angreifenden Einheiten?«

»Ich halte sie für einigermaßen sicher, Hoheit.«

Sie nickte zögernd. »Dann sind unsere Truppen während des Feldzugs, der sie zurück zu ihrer Basis treibt, mit Elementen aus acht verschiedenen Galaxien in Berührung gekommen. Wie ist es möglich, daß die Jadefalken so viele Truppen aufbieten? Der Krieg gegen die Wölfe hätte sie ausbluten müssen, frapos?«

Tormano ignorierte die Clanner-Wendung. »Ich weiß es nicht, Hoheit. In längst vergangenen Zeiten war es eine durchaus nicht ungewöhnliche Taktik für Feldherren, den Gegner zu täuschen, indem sie mehr Lagerfeuer entzünden ließen, als sie für ihre tatsächlich vorhandenen Truppen brauchten, oder indem sie dieselben Truppen in einer weiten Kreisbewegung um einen Kundschafter herummarschieren ließen, damit die einzelnen Soldaten mehrmals gezählt wurden. Dabei ging es darum, dem Gegner eine größere Streitmacht vorzuspiegeln, als real angetreten war. Eine solche Handlungsweise wäre von Wert, wenn die Clans tatsächlich in der Minderheit wären, aber wir haben Mitglieder dieser verschiedenen Galaxien im Kampf erlebt. Es kann kein Zweifel bestehen, daß sie tatsächlich vor Ort sind.«

»Aber wo?«

»In Worcester. Graf Mannervek scheint sie auf seinem Kontinent zu beherbergen, oder ihre Anwesenheit zumindest zu tolerieren. Ein Teil unserer Analytiker glaubt, daß die Jadefalken Worcester als Aufmarschgebiet benutzen. Ihre Einheiten werden auf dem dritten Kontinent für den Einsatz vorbereitet und dann für den Kampf nach Warwick verschifft. Uns wissen zu lassen, wie viele Truppen ihnen auf Coventry zur Verfügung stehen, ist ein Fehler, aber ich bin es nicht gewohnt, von Clan-Fehlern zu profitieren.«

»Uns mit dieser Information zu versorgen, erscheint tatsächlich dumm, aber die Jadefalken gelten bei ihresgleichen auch nicht als Geistesgrößen.« Katrina konzentrierte sich. »Ihre Unfähigkeit, unsere Einheiten einfach zu überrennen, zeigt eine Schwäche. Der vernichtende Sieg über die Waco Rangers war eine Sache, aber es ist ihnen nicht gelungen, einen derartigen Erfolg zu wiederholen. Warum nicht?«

Tormano schüttelte den Kopf. »Ich kenne die Antwort auf diese Frage nicht, aber wenn wir uns zu sehr darin vertiefen, könnte uns das von wichtigeren Überlegungen abhalten?«

»Welche wären?«

»Welche die sehr reale Bedrohung Tharkads betreffen. Acht Galaxien entsprechen ungefähr zwölf Regimentern der freien Inneren Sphäre. Zum Glück hat Thomas Marik auf Ihre Bitte reagiert, und seine Ritter der Inneren Sphäre sind bereits unterwegs. Sun-Tzu hat seinerseits Harlocs Räuber als seine Repräsentanten in Bewegung gesetzt.« *Und um mich zu ärgern. Er weiß genau, daß ich die Räuber schon vor Jahren vernichtet hätte, wären meine Pläne nicht durch seine und Kais Einmischung durchkreuzt worden.* »Ihre 11. Lyranische Garde ist eingetroffen, die Landungsschiffe der drei restlichen Dragoner-Regimenter sind im Anflug, und die 1. und 2. Hofgarde steht bereits auf Tharkad. Wenn wir die Miliz zusammenziehen und die Reservisten einberufen, erreichen wir in etwa Gleichstand mit den Clan-Kräften auf Coventry. Natürlich wäre es klug, den Druck auf Coventry aufrechtzuerhalten, um dafür zu sorgen, daß die Schlacht dort ausgetragen wird und nicht hier auf Tharkad. Wir brauchen mehr Zeit, um ausreichend Truppen zu unserer Verteidigung zusammenzuziehen, aber in der Zwischenzeit hätten wir die Möglichkeit, die Falken schon auf Coventry auszulöschen.«

»Dazu müßte ich immer mehr Einheiten nacheinander in den Schlachthof schicken, in den die Jadefalken Coventry verwandelt haben. Ich würde Leben opfern, um Zeit zu erkaufen.«

»Darauf liefe es hinaus.« Der alte Mann zuckte die Achseln und verschränkte die Hände. »Eine schwierige Entscheidung, Hoheit.«

Katrina zog eine einzelne Augenbraue hoch. »Meinen Sie? Ich halte den Handel für durchaus akzeptabel, vorausgesetzt, die Leben, die ich gegen die Zeit für *meine* Zwecke eintausche, jemand anderem gehören. Wirklich, Mandrinn, Sie haben doch wohl nicht geglaubt, daß ich irgendeiner romantischen Vorstellung vom Krieg anhänge? Krieg kostet Leben, und ich halte es für sehr viel annehmbarer, wenn mein Volk das Andenken der tapferen Ausländer hochhält, die zu seiner Verteidigung in den Tod marschiert sind, als wenn es seine eigenen Toten betrauert. Und wo wir schon dabei sind, eine der ersten Einheiten, die ich dafür in Betracht ziehen würde, wäre die Ihres Neffen, damit sie Ihnen keinen Kummer mehr bereiten kann.«

Die letzte Andeutung konnte nicht viel gegen die Kälte ausrichten, die sich bei ihren Worten in Tormanos Innerem ausgebreitet hatte. Das Bild von unschuldiger Schönheit, das bis jetzt im Herzen seiner Sicht Katrinas geschlummert hatte, war verschwunden, gewichen vor dem Bild einer Frau mit rasiermesserscharfer Zunge und einer tiefschwarzen Seele. Das Bild stieß ihn nicht ab, es warnte ihn jedoch, sich vor ihr in acht zu nehmen.

»Wo ist Victor?«

»Noch auf Tukayyid, Hoheit.«

»Gut.«

»Gut?« Tormano runzelte die Stirn. »Damit ist er nahe genug, um Ihre Grenzen zu bedrohen. Wenn er wollte, könnte er mit seinen Truppen ausrücken und den Lyons-Daumen amputieren, was den praktisch bereits vollzogenen Verlust dieses Gebietes an das Draconis-Kombinat perfekt machen würde. Es ist nicht gut, ihn so nahe zu wissen.«

»Sicher, untätige Hände sind des Teufels Werkzeug.«

Katrina lächelte, dann klopfte sie sich mit einem Fingernagel auf die Zähne. »Die einzige Person, die ich noch schneller ausbluten sehen möchte wie Sun-Tzu ist mein geliebtes Bruderherz. Ich sollte ihm ein Ziel für seine überschüssigen Kräfte liefern.«

Tormano hob abwehrend die Hände. »Vielleicht sollten Sie sich die Idee, Ihren Bruder in diese Angelegenheit hineinzuziehen, noch einmal überlegen, Hoheit. Es würde einen Präzedenzfall für die Entsendung seiner Truppen in Ihren Raum zum Wohle des Reiches schaffen. Es bräuchte nicht viel, daraus die Notwendigkeit abzuleiten, ihn militärisch zu besetzen.«

»Ich weiß, aber ich erwarte nicht, daß mein Bruder mir noch lange Schwierigkeiten machen wird.« Katrina lehnte sich zurück und sah auf das Hologramm. »Sie werden folgendes tun, Mandrinn. Sie lassen einen Bericht über die Operationen auf Coventry erstellen. Sie werden darin feststellen, daß die bisherigen Angriffe vernichtende Wirkung hatten und wir mit der Nachrichtensperre unsere Schwäche verbergen wollen. Sie werden sogar so weit gehen, Unruhen und Antipathien gegen meine Person wegen dieser Täuschung anzudeuten. Lassen Sie durchscheinen, daß ich persönlich das Kommando über die Situation ergriffen habe und jeden Aspekt der Situation auf Coventry persönlich bis ins Detail regle.«

Auf Tormanos Gesicht blühte ein Lächeln auf. »Dann kann Victor unmöglich von Coventry fernbleiben.«

»Und den Planeten ebenso unmöglich wieder verlassen. Ihr Bericht wird die korrekten Truppenstärken für unsere Einheiten vor Ort enthalten und feststellen, daß ihre Überlebenschancen gering sind. Sie werden weiterhin feststellen, daß wir auf der Planetenoberfläche Elemente von *vier* verschiedenen Galaxien identifiziert haben. Halten Sie fest, daß ich den Rest der Dragoner, die Ritter der Inneren Sphäre, die 11. Lyranische Garde und Harlocs Räuber nach Coventry entsende, um der Sache ein Ende zu bereiten. Legen Sie den Termin für deren Eintreffen knapp hinter den frühesten Zeitpunkt, zu dem Victor dort sein kann.«

Die Einfachheit ihres Plans ließ Tormano kalte Schauder den Rücken hinunterlaufen. *Victor wird mit zu geringer Truppenstärke eintreffen und den Gegner stellen. Er wird zumindest unterliegen, wenn nicht sogar fallen.* »Ich habe noch erlebt, daß Ihr Onkel Ian im Kampf gegen die Draconier fiel.«

»Ian ist Victors zweiter Vorname.« Katrina räkelte sich in ihrem Sessel. »Er hat schon mehr als einmal den Tod von Clannerhand herausgefordert. Er stürzt sich in die Schlacht, möglicherweise aus Schuldgefühlen für den Mord an unserer Mutter, in der Hoffnung, sich reinzuwaschen, indem er den Clans die Eroberung Tharkads verwehrt, und findet den Tod. Ein tragischer Heldentod.«

»Und sie werden, wenn auch gramgebeugt, den Thron des Vereinigten Commonwealth besteigen und das Reich im Gedenken an Ihre Mutter und Ihren Bruder wieder vereinen?«

»Dazu wäre ich unter diesen Umständen wohl gezwungen, Mandrinn.«

»Ein interessanter Plan, Hoheit, aber er löst das Problem der Jadefalken nicht. Selbst wenn Victor sie schwächt, könnten sie noch nach Tharkad vorstoßen.«

Sie schüttelte den Kopf. »Das wird kein Problem werden, Mandrinn. Was das betrifft, müssen Sie mir einfach vertrauen. Selbst wenn es ein Problem wäre, würde mein Bruder die Jadefalken so erheblich schwächen, daß die hier versammelten Truppen die Arbeit zu Ende bringen könnten. Daran habe ich keinen Zweifel.«

Tormano sah sich gezwungen, ihr zuzustimmen. *Victor ist kein Dummkopf. Er wird nicht in die Fußstapfen Oberst Rogers' oder seines verblichenen Onkels treten. Viel-*

leicht wird er sterben, aber er wird zahllose Jadefalken mit ins Grab nehmen. Ein wunderbarer Plan – einfach in der Ausführung und von äußerst lohnendem Ergebnis. Er hob den Kopf. *Aber nicht perfekt.* »Hoheit, was passiert, wenn Ihr Bruder siegt und überlebt? Er wird Ihre Feinde besiegt und Ihr Reich gerettet haben.«

»Und ich werde ihm überschwenglich danken, bevor ich ihn nach Hause schicke. Sein Regiment hätte keine Chance, die Armee zu überwinden, die bis dahin hier auf Tharkad stehen wird.« Katrina schenkte ihm ihr gewinnendstes Lächeln. Ihre Zähne leuchteten in makellosem Weiß. »Wir werden die Soldaten des Vereinigten Commonwealth ehren, die ihr Leben zu unserer Verteidigung gaben, und die Gefallenen zu Volkshelden erklären, während wir bewußt die Frage offenlassen, wieso mein Bruder es geschafft hat, zu überleben, während um ihn herum so viele den Tod fanden.«

»Mit seinen Anstrengungen für das Wohl ihrer Nation wird er selbst zu seiner Verteufelung beitragen.« Tormano mußte gegen ein Erschauern ankämpfen. »Hoheit, ich danke dem Himmel, daß nicht ich das Objekt Ihrer Aufmerksamkeit bin.«

Katrina beugte sich vor und brachte das Hologramm mit einem Tastendruck zum Erlöschen. »Es ist nur gut, daß Sie es nicht sind, Mandrinn Liao. Es würde mir nicht gefallen, Sie zu vernichten.« Sie lachte und entließ ihn mit einer Handbewegung. »Es wäre zu leicht, und das würde keinen Spaß machen.«

34

**Leitnerton, Coventry
Provinz Coventry, Lyranische Allianz**

12. Mai 3058

»Sehr bedrückend, nicht wahr?«

Doc Trevena fuhr herum und senkte das Fernglas. Er grinste, als er Shelly Brubaker von der Leiter zum Dach des Gebäudes steigen sah, das die Titanen zu ihrem Hauptquartier erklärt hatten. »Bedrückend, ja, aber mehr noch verwirrend und frustrierend.« Er reichte ihr das Fernglas. Dann drehte er sich wieder um und starrte hinaus zu den Jadefalken, die sich in einem weiten Halbkreis um die Stellungen der Allianz eingegraben hatten. »Es ergibt keinen Sinn.«

»Inwiefern?«

»Die Waco Rangers.«

Shelly strich ihm mit der Hand über die rechte Schulter. »Was mit Rogers und seinen Leuten geschehen ist, war nicht Ihr Fehler. Selbst wenn er Ihnen *erlaubt* hätte, Ihre Arbeit zu tun, hätten Sie nur die schwere Einheit entdeckt, die genau da stand, wo wir sie erwartet haben. Die Galaxis, die unsere Stellungen in einer Flankenbewegung umgangen hat, hätte die Rangers trotzdem von der Seite aufgerollt. Gegen so ein Flankenfeuer gibt es keine Verteidigung. Wären Sie da geblieben, wären Sie und Ihre Leute jetzt tot oder gefangen. Die Überlebenden Crazy Eights hatten Glück, daß Sie auf sie gewartet und ihnen beim Ausweichen geholfen haben.«

»Danke.« Doc seufzte. »Ein Teil meines Problems ist, daß ich überhaupt kein Schuldgefühl deswegen verspüre, weil ich etwa meine Leute abgezogen habe. Ich fühle mich ihnen mehr verpflichtet, als ich es Oberst Rogers je war oder sein werde.«

»He, Sie waren ihm auch überhaupt keine Loyalität schuldig. Er hat weder Sie noch Ihre Leute respektiert. Sie können darauf wetten, wenn die Dinge sich so entwickelt hätten, wie wir es erwartet hatten, wären die Titanen in der Einheitsgeschichte der Wackos höchstens als ›eingeborene Führer‹ aufgetaucht. Und Ihre Leute haben es verdient, daß Sie an ihre Sicherheit denken. Immerhin haben sie mehr dafür getan, die Jadefalken zu stören und zu behindern als wir anderen zusammengenommen.«

Doc zwang sich zu widersprechen. »Soweit ich mich entsinne, sind die Titanen herumgelaufen und haben den Untergang prophezeit, während Sie Ihr Delta-Regiment aus dem Nordland-Angriff abgezogen, nach Nordwesten geschwenkt und die Falken zerschlagen haben. Wären Sie nicht gekommen, hätten sie nicht den anderen die benötigte Zeit verschafft umzudrehen und sie aufzuhalten, hätten wir unseren Stützpunkt verloren. Das hatten die Clanner nicht erwartet, und es hat sie kalt erwischt.«

Shelly lächelte, als sie ihm das Fernglas zurückgab. »Sie sind ein Schmeichler, Hauptmann Trevena.«

»Die Wahrheit ist keine Schmeichelei, Oberst Brubaker.« Doc wurde rot vor Überraschung über seine eigene Schlagfertigkeit. »Entschuldigen Sie. Ich habe es nicht so gemeint, wie es geklungen hat.«

Shelly zuckte die Achseln, und ihre blauen Augen funkelten vielversprechend. »Mir hat es gefallen.«

»Ähem, ja, ähem...« Docs Gesicht schien in hellen Flammen zu stehen. »Wieso habe ich das Gefühl, daß ich mir meine eigene Grube grabe?«

»Ich werde Ihnen heraushelfen.« Shelly zwinkerte ihm zu. »Sie sind ein intelligenter Mann, Doc. Was echte Kampferfahrung angeht, mögen Sie noch unerfahren gewesen sein – auch wenn es dafür natürlich keinen wirklichen Ersatz gibt –, aber Sie sind nicht vor dem Kampf zurückgeschreckt. Sie haben erkannt, wozu Ihre Einheit in der Lage ist, und Sie setzen Ihre Fähigkeiten und Möglichkeiten dazu ein, das zu erreichen, was im Bereich des Möglichen liegt. Sie sind ein Realist, aber bereit, sorgfältig kalkulierte Risiken einzugehen. Sie sind ein Denker, aber Sie reiten ein Problem nicht zu Tode. Ich finde diese Qualitäten attraktiv, und die Verpackung ist auch nicht zu verachten.«

Doc hockte sich auf den Rand des Flachdachs. »Sagen Sie das meiner Frau.«

»Ihrer Frau?«

»Ich sollte wohl sagen, meiner Ex-Frau.« Doc zuckte die Schultern. »Wahrscheinlich liegen die Scheidungspapiere auf meinem Schreibtisch in Port St. William und warten auf meine Unterschrift.«

Die Dragonerobristin sah auf ihn hinab. »Ihre Frau läßt sich scheiden? Warum?«

»Sie halten mich für einen Denker. Sandra war ich wohl zu denkerisch veranlagt, jedenfalls hat sie sich einen Freund angelacht. Ein Umzug hierher nach Coventry hätte diese Beziehung belastet, deshalb hat Sandy sich entschieden, mir die Mühe abzunehmen, den größten Teil meiner Besitztümer einzuschiffen, und hat sie behalten.«

»Was für ein Dummkopf.«

»Ja, so viel zu meiner Intelligenz.«

Shelly gab ihm eine Kopfnuß. »Nicht du, deine Frau!«

»Das ist der Weg zum Herzen eines Mannes: Erklär ihm, daß seine Ex nicht wußte, was ihr entgeht.«

»Offensichtlich wußte sie es wirklich nicht, Doc, und du bist klug genug, das zu erkennen.« Shelly beugte sich herab und drückte ihm einen schnellen Kuß auf die Wange.

Doc grinste. »Habt ihr Söldner keine Regeln gegen Verbrüderung mit Eingeborenen?«

Sie richtete sich wieder auf und schüttelte den Kopf. »Du kennst uns doch, eine Eroberung folgt der anderen. Außerdem bist du ein Offizier. Mit dir wäre es keine Verbrüderung, es wäre *Kooperation*.«

»Das hört sich beinahe respektabel an.«

»Ich kann dir versichern, daß es gewiß nicht respektabel wäre.«

»Um so besser.« Doc setzte sich zurück. »Am besten wäre es natürlich, wenn wir einen Erfolg zu feiern hätten.«

Shelly kniete neben ihm ab. »Stimmt, aber damit ist kaum zu rechnen. Unsere Munition geht zur Neige, und wir können nicht genug Truppen zusammenziehen, um den Jadefalken-Kordon zu durchbrechen, ohne den Zusammenbruch der gesamten Linie zu riskieren.«

Docs Augen verengten sich. »Der Ausbruch ist nicht unmöglich.« Er deutete in die Richtung, in der die Clan-Stellungen auf die Cross-Divides trafen. »Die Kette von Höhlen und Stollen unterhalb des Massivs verläuft bis ziemlich weit hinter ihren Linien.«

»Das wissen die Falken auch. Deswegen haben sie die Eingänge gesprengt.«

»Sie haben nur die gesprengt, von denen sie wissen. Wir könnten an ihren Linien vorbei in ihr Hinterland vorstoßen.« Doc rieb sich über Mund und Kinn und stellte das Fernglas aufs Dach. »Wenn ich richtig vermute, könnten wir sie, einmal da angekommen, ein wenig verunsichern.«

Shelly beobachtete ihn. »Und was genau vermutest du?«

»OK, betrachten wir den Angriff auf die Waco Rangers als Ausrutscher.«

»Einverstanden.«

»Ich habe lange Zeit damit verbracht, Clan-Taktik, ihre Philosophie und so weiter zu studieren, okay? Sie legen enormen Wert auf Stolz und Ehre im Gefecht – in einem derartigen Maße, daß gelegentlich ein tapferer Kampf wichtiger wird als ein kluger Kampf. Wenn ich mir jetzt hier das Muster simpler Attacken ansehe, nach deren Erfolg diese Siege einfach nicht genutzt werden, dann sehe ich Krieger, denen es darum geht, etwas zu beweisen, und zwar sich selbst mehr als uns. Wenn sie uns jetzt ein wenig besiegen, können sie uns später ein wenig mehr besiegen und damit die Beweise für ihren Mut und ihr Können anhäufen.«

Shelly sah ihn einen Moment mit leerem Blick an, dann schossen ihre dunklen Brauen zu einem spitzen V zusammen. »Und bei den Rangers hätten sie dann mit dem Siegen wohl etwas übertrieben?«

»Vielleicht, aber ich würde dahinter eher ein paar zu selbstsichere Krieger vermuten, denen es darum ging, die Meßlatte für die anderen möglichst hoch zu legen.« Doc drehte sich um und legte ihr beide Hände auf die Schultern. »Mehr noch, ich glaube, die Jadefalken haben die Waco Rangers eliminiert, um in uns übrigen die bestmögliche Opposition zu haben. Die Vernichtung der Waco Rangers war eine Motivation für uns, auch wenn wir gleichzeitig in gewisser Weise froh sind, sie los zu sein. Kleine Siege über die Dragoner müssen mehr wert sein als selbst ein großer Sieg über die Waco Rangers.«

Langsam erhellte sich Shellys Miene. »Ich verstehe. Die Jadefalken haben uns deswegen noch nicht ausradiert, weil sie uns als möglichst harte Gegner brauchen.«

»Genau.« Doc deutete in Richtung des Falken-Kordons. »Momentan haben sie uns genau da, wo sie uns haben wollen. Sie entscheiden, wo's langgeht, kämpfen, solange es ihnen in den Kram paßt, und dann ziehen sie sich zurück, um mit ihren Heldentaten zu prahlen und zu analysieren, was sie richtig und was sie falsch gemacht haben.«

»Ich gehe davon aus, daß du einen Plan hast, ihnen diesen Spaß zu verderben?«

»Ich denke schon. Whitting, der Ort, aus dem Ihr die

letzten Milizionäre befreit habt, ist eine hervorragende Verteidigungsstellung, von der aus man die Truppen hier befehligen kann. Wenn wir mit zwei Gruppen durch die Berge ziehen, von denen eine die Falken-Linien von der Flanke her attackiert, während unsere Hauptstreitmacht entlang der ganzen Front Druck macht, könnte eine leichte, schnelle Einsatztruppe nach Whitting vorstoßen und ein paar Jadefalken-Stabsoffiziere abschießen. Damit könnten wir sie nicht vernichten, aber vielleicht würde es sie bremsen.«

Die Dragonerin nickte enthusiastisch. »Simpel, sauber, mit begrenzten, aber erreichbaren Zielvorgaben. Gute Arbeit für jemand, der vorher nur einen Schreibtisch gesteuert hat.«

Doc grinste. »Mehr Schmeicheleien. Allmählich denke ich, das Kooperieren könnte mir gefallen.«

»Ich bin sicher, dazu wird dir auch ein guter Plan einfallen.«

Ein Räuspern hinter ihnen unterband Docs Erwiderung. Er und Shelly wirbelten in Richtung der Leiter herum.

Andy Bick, dessen Gesicht fast so rot war wie seine Haare, hüstelte verlegen.. »Ich bitte um Verzeihung, Sirs, äh, gnädige Frau, äh ...«

Doc zwinkerte Shelly zu. »Schon gut, Andy. Was gibt's?«

»Sir, wir haben da unten jemanden, den Sie sicher sehen möchten. Die Dragoner-MPs haben ihn aufgegriffen. Es ist jemand von uns. Er war unerlaubt der Truppe ferngeblieben.«

Doc rollte mit den Augen. »Hier in Leitnerton geht so etwas doch überhaupt nicht. Wo sollte er denn hin?«

»Nein, Sir, hier nicht, er war in Port St. William unerlaubt ferngeblieben. Sie haben ihn unter den Flüchtlingen entdeckt.«

»Wen?«

Bick grinste breit. »First Lieutenant Copley, Sir. Er hat nach Ihnen gefragt.«

Die beiden Dragoner hinter Copley nahmen Haltung an, als Doc und Shelly den Raum betraten. Copley, der sich in einem der Sessel lümmelte, begrüßte Doc mit der schwächstmöglichen Andeutung eines militärischen Grußes. »Freut mich, Sie zu sehen, Hauptmann. Sie können den Jungs jetzt sagen, sie sollen mich laufenlassen.«

Doc verzog ärgerlich das Gesicht. »Warum sollte ich das wohl tun?«

»Haben Sie unsere Übereinkunft vergessen?«

»Keineswegs. Ich erinnere mich sehr genau daran.«

Copley warf einen Blick auf Shelly. »Ich bin sicher, die Dragoner würden liebend gerne wissen, was Sie so angestellt haben.«

Doc verschränkte die Arme. »Oberst Brubaker, Sie erinnern sich doch sicher daran, daß ich Ihnen von dem Langfinger erzählt habe, den wir als Quartiermeister hatten, und daß wir diesen pathologischen Lügner seit dem Abmarsch aus Port St. William nicht mehr gesehen haben.«

Shelly nickte. »Ich würde ihm nie ein Wort glauben, besonders dann nicht, wenn es zu seinem Vorteil wäre.«

Copley setzte sich ein Stück auf. »Oh, das war gut, Doc. Sie sind schlauer, als ich gedacht hätte.«

»Es gibt Möbelstücke, die schlauer sind, als sie es von mir gedacht haben, Copley.« Aus Docs Unterbewußtsein bahnte sich ein beunruhigender Gedanke den Weg in seinen Verstand. »Oberst, der Lieutenant hier hat mir einen Weg vorgeschlagen, Geld zu machen, indem man Regierungseigentum stiehlt und es dann als bei Manöverübungen zerstört meldet. Anschließend würde es auf dem Schwarzmarkt weiterverkauft, und der Gewinn wäre reiner Profit, da es vom Oberkommando kostenlos und vollständig ersetzt würde.«

»Er lügt, Oberst, der Plan stammte von ihm.« Copley fing sich wieder und grinste stolz. »Nicht schlecht, im übrigen, aber auch nicht perfekt.«

Shelly lächelte Doc an. »Er scheint mir in der Tat etwas brillanter, als ich es Mr. Copley zutrauen würde.«

»Sie wären überrascht«, lachte Copley.

Docs Kinnlade klappte herunter, als er sich diesen und Copleys vorherigen Kommentar durch den Kopf gehen ließ. Plötzlich wurde ihm alles klar. »Mein Plan war nicht schlecht, aber Sie haben ihn zur Perfektion gebracht, Sie Hurensohn!«

Copley versuchte, sich in seinem Sessel zu verkriechen. »Ich weiß überhaupt nicht, wovon Sie reden.«

»Und ob Sie das wissen. Ich hätte es schon viel früher erkennen müssen.« Er schlug sich mit dem Handballen an die Stirn. »Die Garnisonseinheiten in Port St. William haben Munitionsmangel gemeldet. Sie haben *unsere* Versetzung zu den Schmelzen als Deckmantel benutzt, um Nachschubbefehle zu fälschen. Unsere Titanen haben bekommen, was wir brauchten, aber die anderen gingen leer aus, weil Sie auch eine ganze Menge von deren Material verschoben haben. Das einzige, was noch glaubhafter ist als die Vernichtung von Munition und Ausrüstung bei Manöverübungen, ist ihre Vernichtung während eines Clanner-Angriffs.«

Copleys selbstzufriedenes Grinsen fraß sich durch seine unschuldige Miene wie Säure. »Das wäre eine hervorragende Idee. Vielleicht beim nächsten Mal.«

»Wie kommen Sie auf die Idee, daß es für Sie ein nächstes Mal geben wird, First Lieutenant?« Doc starrte den Mann nieder. Seine Stimmlage sank um eine halbe Oktave. »Sie wissen von einem Lager voll mit Waffen, Munition und sonstiger Ausrüstung. Wenn Sie vor Ihrer Reinkarnation noch ein ›nächstes

Mal‹ erleben wollen, dann spucken Sie aus, wo es sich befindet.«

Copley schüttelte den Kopf. »Ich berufe mich auf Artikel Drei des Militärjustizbuchs der Lyranischen Allianz. Ich verlange einen Anwalt.«

»Was für'n Pech auch, Copley, die Anwälte sind uns gerade ausgegangen. Nicht, daß Ihnen einer jetzt sonderlich helfen könnte.« Doc beugte sich vor und packte den Mann am Hemd. »Lassen Sie sich mal folgendes durchs Hirn gehen: Wir haben Sie in Port St. William zuletzt gesehen. Die Stadt ist inzwischen im Besitz der Jadefalken. Soweit wir wissen, werden gefangene Offiziere in Kerker festgehalten. Die Tatsache, daß Sie hier auftauchen, und noch dazu ohne Uniform, deutet darauf hin, daß Sie zum Feind übergelaufen sind. Sie sind ein Spion. Ich könnte Sie erschießen lassen.«

»Das wird Ihnen einen Menge Nachschub liefern, *falls* der existiert.«

Doc ließ ihn los. »Das ist Ihre unangenehmste Alternative, Copley.«

»Haben Sie eine bessere anzubieten?«

»Sicher doch. Wir kaufen Ihnen den Nachschub ab. Für fünf Prozent des Schwarzmarktwerts.«

»Versuchen Sie's mal mit *fünfhundert* Prozent.« Copley grinste. »Oder Sie können woanders einkaufen.«

»An Ihrer Stelle würde ich mir das noch einmal gut überlegen, Copley.«

»Wieso?«

»Ganz einfach. Mit Ihrem Feilschen haben Sie gerade bestätigt, daß Sie den Nachschub verschoben haben.« Doc ließ die Knöchel krachen. »Eine kleine Befragung unter Wahrheitsserum, und Sie liefern uns nicht nur eine komplette Inventurliste, sondern auch eine genaue Wegbeschreibung.«

Copleys Adamsapfel hüpfte einmal auf und ab.

»Das hier ist ein Käufermarkt.« Doc schüttelte den Kopf. »Fünf Prozent ist mehr als großzügig.«

»Wie kommen Sie denn darauf?«

»Fünf Prozent von was auch immer ist auf jeden Fall großzügiger als hundert Prozent von gar nichts.«

Shelly lächelte. »Laß es mich mal versuchen. Ich glaube, ich bringe ihn dazu, daß er *uns* etwas dafür zahlt, wenn wir ihm die Sachen abnehmen.«

Beim Klang in ihrer Stimme wurde Copley bleich. »Fünf Prozent, in Ordnung. Ich gebe Ihnen die Koordinaten. Das Lager ist etwa einen Tag von hier, in den Höhlen.«

»Ja!« Doc drückte Shelly einen schnellen Kuß auf die Wange. »Andy, nehmen Sie Copley mit ins Kartenzimmer, stellen Sie die Position des Lagers fest, und dann bereiten Sie die Titanen vor. Wir haben einen Auftrag.«

»Wird gemacht, Doc.« Andy packte Copley an der Schulter und zerrte ihn mit, die beiden Dragoner dicht auf den Fersen.

Shelly klopfte Doc auf den Rücken. »Gut gemacht.«

»Ich habe ihn weichgeklopft, und du hat ihm den Todesstoß versetzt.«

»Erstklassiges Teamwork.« Sie grinste. »Ich geh die anderen davon überzeugen, daß deine kleine Überfallaktion eine gute Idee ist. Ich werde mein Delta-Regiment abziehen und darauf vorbereiten, die Falkenlinien von hinten anzugreifen, während ihr nach Whitting vorstoßt.«

»Hört sich nach einem annehmbaren Plan an.« Doc lachte. »Ich freue mich schon auf unsere weitere Kooperation.«

»Ich auch, Hauptmann Trevena«, erwiderte Shelly im Gehen. »Und auf weitere Zukunftspläne.«

35

**Landungsschiff *Barbarossa*, Nadirladestation,
Arc-Royal**
Arc-Royal-Defensivkordon
19. Mai 3058

Victor Davion dachte, er hätte sich verhört. »Was soll das heißen, du kommst nicht mit?«

Phelan Kell, hochaufgeschossen und in seiner grauen Clan-Ledermontur, die sich wie eine Latexhaut an seinen muskulösen Körper schmiegte, eine Gestalt von düsterer Schönheit, schüttelte den Kopf. »Ich kann euch nicht nach Coventry begleiten, Victor.«

»Habt ihr nicht gerade erst einen Krieg gegen die Jadefalken geführt? Sind sie nicht eure Feinde? Haben sie nicht Ulric und Natascha Kerensky getötet?«

»Doch, Victor, doch, all das stimmt ja.« Phelan ballte und entspannte die Fäuste. »Hätte ich die Wahl, würde ich mitkommen. Ich würde all meine Krieger nehmen und mit nach Coventry fliegen. Aber leider geht das nicht, weil wir uns auf eine andere Bedrohung vorbereiten müssen.«

»Welche andere Bedrohung?« Victor deutete auf die Hologrammdarstellung der Daten, die sein Geheimdienstsekretariat über Quellen in den LAS beschafft hatte. »Laut diesen Angaben haben die Jadefalken vier Galaxien auf Coventry. Sie sind nur vier Sprünge von Tharkad entfernt. Meine Schwester ist bereit, sich zu verteidigen, aber sie sieht nicht, daß die Jadefalken die Waffenstillstandslinie übertreten, wenn sie von Coventry nach Tharkad springen. Damit würden sie den Waffenstillstand brechen, und der Krieg müßte wieder ausbrechen. Es gibt keine andere Bedrohung der freien Inneren Sphäre, die dieser auch nur nahekommt.«

»Glaubst du.«

Victor sah sich um, suchte nach einem Anzeichen,

daß noch jemand in diesem Raum Phelans Antwort lächerlich erschien. Kai und Hohiro ließen keine Reaktion erkennen. Der Präzentor Martialum hatte nachdenklich den Kopf etwas zur Seite gelegt, und Oberst Daniel Allard, der Führer der Kell Hounds, runzelte leicht die Stirn. Nur Ragnar Magnusson, der ehemalige Thronerbe der Freien Republik Rasalhaag, schien mit den Worten des Wolfsclan-Khans übereinzustimmen. *Aber das ist keine sonderliche Überraschung, schließlich ist er von den Wölfen adoptiert worden.* »Verzeihung, Phelan, aber ich glaube nicht nur, daß die Falken eine Gefahr darstellen, es ist so.«

Phelan schloß einen Moment die grünen Augen, dann öffnete er sie wieder und nickte. »Natürlich *sind* sie eine Gefahr. Aber du hast eine beeindruckende Streitmacht gegen sie zusammengezogen. Die 1. Genyosha, die 1. St.-Ives-Lanciers, deine Davion Heavy Guards, die Invasorgalaxis der ComGuards und beide Regimenter der Kell Hounds. Zusammen mit den Einheiten, die deine Schwester schickt, sollte das mehr als ausreichen, um vier Galaxien Jadefalken zu besiegen.«

»Ich würde dir ja zustimmen, aber...«

»Aber?«

Victor begegnete dem Blick seines Vetters geradeheraus. »Aber ich kann den Daten meiner Schwester nicht vertrauen. Deswegen sind wir hier vorbeigekommen, statt direkt nach Coventry zu fliegen – um noch mehr Truppen aufzunehmen.«

Phelan schüttelte den Kopf. »Es geht um ihr Reich. Warum sollte sie nicht dagegen vorgehen? Die Stärke der feindlichen Truppen auf Coventry bewußt zu unterschätzen, könnte den Bestand ihrer Nation gefährden, und das würde sie nicht tun.«

»Nein?« Victor schluckte. »Sie hat es schon einmal getan.«

»Damals war es nicht ihr Reich.«

Victor zwinkerte überrascht. »Wie?«

Phelan verschränkte die Arme vor der Brust. »Als sie eure Mutter ermordete, war es nicht ihr Reich.«

Der Schock traf Victor mit voller Härte. Obwohl er davon überzeugt war, daß Katherine eine Komplizin bei der Ermordung seiner Mutter gewesen war, verspürte er einen unwillkürlichen Drang, sie – als Mitglied seiner Familie – gegen diese bösartige Anschuldigung zu verteidigen. Jedesmal, wenn er an Katherine dachte, jedesmal, wenn er in Gedanken die Indizien für ihre Schuld Revue passieren ließ, wünschte und hoffte er insgeheim, sie könnte unschuldig sein.

Während des Schweigens, das auf Phelans Feststellung folgte, stellte er zufrieden fest, daß niemand der in diesem Raum Versammelten ein Anzeichen von Überraschung zeigte. Victor war es schon so gewohnt, von Skandalvids und Verschwörungsfanatiker angeklagt zu werden, daß er geglaubt hatte, nur Jerry Cranston, Agent Curaitis und er selbst würden noch an seine Unschuld glauben. »Woher weißt du, daß Katherine es getan hat?«

Phelan schaute hinüber zu Oberst Allard. »Dan?«

Der weißhaarige Söldneroffizier nickte. »Wir haben von Phelans Vater, der es von deiner Mutter wußte, erfahren, daß du sie gebeten hast, nicht zu deinen Gunsten abzudanken. Du hättest jederzeit die Regierungsgewalt übernehmen können. Du brauchtest Melissa nicht umzubringen, um sie zu bekommen. Außerdem hätte ein solcher Mord dich ihre Popularität und ihren Einfluß in den unruhigen Teilen deines Reiches gekostet. Ihr Tod hat dir eine mächtige Waffe gegen deine Feinde geraubt.«

Victor sah sich um. »Keiner von euch glaubt, daß ich sie habe umbringen lassen?«

Kai schüttelte den Kopf. »Du bist in erster Linie ein Soldat, und erst in zweiter Politiker. Du kennst keine Skrupel, wenn es darum geht, mit deinen Feinden abzurechnen, aber deine Mutter hast du nie als Feind gesehen.«

Hohiro Kurita lächelte. »Meine Schwester hat mir gesagt, daß du unschuldig bist. In Fragen dieser Art vertraue ich ihrem Urteil blind.«

Der Präzentor Martialum zupfte an seiner Augenklappe. »Die Davions, denen Sie temperamentmäßig näher liegen, neigen nicht dazu, ihr eigen Fleisch und Blut vom Thron zu stoßen. Das ist eine Steiner-Eigenschaft – eine, die bei Ihrer Schwester voll durchgeschlagen ist. Dummerweise ist sie allein mit der Sorge um ihre Stellung beschäftigt, statt sich auf die Bedrohung der gesamten freien Inneren Sphäre zu konzentrieren.«

Victor schüttelte den Kopf. Er traute seinen Ohren immer noch nicht. »Ich komme mir vor, als würde ich aus einem Traum aufwachen, in dem ich als einziger wußte, daß es ein Traum war. Ich hatte immer Angst, ihr würdet ebenfalls den Gerüchten über mich glauben. Ich habe mich nie getraut zu fragen.«

Kai legte Victor die Hand auf die Schulter. »Victor, wenn wir glauben würden, du hättest Melissa Steiner-Davions Blut an den Händen, wären wir nicht hier.«

»Und du wärst schon längst tot, Victor.« Phelans Stimme war hart. »In derselben Explosion, die deine Mutter tötete, starb auch meine. Diese Blutschuld wäre längst beglichen.«

»Dann komm mit uns, Phelan. Nach Coventry können wir nach Tharkad ...«

»Nein.« Phelan schüttelte vehement den Kopf. »Du weißt so gut wie ich, daß wir mit Katrinas gewaltsamer Absetzung einen Bürgerkrieg auslösen würden, der die Lyranische Allianz zerreißen und den Clans den Weg nach Terra freimachen würde. So sehr wir alle hier auch darauf brennen, sie so bald wie möglich ihrer gerechten Strafe zuzuführen, es muß warten, bis wir Beweise für ihre Schuld haben – unwiderlegbare

Beweise.« Der Wolfskhan atmete tief durch. »Und aus einem ähnlichen Grund kann ich euch nicht nach Coventry begleiten. Die Wölfe – die *anderen* Wölfe – verlegen ihre Truppen. So wie Vlad Spione unter meinen Leuten hat, so habe ich Spione unter seinen. Ich weiß nicht, was er plant, aber es könnte gut ein Angriff in den Allianzraum sein. Mein Vater hat sich verpflichtet, die Systeme des Defensivkordons zu beschützen. Während die Hounds abziehen, um dir zu helfen, muß ich bleiben, um meine früheren Kameraden von einem Angriff abzuhalten.«

Victor nickte. »Ich verstehe, aber ich finde, du bist übervorsichtig. Wir brauchen deine Hilfe.«

»Ich weiß. Und ich bin bereit, sie zu geben.« Phelan schaute hinüber zu Ragnar, und der aufgeschossene Blondschopf trat vor. »Ich werde euch diesen Krieger mitgeben.«

Der Prinz des Vereinigten Commonwealth verzog das Gesicht. »Eigentlich hatte ich auf etwas mehr als einen Krieger gehofft.«

»Unterschätze die Effektivität eines einzelnen Kriegers nicht.« Phelan grinste. »Während der Invasion hat ein einzelner Krieger Günzburg erobert. Ragnar hat sich in unserer Mitte den Rang eines Kriegers erworben. Er kennt das Wesen der Clans – wie wir denken und handeln. Er wird bei der Auseinandersetzung mit den Jadefalken von unschätzbarem Wert für euch sein.«

»Freut mich, dich an Bord zu haben, Ragnar.« Victor warf Phelan einen Blick von der Seite zu. »Bist du sicher, daß du nicht noch ein paar hundert von seiner Sorte hast, die wir ausleihen könnten?«

»Nein, Victor.« Phelan schüttelte den Kopf. »Du versuchst, die freie Innere Sphäre vor den Clans zu retten. Ich auch. Diesmal gehen unsere Methoden auseinander. Vielleicht wird es in der Zukunft anders sein. Ich bin ein Wolf, Victor, aber ich bin auch ein Kell. Arc-

Royal ist meine Heimat, und meine Loyalität gehört der freien Inneren Sphäre. Unsere Ziele sind dieselben, und ich hoffe, wir werden beide erfolgreich sein.«

»Ich auch.« Victor reichte Phelan die Hand. »Wenn du uns schon keine Krieger geben kannst, wünsche uns wenigstens Glück.«

»Das werdet ihr nicht brauchen«, erwiderte Phelan und ergriff die angebotene Hand. »Handelt hart, handelt gut, und der Feind wird akzeptieren müssen.«

36

Whitting, Coventry
Provinz Coventry, Lyranische Allianz

30. Mai 3058

Doc riß den *Centurion* nach vorn, als der Clan-*Höllenhund* hinaus auf die düstere Gasse stapfte. Der an eine Maschinenpistole erinnernde schwere Impulslaser in der rechten Hand des ClanMechs kam hoch und folgte den Bewegungen von Docs Maschine. Plötzlich zuckte eine Salve grüner Energiepfeile durch die Nacht und warf blasse Schatten über die Fassaden, aber die Laserimpulse verfehlten den linken Arm des *Centurion*.

Sie zischten weiter und rechts an dem *Quasimodo* vorbei, den Docs Mech verdeckt hatte. Die Autokanone auf der Schulter des gedrungenen BattleMechs donnerte und spie einen feurigen Hagel aus Flammen und Metall, der den *Höllenhund* am rechten Knie erwischte. Das Gelenk blockierte, als sich die Urangranaten durch die Ferrofibritpanzerung fraßen. Ungesättigt verzehrten sie anschließend auch noch die Titanstahlknochen des Beins und trennten es in Kniehöhe ab.

Fuß und Unterschenkel flogen nach hinten über das Kopfsteinpflaster der schmalen Gasse davon, während die 50 Tonnen schwere Kampfmaschine nach rechts wegkippte. Der *Höllenhund* brach durch die Wellblechwand einer Lagerhalle und blieb hilflos in deren Innern liegen, während das Gebäude langsam über ihm zusammenbrach.

Doc richtete das Fadenkreuz auf die breite Rückenpartie des humanoiden Jadefalken-Mechs. Ein Feuerstoß aus der Autokanone im rechten Arm des *Centurion* genügte, um die gesamte Panzerung wegzusprengen und die interne Struktur, die den Mech zusammenhielt, anzunagen. Docs mittelschwerer Laser verwüstete, unterstützt von zwei Energiestrahlen aus Murdochs *Quasimodo*, das restliche Innenleben des *Höllenhundes*, brachte eine Sprungdüse zur Explosion und reduzierte den Fusionsreaktor zu bläulich schillernder Schlacke.

»Hier, Leiter, *Höllenhund* neutralisiert.« Doc drehte den *Centurion* um und machte sich auf den Weg zur Ortsmitte. »Südseite gesichert.«

»Leiter, hier Lanze Eins. *Frostfalke* eliminiert, Nordseite gesichert.«

»Verstanden, Eins. TEG, klar zum Einsatz.«

»Verstanden, Leiter. Rücken aus.«

Doc sah sich auf dem Marktplatz von Whitting um. Der über vier Berghänge gebaute Ort hatte eine altertümlich alpine Atmosphäre, von der Art, wie man sie auf Bildern in alten, gebundenen Geschichtsbüchern oder Museumsdörfern fand. Die meisten Häuser im Ortskern besaßen riedbedeckte Dächer und waren ganz oder teilweise im Fachwerkstil gebaut. Wo nötig, waren auch Lagerhallen und andere häßlichere, aber zweckmäßigere Bauten entstanden, doch selbst deren Existenz hatte die Stadtplaner nicht daran gehindert, pittoresk verwinkelte Straßen mit Kopfsteinpflasterbelag anzulegen, die ebenso hübsch anzusehen wie unpraktisch waren.

Man sah dem Ort noch an, daß er einmal ein Schmuckstück gewesen sein mußte, auch wenn die verschiedenen militärischen Inbesitznahmen ihre Spuren hinterlassen hatten. Kopfsteinpflaster war nicht für die wuchtigen Schritte tonnenschwerer BattleMechs geschaffen. Der größte Teil des umliegenden Geländes war durch Fahrzeuge, Mechs und Explosionen aus grünen Weideflächen in schlammige Einöde verwandelt worden. Auch ein Teil der Gebäude zeigte Kriegsspuren, von Einschußlöchern bis hin zu Stellen, an denen ein breitschultriger BattleMech im

Vorbeimarschieren Blumenkästen und Fensterläden von den Fassaden an beiden Seiten der Straße gerissen hatte.

Im Norden sah Doc, wie ein Gewitter den Himmel erhellte. *Zumindest sieht es von hier wie ein Gewitter aus.* Er wußte, daß die zuckenden Lichtblitze die Stelle markierten, an der Shelly Brubakers Einheit die Berge verlassen hatte und den Clannern in den Rücken gefallen war. Ihr Angriff hatte dafür gesorgt, daß der größte Teil der Falken-Garnison Whitting verlassen und in Richtung Front abgerückt war. Nur je ein Mech- und Elementarstern waren zurückgeblieben. In vorbildlicher Teamarbeit war es den Titanen gelungen, deren Widerstand ohne eigene Verluste zu brechen. Doc rechnete das einerseits der Tatsache an, daß sie selbst von Süden her angegriffen hatten. Zum anderen hatten die Titanen inzwischen einiges Können entwickelt, wenn es darum ging zu treffen, ohne selbst getroffen zu werden.

Die Taktische Einsatzgruppe der Dragoner – eine aus Militärpolizisten und Mechpiloten zusammengewürfelte Einheit, deren Mechs die Kämpfe nicht überstanden hatten – stürmte in Schwebern und Lastern ins Zentrum des Ortes. Eine kleine Limousine schwenkte zu dem gestürzten *Höllenhund* ab, während der Rest des Konvois in Richtung Bürgermeisteramt weiterfuhr. Die ersten aus den Fahrzeugen springenden Truppen schossen Betäubungsgranaten durch die offenen Türen. Rauchgranaten folgten, dann stürmten die Soldaten hinein.

In den dunklen Fenstern der oberen Stockwerke sah Doc explosionsartige Lichtblitze. Aber obwohl er die Außenmikros weit genug aufgedreht hatte, um die Detonationen und das Klirren der aus den Rahmen gedrückten Fensterscheiben zu hören, drangen keine Schüsse aus dem Gebäudeinnern an seine Ohren. Er bewegte den *Centurion* an einen Punkt vor, von dem aus er die Westseite des Gebäudes im Visier hatte. Die Mechs der zweiten Lanze deckten ihm den Rücken.

»Einsatzleiter, hier TEG. Das Gebäude ist gesichert.«

»Sehr gut, TEG. Irgendwas von Wert?«

»Jede Menge Daten und eine Handvoll Gefangene. Wir verladen alles und fahren wieder ab.«

»Verstanden, TEG-Führer.« Doc sah den Schweber, der zum *Höllenhund* abgedreht hatte, auf den Marktplatz zurückkehren. An die Kühlerhaube war ein Gefangener gefesselt. *Je mehr, desto besser.*

Er öffnete einen Funkkanal. »Titanen, formieren und Abzugsvektor sichern. Wir gehen heim. Das können wir als Sieg verbuchen, Leute. Gut gemacht. Auftrag erfolgreich abgeschlossen.«

37

Landungsschiff *Barbarossa*, im Anflug auf Coventry
Provinz Coventry, Lyranische Allianz

5. Juni 3058

Victor Ian Steiner-Davion saß hinter dem Schreibtisch in seiner Kabine und studierte die Hologrammdarstellung des Coventry-Systems. Alle fünfzehn Sekunden bewegte sich eine neongrüne Lichtzeile von oben nach unten durch das kugelförmige Hologramm und aktualisierte die Darstellung entsprechend den neuesten Daten der Bordsensoren. Hinter jedem der abgebildeten Schiffe hing eine alphanumerische Kennung. Er brauchte nur den entsprechenden Code in die Tastatur des Schreibtischs einzugeben, um alles zu erfahren, was der Computer über das betreffende Objekt wußte oder an Vermutungen anzubieten hatte.

Zu vermuten gibt es da nicht viel. Die Sprungschiffe der Einsatzgruppe waren am Zenitsprungpunkt wieder ausgetreten, fast 7,5 Milliarden Kilometer über dem Nordpol der Sonne Coventrys. Ebensoweit über deren Südpol befanden sich die Ladestation des Systems und, wie erwartet, die Jadefalken-Flotte aus Transport- und Kriegssprungschiffen. Unter den meisten Umständen wäre es zu einer Auseinandersetzung um diese Position gekommen, aber die damit verbundenen Verluste seiner Truppen und die Schäden an den Sprungschiffen hätten selbst einen Sieg der freien Inneren Sphäre unrentabel gemacht.

Die Landungsschiffe in Victors Begleitung hatten sich hinter der *Barbarossa* zu einem Keil formiert, der in Richtung des dritten Planeten beschleunigte. Sechs Stunden hinter ihnen folgte eine zweite Formation mit den Schiffen in Katrinas Einsatzgruppe. Victor konnte ein Schmunzeln nicht unterdrücken, als er die zweite

Flotte langsam aufschließen sah. Die mit rund 2 g beschleunigenden Schiffe würden seine Formation erreichen, wenn auf Coventrys größtem Kontinent Warwick der neue Morgen anbrach.

Er schaute auf die Zeitanzeigen am Fuß der Holosphäre. Eine der beiden zeigte an, daß bei der momentanen Fluggeschwindigkeit noch neundreiviertel Tage verstreichen würden, bevor sie ihr Ziel erreichten. Die zweite meldete noch weniger als eine Stunde bis zum Übersetzen von Hohiro, Dan Allard und Präzentor Martialum von ihren jeweiligen Landungsschiffen zur *Barbarossa*, um dort ihr Vorgehen auf der Planetenoberfläche durchzusprechen.

Victor betrachtete die Anzeige seines Compblocks. »Mit drei Dragoner-Regimentern, der 11. Lyranischen Garde, Harlocs Räubern und den Rittern der Inneren Sphäre als Verstärkung kommen wir auf etwa zwölfeinhalb Mechregimenter. Die Jadefalken sollen vier Galaxien auf dem Planeten stehen haben, was uns etwa doppelt so zahlreich macht. Nach den üblichen Einschätzungen bedeutet das etwa gleiche Stärke.«

Ragnars blaue Augen zuckten vom Compblockschirm hoch zu Victor. »Vergessen Sie nicht, daß die Kell Hounds, Wolfs Dragoner und die ComGuards über eine beträchtliche Menge von Ausrüstung aus Clanquellen verfügen, Hoheit. Mit Ausnahme von Harlocs Räubern sind alle anderen Einheiten in Ihrer Streitmacht auf den neuesten technologischen Standard der freien Inneren Sphäre aufgerüstet. Ein zweifaches Übergewicht für die Innere Sphäre war zu Beginn der Invasion notwendig, um Gleichstand mit den Clan-Angreifern zu erreichen, aber inzwischen kommt ein solches Kräfteverhältnis einem tatsächlichen Vorteil erheblich näher.«

Kai Allard-Liao, der neben Ragnar saß, nickte zustimmend. »Wir dürfen auch nicht die Truppen vergessen, die bereits auf Warwick stehen. Das könnten noch einmal ein, zwei Regimenter sein.«

»Oder auch überhaupt niemand mehr.« Victor schüttelte den Kopf. »Ich denke, wir können froh sein, wenn die Söldner unsere Landezone sichern. Gleichgültig, wie viele es noch sind, sie werden uns nicht die dreifache Übermacht verschaffen, die normalerweise für einen erfolgreichen Angriff gegen befestigte Stellungen erforderlich ist.«

Der Wolfskrieger lächelte. »Diesen Vorteil können Sie durch gutes Bieten erzielen.«

»Versteh' ich nicht. Als wir während der Invasion gegen die Clans kämpften, haben wir alles aufgeboten, was wir hatten, und sie haben entschieden, wieviel sie gegen uns einsetzen wollten.« Victor runzelte die Stirn. »Die Jadefalken-Kommandeurin wird doch sicherlich alles gegen uns aufbieten, was ihr zur Verfügung steht.«

»Nicht unbedingt.«

»Warum nicht?«

Ragnar lächelte geduldig. »Wenn Sie vier Galaxien hat und zwei davon für die Verteidigung des Planeten bietet, löst sie einen Wettstreit unter ihren Truppen um die Beteiligung an diesem Auftrag aus. Ihre Leute werden die bestmögliche Leistung bringen, denn selbst wenn sie dabei fallen, werden ihre Leistungen festgehalten und ihre Gene in den Zuchtfundus aufgenommen werden.«

»Was geschieht, wenn sie erklärt, nur mit zwei Galaxien zu verteidigen, und ich mich entschließe, mit allem anzugreifen, was ich habe?«

»So etwas würde ein Clan-Kommandeur niemals tun. Der Ehrverlust wäre zu groß.«

»Ich bin kein Clan-Kommandeur, Ragnar.«

Der Wolf nickte. »Ich weiß. In diesem Fall würde sie als Schlachtfeld wahrscheinlich einen Ort auswählen, der Sie extrem benachteiligt. Vorausgesetzt, daß die

Daten, die wir erhalten haben, korrekt sind und sie noch unter den Lebenden weilt, haben Sie es mit Marthe Pryde zu tun. Ihre Linie war in Ungnade gefallen, hat sich auf Tukayyid aber rehabilitiert. Die Prydes streben höchste Standards an. Sie *könnte* erklären, daß ein Angriff mit überwältigender Stärke unsere Truppen dezgra macht.«

»Dezgra?«

»Entehrt. Hohiro würde es wahrscheinlich als unrein übersetzen.« Ragnar zögerte einen Augenblick. »Wären Sie ein Clansmann, hätte diese Erklärung äußerst unangenehme Konsequenzen für Sie. In dieser Situation könnte Marthe Pryde ihre Einheiten zurückziehen, aber durch das Zurückweichen vor einem Angriff von Truppen der Inneren Sphäre würden sie sich selbst entehren.«

»Sie würde den Tod vorziehen?«

»Denk nach, Victor«, unterbrach Kai. »*Wir* wollen überleben, um zu unseren Familien zurückzukehren und Kinder großzuziehen, denen wir eine Zukunft gegeben haben. Innerhalb der Clans ist das Überleben der Geneltern dafür ohne Bedeutung. Im Gegenteil, durch einen ehrenhaften Tod kann ein Clanner sich besonders viele Nachfahren sichern.«

»Nun ja, wir ziehen es vor, daß Krieger den Kampf überleben und sich in eine Kommandeursposition hocharbeiten«, meinte Ragnar. »Aber Kai hat trotzdem nicht unrecht. Der Heldentod Aidan Prydes auf Tukayyid hat seine ganze Blutslinie rehabilitiert. Die Falken verehren die Prydes geradezu.«

»Na toll, ich muß eine Welt einnehmen, die von einer Jadefalken-Halbgöttin verteidigt wird.« Victor konnte ein Grinsen nicht unterdrücken. »Schade, daß meine Schwester nicht da ist. Ich könnte tun, was Phelan vorgeschlagen hat, und sie allein bieten. Sie könnte sich im Einzelduell mit Marthe Pryde messen.«

»Marthe müßte sich soweit herabbieten, bis sie nur

eine Hand benutzen darf.« Ragnar lachte leise. »Und trotzdem würde es Katherine den Kopf kosten.«

Victors Grinsen wurde breiter. »Der Plan gefällt mir.«

Kai räusperte sich. »Du würdest den Planeten verlieren.«

»Ja, das wäre der Nachteil bei der Sache.« Der Prinz seufzte. »Bei der Vorbereitung des Gebots werde ich Hilfe benötigen.«

»Willst du für den Kampf bieten, Victor, oder überläßt du es dem Präzentor Martialum?« fragte Kai. »Nachdem die ComGuards die Clans bereits einmal besiegt haben, könnten die Falken der Ansicht sein, daß Focht das größere Recht hat, Verhandlungen zu führen. Besonders, wenn die Eroberung Terras durch Blakes Wort dazu geführt hat, daß diese Marthe Pryde mit dem Gedanken spielt, die Waffenstillstandslinie zu überschreiten.«

»Ein guter Einwand, Kai.«

Ragnar nickte. »Ihnen bleiben noch sieben Tage, bis Marthe Sie herausfordert. Ich frage mich natürlich, was für ein Konsens bis dahin zustande kommen wird.«

»Wie meinst du das?«

Der Wolf lachte. »Hoheit – Victor, ich bin nicht mehr der Jüngling, der ich vor sieben Jahren auf Outreach war. Auch wenn ich lange Zeit bei den Wölfen gelebt habe und ein Krieger geworden bin, habe ich nicht vergessen, wie die Nachfolgerfürsten einander die Jacke vollhauen. Teufel, meine Sprache verschludert.«

Victor sah ihn an. »Wie bitte?«

Kai deutete mit dem Daumen auf Ragnar. »Clanner benutzen keinen Straßenjargon.«

»Woher weißt du das denn ...?«

»Ich habe mehr Zeit unter Clannern verbracht als du, Victor. Genaugenommen möchte ich wetten, daß ich mehr Zeit in der Gesellschaft von Jadefalken verbracht habe als irgendeiner von euch.« Kai legte Ragnar die Hand auf die Schulter. »Zurück zum Thema.«

»Danke. Ich will auf folgendes hinaus: In der zweiten Flotte befinden sich Truppen aus der Liga Freier Welten, der Konföderation Capella, der Lyranischen Allianz und von Wolfs Dragonern. Selbst bei der Konferenz auf Outreach haben sich diese Seiten nicht einigen können. Die Liga hat den Rest der Hausfürsten bei ihrem Kampf gegen die Clans nur unterstützt, weil Ihr Vater Thomas Marik erpreßt hat. Romano Liao hat die Einheiten der Konföderation Capella völlig aus dem Krieg herausgehalten – die Anwesenheit von Harlocs Räubern hier ist ein Durchbruch. Die 11. Lyranische Garde ist eine erzloyale Steiner-Einheit, und die Dragoner werden allein schon deshalb nach einem Kampf verlangen, um ihre Kameraden aus der Situation dort unten herauszuholen.«

Victor zögerte. Ragnar hatte recht. Die anfliegenden Truppen stellten von ihrer Zusammensetzung her eine echte Koalitionsstreitmacht dar, aber die internen Konflikte und Eifersüchteleien unter ihnen konnten sich als größere Gefahr erweisen als es die Jadefalken waren. *Wenn ich mich nicht vorsehe, kann der ganze Schlamassel mir unter den Händen explodieren. Das wäre unangenehm für mich, aber für den Rest der freien Inneren Sphäre wäre es eine Katastrophe.* »Du hast recht, Ragnar. Die Lage ist ernst. Ich glaube, ich weiß eine Lösung, aber ich muß sie noch mit Präzentor Martialum und Hohiro absprechen. Wenn die beiden einverstanden sind, können wir sie den anderen vorschlagen.«

Kai beugte sich vor. »Woran denkst du?«

»Wir erklären den Präzentor Martialum zum Kommandeur der Einsatzgruppe. Wie du schon erwähnt hast, verfügt er über die notwendige Erfahrung, weil er die Clans bereits in einer Serie wichtiger Schlachten bezwungen hat. Er besitzt den Respekt aller im Anflug befindlichen Einheiten.«

Kai nickte. »Und welche Rolle spielst du in dem Ganzen?«

»Da die Kell Hounds unter einer Übereinkunft mit mir hier sind und ich außerdem die Davion Heavy Guards-RKG befehlige, kommandiere ich das größte Truppenkontingent in dieser Streitmacht.«

Ragnar schüttelte den Kopf. »Wolfs Dragoner haben drei Regimenter im Raum und zwei am Boden.«

Kai hob die Hand. »Ich unterstelle die Lanciers deinem Kommando, und ich bin sicher, Hohiro wird sich bereit erklären, mit der Genyosha dasselbe zu tun.«

»Danke. Das dürfte mir das Recht sichern, Fochts Stellvertretung zu übernehmen. Dadurch vermeiden wir eine Diskussion darüber, wem Coventry gehört – im Moment gehört der Planet ohnehin den Jadefalken – oder wer einen Anspruch darauf hat, den Befehl zu führen. Wenn wir das Ganze als eine Anstrengung der freien Inneren Sphäre darstellen, eine Clan-Aggression zu stoppen, können wir hoffentlich einen Teil der Probleme vermeiden.«

»Es könnte funktionieren.« Kai lachte, und seine grauen Augen funkelten. »Und *wenn* es funktioniert, können wir vielleicht den Sternenbund wieder errichten und dich an seine Spitze setzen.«

Victor ließ sich in seinen Sessel fallen und rollte mit den Augen. »Eine Sisyphusarbeit nach der anderen, bitte. Laßt uns erst einmal die Falken von Coventry verjagen, danach können wir nach Herzenslust Luftschlösser bauen.«

Leitnerton, Coventry
Provinz Coventry, Lyranische Allianz

Ariana Winston sah aus, wie Doc sich fühlte: bis zum Umfallen erschöpft. Sie drückte eine Taste auf ihrem Compblock, und Doc hörte ein Fiepen. Offenbar hatte sie das Ende der Datei erreicht. »Sie haben von diesem Arimas eine Menge Informationen erhalten. Kann man sich darauf verlassen?«

»Ja, Madam.« Arimas war der *Höllenhund*-Pilot. Doc sah in ihm den Mann, der aus Andy Bick hätte werden können, wenn Bick mit Steroiden und Grausamkeiten erzogen worden wäre. »Wie aus dem Bericht hervorgeht, haben wir den Gefangenen unter Drogen verhört. Was wir an Informationen von ihm erhalten haben, wird von den aus der Verwaltung von Whitting geborgenen Dateien gestützt.« Er hob die rechte Hand an den Mund, um ein Gähnen zu verbergen. »Die Jadefalken leiden unter einer pathologischen Angst, von einem anderen Clan absorbiert zu werden. Sie füllen die Lücken in ihren Reihen mit Clannern, die kaum oder überhaupt keine Kampferfahrung besitzen. Indem sie die Zahl ihrer Bewaffneten aufblähen, hoffen sie, stark genug zu wirken, um andere Clans von einem Angriff abzuschrecken.«

»Etwa so wie eine Katze, die das Fell aufstellt, um bedrohlicher zu wirken.« Shelly Brubaker trat in Winstons Büro und reichte Doc eine Tasse Kaffee. »In diesem Fall wären allerdings Stacheln das passendere Bild, denn dieses Aufplustern kann uns gehörig schaden, und das hat es schon.«

Winston blickte wieder auf ihren Compblock. »Und was steckt hinter dem regen Raumverkehr?«

Doc zuckte die Schultern. »Was das angeht, drückte sich Arimas nicht allzu klar aus, aber offenbar werden Krieger mit vielversprechenden Leistungen hier auf Coventry ausgeschifft, um die Garnisonseinheiten auf den von den Falken kontrollierten Welten ihrer Besatzungszone zu verstärken.«

»Genau.« Shelly setzte ihre Kaffeetasse ab. »Ich habe versucht, die Zahlen, die wir Arimas aus der Nase gezogen haben, zu brauchbaren Informationen zusammenzufügen. Anscheinend haben die Falken drei Veteraneneinheiten und fünf neu ausgehobene Galaxien hier. Zwei von den neuen haben inzwischen genügend Kampferfahrung gesammelt, um ebenfalls als Veteranen zu gelten. Eine ist noch unerfahren, und die beiden anderen haben inzwischen eine Woche Gefechtseinsatz überlebt.«

Ariana Winston legte den Compblock auf den Schreibtisch und schüttelte den Kopf. »Das kann ich nicht glauben. Von meiner leichten Eridani-Reiterei existiert nur noch ein Bataillon. Shelly, ihr Delta-Regiment hat zwei Kompanien verloren, und Tyrells Gamma-Regiment ist vielleicht dem Personalstand nach noch ein Regiment, aber nicht im Hinblick auf die einsatzbereite Ausrüstung. All diese Vernichtung und dieser Tod, nur damit ein paar Kriegerbälger Soldat spielen und beweisen können, wie böse ihr Clan ist.«

»Das ist es nicht allein, General.« Doc starrte in den dampfenden Kaffee. »Die Jadefalken haben vor kurzem einen gnadenlosen Krieg gegen die Wölfe geführt, in dem sie schwer angeschlagen wurden. Die Operation hier auf Coventry hilft ihnen, den Respekt wiederzugewinnen, den sie verloren haben. Es scheint, daß ihre früheren Anführer die Sitten und Traditionen der Jadefalken gebrochen haben. Marthe Pryde *mußte* den Falken beweisen, daß sie die besten Truppen der freien Inneren Sphäre besiegen können, ohne ihre Traditionen aufzugeben – und Coventry ist die letzte Station ihrer Siegestour.«

»Aber nur ein Narr zieht wegen einer philosophischen Frage in den Krieg.«

Shelly schüttelte den Kopf. »Vorsicht, General. Sie begeben sich auf einen gefährlichen Abhang. Es ist eine rein subjektive Entscheidung, ob etwas ausreichend Grund für einen Krieg liefert oder nicht.«

»Oberst Brubaker, wir sind beide Söldnerinnen. Wir kämpfen, weil wir dafür bezahlt werden.«

Doc nahm einen Schluck Kaffee, bevor er wieder das Wort ergriff. »Keiner von uns ist momentan in der Verfassung für eine Grundlagendiskussion. Fakt ist, der *einzige* akzeptable Grund für einen Kampf ist der Erhalt von Leben und Freiheit. Aber selbst das läßt sich auslegen. Die Jadefalken haben diesen Feldzug unternommen, um die Stärke ihrer Traditionen zu beweisen. Und er hat ihnen gestattet, neue Krieger als Ersatz für diejenigen einer Feuerprobe zu unterziehen, die von den Wölfen getötet worden sind.«

Die Kommandeurin der Leichten Eridani-Reiterei rieb sich die Augen. »Ich weiß ja nicht, wie es Ihnen geht, aber mir stinkt es gewaltig, als Simulatorgegner benutzt zu werden, der wirklich blutet.«

»Ich kann mir auch eine schönere Beschäftigung vorstellen, aber wir haben zumindest zurückgeschlagen.« Doc lächelte Shelly zu. »Der Angriff auf die Westflanke der Falken hat einem ihrer Sternhaufen eine beachtliche Feuerprobe verschafft.«

»Und der Angriff auf Whitting hat den Druck gemildert, während sie überlegen, wieviel wir herausgefunden haben und was wir damit anfangen werden.« Shelly legte beide Hände um die Tasse. »Also gut, General, Sie haben den Bericht gelesen. Fällt Ihnen etwas dazu ein?«

»Ich muß es noch mit Oberst Tyrell und Lieutenant General Niemeyer besprechen, aber ich würde sagen, unsere einzige Überlebenschance besteht darin, uns in kleinere Einheiten aufzuteilen und einen Guerillakrieg zu führen, so wie Doc es vorgemacht hat.« Ariana Winston sah wieder auf ihren Compblock. »Aber ich fürchte, wenn wir das versuchen, werden sie ihre Luft-/Raumjäger einsetzen, und uns zurück in die Steinzeit bomben.«

Doc schüttelte den Kopf. »Gegen die Titanen haben sie das auch nicht versucht.«

Shelly stieß ihm sanft den Ellbogen in die Seite. »Die

Titan-Mechs sind zu klein, um sie aus der Luft abzuschießen.«

»Stimmt, aber wir sind so viele, daß sie einfach in den Pulk hätten halten können.«

»Hoffen wir, daß der Standard, den die Titanen vorgegeben haben, auch für uns andere erreichbar ist, Doc.« Winston schenkte ihm ein klägliches Lächeln. »Mit etwas Glück halten wir durch, bis Verstärkung eintrifft.«

»Verstärkung?« Doc stieß einen Seufzer aus. »Sie sind vielleicht eine Optimistin.«

»He, Doc, immerhin sind wir als Verstärkung für euch gekommen«, gab Shelly Brubaker zurück.

»Stimmt, Shelly, und ihr habt eure Sache gut gemacht.« Doc zuckte die Schultern und legte die Hand vor die Augen, um die ersten Sonnenstrahlen abzublocken, die durch das Bürofenster fielen. »Ich bin übermüdet und leide unter einem schweren Anfall von Schuldgefühl wegen der Tatsache, daß ich noch lebe. Aber selbst wenn ich all das berücksichtige, glaube ich nicht, daß irgendwer so dumm sein wird, noch mehr Truppen in dieses Schlachthaus zu schicken.«

Shellys Schultern sackten ein wenig ab. »Möglicherweise hast du recht. Noch mehr Truppen hierher zu schicken, würde bedeuten, daß irgendein Politiker zugeben müßte, einen Fehler gemacht und von Anfang an zuwenig Einheiten in Marsch gesetzt zu haben. Darauf können wir lange warten.«

Einer der verbliebenen Männer der Leichten Reiterei klopfte an den Türrahmen. »General, wir haben soeben eine Nachricht höchster Priorität empfangen.« Das Grinsen des Mannes hatte eine ansteckende Qualität. »Es sind zwölfeinhalb Regimenter im Anflug.«

»Für uns oder die anderen, Johnston?«

»Für uns. Prinz Victor führt sie an. Noch etwa zehn Tage.«

Ariana Winston schlug mit der knochigen Faust auf den Tisch. »Das ist die beste Nachricht, seit wir hier angekommen sind.« Sie sah hinüber zu Doc. »Nun, Doc, was ist er? Ein Dummkopf oder ein Politiker, der zugeben kann, sich geirrt zu haben?«

»Weder noch, General.« Doc nickte ernst. »Er ist ein Krieger, und ohne Zweifel unsere beste Chance, mit heiler Haut hier wegzukommen.«

38

**Landungsschiff *Barbarossa*, im Anflug auf Coventry
Provinz Coventry, Lyranische Allianz**

12. Juni 3058

Als Victor sich unter den Kommandeuren umsah, die sich in der Besprechungskabine des auf Coventry zustürzenden Schiffes drängten, stellte er sehr viel weniger Spannungen fest, als er erwartet hatte. Von Anfang an war er auf Widerstand gegen jeden seiner Vorschläge eingestellt, gegen die Ernennung des Präzentors Martialum zum Leiter der Expedition ebenso wie gegen seine Position als Fochts Stellvertreter. Daß tatsächlich kaum eine Stimme sich dagegen erhoben hatte, machte ihm den Ernst der Lage um so deutlicher bewußt.

Er hatte erwartet, daß sich zwei Seiten formierten, die entweder ihm oder seiner Schwester Loyalitätsgefühle entgegenbrachten. Das hätte die Ritter der Inneren Sphäre aus dem Marik-Raum und Harlocs Räuber aus der Konföderation Capella zusammen mit der 11. Lyranischen Garde zu einem Block zusammengefaßt. Die drei Dragoner-Regimenter wären nominell ebenfalls Teil dieser Gruppe gewesen, aber General Maeve Wolf, die schwarzhaarige Kommandeurin der Dragoner, hatte zuviel Verstand, als daß sie eine Spaltung in der Streitmacht zugelassen hätte, die zur Rettung ihrer Kameraden unterwegs war.

Wu Kang Kuo, der Kommandeur von Harlocs Räubern, war nicht nur neutral geblieben, sondern hatte Victors Vorschläge offen unterstützt. Außerdem hatte Wu einige Zeit im Gespräch mit Kai verbracht, was Victor überraschte, bis Jerrard Cranston ihn daran erinnerte, daß Kai auf Solaris in mehreren Kämpfen gegen Wus Sohn siegreich geblieben war. Daraus schloß Victor, daß es zwischen den beiden Männern so etwas wie eine Ehrenschuld gab, eine Tatsache, die sich unter den gegebenen Umständen nur als hilfreich erweisen konnte.

Ebenso überraschend war die Haltung von Paul Masters, dem Kommandeur der Ritter der Inneren Sphäre. Er blieb neutraler als Wu, vertrat in der Debatte aber grundsätzlich den Standpunkt einer gemeinsamen Front. Seine einzige echte Sorge betraf den direkten Befehl über die einzelnen Einheiten. Er gestand Victor zwar seinen Respekt angesichts seiner Erfahrung gegen die Clans zu, wollte aber nicht in eine Situation geraten, in der Victor seiner Einheit eine gefahrvolle Mission befahl, damit nicht der Eindruck entstehen konnte, der Prinz versuche sich an den Rittern für ihre Rolle bei der Invasion der Mark Sarna zu rächen. Das erschien allen Versammelten nur logisch, und die Ritter wurden in der Kommandostruktur dieses Einsatzes Wolfs Dragonern zugeteilt.

Als einziger Bremsklotz erwies sich Marschallin Sharon Byran von der 11. Lyranischen Garde. Da Coventry ein Planet der Lyranischen Allianz war, argumentierte sie, daß ihr als Repräsentantin der Archontin eine leitende Rolle in der Planung und Durchführung der Expedition zustand. Es gelang ihr schnell, die Söldner gegen sich einzunehmen, indem sie deren Einsatzwillen mit dem Hinweis darauf anzweifelte, daß sie für ihr Erscheinen bezahlt wurden. Oberst Dan Allard konterte, daß die 11. Lyranische Garde vor einem Kampf mit der Liga Freier Welten *davongelaufen* sei, und schlug vor, ihre Expertise zu Rate zu ziehen, falls sich die Einsatzgruppe entschließen sollte, noch vor dem ersten Schußwechsel den Rückzug anzutreten. Damit hatte er sie effektiv abgeschossen, und es war unverkennbar, daß sie innerlich kochte.

Der Präzentor Martialum trat ans Kopfende des schwarzen Tisches. »Dies ist unsere letzte informelle

Besprechung vor dem Kontakt mit den Jadefalken auf Coventry. Die erste Kontaktaufnahme wird nur über Funk erfolgen – wir erwarten eine Herausforderung, in der die Jadefalken uns mitteilen, mit wieviel Einheiten sie den Planeten gegen uns zu verteidigen gedenken. Diejenigen unter ihnen, die bereits gegen die Clans gekämpft haben, sind mit dem Verfahren vertraut. Die Clans betrachten das Aushandeln der Stärke in einem Gefecht eingesetzter Kräfte als eine Art Sakrament.« Focht deutete auf Ragnar. »Wie Sie alle wissen, ist ein großer Teil des Wolfsclans aus den Reihen der Clans ausgeschert und hat sich auf Arc-Royal niedergelassen. Khan Phelan Kell hat uns Ragnar mitgeschickt, damit er uns bei der Analyse und den Verhandlungen mit den Jadefalken unterstützt. Prinz Victor und ich haben vollstes Vertrauen in Ragnar. Die Verhandlungen mit den Jadefalken werden unsere erste Auseinandersetzung mit dem Gegner, und ein erfolgreicher Abschluß des Bietens wird der erste Schritt zum Sieg über sie werden.«

Dan Allard stieß sich von der Schottwand ab, an der er bis jetzt gelehnt hatte, und hob die Hand. »Werden einzelne Einheiten aus dem Kampf geboten werden? Und wenn ja, wie wird entschieden, um welche Einheiten es sich dabei handelt?«

Maeve Wolf blickte zu dem Kell Hound hinüber. »Machen Sie sich ebensolche Sorgen deswegen, daß Ihre Einheit zerstückelt werden könnte, wie ich, Dan?«

»Und ob.«

Victor hob die Hand. »Wir werden keine Einheit auseinanderreißen. Maeve, Sie haben bereits Leute am Boden, deshalb werden wir Sie erst wegbieten, wenn die Verhandlungen auf einen symbolischen Kampf hinauslaufen sollten. Damit ist nicht zu rechnen, aber ich habe genug von Ragnar gelernt, um zu wissen, daß wir keine Möglichkeit haben, vorherzusagen, was uns erwartet. Was deine Frage angeht, Dan: die Sache ist recht einfach. Wir haben die hier versammelten Einheiten in zwei Gruppen aufgeteilt. In der ersten Gruppe befinden sich die Einheiten, deren Interesse am Ausgang dieses Kampfes nur peripher ist. Damit will ich niemandes Beteiligung an dieser Expedition abwerten – und ich *weiß*, daß die gesamte freie Innere Sphäre hier etwas zu verlieren hat –, aber das erschien uns als die sinnvollste Möglichkeit, zu einer Aufteilung zu gelangen. Die Einheiten in dieser ersten Gruppe sind die 1. Genyosha, die Kell Hounds, die Ritter der Inneren Sphäre, Harlocs Räuber und die 1. St.-Ives-Lanciers. Wenn wir auf Einheiten verzichten, werden sie aus dieser Gruppe gewählt – und die Hounds fallen nur raus, wenn wir zwei Regimenter wegbieten.«

Die Logik dieser Wahl schien allen im Raum einsichtig zu sein. Victor hatte gehofft, die Genyosha und die St.-Ives-Lanciers in der zweiten Gruppe zu behalten, die er als seine Kernstreitmacht ansah, weil sie durch das Training auf Tukayyid eine unbezahlbare Verstärkung gegen die Falken darstellen würden. Aber der Präzentor Martialum hatte ihm eindringlich klargemacht, daß die Ausschlußgruppe ein Übergewicht von Einheiten umfassen mußte, die mit Victor eingetroffen waren, da dies für die Kerngruppe bereits der Fall war. Wolfs Dragoner, die Davion Heavy Guards und ComStars Invasorgalaxis konnten alle in Victors Lager angesiedelt werden. Die 11. Lyranische Garde war die einzige Einheit Katherines, die auf jeden Fall an den Kämpfen beteiligt sein würde. Selbst wenn Harlocs Räuber und die Ritter der Inneren Sphäre diese Gruppe durch Zufallsauswahl verstärken sollten, würden Victors Einheiten immer noch vorherrschen.

Paul Masters rieb sich das Kinn. »Und wann werden wir wissen, ob wir nach Hause fliegen können?«

Focht lächelte zuversichtlich. »Das wird noch eine Weile dauern.«

»Aber die Falken sollten bald Kontakt aufnehmen. Es sind noch zwei Tage bis zur Landung. Bis dahin muß Ihre Auswahl stehen, ebenso wie unsere Vorgehensweise. Wenn nicht, könnte ein umkämpfter Gefechtsabwurf zu einem Desaster werden.«

Victor nickte. »Könnte, wird aber nicht.«

Sharon Byrans Blicke durchbohrten ihn wie Dolche. »Übermäßiges Selbstvertrauen ist kein vorteilhafter Zug an einem Krieger.«

»Ebensowenig wie die Neigung zu voreiligen Schlußfolgerungen.« Er verschränkte die Arme. »Die Jadefalken klammern sich von allen Clans am stärksten an ihre Traditionen. Die Clans neigen ganz allgemein nicht dazu, Landezonen anzugreifen. Ob es in diesem Fall anders sein wird, werden wir erfahren, wenn sie sich zum ersten Bieten mit uns in Verbindung setzen.«

»Aber die Entscheidung, ob sie gegen unsere Landung vorgehen, liegt bei ihnen.«

»Stimmt, aber sie werden nicht angreifen, bevor das Bieten abgeschlossen ist.« Victor gestattete sich ein spöttisches Zucken der Mundwinkel. »Die Jadefalken haben eine Tradition, ihren Feinden Safcon zu gewähren – den freien Zugang zu dem für die Schlacht festgelegten Gefechtsfeld. Ragnar zufolge wurde dieses Recht selbst den Wölfen gewährt, die im jüngsten Krieg gegen die Falken deren Hauptquartier auf Wotan angriffen. Wir werden uns auf diese Tradition berufen.«

Byrans Augen wurden zu Schlitzen. »Und wenn sie es uns verweigern?«

Ragnar trat neben Focht. »Das werden sie nicht.«

»Wie können Sie sich dessen sicher sein?« Byrans Wut verzerrte ihre Züge. »Sie wären Dummköpfe, uns ungehindert landen zu lassen.«

»Sie sind Jadefalken, Marschallin Byran. Sie nehmen Tradition und Form wichtiger als die Logik. Sie haben weniger Angst davor zu verlieren, als ihren rigiden Verhaltenskodex zu verletzen. Safcon erlaubt Kriegern, ein Schlachtfeld unbeschadet zu betreten, Hegira gestattet ihnen, es zu verlassen – es gibt Hunderte solcher Rechte und Traditionen, von denen die Jadefalken sich in Fesseln legen lassen. Sie ähneln darin den Kriegern des Kombinats und deren Kodex des Bushido.«

Byran wandte sich an Victor. »Wenn Sie diesem Clanner-Schwachsinn trauen, nehme ich an, daß Sie und Ihre Heavy Guards als Erste aufsetzen werden?«

»Mit Vergnügen.«

»Aber dazu wird es nicht kommen.« Anastasius Fochts Stimme sank im Tonfall, und sein graues Auge glänzte mit einem inneren Feuer. »Die Falken bedrohen den Waffenstillstand, den ComStar erkämpft hat. Die ComGuards werden als Erste landen.«

Byran schüttelte den Kopf. »Sie werden genauso leicht verbluten wie irgendwelche VerCommies.«

»Da es das Blut der ComGuards war, Marschallin Byran, das diesen Waffenstillstand erkauft hat, sehe ich keine Sünde darin, ihn mit dem Blut der Com Guards aufrechtzuerhalten.« Der Präzentor Martialum senkte den Blick auf ein rotes Lämpchen, das an seinem Ende des Tisches zu blinken begonnen hatte. »Prinz Victor, wenn Sie und Ragnar mich begleiten würden. Die Zeit ist gekommen, Safcon zu beanspruchen und mit der Rückeroberung Coventrys zu beginnen.«

Turkina Keshik-Hauptquartier,
Port St. William, Coventry
Provinz Coventry, Lyranische Allianz

Rosendo Hazen bewunderte, wie stolz und schlank Marthe Pryde im Zentrum des Holotanks stand. Ihr langes, dunkles Haar fiel wie ein Seidenschleier über die Schultern der Kühlweste. Ihre langen, bloßen Beine, die zwischen der Oberkante der Stiefel und dem Ansatz der Gefechtsshorts zu sehen waren, hätten unter anderen Umständen ablenkend, um nicht zu sagen erregend wirken können. Noch anziehender allerdings war ihre Intelligenz. Und da Schönheit und Intelligenz beides Eigenschaften mit hohem Überlebenswert waren, erschien es nur logisch, daß sie zusammenfielen. Marthe besaß beide im Übermaß. Ihre Intelligenz zu unterschätzen war ebenso tödlich wie eine falsche Auslegung ihrer Kleidung und Körperhaltung. *Die Krieger der Inneren Sphäre haben keine Chance.*

Die rauchgrauen Wände des Holotanks erhellten sich etwas. In der Luft vor Marthe schien die Büste eines Mannes Gestalt anzunehmen. Er war alt, mit dichtem, weißem Haar und einer Augenklappe, und er betrachtete sie ohne erkennbare Gefühlsregung. »Ich bin Anastasius Focht, Präzentor Martialum ComStars, Kommandeur der ComGuards und Sieger von Tukayyid. Ich entschuldige mich dafür, in so begrenzter Form zu erscheinen, aber ich habe derzeit keinen Zugriff auf einen Holotank oder dessen Äquivalent.«

Marthe nickte herablassend. »Ich bin Khanin Marthe Pryde, Kriegerin der Jadefalken und Führerin dieser Expeditionseinheit. Ich heiße dich auf Coventry willkommen, wenn ich auch angenommen hätte, die Geschehnisse auf Terra wären für dich von größerer Bedeutung als die Ereignisse hier.«

»Terra liegt weit jenseits der Waffenstillstandslinie, während Coventry sich unmittelbar auf ihr befindet. Ich ziehe es vor, mich deinem Wunsch, Terra zu erobern, entgegenzustellen, bevor du das Solsystem erreicht hast. Die Sekte von Blakes Wort streitet die Weisheit dieser Entscheidung ab. Meine Sorge ist allein darauf gerichtet, den auf Tukayyid erkämpften Waffenstillstand zu erhalten.«

»Dann brauchst du dir keine unnötigen Gedanken zu machen.« Marthe breitete in einer Geste der Unschuld die Arme aus. »Diejenigen, die den Waffenstillstand zu ihrem persönlichen Vorteil widerrufen hätten, wurden von ihren eigenen Illusionen vernichtet. Ich habe zu diesem Zeitpunkt nicht die Absicht, meine Einheiten über die Waffenstillstandslinie zu führen.«

»Du ehrst die Krieger, die auf Tukayyid kämpften und fielen.«

»Ich ehre den Krieger, der auf Tukayyid siegte.« Sie legte die Handflächen aufeinander. »Es gibt Stimmen unter den Clans, die erklären, der Waffenstillstand habe seine Gültigkeit verloren, weil Terra den Besitzer gewechselt hat. Aber wie du gesagt hast, der Waffenstillstand wurde auf Tukayyid gewonnen. Er kann nicht auf Terra verloren gehen.«

»Oder auf Coventry.«

»Auf Coventry kämpfen wir nur um Ruhm und Leben.«

Der Präzentor Martialum nickte, und sein Bild schrumpfte etwas, als er nach rechts blickte. »Khanin Marthe Pryde, ich möchte dir Prinz Victor Ian Steiner-Davion vorstellen. Er ist mein Stellvertreter und wird bei unseren Verhandlungen meine Position vertreten.«

Marthe drehte sich um und winkte Rosendo zu sich. »Und dies ist mein Stellvertreter, Galaxiscommander Rosendo Hazen. Er war der Kopf hinter den meisten der Kampfhandlungen hier.«

Der Mann, den der Präzentor Martialum vorgestellt hatte, beeindruckte Rosendo augenblicklich durch die stahlharte Stärke seines Blicks. Es gab nur wenige Menschen, die ihre Persönlichkeit über eine Hologrammdarstellung zum Ausdruck bringen konnten, aber dieser Victor Davion war einer von ihnen. Der Jadefalke erkannte Tiefen im Geiste seines Gegenübers, die ihn als geborenen Menschenführer auswiesen.

Victors Gesicht wurde zu einer undurchschaubaren

Maske. »Khanin Marthe Pryde, ich bin Victor Ian Steiner-Davion. Ich führe eine Einsatzgruppe im Anflug auf Coventry mit dem Ziel, deinen Besitz dieser Welt anzufechten. Ich weiß, daß von mir nun erwartet wird, dich zu fragen, mit welchen Kräften du den Planeten zu verteidigen gedenkst, aber ich werde dies nicht tun. Statt dessen beanspruche ich Safcon.«

Rosendo versuchte seine Überraschung zu verbergen, aber daran, wie Victors Augenwinkel zuckten, erkannte er, daß dieser sie bemerkt hatte. *Daß er Safcon beansprucht, beweist, daß er in unseren Gebräuchen geschult ist. Ich glaube kaum, daß Marthe Pryde diese Wendung vorausgesehen hat.*

Die Khanin verneigte sich leicht vor Victors schwebender Büste. »Betrachte es als gewährt, Prinz Victor Ian Steiner-Davion. Gut gehandelt und akzeptiert. Ich nehme an, du willst bei Leitnerton aufsetzen, um eure dortigen Truppen zu entsetzen?«

»Vorausgesetzt, sie sind in zwei Tagen noch dort, ja.«

»Sie werden dort sein. Galaxiscommander Rosendo Hazen wird unsere Linien zurück nach Port St. William ziehen und euch genug Platz für die Landung lassen. Eure noch verbliebenen Truppen sind sehr tapfer, und ich vertraue darauf, daß sie Gelegenheit erhalten werden, den Kampf fortzusetzen, frapos?«

»Ich würde ihnen diese Gelegenheit nicht versagen. Ich werde sie von deiner Bitte in Kenntnis setzen.«

»Danke.« Marthe drehte sich halb ab, dann wandte sie sich den beiden schwebenden Hologrammbüsten noch einmal zu. »Ach, du solltest noch wissen, daß ich diese Welt mit *allem* verteidigen werde, was mir zur Verfügung steht. Das haben deine Leute getan, und ich würde ihnen Schande machen, wenn ich weniger täte.«

»Ich verstehe.« Rosendo hatte den Eindruck, in Victors Stimme Überraschung durchklingen zu hören.

»Sehr gut. Ich werde die Einheitsberichte zum Zeitpunkt eurer Ankunft für euch bereit halten.«

»Und wir werden uns zum selben Zeitpunkt wieder mit dir in Verbindung setzen.« Victor sah einen Augenblick beiseite, dann drehte er sich wieder zu Marthe um. »Sollen wir den Sechzehnten als Datum unserer formellen Verhandlungen festsetzen, frapos? Wäre Whitting ein akzeptabler Treffpunkt?«

Marthes Stimme wurde heller, verriet Überraschung und Neugierde. »Du willst die Verhandlungen persönlich führen?«

»Ich möchte dich korrekt einschätzen, Khanin Marthe Pryde, und das ist nur bei einer persönlichen Begegnung möglich.« Der Prinz zuckte die Achseln. »Ich verstehe, wenn du das für nicht wünschenswert hältst.«

»Whitting, am Sechzehnten, in Ordnung.« Die Khanin nickte hoheitsvoll. »Gute Landung.«

Die zwei Büsten verblaßten, als Marthe die Verbindung trennte. »Was hältst du davon, Galaxiscommander Rosendo Hazen?«

»Sie haben gewisse Kenntnisse über uns. Das könnte sie zu schwierigeren Gegnern machen.«

»Ohne Zweifel der Einfluß der Wölfe. Als er sich abgewendet hat, wollte er hören, was sein Berater meinte.«

Rosendo nickte. »Khan Phelan Ward war mit diesem Prinz Victor Ian Steiner-Davion verwandt.«

»Das ist ohne Zweifel die Erklärung.« Marthes Blick wurde schärfer. »Aber die Idee, mich in Whitting zu treffen, war seine eigene. Er glaubt, nach einer Begegnung werde ich ihn unterschätzen.«

»Möglicherweise, Khanin Marthe Pryde, aber es war gut, daß Ihr zugestimmt habt.« Rosendos Miene verdüsterte sich. »Ich bezweifle jedoch, ob es klug war, ihm mitzuteilen, womit wir diese Welt verteidigen. Nachdem Ihr ihnen Safcon gewährt hattet, brauchtet ihr diese Information nicht mehr preiszugeben.«

»Ich weiß.« Marthe sah ihn listig an. »Ich tat es, um sie zu verwirren. Indem ich ihnen mitgeteilt habe, daß ich den Planeten mit allem verteidigen werde, was mir zur Verfügung steht, und wir uns nach Port St. William zurückziehen werden, habe ich den Eindruck erweckt, Coventry halten zu wollen. Sie werden denken, ich will ihnen die Mechfabriken nehmen. Dementsprechend werden sie Schlachten um den Besitz der Fabrikanlagen planen. Währenddessen werden wir unsere eigenen Pläne schmieden.«

»Ihr sagt das, ohne zu wissen, welche Truppen sie mitbringen.«

»Das stimmt, Rosendo Hazen, das stimmt allerdings.« Marthe Pryde nickte nachdenklich. »Also liegt es an uns, dafür zu sorgen, daß der Stein die Krallen des Falken schärft und nicht verletzt. Es sind glorreiche Aufgaben wie diese, die Krieger schafft und ihrem Dasein Sinn einhaucht.«

39

Leitnerton, Coventry
Provinz Coventry, Lyranische Allianz

15. Juni 3058

Doc Trevena war nicht sonderlich überrascht, als er über das Dach Schritte herankommen hörte. Alle Mitglieder der Titanen hatten sich inzwischen daran gewöhnt, ihn hier oben zu finden, wo er nach Whitting und Port St. William hinüberstarrte. Shelly Brubaker leistete ihm hier auf dem ›Hauptmannssteig‹ besonders häufig Gesellschaft, aber sie war keineswegs seine einzige Besucherin. *Und seit der Rest der Dragoner eingetroffen ist, sind ihre Besuche viel zu selten.*

Er warf einen trägen Blick über die Schulter, dann wirbelte er herum und nahm Haltung an. »Hoheit, ich habe nicht …«

Victor erwiderte den Gruß und deutete mit dem Kopf auf die Aussicht. »Ein verteufelt guter Beobachtungsposten.«

»Ja, Sir.« Docs Puls raste. »Kann ich Euch irgendwie helfen, Hoheit?«

Der Prinz überlegte eine Sekunde, dann nickte er. »Entschuldigen Sie, daß ich Ihre einsame Wacht unterbrochen habe. Ich habe Sie gestern bereits hier oben stehen sehen. Als ich mich nach Ihnen erkundigte, erfuhr ich die ganze Geschichte, wie Sie diese Falken an der Nase herumgeführt haben. Ich dachte mir, ich sollte mir Ihre Erkenntnisse zunutze machen. Kommt solche Weisheit aus der Zeit, die Sie hier oben verbringen?«

»Ich weiß nicht, Sir.« Plötzlich kam sich Doc unbeholfen und tölpelhaft vor. »Ich will sagen, Sir, ich besitze keine besonderen Fähigkeiten.«

»Nicht?« Victor musterte ihn von oben bis unten.

»Sie haben eine Kompanie unbeholfener, aber begeisterter Truppen übernommen und sie zu einer Einheit geformt, die in drei Monaten des Einsatzes gegen einen Clan-Gegner wenig mehr als etwas Panzerung verloren hat.«

»Wenn Ihr es so formuliert, Hoheit, klingt es nach mehr, als es tatsächlich war.«

»Stellen Sie Ihr Licht nicht unter den Scheffel, Hauptmann Trevena.«

»Nein, Sir.« Doc wagte ein zaghaftes Lächeln. »Ich will meine Leistung nicht unterbewerten, aber ich will mich auch nicht mit fremden Federn schmücken. Die Titanen haben das Herz auf dem rechten Fleck. Ich habe ihnen nur beigebracht, zu treffen, ohne selbst getroffen zu werden.«

»Sie haben auch den Überfall auf Whitting geplant und ausgeführt.«

Doc schüttelte den Kopf. »Die Dragoner haben den Kampf in die Reihen des Gegners getragen, Hoheit. Wir sind nur nach Whitting marschiert und haben ein paar Dateien gestohlen. Es war eine letzte Trotzgeste.«

»Aber das heißt, daß die letzte hier auf Coventry geschlagene Schlacht in einer Niederlage für die Clans endete.«

»Nur, weil sie sich angesichts Eurer bevorstehenden Ankunft zurückgehalten haben.« Doc schaute zu dem Prinz hinab. »Verzeihung, Sir, aber Ihr habt bestimmt Wichtigeres zu tun, als hier zu stehen und mir ein gutes Gefühl beim Gedanken an die leichteste Einheit auf dem ganzen Planeten einzuflößen.«

»Vielleicht.« Victors Atem pfiff durch seine zusammengebissenen Zähne. »Die Falken haben uns Daten über ihre Truppen auf Coventry geschickt. Es wird Sie nicht überraschen zu hören, daß sie mit den Daten übereinstimmen, die Sie bei dem Whitting-Überfall erbeutet haben. Das stellt mich vor ein Problem.«

»Ja, Sir.«

Der Prinz runzelte die Stirn. »Die Meldungen, die mich dazu bewogen haben, hierher zu kommen, sprachen von *vier* Jadefalken-Galaxien hier auf Coventry. Aufgrund der Quelle, aus der diese Informationen stammten, bin ich davon ausgegangen, daß es bis zu sechs sein konnten.«

Doc verschränkte die Arme. »Wir haben Informationen nach Tharkad geschickt, in denen wir darauf hinwiesen, Elemente aus einem Dutzend verschiedener Galaxien gesehen zu haben. Ihr hättet wissen müssen ...« Er verstummte, als ihm deutlich wurde, was es bedeutete, daß der Prinz es *nicht* gewußt hatte. »Sie und Ihre Schwester sind zur Zeit wohl nicht gerade die engsten Freunde?«

»Wahrhaftig nicht.« Der Prinz verzog schmerzlich das Gesicht. »Verstehen Sie sich mit Ihren Geschwistern?«

»Ganz ausgezeichnet, aber ich habe eine Ex-Frau, also kann ich mich gut hineinversetzen.«

»Ja, das können Sie dann wohl. Ihre Leute unten haben Sie ›Doc‹ genannt. Darf ich das auch?«

»Wie Ihr es wünscht, Hoheit.«

Victor lachte. »Ich würde vorschlagen, Sie reden mich erst mal mit Victor und Sie an. Worum ich Sie bitten möchte, hat nichts mit Titeln und Rängen und all dem Zeug zu tun. Ich will eine ehrliche Meinung und offene Antworten. Das hier ist ein Gespräch unter Soldaten, nichts weiter. Erzählen Sie mir nicht das, wovon Sie glauben, daß ich es hören will, sondern was Sie wissen und meinen. Verstanden?«

»Ja, Sir.«

Der Prinz sah ihn stumm an.

Doc zuckte zusammen. »Kann ich nicht einfach Port St. William für ... Sie erkunden gehen ... Victor?«

»Vielleicht später.« Victor hockte sich hin, hob einen Kiesel vom geteerten Dach des Gebäudes auf und warf ihn in die Nacht. »Geben Sie mir eine Einschätzung der Clantruppen hier.«

Doc stieß hörbar den Atem aus. »Wir sind einer Menge Leute und einer Menge unterschiedlicher Kampfstile begegnet. Die Falken haben eine Reihe ziemlich grundlegender Fehler begangen. Alles, was ich gesehen habe, läßt mich darauf schließen, daß sie verzweifelt sind und alles ins Cockpit setzen, was sie auftreiben können.«

Der Prinz runzelte die Stirn. »Diese Ansicht habe ich schon von anderen gehört, aber ich zögere, sie zu akzeptieren.«

Doc sah ihn fragend an. »Warum?«

»Sie sind der erste, der mich nach meinen Gründen fragt. Das ist gut.« Victor lächelte kurz. »Ragnar hat sich die Zahlen angesehen, die Sie zusammengestellt, und die Gefangenen, die Sie gemacht haben. Er ist sogar einige der holographischen Verhöraufzeichnungen durchgegangen. Wenn die Falken eine allgemeine Dienstverpflichtung benutzen würden, um ihre Reihen aufzufüllen, meint Ragnar, dann müßten wir im Alter der Gefangenen eine größere Bandbreite erkennen. Arimas zum Beispiel ist im richtigen Alter für den Dienst in einer Frontklasse-Einheit, aber es gibt keine Anhaltspunkte dafür, daß er schon einmal einen Test für eine solche Position absolviert hat.«

»Seltsam ist es mir auch vorgekommen, daß jemand seines Alters noch nicht in Dienst gestellt worden war. Was meint Ragnar denn, was die Falken treiben?«

»Er hat auch keine solide Vorstellung, aber es gibt bei den Clans schon lange Gerüchte über Mitglieder der Wissenschaftlerkaste, die auf eigene Verantwortung einen Kriegerkader gezüchtet haben, um sich bestimmten Aktionen durch die Krieger ihres Clans zu widersetzen oder diesen zuvorzukommen. Wenn jemand vor zwanzig Jahren ein solches geheimes Zuchtprogramm begonnen hätte, wäre heute die Ernte von

Kriegerkandidaten für die hier kämpfenden Einheiten reif.«

Ich hätte es sehen müssen. Doc schüttelte den Kopf. »Ich habe unerfahrene Truppen gesehen und gedacht, es sei ein genauso bunt zusammengewürfelter Haufen wie die Titanen. Eine Kindertruppe wäre genauso unerfahren. Die Falken schiffen sie ein, trainieren sie hier im Kampf gegen uns, und schiffen sie wieder heim, um dort die Lücken zu schließen, die der Krieg gegen die Wölfe gerissen hat. Wir kämpfen um unser Leben, und sie sind auf der Suche nach Spielgefährten.«

»Das wissen wir nicht sicher, also machen Sie sich kein allzu großes Kopfzerbrechen, Doc. Es ist nur eine Vermutung.«

»Aber sie paßt. Und sie erklärt eine Menge.«

Der Prinz nickte. »Aus Ihren Daten und Khanin Prydes Berichten geht hervor, daß sie acht Galaxien auf diesem Felsball haben. Mit alldem eingerechnet, was wir hier in Leitnerton stehen haben, belaufen sich unsere Kräfte auf dreizehn Regimenter. Unter Berücksichtigung aller Angleichungen aufgrund Einheitsaufbau und Zustand sind wir den Falken fast ebenbürtig.«

Doc starrte hinaus über das Dorf. »Leitnerton läßt sich verteidigen. Wenn sie kommen, können wir sie bluten lassen.«

»Mag sein. Aber in diesem Fall müssen wir den Part des Angreifers übernehmen.«

»Wie Sie schon gesagt haben, wir haben eine Siegsträhne.«

»Was ich brauche, ist eine Möglichkeit, sie zu verlängern.« Victor legte Doc die Hand auf die Schulter. »Sie waren von Anfang an dabei. Sie haben gegen ein paar ihrer besten Einheiten gekämpft und gegen ein paar ihrer unerfahrensten. Sie waren dabei, als die Waco Rangers vernichtet wurden.«

»Stimmt.«

»Was ich von Ihnen wissen will, Doc: Haben die Krieger, die hier für die Jadefalken antreten, das Zeug für einen echten Kampf?«

»Sie schießen verteufelt gut, und in der Regel treffen sie, was sie anvisieren.« Doc schleuderte ebenfalls einen Stein in die Dunkelheit und horchte, wie er unter ihnen über die Straße klapperte. »Die Falken werden uns das Beste entgegenwerfen, was sie haben. Die Titanen konnten sie ein paarmal überraschen, aber das lag daran, daß wir es dabei meist mit unerfahrenen Kindern zu tun hatten. Sie können sich darauf verlassen, daß die nächsten Krieger, gegen die wir antreten müssen, mit Veteranen gespickt sein werden, die die Linien zusammenhalten und die Aktionen dirigieren. Sie werden keinen Mangel an Kampfgeist zeigen, Victor, ganz sicher nicht.«

»Bleibt immer noch die Frage des ›Warum?‹.« Victor deutete nach Südwesten, wo die Lichter von Port St. William den Horizont erhellten. »Es macht Sinn, Truppen im Kampf zu stählen, aber nur, solange sie die Lage unter Kontrolle halten und die Gefechte abbrechen können, wenn zu viele ihrer Leute verwundet werden. Ich verstehe auch, daß sie den Erfolg ihrer Kampfdoktrin beweisen wollen, aber das ginge auch in Simulatorübungen. Wenn ich einen Feind angreifen wollte, um meine Truppen zu trainieren, würde ich einen Ort wählen, den ich besser mit Nachschub versorgen könnte. Eine Welt näher an meiner Heimatbasis, um die Logistik zu vereinfachen.«

»Wie eine Grenzwelt.«

»Genau.«

Doc grinste, als das letzte Stück des Puzzles an seinen Platz fiel. »Sie sind hierher gekommen, weil sie wußten, daß wir Coventry verteidigen werden.«

»Was?«

»Mit Coventry ist es genau wie mit den Molekularschmelzen, zu deren Schutz mein Bataillon abkommandiert wurde, als die Clans eintrafen. Wir haben uns darauf vorbereitet, die Anlage zu verteidigen, aber das einzige, was die Clans interessierte, war unsere Anwesenheit. Sie suchten Gegner, an denen sie trainieren konnten. Irgendwo draußen an der Grenze konnten sie nicht auf die Dragoner oder die Leichte Eridani-Reiterei treffen. Die einzige Möglichkeit, uns dazu zu bewegen, daß wir ihnen unsere besten Einheiten entgegenwerfen, bestand darin, eine Welt von der Bedeutung Tharkads zu bedrohen.«

»Es ging überhaupt nie um Tharkad. Sie wollten nur gegen die Besten der Besten unserer Seite antreten.« Der Prinz hob einen neuen Stein auf und warf ihn von einer Hand in die andere. »Um Tiger zu jagen, muß man an einen Ort, wo es Tiger gibt.«

»Und sie sind bemerkenswerte Tigerjäger, Victor.« Doc sah dem Prinz in die Augen. »Sie sind gut, und sie werden immer besser. Die acht Galaxien, die sie hier haben, werden ihr ganzes Können aufbieten, um uns zu besiegen. Sie werden aus allen Richtungen angreifen. Sie sind möglicherweise etwas rigide bei der Auswahl ihrer Ziele, aber ich habe immer die Ansicht vertreten, jemand, der ankündigt, daß er dich umhauen will, bevor er es tut, besitzt verdammt viel Rückgrat und Mut genug.«

»Nicht immer die vernünftigste Art, Krieg zu führen, aber sicherlich eine tapfere.«

»Stolz und Tapferkeit, die hervorstechendsten Eigenschaften der Jadefalken.« Doc zuckte die Achseln. »Ich glaube nicht, daß ich Ihnen sonst noch mit irgendwelchen Informationen dienen kann. Ich weiß nicht, ob das eine Hilfe war...«

Der Prinz nickte. Dann klopfte er Doc auf die Schulter. »Sie haben mir Stoff zum Nachdenken gegeben, danke. Ich habe eine Menge schwerer Entscheidungen zu treffen.«

Doc wischte sich die Hände an seiner Hose ab. »Sich

zu überlegen, wie und wo Leute sterben sollen, darf nicht einfach sein.«

»Ein wahres Wort, Doc.« Victor reichte ihm die Hand. »Ich werde versuchen, einen Weg zu finden, daß es nicht soweit kommen muß.«

**Turkina Keshik-Hauptquartier,
Port St. William, Coventry
Provinz Coventry, Lyranische Allianz**

Rosendo Hazen hätte einen anderen Ausdruck als Zorn im Gesicht Marthe Prydes vorgezogen, als sie ihn zu sich rief. Er hatte die von der ComStar-Streitmacht eingetroffenen Dateien durchgesehen, und ihre Botschaft für die Zukunft machte ihm nicht gerade Mut. Die Jadefalken würden dem Rest der Dragoner und den Kell Hounds gegenüberstehen. Diese beiden Söldnereinheiten und die ebenfalls anwesende Genyosha hatten vor sieben Jahren den Angriff der Nebelparder und Novakatzen auf Luthien, die Zentralwelt des Draconis-Kombinats, abgeschmettert. Zu ihnen gesellten sich eine ComGuards-Einheit und Eliteregimenter aller Großen Häuser der Inneren Sphäre.

Abgesehen von der Aufstellung noch zusätzlicher Einheiten läßt sich schwerlich ein Weg finden, wie die Innere Sphäre eine beeindruckendere Streitmacht aufstellen könnte. Es war Rosendo klar, daß diese Einsatzgruppe seinen Truppen nichts schenken würde. Beide Seiten waren nahezu gleich stark, und das hieß, Messer und Wetzstein würden einander gegenseitig aufreiben, bis von beiden nichts mehr übrig blieb.

»Ihr habt nach mir geschickt, meine Khanin?«

»Ja, Galaxiscommander.« Marthes blaue Augen sprühten vor Wut. »Wir stecken in einer Zwickmühle, und ich habe das unangenehme Gefühl, daß wir ihr nicht entkommen können.«

»Inwiefern? Diese Armee der Inneren Sphäre wird uns einen guten Kampf liefern, aber wir können sie besiegen.«

»Und uns dabei ausbluten, frapos?« Sie schwenkte in ihrem Drehsessel herum und nahm eine Holodisk vom Schreibtisch. »Das habe ich gerade erhalten.«

Marthe schob sie in den Aufnahmeschlitz des Schreibtischs, und ein lebensgroßes Hologramm Vlad Wards erschien vor ihrem Tisch, von Rosendos Position aus im Profil. Die Gestalt verbeugte sich leicht in Richtung des Projektors, der ihr Gestalt verlieh, und wirkte in dieser Geste ein wenig komisch, aber auch das konnte den Bleiklumpen nicht verschwinden lassen, der plötzlich in Rosendos Magengrube zu liegen schien.

»Ich grüße dich, Khanin Marthe Pryde. Ich wünsche dir viel Glück bei dem bevorstehenden Kampf gegen die von der Inneren Sphäre gegen dich zusammengezogenen Truppen. Du hast meine Hochachtung für einen Vorstoß so tief ins Innere der Lyranischen Allianz. Ich bin sicher, die Truppen, die du mitgenommen und trainiert hast, haben genug gelernt, um tapfere Krieger zu werden, würdige Erben der stolzen Jadefalken-Traditionen, die deinen Clan von allen anderen abheben. Für diese Strategie gebührt dir Anerkennung, und ich gebe dir meine Anerkennung.« Vlad öffnete die Hände. »Natürlich würdest du niemals glauben, daß ausgerechnet ich, der Wolf, der einen Jadefalken-ilKhan tötete, vor deinen Leistungen in Ehrfurcht erstarre. Worte sind billig, aber Aktionen – wie jene, die du hier unternommen hast – sind das wahre Maß unserer Absichten. Deshalb möchte ich dir, damit du mir Glauben schenkst, mitteilen, wie sehr ich mich darauf freue, deinen soeben ausgebildeten Truppen gegenüberzutreten und sie auf die Probe zu stellen. Dieser Botschaft folgt eine Liste meiner momentanen Truppenaufstellung. Möglicherweise wird sie dein

Mißfallen erregen, aber das ist ein Punkt, der sich am besten auf dem Schlachtfeld debattieren läßt.«

Das Bild des Wolfs explodierte in einem Strom von Daten. Marthe schlug mit der flachen Hand auf einen Knopf auf der Schreibtischplatte und ließ die Leuchtbuchstaben verschwinden. »Siehst du das?«

Rosendo hatte einen üblen Geschmack im Mund. »Er bedroht einen Teil unserer Welten ...«

»Sechs davon. Sie sind allesamt von den Wölfen während des Krieges schwer getroffen und eben erst wieder befriedet worden. Er will unsere Besatzungszone zweiteilen.«

Rosendo packte einen hölzernen Stuhl und schwang ihn herum. Er setzte sich, den Brustkorb gegen die Rückenlehne gepreßt. »Warum warnt er uns?«

»Es war nur zur einen Hälfte eine Warnung, die andere war Häme.« Marthe stand auf und ging auf und ab. »Vladimir Ward weiß, wem wir hier gegenüberstehen und wie schwer wir in diesem Kampf werden bluten müssen. Er läßt mich wissen, daß ich seinen Angriff auf unser Territorium abblocken könnte, wenn ich mich von Coventry zurückziehe. Indem er mir damit droht, etwas anzugreifen, das mir wertvoll ist, zwingt er mich, etwas aufzugeben, was mir nichts bedeutet: Coventry.«

»Aber diese Taktik würde nur von seiten der Inneren Sphäre einen Sinn ergeben. Vladimir Ward hilft den Sphärlingen.«

»Er erwidert einen Gefallen.«

»Das verstehe ich nicht.«

Sie blieb stehen und starrte auf ihn hinab. »Damit Vladimir Ward uns auf diese Weise unter Druck setzen kann, muß er zweierlei wissen. Erstens muß er über die Zusammensetzung der Entsatzarmee der Inneren Sphäre Bescheid wissen. Er wußte im voraus, daß sie uns an Stärke praktisch ebenbürtig ist, was selbst wir erst vor zwei Tagen erfahren haben. Wir haben diese

Information nicht weitergegeben, also muß er sie aus der Inneren Sphäre erfahren haben. Zweitens bezieht er sich auf Einheiten, die hier ausgebildet werden. Auch darüber haben wir niemandem Daten zukommen lassen. Aber durch den Überfall auf Whitting ist die Lyranische Allianz in den Besitz von genügend Informationen gekommen, um einer Person von entsprechendem Wissen den Schluß zu ermöglichen, daß wir Krieger aus Elias Crichells speziellem Zuchtprogramm einsetzen.«

»Ihr wollt andeuten, daß die Wölfe ein Bündnis mit Tharkad eingegangen sind?«

»Khan Phelan und seine Leute sind mit der dortigen Regierung zerstritten. Selbst Vladimir Ward erkennt den Vorteil von Beziehungen mit den Feinden seiner Feinde.« Marthe schloß die Augen und hob das Gesicht zur Decke. »Vladimir Ward weiß sogar, daß ich alles, was ich habe, zur Verteidigung des Planeten geboten habe. Er quält mich mit der Tatsache, daß ich dezgra werde, wenn ich Coventry aufgebe und nach Hause zurückkehre. Ich habe ihn auf Wotan beschämt, jetzt beschämt er mich.«

»Die Schande ist ohne Bedeutung, meine Khanin. Unter diesen Umständen ist ein Rückzug die vernünftigste Lösung.«

Ihre Augen brannten sich in seine Seele. »Aber es wäre nicht die *Jadefalken*-Lösung. Vladimir Ward haßte es, als wir seine Wölfe nach *unserem* Bild umgeformt haben. Die Lösung, die er mir anbietet, würde mich zwingen, die Jadefalken dem Bild der Wölfe anzugleichen. Das werde ich nicht tun. Ich *kann* es nicht. Ich werde nicht das Fundament unserer wahren Natur zerschlagen, nur damit wir in Zukunft als verkrüppelter Schatten unserer selbst weiterexistieren können.«

»Ein erzwungener Kompromiß ist ohne Wert.« Rosendo nickte langsam. »Das läßt uns natürlich nur eine Wahl.«

»Die Wahl, die wir von Beginn an hatten. Wir werden unseren Gegner treffen, ihn vernichten, unsere Wunden verbinden und von vorne beginnen.«

Leitnerton, Coventry
Provinz Coventry, Lyranische Allianz

Victor betrachtete den Regenbogen aus Disketten auf seinem Schreibtisch. Jede davon enthielt die Ergebnisse Dutzender von Szenarios, in denen die Jadefalken auf die Expeditionsstreitkräfte trafen. Die Ergebnisse rangierten auf einer bedrückend geringen Bandbreite zwischen katastrophal und niederschmetternd. Die einzigen Szenarien, die auch nur den geringsten Anlaß zu Hoffnung boten, waren die, in denen die Jadefalken fürchterliche Fehler begingen und die Koalitionstruppen sie perfekt ausnutzten.

»Das wird in der Wirklichkeit nicht vorkommen.« Der Prinz lehnte sich zurück und legte die Hände in den Nacken. Die Verlustziffern der Szenarien waren durchweg trostlos, mit über fünfzig Prozent Toten auf beiden Seiten. Das war absolut unannehmbar, aber die einzige Möglichkeit, es zu vermeiden, bestand darin, den Rückzug anzutreten und den Planeten den Jadefalken zu überlassen.

Das Problem bei dieser Lösung ist, daß sie auch nicht billiger kommt. Wenn sich die freie Innere Sphäre hier bei gleicher Kampfstärke vom Schlachtfeld zurückzog, nur weil die Zahl der möglichen Opfer zu hoch war, würden die Clans augenblicklich zuschlagen und ihren Eroberungsfeldzug durch die Nachfolgerstaaten fortsetzen. Es spielte keine Rolle, daß Khanin Marthe Pryde erklärt hatte, ihre Truppen würden nicht weiter vordringen – eine solche Zurschaustellung von Schwäche von seiten der Führer der freien Inneren Sphäre würde dem Vergießen von kübelweise Blut in einem

Haifischbecken gleichkommen. Der Blutrausch der Clans würde seinesgleichen suchen, sie würden sich augenblicklich auf die Welten der Nachfolgerhäuser stürzen.

Und dabei wußte Victor, daß die Reaktion der Clans auf einen Rückzug in mancher Hinsicht noch das Geringste seiner Probleme sein würde. Katherine würde ihn beschuldigen, die Lyraner verraten zu haben, und womöglich hätte sie diesmal sogar recht damit. Kräfte innerhalb des Vereinigten Commonwealth – Reaktionäre, die den Draconiern mißtrauten und Victors Beziehungen zu Hohiro und Omi Kurita mißbilligten – würden es zum Anlaß nehmen, aktiv gegen ihn Stimmung zu machen. Der jüngste Verlust der Mark Sarna und mit ihr einer großen Anzahl von Systemen, die das Vereinigte Commonwealth fünfundzwanzig Jahre zuvor erobert hatte, stieß der Bevölkerung seines Reiches jetzt schon auf. Jede Aktion, die ihm als offene Feigheit ausgelegt werden konnte, drohte Probleme aller Art zu entfachen, nicht zuletzt offene Rebellionen.

Er setzte sich gerade hin und versuchte, durch das Massieren der Nackenmuskeln die Spannungen abzubauen, aber die Schmerzen waren hartnäckig. Wut flammte in ihm auf, als er an Phelan Kell dachte, seinen Vetter, die einzige Person, die eine Wende hätte herbeiführen können. *Wenn du uns begleitet hättest, Phelan, hätten wir genug Truppen, um diese Falken davonzujagen.* Im selben Augenblick, als er den Gedanken formulierte, verwarf er ihn auch schon wieder. Er war seiner unwürdig. Trotzdem, der Gedanke an Phelan ließ ihn nicht los. Etwas von ihrer Begegnung im Weltraum über Arc-Royal drängte sich immer stärker in sein Bewußtsein.

Verdammt, das muß es sein. Was hat Phelan gesagt? Handelt hart, handelt gut, und der Feind wird akzeptieren müssen. Ich habe mich an den Schlachtplänen festgebissen, dabei ist all das nur das Nachspiel des Bietens. Er erkannte, daß die Khanin Marthe Pryde niemals einen Fehler begehen würde, denn sie war sich ebenso bewußt wie er, wie sehr die Schlacht ihre Truppen auszehren müßte. *Wenn es ein Schlupfloch gibt, irgendeine Möglichkeit, die ihr ermöglicht, ihr Gebot zu reduzieren, kann ich mit meinem dasselbe tun, und keiner von uns ist gezwungen, seine gesamte Streitmacht im Kampf um eine Welt in den Untergang zu treiben, die uns selbst so wenig bedeutet, so viel jedoch für die Zukunft der Menschheit.*

Er stand auf und zog die Jacke über. »Hoffentlich hast du einen leichten Schlaf, Ragnar, wo immer du steckst. Ich brauche dich hellwach, wenn wir einen Weg finden wollen, die Traditionen der Jadefalken gegen sie einzusetzen. Es mag uns keinen großen Vorteil bringen, aber alles ist besser als das, womit wir uns momentan herumschlagen müssen.«

40

Whitting, Coventry
Provinz Coventry, Lyranische Allianz

16. Juni 3058

Staub legte sich in einem trägen Vorhang über die Windschutzscheibe des reglosen Schwebers und dämpfte das in den Wagen fallende Morgenlicht der aufgehenden Sonne, schwächte die Farben ab, ließ die Schatten länger erscheinen. Doc erschien die Umgebung unwirklich, wie von Erinnerungen und Hoffnungen zu einem Traum verzerrt, aus dem es kein Entkommen gab. *Einen Alptraum, aus dem es kein Entkommen gibt.*

Er konnte es nicht glauben, daß er tatsächlich hier in der Enge einer Schweberkabine neben dem Archon-Prinz des Vereinigten Commonwealth saß, einem Wolfskrieger, der zugleich Thronerbe der Freien Republik Rasalhaag war, neben dem Präzentor Martialum von ComStar und dem VerCom-Geheimdienstminister. Zu den Beratungen von Gestalten solcher Machtfülle zugelassen zu werden, war ihm ebenso fremd, wie es der Krieg noch vor kurzem gewesen war – aber den Krieg hatte er zumindest studieren können, so daß er eine gewisse Vorbereitung auf seine Realität gehabt hatte. Das hier war etwas, auf das ihn nichts hatte vorbereiten können.

Leichte Erschütterungen ließen das Fahrzeug erbeben, aber sie verebbten zusammen mit den schwachen Echos, die an fernen Donner erinnerten. *Die Stille bedeutet, daß die Titanen hier in Whitting in Stellung gegangen sind. Die letzten Truppen, die hier gekämpft haben, werden die ersten sein, die hier sterben, wenn die Kämpfe wieder ausbrechen.* Doc sah zu Victor hoch. »Wolltet Ihr die Titanen wirklich ehren, indem Ihr sie zu Eurer

Ehrengarde bestimmt habt, oder sind sie hier, um zu garantieren, daß ich Euren Wünschen nachkomme?«

Victors Blick war fest. »Mein Vater hätte vielleicht versucht, Ihre Titanen als Geisel zu nehmen, aber ich nicht. Ich will sie ehren, nur deshalb sind sie hier. Wenn es nötig wäre, sie zu etwas zu zwingen, was ich – was *wir* von Ihnen *erwarten* –, dann müßten wir unsere Strategie noch einmal gründlich überdenken.«

»Und der Versuch kostet uns nichts«, fügte Ragnar hinzu.

Doc lächelte gequält. »Da hab ich aber schon aufmunterndere Worte gehört.«

Der Prinz lachte. »Und ich habe schon bessere Pläne entworfen. Aber leider sind unsere Optionen in diesem Fall begrenzt.«

Doc drückte sich in die Polster. »Das ist schmerzhaft offensichtlich, wenn ich den Retter der freien Inneren Sphäre spielen muß.« Ein Schauder, der sich zu gleichen Teilen aus Angst und Erschöpfung zusammensetzte, lief durch seinen Körper. Die gesamte Erfahrung hier auf Coventry war von einer surrealen Qualität gewesen, angefangen mit der Einheit von Versagern, aus denen er Krieger machen mußte, bis zu den Schwarzmarktgeschäften, um seine Truppe über die drei Monate einer Clan-Invasion versorgt zu halten. In den frühen Morgenstunden von Prinz Victor aus dem Schlaf gerissen und einem intensiven Verhör unterzogen zu werden, paßte irgendwie zu dem, was er auf diesem Planeten sonst so alles mitgemacht hatte.

Was Victor und der Präzentor Martialum ihm vorgeschlagen hatten, erschien schierer Wahnsinn, und beinahe hätte er sich geweigert. Er hatte gedacht, die beiden hätten den Verstand verloren, und ihnen das auch gerade sagen wollen, als jemand an die Bürotür klopfte. Als Jerry Cranston aufgemacht hatte, war Andy Bick mit einer Kanne heißen Kaffees dort gestanden. Er hatte erklärt, daß er das Licht im Büro gesehen und Kaffee aufgesetzt habe, weil er meinte, wer immer um diese Zeit auf war, würde ihn gebrauchen können.

Wahrscheinlich war es die unchristliche Uhrzeit gewesen und ganz sicher der Mangel an Schlaf, aber als der von der Kanne aufsteigende Dampf sich um Andys Gesicht gewunden hatte, da konnte Doc nur an einen zerschmetterten Schädel mit leeren Augenhöhlen denken. In der ganzen Zeit, in der er die Titanen befehligte, hatte er sich nie eingestanden, welche schrecklichen Konsequenzen ein Versagen für seine Leute haben konnte. Er hatte keine Gelegenheit dazu gehabt, weil er zu hart daran gearbeitet hatte, keine Fehler zu machen.

In diesem Moment hatte er erkannt, daß eine Weigerung, Victors Wunsch nachzukommen, der schlimmste Fehler war, den er begehen konnte. Als Andy das Tablett abgestellt und den Raum verlassen hatte, erklärte Doc dem Prinzen sein Einverständnis.

Jerry Cranston lehnte sich vom Fahrersitz nach hinten und zeigte auf seine Uhr. »6:45 Uhr. Sie müssen bald kommen.«

Victor klopfte auf Docs Oberschenkel. »Gehen wir.«

Doc öffnete die Tür des Schwebers einen Spaltbreit und wurde sofort von einer Staubbö voll im Gesicht erwischt. Hustend wickelte er einen Schal um Mund und Nase. Der Geschmack des Staubs und der muffige Geruch des Wollstoffs füllten seine Sinne mit einem erdigen Aroma. Er versuchte es als normal und gesund zu empfinden, aber seine Leblosigkeit ließ ihn unwillkürlich an eine Wüste voll gebleichter Knochen denken.

Er zog eine Schutzbrille über und besah sich Whitting zum erstenmal bei Tageslicht. Der stete Wind, der einmal berühmt dafür gewesen war, die endlosen goldenen Getreidefelder wogen zu lassen, hatte längst den letzten Rest von Feuchtigkeit aus dem von Mechfüßen aufgewühlten Erdreich in und um den Ort gesogen. Jetzt wehte und wirbelte er über den zerschundenen Boden, riß den Staub empor und verteilte ihn über die Straßen. Die absterbende Krume bildete steile, braune Türme, die vom Wind untergraben wankten und in sich zusammenfielen.

Irgend jemand – Doc entschied in einen Anfall von Zynismus, daß es ein Mitglied der 11. Lyranischen Garde gewesen sein mußte – hatte Bahnen mit blauen und goldenen Wimpeln zwischen den Gebäuden auf dem Marktplatz gespannt. Sie knallten und flatterten und erweckten die Aufmerksamkeit. Wer auch immer für sie verantwortlich war, mußte gemeint haben, sie könnten dem bedeutenden Ereignis des Bietens um Coventry Würde verleihen, aber Doc erschienen sie etwa so passend wie Clowns bei einem Begräbnis. Sie stellten eine grellbunte Aufforderung dar, in einer Geisterstadt im Herzen eines Planeten Urlaub zu machen, der dicht davor stand, sich in eine Geisterwelt zu verwandeln.

Als Doc den Ort bei seinem früheren Besuch im zuckenden Widerschein der Mündungsfeuer und Raketenexplosionen gesehen hatte, waren ihm die schwarzen Brandmale auf den meisten Häusern wie Schatten erschienen. Jetzt, wo er außerhalb seines Mechs am Boden stand, konnte er in die rußgeschwärzten Zimmer blicken und sah grauen Himmel, wo Dächer hätten sein sollen. Nicht einmal der braune Staub, der alle Risse und Spalten der verkohlten Balken und halbverbrannten Möbel übertünchte, konnte das bedrückende Bild abmildern. Die Feuer waren längst verloschen, aber Doc hörte ihr Krachen und Knacken noch in den Geräuschen der Wimpel.

Er sah sich zu Victor um. »So wird es ablaufen, nicht wahr? So wird ganz Coventry aussehen, wenn wir versagen.«

Der Prinz, der sich in einen Umhang gewickelt hatte

und ebenfalls Schal und Schutzbrille trug, nickte. »Deswegen dürfen wir nicht versagen.« Mit jeder Kopfbewegung stieg ein wenig Staub aus seinen Haaren empor wie Rauch aus dem brennenden Cockpit eines toten Mechs.

Neue Erschütterungen drangen durch den Boden und wurden langsam heftiger. Alle, die auf der für die freie Innere Sphäre reservierten Seite des Marktplatzes von Whitting warteten, wußten, daß sie die Ankunft der Jadefalken ankündigten. Doc warf einen Blick über die Schulter an Victor und dem Präzentor Martialum vorbei dorthin zurück, wo die Kommandeure der Koalitionstruppen im Windschatten einer Segeltuchplane standen. Ihre Haltung verriet Anspannung und Nervosität. Keiner wollte es sich anmerken lassen, aber sie konnten die Augen nicht von der Südseite des Ortes nehmen, wo jeden Augenblick die gigantischen Schatten der anrückenden Kriegsmaschinen sichtbar werden mußten.

Sie wollen einen ersten Blick auf ihre potentiellen Mörder erhaschen. Doc sah wieder auf Victor. »Sie wissen nichts von unserem Eröffnungsgebot, oder?«

Der Prinz schüttelte den Kopf. »Kümmern Sie sich um die Clans, ich sorge mich um unsere Verbündeten.«

»Wenn mir schon jemand den Rücken decken muß, dürft Ihr das gerne übernehmen.«

»Beten Sie, daß ihre Schüsse tief liegen.«

»Ich bete lieber, daß Ihr zuerst schießt.«

»Das ist auch eine gute Wahl.«

Über die Ränder seiner Schutzbrille hinweg bemerkte Doc verzerrte Bewegungen und drehte sich zu den furchterregenden Stahlgiganten der Jadefalken um, die unaufhaltsam näher kamen. Ihre schweren Schritte zermalmten Pflastersteine zu grobem Kies und rüttelten nur durch die damit verbundenen Erschütterungen Schieferziegel von teilweise noch existenten

Dächern. Die Clan-Mechs hatten eine fremdartige Qualität, die Doc erst jetzt richtig bewußt wurde, als er sie auf den Marktplatz zudonnern sah. *Auf dem Schlachtfeld wirken sie perfekt angepaßt, aber hier, an einem Ort, der mit dem alltäglichen Lärm zivilen Lebens erfüllt sein müßte, mit dem Lachen von Kindern und den Geräuschen der ihre täglichen Freuden und Leiden durchlebenden Männer und Frauen, hier läßt sich kaum ein bösartigerer und abstoßenderer Anblick vorstellen.*

Die Jadefalken-Mechs hielten einen Straßenzug vor Erreichen des Marktplatzes an, wobei Doc sich keine Illusionen machte, daß es ihnen etwa darum gehen könnte, die Wimpel nicht abreißen zu wollen. Alle Positionen, die sie eingenommen hatten, waren gedeckt. Im Gegensatz zu den Titanen, die offen Aufstellung genommen hatten, waren die Jadefalken für einen Kampf in Stellung gegangen. Ihre Anwesenheit strafte die Wimpel, diejenigen, die sie aufgehängt hatten, und jede schwache Hoffnung Lügen, die irgend jemanden hatte glauben lassen können, sie wären für einen Ort und einen Zeitpunkt wie diesen angemessen.

Doc sah die Mitglieder der Clan-Abordnung erst, als sie in die Gasse zwischen der Verwaltung und der ausgebrannten Gebäuderuine daneben traten. In der schattigen Gasse waren sie vor dem Wind geschützt, also konnte der es nicht sein, der ihre grünen Umhänge flattern ließ. Es waren die kraftvollen Schritte, mit denen ihre langen Beine den Weg auf den Marktplatz zurücklegten. Als sie den Platz erreichten, erfaßte der Wind die Mäntel und blies sie von den Körpern der Clanner weg, aber die beiden Jadefalken schienen ihn nicht zu bemerken. Ihr Schritt verlangsamte sich nicht, ihre Köpfe trotzten ungebeugt dem Reibeiseneffekt des vom Wind getriebenen Sands.

Als wären sie mit stärkeren Mächten als den Elementen im Bunde. Doc schüttelte sich und wirbelte eine Schmutzwolke aus den Falten seines grauen Umhangs auf. Der Wind zerrte an ihm, legte den Mantel um seine Beine. Wenn er jetzt versuchte, einen Schritt zu tun, würde er wahrscheinlich zu Boden stürzen, ganz und gar nicht das Bild des selbstbewußten Gegners, das die freie Innere Sphäre den Clannern zu präsentieren versuchte.

Die beiden Jadefalken hielten in der Mitte der trostlosen Sandgrube an, die einmal als rautenförmiges Rasenstück die Ortsmitte Whittings markiert hatte. Die hochaufgeschossene Frau zog Docs ganze Aufmerksamkeit auf sich. Der Wind spielte mit ihrem Umhang und legte den grünen Overall frei, den sie darunter trug. Es war kein Kleidungsstück, das seiner Trägerin schmeicheln sollte, aber der Gürtel war fest genug um ihre Taille gezogen, um ihn die Formen ihres schlanken Körpers offenbaren zu lassen. Sie bewegte sich mit einer dominanten Eleganz, die noch bewundernswerter war als ihre Schönheit, und ihre Gleichgültigkeit dem peitschenden Wind gegenüber verriet ihren eisernen Willen.

Hinter ihr hatte ein kleinerer Mann den Platz betreten, der allerdings den Prinz des Vereinigten Commonwealth immer noch überragte. Der muskulöse, gedrungene Clanner mit dem blonden Haarschopf schien jedes Detail des Platzes und der hier versammelten Personen in sich aufzunehmen. Sein lockerer, leichtfüßiger Gang hätte Doc glauben machen können, er betrachte diese ganze Begegnung als einen Witz, aber sein scharfer, raubvogelhafter Blick sprach andere Töne. Er nahm eine Position ein wenig oberhalb der Frau ein und schirmte sie mit dem Körper vor dem Wind ab.

Die Frau trug eine Schutzbrille, die die Augen vor dem Wind schützte. Aber selbst die schwächte den stechenden Blick nicht ab, mit dem sie Doc und die anderen zum Nähertreten aufforderten. Der Präzentor Martialum und der Prinz setzten sich in Bewegung, aber

Doc wurde noch immer vom Wind behindert. Die Frau drehte den Kopf in seine Richtung und wartete, nicht ungeduldig, sondern interessiert. *Sie wird mich danach beurteilen, wie ich damit fertigwerde. Sie ignoriert den Wind, ist ihm irgendwie überlegen. Mich fesselt er, macht mich unterlegen.*

Ohne den Blick von ihr zu wenden, drehte Doc den Oberkörper nach rechts. Der Wind fuhr an seinem Körper entlang und in die Öffnung seines Umhangs. Der Mantel bauschte sich auf und gab Docs Beine frei. Doc ließ dem Wind freies Spiel, faßte den Umhang aber mit der linken Hand weit genug, um zu verhindern, daß er wie von einem Segel mitgerissen wurde.

Ich brauche nicht stärker als die Elemente zu sein, solange ich klug genug bin, ihre Stärke zu meinem Vorteil auszunutzen.

Die Frau nickte kurz, dann wandte sie sich dem Präzentor Martialum zu, während Doc zu den anderen aufschloß. Beide Gruppen standen sich in wenigen Schritten Abstand gegenüber. Niemand unternahm einen Versuch, die Trennlinie zu überqueren und dem Gegner die Hand zum Gruß zu reichen.

Die Frau neigte den Kopf. »Es wird Zeit, das Bieten zu beginnen. Ich bin die Khanin Marthe Pryde von den Jadefalken. Dies ist Galaxiscommander Rosendo Hazen, mein Stellvertreter auf diesem Planeten.«

Anastasius Focht nickte Hazen zu. »Ich bin Anastasius Focht, Präzentor Martialum von ComStar. Dies ist Prinz Victor Ian Steiner-Davion, mein Stellvertreter.« Er winkte Doc vor. »Und dies ist Hauptmann Caradoc Trevena. Er stieß vor kurzem zu meinem Stab. Er ist seit Beginn eures Angriffs auf Coventry.« Focht deutete mit einer ausladenden Geste rings um den Platz. »Es ist sein Werk, das ihr hier seht, und das seiner hinter uns stehenden Einheit. Trevena war es, der den Angriff auf Whitting geplant, ausgeführt und befehligt hat.«

Doc fühlte, wie er rot wurde, als die Jadefalken-Khanin ihn offen abschätzte. Er kam sich vor, als würde er nackt ausgezogen und vor einem Publikum ausgestellt, das Schwierigkeiten hatte, seinen Anblick mit den Vorstellungen in Einklang zu bringen, die es sich bereits von ihm gemacht hatte. Er zwang sich, gleichmäßig zu atmen, und hielt dem eisigen Blick stand, mit dem sie ihn fixierte.

»Du bist also der Anführer dieser leichten Mechs, frapos?«

»Der Titanen, ja.«

»Der Titanen.« Marthe Pryde lächelte und nickte ihm noch einmal zu. »Die Ironie dieses Namens entgeht uns keineswegs. Mit deinen Aktionen hast du viele Ruhmesträume begraben.«

Focht faltete die Hände. »Als Ehrung für seine Leistungen wird Hauptmann Trevena unser Gebot präsentieren.«

»So sei es.« Die Clan-Khanin nahm Haltung an. »Wie ich bereits feststellte, bieten wir alles, was wir haben, um diese Welt zu verteidigen.«

Der Präzentor Martialum nickte ernst. »Ja, ich erinnere mich des Gebots bei unserem Anflug. Zu diesem Zeitpunkt waren wir uns über eure Stärke nicht im klaren, und ihr wußtet nichts von unserer Stärke. Unter den gegebenen Umständen sehen wir keine Notwendigkeit euer Gebot als bindend zu betrachten.«

Doc lehnte sich etwas vor, als könnte die verringerte Distanz ihm ermöglichen, Marthe telepathisch die Botschaft zu übermitteln: *Geh darauf ein.* Seine Gespräche mit Victor und Focht hatten keinen Zweifel in ihm gelassen, daß die Schlacht, sollte sie sich nicht umstimmen lassen, für beide Seiten eine Katastrophe werden mußte. Die Verlustziffern der Clans in der Schlacht um Tukayyid waren, wie der Präzentor Martialum versicherte, vernichtend gewesen, und die Schätzungen für diese Auseinandersetzung lagen doppelt so hoch. *Seit den Kriegen des terranischen 20. Jahrhunderts hat die Menschheit keine solche Vernichtungsschlacht mehr erlebt, wie sie uns hier auf Coventry droht.*

Wenn Fochts Bemerkung Marthe Pryde überrascht hatte, wußte sie es gut zu verbergen. »Ich weiß dein Entgegenkommen zu schätzen. Ich werde es nicht als Beleidigung auslegen, da das eindeutig nicht in deiner Absicht lag. In der Vergangenheit hast du mit Wölfen verhandelt. Jetzt wirst du von Wölfen beraten. Ein Wolf könnte dein Angebot sogar akzeptieren und sein Gebot anpassen, aber Wölfe besitzen kein Schamgefühl und nur einen rudimentären Sinn für Ehre. Ich bin Jadefalke. Mein Gebot steht.«

Focht nickte. »Es war keine Beleidigung beabsichtigt, Khanin Marthe Pryde. Wir sind bereit, unser Gebot zu erklären.«

Sie nickte. »Fahrt fort.«

»Hauptmann Trevena?«

Doc atmete tief ein, dann zog er den Schal von seinem Mund. Er nahm sogar die Schutzbrille ab und trat der Khanin offen und unbewaffnet gegenüber, wenn auch voller Stolz und Entschlossenheit. Sie sollte sehen, daß er ihre Stärke respektierte. Sie sollte erkennen, daß er ihr, wenn es zum Kampf kam, einen Schlagabtausch liefern würde, den sie nie vergaß.

Er las all das in ihren Augen, und das Versprechen, es ihm mit gleicher Münze heimzuzahlen. *Gut. Wir verstehen einander.* Er schluckte einmal nervös, dann trug er sein Gebot vor. »Im Namen des Präzentors Martialum und der hier versammelten Koalitionsstreitmacht biete *ich*, Caradoc Trevena, Kommandeur der Titanen, Eroberer von Whitting, euch Hegira an.«

41

Whitting, Coventry
Provinz Coventry, Lyranische Allianz

16. Juni 3058

Victor fühlte einen plötzlichen Schmerz in den Händen, und es dauerte einen Augenblick, bis ihm klar wurde, daß er sich die Fingernägel ins Fleisch grub. *Du mußt dieses Angebot annehmen! Du mußt!*

Die Jadefalken-Khanin ließ sich keinerlei Reaktion anmerken, aber für Rosendo galt das ganz und gar nicht. Seine Kinnlade fiel herunter, dann schloß er die Kiefer mit einem Knall. Die Überraschung stand in seinen Augen, bis sie sich zu Schlitzen verengten und seine Mundwinkel nach oben wanderten. Es war offensichtlich, daß er die Bedeutung des Angebots verstand und die Möglichkeit sah, die es für die Rettung aller hier Versammelten anbot. Victor hatte keinerlei Zweifel, daß die Jadefalken, hätte die Entscheidung bei ihm gelegen, Coventry ohne eine Sekunde des Zögerns verlassen würden.

Rosendo sah schweigend zu seiner Khanin auf.

Marthe Pryde regte keinen Muskel. Es schien beinahe, als habe der Wind sie in Verbindung mit Docs Gebot in eine Statue verwandelt. Sie starrte in eine unbestimmte Ferne, und Victor konnte sie nicht einmal atmen sehen, bemerkte keinerlei Bewegung an ihr abgesehen vom Wind, der ihre Haare und ihren Mantel zauste. Es schien, als sei sie aus der Zeit getreten, um die Worte zu verarbeiten, die sie soeben gehört hatte. Währenddessen trieben Staub und Sand über ihr Gesicht und ihren Körper, das Standbild einer alten Kriegsgöttin, gefangen zwischen Leben und Tod.

Ihre Schultern sackten einen Millimeter ab, dann strich ihr eisiger Blick über Victors Gesicht, bevor sie zum Präzentor Martialum aufschaute. »Offensichtlich habe ich den Wert von Wolf-Ratgebern unterschätzt, frapos?«

Focht nickte. »Pos, Khanin Marthe Pryde.«

Sie drehte sich zu Doc um. »Ich, Khanin Marthe Pryde, Eroberin Coventrys, nehme Hegira an. Deine Großzügigkeit im Angesicht der Verluste, die wir hier in Whitting erlitten haben, ist ehrenhaft.«

Erleichterung schlug über Doc zusammen. »Die Ehre liegt in deiner Annahme meines Angebots.«

»Unser Kampf hier wäre niemals in Vergessenheit geraten.«

Doc nickte. »Besser der Spott von Lehnstuhlkriegern als ein Strom von Blut und Tränen.«

Marthe schien seine Worte einen Augenblick zu überdenken, dann wurde ihre Stimme etwas weniger stählern. »Wie es bei Hegira üblich ist, werden wir alle Leibeigenen entlassen.«

Victor nickte. »Wir werden eure Leute bei Sonnenuntergang hier bereithalten, falls das für dich annehmbar ist. Wir können sie dann austauschen.«

»Ausgezeichnet.« Marthe Pryde drehte sich zu ihrem Stellvertreter um. »Galaxiscommander Rosendo Hazen, kümmere dich darum.«

»Ja, meine Khanin.«

Marthe Pryde stemmte die Fäuste in ihre schmalen Hüften. »Diese kampflose Lösung wird einige Mitglieder meines Volkes verstimmen.«

Victors Augen verengten sich. »Jeder, der ein Blutbad auf dieser Welt wollte, kann sich nach Herzenslust in Wut und Frustration suhlen. Nicht nur bei den Clans gibt es Personen, auf die das zutrifft.«

Marthe blickte an Victor vorbei zu den Offizieren der freien Inneren Sphäre, die außerhalb des Marktplatzes warteten. »Sie haben nicht gewußt, was du hier geplant hattest, franeg?«

»Sie wußten nur, was wir alle wußten – daß uns ein

Blutvergießen ohnegleichen bevorstand, sollte es zu einem Kampf kommen. Euch hat eure Ehre hier festgehalten, uns der Zwang, unsere hier gefangenen Bürger zu beschützen. So bleibt eure Ehre unangetastet, und unser Volk ist sicher.« Victor zuckte die Achseln. »Wir gewinnen beide.«

»Aber ihr gewinnt möglicherweise etwas mehr. In der Vergangenheit habt ihr alle drei die Clans durch die Gewalt der Waffen besiegt. Hier habt ihr unser Wesen gegen uns gekehrt – zugegeben, zum beiderseitigen Vorteil, aber mehr zu eurem als zu meinem.« Marthe Pryde schüttelte den Kopf. »Ich werde nicht vergessen, daß ihr mehr als nur die eine Art zu kämpfen beherrscht.« Die Khanin der Jadefalken reichte Doc die Hand. »Es war gut gehandelt und ist akzeptiert. Die Jadefalken verlassen Coventry.«

Doc ergriff die Hand und drückte sie. »Gut gehandelt und akzeptiert. Die Sieger sind die, die hier gestorben wären. Bei diesem Sieg verliert niemand.«

Beide Seiten drehten um und verließen langsam den Platz. Die Jadefalken zogen in einer wogenden braunen Staubwolke ab, während die Offiziere der Koalition sich langsam aus dem Dunkel schälten. Jerrard Cranston und Ragnar schlossen sich dem Trio an, als es in die Gasse trat, und begleiteten sie über das Kopfsteinpflaster zu den wartenden Kommandeuren.

Marschallin Byran löste sich aus der Gruppe und kam direkt auf Victor zu. »Wie viele von uns sind ausgeschieden?«

»Machen Sie sich keine Sorgen, Marschallin. Es ist vorbei.«

»Vorbei?« Das Erstaunen in ihrer Stimme spiegelte sich auf den Gesichtern der anderen wieder. »Wie meinen Sie das, es ist vorbei?«

»Wir haben ihnen Hegira angeboten.«

»Was bedeutet das?«

Victor sah sich zu Ragnar um. »Wenn du so freundlich wärst, es zu erklären.«

»Gerne, Hoheit.« Der junge Wolf verschränkte die Hände im Rücken. »Hegira ist eine Sitte bei den Clans, die es einem besiegten Feind gestattet, ohne Ehrverlust abzuziehen. Es ist eine Ehrbezeugung seinem Können gegenüber und ein Zeichen gegenseitigen Respekts unter Feinden.«

»Was ist das für ein Unsinn? Wann sind sie denn besiegt worden?«

Victor deutete zu dem *Quasimodo*-Titanen, der über der Gruppe aufragte. »Sie wurden hier in Whitting besiegt, von Hauptmann Trevena und seinen Titanen. Er hat ihnen Hegira angeboten, und sie haben akzeptiert. Sobald wir unsere Gefangenen gegen ihre Leibeigenen ausgetauscht haben, werden sie abziehen.«

»Sie ziehen ab?« Paul Masters von den Rittern der Inneren Sphäre blinzelte ungläubig. »Einfach so?«

»Einfach so.«

»Sie lassen sie *entkommen*?« Sharon Byrans Miene war eine Maske des Unglaubens. »Nach allem, was sie getan haben? Nach all dem Tod und der Zerstörung lassen Sie sie einfach ungestraft abziehen?«

Victor setzte zu einer Entgegnung an, aber der Präzentor Martialum legte ihm die Hand auf die Schulter und bremste ihn. »Worüber regen Sie sich so auf, Marschallin Byran? Wir sind gekommen, um die Jadefalken von Coventry zu vertreiben. Das war unser einziges Ziel. Dieses Ziel haben wir erreicht. Sie ziehen in Übereinstimmung mit den Rechten ab, die einem besiegten Gegner bei den Clans zustehen.«

Auf Kais Gesicht machte sich ein Lächeln breit. »Du hattest das die ganze Zeit geplant. Du hast Whitting schon beim Anflug als den Ort festgelegt, an dem das Bieten stattfinden sollte.«

Victor schüttelte den Kopf. »Ich würde gerne für

mich beanspruchen, so voraussichtig zu sein, aber ich kann es nicht. Die Wahl Whittings war ein Glückstreffer – ich habe den einzigen Ortsnamen genannt, den ich außer ihrer und unserer Basis kannte. Das war lange bevor mir der Gedanke mit der Hegira kam. Und als es soweit war, mußte Hauptmann Trevena das Angebot machen, weil er derjenige war, der ihnen ihre letzte Niederlage beigebracht hatte.«

Byran fuhr Doc wütend an. »Und Sie haben sich bereit erklärt, dabei mitzumachen? Sie waren bereit, die Mörder Ihres Kommandeurs ungestraft abziehen zu lassen?«

Victor hätte für ihn geantwortet, aber Doc wollte sich dem Vorwurf selbst stellen. »Ich habe bei diesem Plan mitgemacht, weil ich die letzten drei Monate gegen diese Bastarde gekämpft habe. Ich habe mit ansehen müssen, wie ganze Regimenter gute, anständige Menschen zerfetzt und verkrüppelt wurden. Ich habe Operationen von beträchtlichem Risiko durchgeführt, und die ganze Zeit über drohte die Angst mich aufzufressen...«

»Und Sie sind wie ein Feigling den Weg des geringsten Widerstandes gegangen!«

»Der Teufel soll Sie holen! Ich bin kein Feigling. Die Angst, die ich gefühlt habe, die Angst, durch die ich mich gekämpft habe, war die Angst um meine Leute. Meine Leute, die Leute in Ihren Einheiten, selbst die Jadefalken, brauchten hier nicht zu sterben. Ja, jeder von uns ist bereit, in den Tod zu gehen, um unsere Freiheit und die Grundlagen unserer Existenz zu verteidigen – wir sind Soldaten –, aber nirgendwo steht geschrieben, daß wir das in jedem einzelnen Fall mit unserem Blut erkaufen müssen.«

»Die Menschen, die hier gestorben sind, fordern Vergeltung.«

»Nur *Überlebende* können irgend etwas fordern, Marschallin Byran. Die Toten schweigen.« Doc fuhr sich mit beiden Händen durchs Haar. »Ehre, hehre Ideale und alle moralischen Grundsätze der Welt bedeuten nichts im Vergleich mit dem Leben. Truppen in einen Krieg zu schicken, dessen Ziel sich auch mit anderen Mitteln erreichen läßt, ist ein Verbrechen schlimmer als Massenmord. Das ist das Böse in seiner reinsten Form. Ich weigere mich, in irgendeiner Form daran teilzunehmen, und Sie alle sollten es ebenso halten.«

Docs Wut war verraucht, und er sah wortlos hinüber zu Victor Davion.

Der Prinz trat gerne an seine Stelle. »Alles, was Doc gesagt hat, stimmt. Hier zu kämpfen wäre schlimmer als Mord gewesen, denn wir hätten Jadefalken getötet und sie hätten uns getötet über einem Objekt, das ihnen nichts bedeutete. Sie sind nach Coventry gekommen, um ihre Truppen zu trainieren und um den anderen Clans zu beweisen, daß sie noch immer einen Machtfaktor darstellen. Deshalb konnten sie sich nicht zurückziehen, auch wenn sie es wahrscheinlich wollten. Indem wir ihnen die Möglichkeit dazu boten, haben wir alle gewonnen.«

Byran schüttelte den Kopf. »Wir werden sie halt an einem anderen Ort und zu einer anderen Zeit töten müssen.«

Victors Blick wurde stechend. »Reden Sie von *deren* Truppen oder von *Ihren*, Marschallin?« Er ließ sie einen Moment stammeln, dann setzte er nach. »Wir werden auch in Zukunft wieder auf die Jadefalken treffen, daran kann kein Zweifel bestehen. Wir werden es zweifellos wieder mit allen Clans zu tun bekommen. Das Problem ist, und das war es von Beginn an, daß *sie* es sind, die das Schlachtfeld bestimmen. Sie kämpfen auf Welten, die wir verteidigen *müssen*. Sie zwingen uns, Entscheidungen darüber zu treffen, was wir halten müssen oder aufgeben können. Wenn wir weiter dort kämpfen, wo *sie* es uns aufzwingen, werden wir immer im Nachteil sein und sie niemals wirklich besiegen können.«

Wu Kang Kuos ruhige Stimme unterbrach ihn. »Wie lautet Ihre Lösung für dieses Problem, Prinz Victor?«

Der Prinz des Vereinigten Commonwealth sah sich unter den versammelten Offizieren um und zwang sich, grimmige Entschlossenheit zu zeigen. »Die Streitmacht, die wir hier versammelt haben, zeigt mir überdeutlich, daß wir alle verstehen, wie ernst die Bedrohung durch die Clans ist. Die Lösung erscheint mir ebenso offensichtlich. Wir müssen auf dem Fundament aufbauen, das wir hier auf Coventry etablieren konnten, und tun, was selbst die Clans für unmöglich halten.« Victor breitete die Arme aus. »Meine Freunde, wir müssen eine gemeinsame Streitmacht versammeln, nach dem Ursprung der Clan-Kräfte suchen und zum ersten Mal, seit wir mit ihnen in Kontakt gekommen sind, den Krieg zu den Clans tragen.«

42

Leitnerton, Coventry
Provinz Coventry, Lyranische Allianz

16. Juni 3058

Doc stand auf dem Dach des Titanen-Hauptquartiers und kratzte sich am Kopf. »Gute Frage, Shelly. Ich hatte mir wohl vorgestellt, bei den Titanen zu bleiben oder zumindest den Versuch zu unternehmen, sie beisammen zu halten. Irgendwie bezweifle ich, daß die Lyranischen Allianzstreitkräfte die 10. Skye Rangers so bald wiederaufbauen werden.«

Shelly Brubaker drehte sich zu ihm um, und die untergehende Sonne warf einen rosigen Schleier über die rechte Hälfte ihres Gesichts. »Mit deinen Leistungen hier hast du eine Menge Leute beeindruckt.«

»Ich habe nur getan, was Prinz Victor mir aufgetragen hat.«

»Das meine ich nicht, auch wenn du dir bei den Clans mit diesem Angebot einen Namen gemacht haben dürftest. Die legen viel Wert auf solche Sachen.« Sie legte ihm die Hand auf die Schulter. »Und ich rede nicht nur davon, daß du einen Haufen leichte Mechs auf einem dreimonatigen Feldzug intakt gehalten hast. Was Eindruck gemacht hat, sind dein Planungstalent, deine Einsichten in den Gegner und die Weigerung, deine Leute unnötigen Risiken auszusetzen.«

»Ich höre es wohl, und ich weiß es zu schätzen, aber das scheint mir alles so bemerkenswert nicht.« Doc zuckte die Achseln und beobachtete die Schwebelaster mit Gefangenen, die sich den Weg von Whitting nach Leitnerton bahnten. »Na ja, es fällt mir wohl schwer, irgend etwas als beeindruckend zu sehen, was ich getan habe, weil ich es halt einfach ... getan habe.«

»Um so beeindruckender, Doc.« Shelly lächelte.

»Und deshalb solltest du anfangen, über deine Zukunft nachzudenken. Nach der Abfuhr, die du Marschallin Byran erteilt hast, ist deine Karriere bei den LAS beendet.«

»Ja, aber das war sie sowieso schon, daran habe ich mich gewöhnt.«

»Du hörst dich an wie ein verurteilter Strafgefangener.«

Doc schnaufte. »Kann sein. Mein Problem ist, daß mir das alles gelegentlich so unwirklich vorkommt, daß ich es einfach nicht fassen kann. Objektiv weiß ich, daß ich gute Arbeit geleistet habe, indem ich meine Leute am Leben erhalten habe. Aber ich weiß nicht, ob ich es nicht noch besser hätte tun können. Ich befinde mich auf völlig unbekanntem Gelände, und ich kann dir sagen, es macht mir Angst. Zu einer Rückkehr in den alten Trott verurteilt zu werden, ist sicherer.«

Shellys Hand fiel von seiner Schulter. »Vielleicht kommst du zurück nach Calliston, zurück zu deiner Frau.«

»Meiner *Ex*-Frau.« Doc klopfte auf die Tasche, in der er die Holodisk mit den Dokumenten hatte. »Rette eine Welt, und zum Dank überreicht ComStar dir ein Anwaltsschreiben. Nein, für mich gibt es kein Calliston mehr und auch keine Sandy.«

»Also veränderst du doch etwas.«

»Ja, aber nichts Grundlegendes. Ich fühle mich meinen Leuten wirklich verpflichtet.« Doc ergriff ihre Hand. »Das verstehst du doch?«

Sie drückte seine Finger. »Besser, als du es ahnst, Doc. Was würdest du antworten, wenn ich sage, ich möchte deine Titanen in mein wiederaufgebautes Regiment integrieren? Ich habe die Genehmigung von General Wolf, euch allen Verträge anzubieten.«

»Die meisten Titanen haben noch Verpflichtungen den LAS gegenüber.«

»Dafür finden wir eine Lösung.« Ihre blauen Augen

glänzten. »Überleg es dir. Du hättest alle deine Leute weiter dabei, und würdest zur feinsten Söldnereinheit der Inneren Sphäre gehören. Wir haben die beste Ausbildung, die beste Ausrüstung, freie Wahl unserer Aufträge, sogar eine eigene Welt. Du würdest mehr Geld verdienen als jeder Lieutenant General der LAS, und deine Leute würden eine ähnliche Solderhöhung bekommen. Die Pensions- und Angehörigenregelungen sind großzügiger als irgendwo sonst in der Inneren Sphäre.«

Doc schloß halb die Augen. »Und was würdest du davon halten, wenn ich zustimme?«

»Ich habe dir den Job angeboten, erinnerst du dich? Das hätte ich kaum getan, wenn ich dich nicht bei uns haben wollte.«

»Aber was würdest du ganz persönlich davon halten?« Doc lächelte und erwiderte den Druck ihrer Hand. »Die ganze Zeit schon fühle ich diese gewisse Spannung zwischen uns. Ich habe dich vermißt, seit der Rest der Dragoner eingetroffen ist, und deine anderen Verpflichtungen dich in Anspruch genommen haben. Aber mir ist klar, daß dies besondere Umstände sind und wir beide müde und emotional ausgelaugt waren, deshalb will ich weder irgend etwas voraussetzen noch ...«

Shelly legte ihm einen Finger auf den Mund. »Meine Wohnung auf Outreach ist im Grunde viel zu groß für mich allein, aber ich habe keine Lust umzuziehen. Beantwortet das deine Frage?«

»Ziemlich deutlich und direkt, ja.«

»Gut.« Shelly lachte. »Du kommst also zu den Dragonern?«

Doc grinste. »Das ist das beste Angebot des Tages.«

»Der Tag ist noch nicht zu Ende, Hauptmann Trevena.«

Doc und Shelly wirbelten herum und sahen Victor Davion von der Leiter steigen. »Oberst Brubaker«, rief er. »Ich dachte, die Dragoner rekrutieren aus den eigenen Reihen.«

»So ist es, Hoheit, aber wir machen eine Ausnahme, wenn außergewöhnliche Talente verfügbar werden.«

Der Prinz nickte Doc zu. »Hauptmann Trevena steht in meinen Diensten. Er ist nicht verfügbar.«

Shelly blickte ihn fragend an. »Er ist Mitglied der Lyranischen Allianzstreitkräfte.«

»Er *war* Mitglied der LAS. Um die Legalitäten für die Zeremonie heute morgen zu klären, wurden die Titanen zeitweilig dem Vereinigten Commonwealth unterstellt. Marschallin Byran hat keinerlei Verlangen geäußert, die Einheit wieder unter ihren Befehl zu holen, deshalb mache ich die Versetzung endgültig.« Victor grinste. »Seit heute morgen arbeiten Sie für mich, Doc. Der Unterschied ist Ihnen sicher aufgefallen.«

»Um ehrlich zu sein, Sir: Nein.«

»Dann erlauben Sie mir, das gutzumachen.« Victor blockte mit beiden Händen mögliche Einwände ab. »Lassen Sie mich meinen Spruch zu Ende aufsagen, dann können Sie sich entscheiden. Wenn Ihnen nicht gefällt, was Sie hören, können Sie Ihre Kommission niederlegen, und mein Verlust wird der Gewinn der Dragoner sein.«

Doc sah Shelly an, und sie nickte. »OK, ich höre.«

»Doc, irgendwann in Ihrer Laufbahn haben Sie eine Lektion gelernt, die alle großen Kommandeure auszeichnet. Sie haben gelernt, daß ein Sieg ohne Blutvergießen besser ist als einer, der im Blut schwimmt. Ich weiß, eigentlich müßte das jeder Offizier wissen und sich ständig vor Augen halten, aber die meisten lernen es nie, und noch weniger versuchen tatsächlich danach zu handeln. Es ist eine Lektion, die ich selbst erst vor kurzem gelernt habe, deshalb will ich niemanden verlieren, der diesen Grundsatz ebenfalls begriffen hat.« Victor trat an den Rand des Gebäudes und schaute auf die Gefangenen hinab, die aus den Schwebelastern stiegen. »Was ich in Whitting gesagt habe, war die Wahrheit – wir müssen den Krieg auf das Territorium der Clans tragen. Dazu werden wir zusammenarbeiten müssen, alle auf ein Ziel hin gerichtet. Auf diesem Feldzug wird es viele Tote geben, daran ist kein Zweifel möglich, aber ich will kein dummes, unnötiges Blutvergießen. Ich will Auftragsziele erreichen, keine Verlustzahlen. Ich will klar definierte, erreichbare Aufträge, keine Pyrrhussiege, bei denen wir ausbluten. Dazu brauche ich Leute wie Sie, Doc. Ich will Sie zum Lieutenant General machen – und zum Vorsitzenden des Koalitionskomitees für Operationsauswertung. Sie und Ihr Stab werden jede Operation, jede Situation betrachten, bewerten, und nach Möglichkeiten suchen, sie besser, mit weniger Verlusten und höherer Effizienz durchzuführen. Wenn Sie der Ansicht sind, daß ein Operationsplan verändert werden muß, wird er verändert. Wenn Sie mir sagen, ein Kommandeur überschätzt sich oder unterschätzt den Gegner, dann glaube ich Ihnen.«

Shelly nickte. »Sie wollen Doc als das Gewissen der Koalition.«

»Ja, das will ich, aber ich will ihn auch als ihr Gehirn. Er hat einen bunt zusammengewürfelten Haufen Truppen übernommen und das Beste aus den Leuten herausgeholt. Vielleicht gelingt ihm bei den Kommandeuren, die Teil dieser Koalition werden, etwas ähnliches.« Victor sah zu ihm hoch. »Ihre Aufgabe wird es sein, Leben zu retten. Das Ziel, die Clans zu zerschlagen, kann und darf nicht dazu benutzt werden, jedes Verbrechen zu rechtfertigen, das uns möglicherweise dem Erfolg einen Schritt näher bringt. Ich halte Sie für den geeigneten Mann für diesen Posten, deshalb biete ich Ihnen den Posten an.« Der Prinz des Vereinigten Commonwealth sah einen Moment zu Boden. »Noch etwas. Bis ich eben hier aufs Dach kam, ahnte ich nicht, daß zwischen Ihnen und Oberst Brubaker eine persönliche Beziehung besteht. Ich würde ihnen nicht die Chance verwehren, glücklich zu werden. In unserem Beruf gibt es dazu wenig genug Gelegenheiten, das weiß ich. Aber bevor Sie mein Angebot aus diesem Grund ablehnen, möchte ich Sie daran erinnern, daß die Dragoner weit weg von Outreach sein werden, weil sie uns nämlich begleiten müssen. Die Chancen stehen nicht schlecht, daß Sie beide mehr voneinander haben werden, wenn Doc bei meinem Stab arbeitet, als wenn er ein Dragoner wird.«

Doc nickte langsam. Er fühlte, wie Shelly seine Hand drückte. Die Position, die sie ihm bei Wolfs Dragonern anbot, würde ihm gestatten, seine Leute weiter zu führen und für ihre Sicherheit zu sorgen, aber Doc wußte, daß das nicht ewig gehen konnte. Irgendwann würde jemand einen Fehler begehen, einen entscheidenden Fehler, und die Titanen würden darunter leiden müssen, möglicherweise sogar untergehen. Und das Schlimmste dabei war, daß es nicht einmal ein Fehler der Titanen selbst sein müßte – irgendwer im Stab konnte sie zum falschen Zeitpunkt an den falschen Ort schicken, und die Titanen hätten dafür zu bezahlen.

Victors Angebot stellte Doc an einen Platz, von dem aus er das verhindern konnte. Ihm war klar, daß er die Titanen mehr durch Glück als durch Können gegen die Falken am Leben erhalten hatte. Sicher, mit seiner Fähigkeit, ihre zu durchdenken und zu planen, hatte er die Titanen aus unnötigen Gefahren herausgehalten, aber wenn sie wirklich einmal in eine Krise geraten wären, hätte er sie wahrscheinlich nicht retten können. Seine Stärke lag in der Analyse gegnerischer Schwächen, der Planung von Strategien und der Plazierung von Truppen in Positionen, die es ihnen erlaubten, ihre Stärken auszuspielen.

Meine Stärke liegt in genau dieser Art von Arbeit. Er schaute Shelly an, und sie nickte ihm mit halb geschlossenen Lidern zu. Doc drehte sich wieder zu dem Prinz um. »Was wird aus meinen Titanen?«

»Sie werden einen Stab brauchen. Suchen Sie sich die Leute aus, die Sie mitnehmen wollen. Die anderen können sich ihre neue Einheit aussuchen. Ich bin sicher, man wird sie genau dorthin versetzen, wohin sie wollen.« Victor grinste. »Manchmal hat es seine Vorteile, der Archon-Prinz zu sein.«

Doc nickte. »In Ordnung. Ich nehme Euer Angebot an.«

Shelly drückte ihm einen kurzen Kuß auf die Lippen. »So sehr es mich auch schmerzt, das sagen zu müssen: Du hast die richtige Wahl getroffen.«

»Danke.«

Victor reichte ihm die Hand. »Meinen Glückwunsch, Lieutenant General Trevena.«

»Danke, Sir.« Doc schüttelte Victors Hand, dann stutzte er und sah hinab auf die Straße. »Wenn Ihr mich entschuldigen würdet, Sir, ich habe noch was zu erledigen.«

Victor blinzelte überrascht. »Verzeihung, was haben Sie gesagt?«

Doc sah Victor an, dann Shelly, dann wieder den Prinzen, bevor er auf einen beleibten Mann deutete, der sich unter ihnen von den Schwebelastern entfernte. »Das ist Wayne Rogers von den Waco Rangers. Als ich ihn das letzte Mal gesehen habe, hat er durch seine Verantwortungslosigkeit meine Einheit tödlicher Gefahr ausgesetzt. Ich habe ihm versprochen, ihn bei unserer nächsten Begegnung zu verprügeln. Ich dachte, die Clans hätten ihn umgebracht, aber dazu scheint es nicht gekommen zu sein.«

Shelly schüttelte den Kopf. »Der Mann ist zu blöd, um in einem für ihn gedachten Hinterhalt zu sterben.«

Der Prinz stemmte die Fäuste in die Seiten. »Und

jetzt wollen Sie nach unten, um ihn niederzuschlagen, Lieutenant General Trevena?«

Doc nickte. »Ihr werdet doch keinen Offizier wollen, der seine Versprechen nicht einhält?«

»Nein, aber Sie sind jetzt ein Lieutenant General, und nicht bei den LAS, sondern in den Vereinigten Commonwealthstreitkräften.« Victor runzelte die Stirn. »Sie können nicht einfach herumrennen und Söldnerkommandeure niederschlagen, nur weil sie Dummköpfe sind...«

»Sir...«

»...jedenfalls nicht ohne Befehl.« Victor zuckte die Schultern. »Vorwärts.«

Doc blinzelte. »Sir?«

»Sechs Monate bei den LAS, und schon haben Sie vergessen, was ein Befehl ist?« Victor wies mit dem Kopf auf die Leiter nach unten. »Setzen Sie sich in Bewegung und erfüllen Sie Ihr Versprechen. Das ist ein Befehl, Lieutenant General.«

»Ja, Sir!«

Doc erfüllte seinen Befehl gewissenhaft.

Er benötigte dazu nur einen Schlag.

EPILOG

**Tharkad City, Tharkad
Distrikt Donegal, Lyranische Allianz**

17. Juni 3058

Die Fernbedienung prallte mit einem Knall vom Bildschirm des Holovidgeräts ab. Katrina stellte fest, daß das lächelnde Gesicht ihres Bruders keinerlei Reaktion zeigte. Es strahlte eine widerliche Selbstzufriedenheit aus. Was ihr dabei besonders zu schaffen machte, war das Wissen, daß Victor dem Untergang durch pures Glück und, ohne etwas davon zu wissen, durch ihre Intervention entgangen war.

Die Daten über die Operation der Jadefalken auf Coventry, die sie an Vladimir weitergeleitet hatte, hatten diesen dazu veranlaßt, eine Botschaft an Marthe Pryde zu schicken, in der er sein Interesse an einigen von den Falken besetzten Welten äußerte. Katrina hatte die Jadefalken unter Druck setzen wollen, damit sie sich von Coventry zurückziehen mußten, um nicht von zwei Seiten zugleich angegriffen zu werden.

Aber sie sollten sich erst zurückziehen, nachdem sie mir Victor vom Hals geschafft hatten. Statt dessen hatte der Druck der Wölfe den Falken einen Grund geliefert, Victors Hegira-Angebot anzunehmen. Marthe Pryde hatte Hegira akzeptiert, um Vladimir einen Strich durch die Rechnung zu machen, aber damit hatte sie auch Katrinas Pläne durchkreuzt.

»Soll ich das Bild angeschaltet lassen, Hoheit?«

Katrina wollte Tormano Liao anbrüllen, als er vor ihr stand und die Fernbedienung in die Höhe hielt, aber sie beherrschte sich. »Nein, schalten Sie ihn ab.«

Tormano drückte auf einen Knopf, und Victors triumphierendes Gesicht schrumpfte zu einem nachleuchtenden Punkt zusammen. »Nichts leichter als das.«

»Wenn es nur so simpel wäre. Sein Tod in der Schlacht hätte perfekt gepaßt!« Sie winkte abfällig in Richtung des dunklen Bildschirms. »Statt dessen taucht er mit seiner Koalition auf, fordert die Falken zum Abzug auf, und sie tun es. Und das Schlimmste ist, weil *Sie* alle Meldungen über die Überfälle unterdrückt und den Angriffen der Jadefalken systematisch jede weitergehende Bedeutung genommen haben, kann ich Victor nicht einmal als Feigling hinstellen. Es sieht aus, als hätten er und seine Leute einfach nur schnell und erfolgreich auf eine Notsituation reagiert.«

Tormano senkte um Verzeihung heischend den Kopf, aber sie wußte sehr genau, daß er sein Vorgehen in keinster Weise bedauerte. »Ich entschuldige mich vielmals für die Schwierigkeiten, die ich Ihnen bereitet habe, aber ich hatte wenig Wahlmöglichkeiten. Ich bin ziemlich sicher, daß Ihrem Volk die Nachricht von Ihrer Reise in den Clan-Raum und der Übereinkunft mit dem Clanner-Khan nicht gefallen hätte.«

»Ist das etwa eine Drohung?«

»Von mir? Nein, Hoheit. Da ich Ihre Abwesenheit gedeckt habe, würde man mich als Ihren Komplizen sehen. Ihre Anstrengungen beim Wolfsclan *waren* von entscheidender Bedeutung für den Entschluß der Falken, sich zurückzuziehen, aber Ihre Rolle in dieser Angelegenheit muß geheim bleiben.«

»Ich weiß.« Katrina schlug mit der Faust auf den Tisch. »Nicht einmal ein Kratzer! Zur Hölle mit ihm! Gerade wenn ich darauf zähle, daß er den Soldaten spielt und sich umbringen läßt, findet der kleine Hurensohn einen Weg, dem Kampf auszuweichen. Die Geschichte wird sich in den Nachrichten so gut machen, daß sie meine Anstrengungen, ihn zu verteufeln, um Jahre zurückwerfen wird. Eine echte David-und-

Goliath-Geschichte, der kleine Prinz und eine Kompanie leichter Mechs vertreiben *acht* Galaxien der Jadefalken von Coventry! Selbst Victors größte Feinde werden nicht umhin können zu bewundern, wie gewitzt er sich aus dieser Affäre gezogen hat. Das wird mich bis ans Ende meiner Tage verfolgen.«

Tormano setzte eine warnende Miene auf. »Das könnte möglicherweise stimmen, Hoheit.«

Katrina sah ihn an. »Ich bin nicht in der Stimmung für orientalische Unwägbarkeiten, Mandrinn. Raus damit.«

»Sie haben bemerkt, daß Sie sich darauf verließen, daß Victor den Soldaten spielt, eine Rolle, mit der er identifiziert wird. Vielleicht sollten Sie sich der Rolle besinnen, in der die meisten Menschen Sie sehen.«

»Soll heißen?«

»Soll heißen, Sie sind die Friedensstifterin, die versucht hat, zwischen Ihrem Bruder und Herzog Ryan Steiner zu vermitteln. Sie sind die Friedensstifterin, die sich weigerte, Ihrem Bruder in einen Krieg gegen die Liga Freier Welten zu folgen.« Tormano legte die Fernbedienung auf dem Holovid ab. »Sie waren es, die Victors halbe Koalition zusammengezogen hat, denn ohne Ihre Anstrengungen wären Wolfs Dragoner, Harlocs Räuber und die Ritter der Inneren Sphäre niemals dort gewesen. Dieser Sieg und seine Bedeutung für die Zukunft ist, wie es Prinz Victor in seiner Erklärung festgestellt hat, ein Sieg für die gesamte freie Innere Sphäre. Und es ist zu großen Teilen Ihr Sieg.«

Katrina ließ sich in ihren Sessel fallen, und die goldene Lockenpracht tanzte auf den Schultern ihrer blauen Jacke. »Ich bin eine Friedensstifterin, natürlich. Aber wie kann ich die Verantwortung für diesen militärischen Sieg beanspruchen, ohne meine Glaubwürdigkeit zu verlieren?«

»Indem Sie nicht die Verantwortung für den Sieg beanspruchen, Hoheit, sondern Ihre Kontrolle über den

Koloß etablieren, aus dem er hervorging.« Tormano lächelte auf eine Weise, die Katrina bei ihm aus köstlicher Hinterhältigkeit heraus gespeist erstrahlen sah. »Sie werden seinen Sieg lobpreisen. Sie werden Ihrem Bruder und allen Beteiligten mit aller Grazie und Eleganz danken, die Sie besitzen. Und noch besser, Sie werden, als die große Versöhnerin und Friedensstifterin, Ihre Absicht erklären, hier auf Tharkad die Whitting-Friedenskonferenz einzuberufen. Sie werden alle Parteien der Koalition einladen, daran teilzunehmen und die Einheit, die sie in Whitting zur Schau getragen haben, zu formalisieren. Es war im Angesicht dieser Einheit, daß die Clanner den Rückzug angetreten haben. Was mit dem Rückzug von Whitting begann, kann nach Ihrer Konferenz zur offenen Flucht werden.«

»Ich verstehe, was Sie meinen, Tormano.« Katrina fühlte, wie sich ihre Stimmung besserte. Als Veranstalterin der Konferenz würde sie die Tagesordnung bestimmen. Indem sie selbst daran arbeitete, die Parteien zusammenzuführen, konnte sie für die Ergebnisse sorgen, die ihr entgegenkamen. Sie würde alle in ihrem Netz einspinnen und dazu bringen, ihre Interessen zu fördern. »Das wird meine Macht vergrößern, aber ich sehe nicht, wie es mir Victor vom Hals schafft.«

»Hoheit, sicher können Sie nicht wirklich so blind sein.« Tormano klopfte mit dem Knöchel auf den Bildschirm. »Ihr Bruder hat bereits ausgesprochen, welches Ziel die Konferenz verfolgen wird. Sie wird dazu dienen, eine Streitmacht aufzustellen, die den Krieg ins Heimatterritorium der Clans trägt.«

»Natürlich.« Katrina nickte. »Und mein Bruder Victor, der geborene Krieger, wird die zwingend logische Option für den Führer dieser Streitmacht sein.«

»So ist es, Hoheit. Der Krieg wird sie in weite Fernen verschlagen, zu den Welten, auf denen die Clans entstanden sind, die sie jahrhundertelang vor uns verborgen haben. Erst, wenn die Clan-Heimatwelten gefallen sind, ist die Bedrohung der freien Inneren Sphäre abgewendet.«

»Und während Victor und seine Gefährten fort sind«, schnurrte Katrina, »werde ich tun, was in meiner Macht steht, um die freie Innere Sphäre auf ihre Rückkehr vorzubereiten.«

ANHANG

Glossar

BattleMech-Typen

GLOSSAR

Autokanone: Eine automatische Schnellfeuerkanone. Leichte Fahrzeugkanonen haben Kaliber zwischen 30 und 90 mm, während eine schwere Mechautokanone ein Kaliber von 80 bis 120 mm oder mehr besitzen kann. Die Waffe feuert in schneller Folge panzerbrechende Hochexplosivgranaten ab.

Bataillon: Ein Bataillon ist eine militärische Organisationseinheit der Inneren Sphäre, die in der Regel aus drei Kompanien besteht.

Batchall: Batchall ist der Name für das Clanritual der Herausforderung zum Kampf. Der Verteidiger kann verlangen, daß der Angreifer etwas aufs Spiel setzt, dessen Wert vergleichbar mit dem ist, was der Verteidiger zu verlieren riskiert.

BattleMech: BattleMechs sind die gewaltigsten Kriegsmaschinen, die je von Menschen gebaut wurden. Diese riesigen humanoiden Panzerfahrzeuge wurden ursprünglich vor über 500 Jahren von terranischen Wissenschaftlern und Technikern entwickelt. Sie sind schneller und manövrierfähiger in jedem Gelände, besser gepanzert und schwerer bewaffnet als jeder Panzer des 20. Jahrhunderts. Sie ragen zehn bis zwölf Meter hoch auf und sind bestückt mit Partikelprojektorkanonen, Lasergeschützen, Schnellfeuer-Autokanonen und Raketenlafetten. Ihre Feuerkraft reicht aus, jeden Gegner mit Ausnahme eines anderen BattleMechs niederzumachen. Ein kleiner Fusionsreaktor liefert ihnen nahezu unbegrenzt Energie. BattleMechs können auf die verschiedensten Umweltbedingungen – von der glühenden Wüstenei bis zur arktischen Eiswüste – eingestellt werden.

Blutname: Als Blutname wird einer der ursprünglich achthundert Familiennamen jener Krieger bezeichnet, die während des Exodus-Bürgerkrieges auf seiten von Nicholas Kerensky standen. (Derzeit existieren nur noch 760 dieser Namen. Vierzig Namen wurden nach dem Hochverrat eines der ursprünglich zwanzig Clans getilgt.) Diese achthundert waren die Basis des ausgedehnten Zuchtprogramms der Clans.: Das Recht, einen dieser Nachnamen zu tragen, ist seit Einführung dieses Systems der Wunschtraum jedes ClanKriegers. Nur jeweils fünfundzwanzig Krieger dürfen gleichzeitig einen bestimmten Blutnamen tragen. Stirbt einer von ihnen, wird ein Wettbewerb abgehalten, um einen neuen Träger zu bestimmen. Ein Anwärter muß zunächst anhand seiner Abstammung sein Anrecht auf den Blutnamen nachweisen und anschließend eine Abfolge von Zweikämpfen gegen seine Mitbewerber gewinnen. Nur Blutnamensträger haben das Recht, an einem Clankonklave teilzunehmen und zum Khan oder ilKhan gewählt zu werden. Die meisten Blutnamen waren im Laufe der Zeit einer oder zwei Kriegerklassen vorbehalten. Es gibt jedoch einzelne. besonders angesehene Blutnamen – zum Beispiel Kerensky – die dadurch ihren genetischen Wert bewiesen haben, daß sie von herausragenden Kriegern aller drei Klassen (MechKrieger, Jagdpiloten und Elementare) getragen wurden.: Blutnamen werden matrilinear vererbt. Da ein Krieger nur über seine Mutter erben kann, besteht nie ein Anrecht auf mehr als einen Blutnamen.

Clans: Beim Zerfall des Sternenbundes führte General Aleksandr Kerensky, der Oberkommandierende der Regulären Armee des Sternenbundes, seine Truppen im sogenannten Exodus aus der Inneren Sphäre in die Tiefen des Alls. Weit jenseits der Peripherie, mehr als 1300 Lichtjahre von Terra entfernt, ließen

Kerensky und seine Leute sich auf fünf wenig lebensfreundlichen Welten nahe eines Kugelsternhaufens nieder, der sie vor der Entdeckung durch die Innere Sphäre schützte. Innerhalb von fünfzehn Jahren brach unter ihnen jedoch ein Bürgerkrieg aus, der alles zu vernichten drohte, wofür sie so hart gearbeitet hatten.: In einem zweiten Exodus führte Nicholas Kerensky, der Sohn Aleksandrs, seine Gefolgsleute auf eine der Welten im Innern des Kugelsternhaufens, um dem Krieg zu entfliehen. Dort, auf Strana Metschty, entwarf und organisierte Nicholas Kerensky die Kastengesellschaft der Clans.

ComStar: Das interstellare Kommunikationsnetz ComStar wurde von Jerome Blake entwickelt, der in den letzten Jahren des Sternenbunds das Amt des Kommunikationsministers innehatte. Nach dem Zusammenbruch des Bundes eroberte Blake Terra und organisierte die Überreste des Sternenbund-Kommunikationsnetzes in eine Privatorganisation um, die ihre Dienste mit Profit an die fünf Häuser weiterverkaufte. Seitdem hat sich ComStar zu einem mächtigen Geheimbund entwickelt, der sich jahrhundertelang in Mystizismus und Rituale hüllte, bis es nach der Entscheidungsschlacht gegen die Clans auf Tukayyid unter Prima Sharilar Mori und Präzentor Martialum Anastasius Focht zur Reformation des Ordens und zur Abspaltung der erzkonservativen Organisation ›Blakes Wort‹ kam.

Die Erinnerung: *Die Erinnerung* ist ein noch nicht abgeschlossenes Heldenepos, das die Geschichte der Clans von der Zeit des Exodus bis zur Gegenwart beschreibt. *Die Erinnerung* wird ständig erweitert, um neuere Ereignisse einzubeziehen. Jeder Clan verfügt über eine eigene Version dieses Epos, in der seine speziellen Meinungen und Erfahrungen verarbeitet sind. Alle ClanKrieger können ganze Passagen dieses riesigen Gedichtes aus dem Gedächtnis zitieren, und es ist durchaus nicht ungewöhnlich, Verse auf OmniMechs, Luft-/Raumjägern und sogar Rüstungen zu finden.

Freigeboren: Ein Mensch, der auf natürlichem Wege gezeugt und geboren wurde, ist freigeboren. Da die Clans so großen Wert auf ihr Zuchtprogramm legen, gelten Freigeborene bei ihnen von vornherein als minderwertig.

Freigeburt: Eine abwertende Bezeichnung für Freigeborene, die von Wahrgeborenen häufig verwendet wird. Bezeichnet ein Wahrgeborener einen anderen Wahrgeborenen als Freigeburt, ist das eine tödliche Beleidigung.

Gaussgeschütz: Ein Gaussgeschütz benutzt eine Reihe von Elektromagneten, um ein Projektil durch den Geschützlauf in Richtung des Ziels zu beschleunigen. Obwohl sein Einsatz mit enormem Energieaufwand verbunden ist, erzeugt das Gaussgeschütz nur sehr wenig Abwärme, und die erreichbare Mündungsgeschwindigkeit liegt doppelt so hoch wie bei einer konventionellen Kanone.

Kaste: Die Clangesellschaft ist streng in fünf Kasten unterteilt: Krieger, Wissenschaftler, Händler, Techniker und Arbeiter. Jede dieser Kasten umfaßt zahlreiche Unterkasten, die auf Spezialisierungen innerhalb eines Berufsfeldes basieren. Die Kriegerkaste pflanzt sich unter strenger Kontrolle des genetischen Erbes durch ein systematisches Eugenikprogramm fort, bei dem Genmaterial angesehener und erfolgreicher lebender und toter Krieger verwendet wird. Andere Kasten sorgen durch strategische Heiraten innerhalb der Kaste für einen hochwertigen Genfundus.

Khan: Jeder Clan wählt zwei Khane. Einer der beiden fungiert als höchster militärischer Kommandeur und Verwaltungschef der Clans. Die Position des zweiten Khans ist weniger klar umrissen. Er ist der

Stellvertreter des ersten Khans und führt dessen Aufträge aus. In Zeiten großer innerer oder äußerer Bedrohung, oder wenn eine gemeinsame Anstrengung aller Clans notwendig ist, wird ein ilKhan als oberster Herrscher aller Clans gewählt.

Kodax: Der Kodax eines Kriegers ist seine persönliche Identifikation. Er enthält die Namen der Blutnamensträger, von denen ein Krieger abstammt, sowie seine Generationsnummer, seine Blutlinie und seinen ID-Kodax, eine alphanumerische Codesequenz, die einzigartige Aspekte seiner DNS (Desoxyribonukleinsäure, Träger der menschlichen Erbinformationen) festhält.

Kompanie: Eine Kompanie ist eine militärische Organisationseinheit der Inneren Sphäre, die aus drei BattleMech-Lanzen oder bei Infanteriekompanien aus drei Zügen mit insgesamt 50 bis 100 Mann besteht.

KSR: Abkürzung für ›Kurzstreckenrakete‹. Es handelt sich um ungelenkte Raketen mit hochexplosiven oder panzerbrechenden Sprengköpfen.

Landungsschiffe: Da Sprungschiffe die inneren Bereiche eines Sonnensystems generell meiden müssen und sich dadurch in erheblicher Entfernung von den bewohnten Planeten einer Sonne aufhalten, werden für interplanetarische Flüge Landungsschiffe eingesetzt. Diese werden während des Sprungs an die Antriebsspindel des Sprungschiffes angekoppelt. Landungsschiffe besitzen selbst keinen Überlichtantrieb, sind jedoch sehr beweglich, gut bewaffnet und aerodynamisch genug, um auf Planeten mit einer Atmosphäre aufsetzen bzw. von dort aus starten zu können. Die Reise vom Sprungpunkt zu den bewohnten Planeten eines Systems erfordert je nach Spektralklasse der Sonne eine Reise von mehreren Tagen oder Wochen.

Lanze: Eine Lanze ist eine militärische Organisationseinheit der Inneren Sphäre, die in der Regel aus vier BattleMechs besteht.

Laser: Ein Akronym für ›Light Amplification through Stimulated Emission of Radiation‹ oder Lichtverstärkung durch stimulierte Strahlungsemission. Als Waffe funktioniert ein Laser, indem er extreme Hitze auf einen minimalen Bereich konzentriert. BattleMechlaser gibt es in drei Größenklassen: leicht, mittelschwer und schwer. Laser sind auch als tragbare Infanteriewaffen verfügbar, die über einen als Tornister getragenen Energiespeicher betrieben werden. Manche Entfernungsmeßgeräte und Zielerfassungssensoren bedienen sich ebenfalls schwacher Laserstrahlen.

LSR: Abkürzung für ›Langstreckenrakete‹, zum indirekten Beschuß entwickelte Raketen mit hochexplosiven Gefechtsköpfen.

Nachfolgerfürsten: Die fünf Nachfolgerstaaten werden von Familien regiert, die ihre Herkunft von einem der ursprünglichen Lordräte des Sternenbunds ableiten. Alle fünf Hausfürsten erheben Anspruch auf den Titel des Ersten Lords. Sie kämpfen seit Ausbruch der Nachfolgekriege im Jahre 2786 gegeneinander. Ihr Schlachtfeld ist die riesige Innere Sphäre, bestehend aus sämtlichen einstmals von den Mitgliedsstaaten des Sternenbunds beherrschten Sonnensystemen.

Nachfolgerstaaten: Nach dem Zerfall des Sternenbunds wurden die Reiche der Mitglieder des Hohen Rats, die allesamt Anspruch auf die Nachfolge des Ersten Lords erhoben, unter dem Namen ›Nachfolgerstaaten‹ bekannt. Die Nachfolgerstaaten bestehen aus ursprünglich fünf und derzeit noch vier Herrscherhäusern: Haus Kurita (Draconis-Kombinat), Haus Liao (Konföderation Capella), Haus Steiner-Davion (Vereinigtes Commonwealth) und Haus Marik (Liga Freier Welten). Die Clan-Invasion unterbrach die Jahrhunderte des Krieges seit 2786 – die Nachfolgekriege – einstweilen. Die Nachfolgerfürsten setzten ihre Streitigkeiten aus, um der Bedrohung durch den gemeinsamen Feind, die Clans, zu begegnen. Die trügerische Ruhe seit Abschluß des Waffenstillstands von Tukayyid hat diese Solidarität jedoch inzwischen sehr brüchig werden lassen, und im Jahre 3057 brechen die Kämpfe innerhalb der freien Inneren Sphäre wieder aus.

Peripherie: Jenseits der Grenzen der Inneren Sphäre liegt die Peripherie, ein weites Reich bekannter und unbekannter Systeme, das sich bis in die interstellare Nacht hinaus erstreckt. Die einstigen terranischen Kolonien in der Peripherie wurden durch den Zerfall des Sternenbundes technologisch, wirtschaftlich und politisch verwüstet. Derzeit ist die Peripherie Zufluchtsort für Banditenkönige, Raumpiraten und Ausgestoßene.

PPK: Abkürzung für ›Partikelprojektorkanone‹, einen magnetischen Teilchenbeschleuniger in Waffenform, der hochenergiegeladene Protonen- oder Ionenblitze verschießt, die durch Aufschlagskraft und hohe Temperatur Schaden anrichten. PPKs gehören zu den effektivsten Waffen eines BattleMechs.

Regiment: Ein Regiment ist eine militärische Organisationseinheit der Inneren Sphäre und besteht aus zwei bis vier Bataillonen von jeweils drei oder vier Kompanien.

Savashri: Ein Clan-Fluch.

Seyla: Dieses Wort ist ungefähr gleichbedeutend mit ›Einheit‹. Es handelt sich um eine rituelle Antwort, die bei bestimmten Clan-Zeremonien gefordert wird. Ursprung und exakte Bedeutung des Wortes sind unbekannt, aber es wird nur mit äußerstem Respekt und Ehrfurcht verwendet.

Sprungschiffe: Interstellare Reisen erfolgen mittels sogenannter Sprungschiffe, deren Antrieb im 22. Jahrhundert entwickelt wurde. Der Name dieser Schiffe rührt von ihrer Fähigkeit her, ohne Zeitverlust in ein weit entferntes Sonnensystem zu ›springen‹. Es handelt sich um ziemlich unbewegliche Raumfahrzeuge aus einer langen, schlanken Antriebsspindel und einem enormen Solarsegel, das an einen gigantischen Sonnenschirm erinnert. Das riesige Segel besteht aus einem Spezialmaterial, das gewaltige Mengen elektromagnetischer Energie aus dem Sonnenwind des jeweiligen Zentralgestirns zieht und langsam an den Antriebskern abgibt, der daraus ein Kraftfeld aufbaut, durch das ein Riß im Raum-Zeit-Gefüge entsteht. Nach einem Sprung kann das Schiff erst weiterreisen, wenn es durch Aufnahme von Sonnenenergie seinen Antrieb wieder aufgeladen hat.

Sprungschiffe reisen mit Hilfe ihres Kearny-Fuchida-Antriebs in Nullzeit über riesige interstellare Entfernungen. Das K-F-Triebwerk baut ein Raum-Zeit-Feld um das Sprungschiff auf und öffnet ein Loch in den Hyperraum. Einen Sekundenbruchteil später materialisiert das Schiff am Zielsprungpunkt, der bis zu 30 Lichtjahre weit entfernt sein kann.

Sprungschiffe landen niemals auf einem Planeten und reisen nur sehr selten in die inneren Bereiche eines Systems. Interplanetarische Flüge werden von Landungsschiffen ausgeführt, Raumschiffen, die bis zum Erreichen des Zielpunktes an das Sprungschiff gekoppelt bleiben.

Sternenbund: Im Jahre 2571 wurde der Sternenbund gegründet, um die wichtigsten nach dem Aufbruch ins All von Menschen besiedelten Systeme zu vereinen. Der Sternenbund existierte annähernd 200 Jahre, bis 2751 durch den Verrat und Staatsstreich des Herrschers der Republik der Randwelten, Stefan Amaris, ein Bürgerkrieg ausbrach. Als das Regierungsgremium des Sternenbunds, der Hohe Rat, sich nach dem Sieg über Amaris in einem Machtkampf auflöste, bedeutete dies das Ende des Bundes. Jeder der Hausfürsten rief sich zum neuen Ersten Lord des Sternenbunds aus, und innerhalb weniger Monate befand sich die gesamte Innere Sphäre im Kriegszustand. Dieser Konflikt hält bis zum heutigen Tage, knapp drei Jahrhunderte später, an. Die Jahrhunderte nahtlos ineinander übergehender Kriege werden in toto als die ›Nachfolgekriege‹ bezeichnet.

Trinärstern: Eine aus 3 Sternen (12 Mechs) bestehende Einheit der Clans.

Waffenstillstand von Tukayyid: Der Waffenstillstand von Tukayyid hat eine fünfzehnjährige Waffenruhe zwischen den Clans und der Inneren Sphäre eingeleitet. Khan Ulric Kerensky, ilKhan der Clans, vereinbarte mit dem Präzentor Martialium ComStars, Anastasius Focht, auf dem Planeten Tukayyid eine Entscheidungsschlacht. Bei einem Sieg der Clans hätte ComStar ihnen Terra aushändigen müssen; bei einem Sieg ComStars verpflichteten sich die Clans zu einem fünfzehnjährigen Waffenstillstand. Der nach einem überwältigenden Sieg der ComGuards auf Tukayyid unterzeichnete Vertrag legte eine Grenzlinie fest, die durch den Planeten Tukayyid verläuft. Die Clans dürfen diese Grenzlinie bis zum Ablauf des Waffenstillstands nicht überschreiten.

Wahrgeboren/Wahrgeburt: Ein wahrgeborener Krieger ist aus dem Zuchtprogramm der Clan-Kriegerkaste hervorgegangen.

Widerspruchstest: Die Konklaven der einzelnen Clans und der versammelten Clans stimmen über Fragen und Gesetze ab, die die Gemeinschaft betreffen. Im Gegensatz zur Gesetzgebung in der Inneren Sphäre kann jedoch jede dieser Entscheidungen angefochten und durch einen Widerspruchstest in ihr Gegenteil verkehrt werden. Dieser Test gestattet der Verliererseite den Versuch, ihre Position auf dem Schlachtfeld durchzusetzen.: Die bei einem Widerspruchstest eingesetzten Kräfte stehen im Verhältnis zur angefochtenen Entscheidung. Wurde diese also beispielsweise mit einem Stimmenverhältnis von drei zu eins angenommen, kann die diese Entscheidung verteidigende Seite eine dreimal stärkere Einheit in den Kampf schicken als der Herausforderer. Durch das Bieten wird dieses Übergewicht jedoch häufig reduziert.

Zug: Ein Zug ist eine militärische Organisationseinheit der Inneren Sphäre, die in der Regel aus achtundzwanzig Mann besteht. Ein Zug kann in zwei Gruppen aufgeteilt werden.

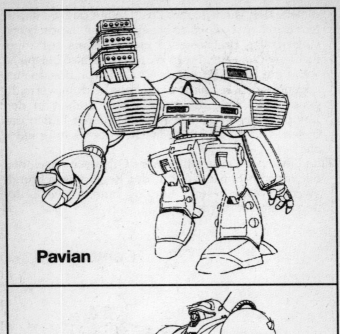

Pavian

Frostfalke

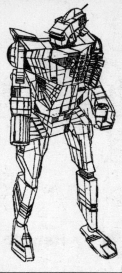

Centurion

Kommando

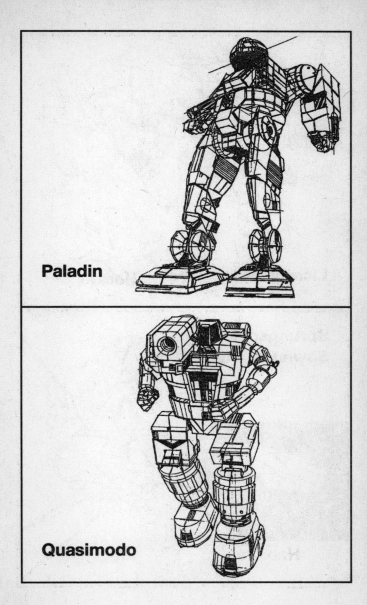

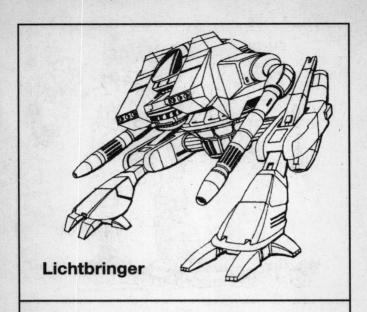

Lichtbringer

Sprungschiff der Sowjetski Sojus-Klasse

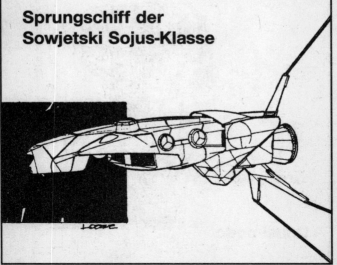

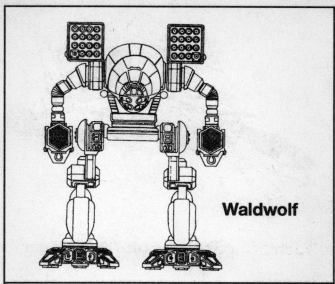

Waldwolf

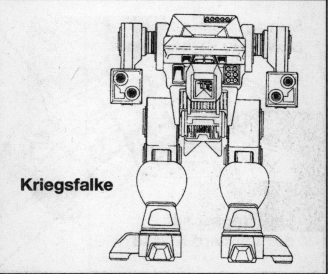

Kriegsfalke

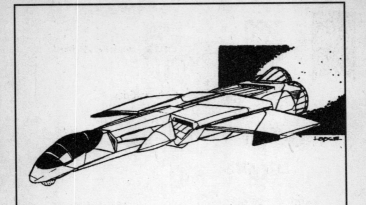

Transit-Luft-/Raumjäger

Landungsschiff der Leopard-Klasse

Grenzen der Unendlichkeit
Band 6
06/5452

Waffenbrüder
Band 7
06/5538

Lois McMaster Bujold

Romane aus dem preisgekrönten Barrayer-Zyklus der amerikanischen Autorin

06/5452

06/5538

Heyne-Taschenbücher

HEYNE BÜCHER

Michael McCollum

schreibt Hardcore SF-Romane, die jeden Militärstrategen unter den SF-Fans und Battletech-Spieler begeistern.

Die Lebenssonde
06/5381

Antares erlischt
06/5382

Die Wolken des Saturn
06/5383

06/5383

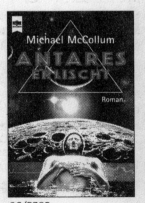

06/5382

Heyne-Taschenbücher

FANTASY PRODUCTIONS PRÄSENTIERT

BATTLETECH - DAS SPIEL

"Das heißeste Spiel seit Erfindung der Würfel", hat Matthew Costello **BattleTech** in einer euphorischen Rezension im SF-Magazin *Analog* genannt und 1985 wohl schon den Erfolg vorausgeahnt, den die "Kampfkolosse des 4. Jahrtausends" haben würden.

Mittlerweile befinden wir uns in den neunziger Jahren, und **BattleTech** hat sich zu einem echten Klassiker entwickelt, der seinesgleichen sucht. In Deutschland erscheint bereits die vollständig überarbeitete Neuausgabe von **BattleTech**.

BATTLETECH - PRODUKTE

DEUTSCH

BATTLETECH - DAS SPIEL	CITYTECH
ASTROTECH	GEOTECH
MECHKRIEGER 3031 A.D.	RAUMFAHRTHANDBUCH
HARDWAREHANDBUCH 3025	HARDWAREHANDBUCH 3031
SAGA DER GRAY DEATH LEGION	BATTLETECH KOMPENDIUM
BISS DER SCHWARZEN WITWE	DIE KELL HOUNDS

ENGLISCH

BATTLEFORCE	BATTLETROOPS
CLANTROOPS	TECHNICAL READOUT 3055
MECHWARRIOR 2ND. EDITION	SUCCESSION WARS

Diese und weitere Spiele finden Sie im umfangreichen Gesamtkatalog von:

FANTASY PRODUCTIONS
Postfach 1416 - 40674 Erkrath

Bitte Schutzgebühr (DM 3,-) in Briefmarken beilegen

Großformatige Box mit zwei großen, farbigen Spielplänen, 14 aufstellbaren Plastikfiguren, ausführlichem Regelwerk mit Hintergrund, Würfel, Einheitsinsignien, usw. **DM 69,00**

Erhältlich im Fachhandel oder direkt bei:

**FANTASY PRODUCTIONS
Postfach 14 16
40674 Erkrath**